| 修订版 | 第七辑 |

蒋勋说
红楼梦

蒋勋 著

中信出版集团 · 北京

目录

第六十一回　投鼠忌器宝玉情赃　判冤决狱平儿徇私

第六十二回　憨湘云醉眠芍药裀　呆香菱情解石榴裙

第六十五回　膏粱子惧内偷娶妾　淫奔女改行自择夫

第六十六回　情小妹耻情归地府　冷二郎一冷入空门

第六十八回　苦尤娘赚入大观园　酸凤姐闹翻宁国府

第六十九回　弄小巧用借剑杀人　觉大限吞生金自逝

第七十回　林黛玉重建桃花社　史湘云偶填柳絮词

第六十一回

投鼠忌器宝玉情赃
判冤决狱平儿徇私

民间语言的活泼

我自己一直非常喜欢六十一回，因为当中借着玫瑰露和茯苓霜，串出了《红楼梦》里面属于比较低下阶层的人的一种非常特殊的语言。曹雪芹是一个不得了的大文学家，大文学家最好的文学的部分，不一定表现在宝玉、黛玉、宝钗出口成章的文雅，可能更了不起的是表现在柳家的这种在厨房里干活的人，跟那个守门男孩之间的对话。他们的对话跟宝玉、黛玉的对话完全不一样，它透露出民间语言的活泼。学习文学不一定是要透过阅读书籍，文学有一部分可能是你坐在六合夜市，在那儿听到的一种语言。这种语言有它的魅力，让你常常听到以后，会说：怎么好久没有听到这样的语言了？

上回说到，柳家的从她娘家回大观园，急急忙忙地边敲门边说：赶快让我进去。因为厨房要做饭了。可是守门的小男孩就有一点顽皮，假装不认识她，不开门，还隔着那个门问她：你干吗去了，怎么这么晚还不回来？你应该在厨房做菜，不好好做，是不是出去乱跑了？这就是那种调皮的小男孩的语言。然后这个柳家的就骂起来了，她说：你婶婶我刚才去找野男人去了，我找野男人，你就多了一个叔叔了，你还不给我开门。因为这个小男孩管柳家的叫“婶婶”——过去的习惯，不是真的亲戚，可是也叫大婶，有一点尊敬她的意思。好，这种就是民间的语言。我在大学里工作就会发现，在大学里面，同事之间从来不会讲这个话。可是民间的语言有一种活泼，它的活泼是说，里面透露出一种亲切。

其实真正了不起的语言是从生活里来的，不见得是读书读出来的。曹雪芹当然有上层阶级诗书歌赋的能力，林黛玉写的词，薛宝钗作的诗，都那么美，有那种文学的优雅。所以很多人认为读《红楼梦》可以让我们古典文学的境界进步。可是我觉得不只如此，可能《红楼梦》更重要的是让我们开始去注意身边生活里的语言的魅力。

守门人的心理

所以下面这段大家仔细看一下。“话说那柳家的笑道：‘好猴儿崽子，亲婶子找野老儿去了，你岂不得了一个叔叔，有什么疑的！别讨我把你头上杩子盖似的几根黄毛挦下来！’”“猴儿崽子”就已经是民间的语言，有一点不把他当成是一个大人看待，意思说你根本是一个小男孩。以前的男孩子还没有长大以前，头发没有梳成后面的一个髻，而是垂下来的，垂下来的头发就有点像马桶盖。“杩子”就是古代的马桶。她在笑他说，你别让我把你头上马桶盖一样的几根黄毛给拔下来，还不开门让我进去。我们看到这一段语言，就透露出曹雪芹的了不起，语言这么活泼，如果柳家的文绉绉，讲话像林黛玉，这个小说绝对不是好小说。小说作者像一个千变万化的人，他写谁，那个语言就像谁。

这个小警卫还是很顽皮，故意不开门，又跟柳家的说："婶子，你这一进去，好歹偷些杏子出来赏我吃。"小男孩有一点撒娇耍赖。我不知道大家可不可以了解，这种守门的小孩其实是最无聊的。因为大部分的人不一定走角门，只有最熟悉路径的人才会从这种偏门进来，他站在那边一整天，可能也碰不到一个人。所以碰到一个人，他就一定想要拉住多聊聊天。

就像我们开车走高速公路的时候，会看到收费站的那个工作人员。我一直在想，如果我要写小说，写这样的人，我要怎么写。因为他在职场上的工作，是我们无法想象的。他每天在重复做两个动作：收钱、给票，收钱、给票……而那个动作机械化到甚至听不到任何声音，偶然有些人会有一点人性的关心，向他们说声"谢谢"。像曹雪芹这样的作者，就会写出不同行业的人心情上的一种单调跟无聊。

所以这个小警卫就在那边扯来扯去说，你下次出来要不要带一点水果给我吃吃，"我这里老等你，若忘了时，日后半夜三更打酒买油的，我不给你老人家开门，也不答应你，随你干叫去"。我们常常误会说这个小警卫好坏，我觉得这个小警卫不是坏，其实是人在他的职务里面常常要证明他的重要性，因为他是一个很卑微的人，每一个人经过那道门的时候，从来不甩他的。

有时候佛家说"处处方便，人人方便"。"方便"这两个字非常有趣，不见得一定是大官才能给别人方便，社会里的每一个人都可能给别人方便。常常在一些小事上，你忽然觉得被卡在那边的时候，那个"不方便"，让你难过得不得了。所谓"与人方便"，其实是对自己方便。当然它也会变成社会的另一种弊病，就是到最后在某种意义上，做人比做事重要，变成处处要"周到"，可是事情有时却拖在那里没有办法进行。这成为很大的一个矛盾。

这个小警卫就有一点把柳家的卡在那里了。因为厨房里面常常要半夜出门买东西。比如，林黛玉跟贾宝玉忽然觉得今天晚上的月光很好，要写诗，写诗时想喝一点小酒，就跟厨房要；假如厨房刚好没有那个酒，可能就要半夜出来买。所以，这个小警卫说，那个时候我就不给你开门，看你怎么办。他的意思是：你不对我好，那我将来也不对你好，所以你重视一下我，我虽然是一个看门的小警卫，可是我也可以把你卡在某一个关口上，不给你方便。

有人看管的私有财产

下面这个柳家的就开始骂他了，一方面有一点急，因为急着赶快要进去开饭做菜；另外一方面，做主厨的常常脾气也很爆，而且她会觉得这个小孩子好像在整她。柳氏就"啐"了一声，骂这个小警卫说："发了昏的，今年不比往年，把这些东西都分给了众奶奶了。一个个的不像抓破了脸的……"注意"抓破了脸"，因为财产一旦私有以后，人们就会有"我的"概念，"这是我的东西，你不能碰"的观念就会出来。

还记得吗？探春曾经施行了一个新的制度，是说把大观园所有的树分给不同的老妈妈来管，所以每一年新鲜水果摘下来以后，她们可以拿出去私自卖，卖了以后赚的钱，来跟主人分。以前果子掉在地上烂掉都没有人理会，多摘几个也没有人管。可是现在因为有人照管，就表示说这是我的水果，如果是我的，那等于是从公有制变成了私有制，一旦变成私有财产以后，每个人的眼睛都会盯着看。

我们注意一下，不同的社会有不同的社群结构，比如在20世纪70年代我去台东的兰屿时，忽然知道原来人类有一些社会实行的是公有制度。兰屿的达悟族（也称雅美族）实行的是一种原始的公社制度，他们四月一起去捕鲱鱼，捕完鲱鱼以后，吊在那边晒干，这个是公众财产。他们每一个人都可以去吃，而且每一个人都知道大概应该吃多少。就像我们假设有一个便利店里面的东西是共有财产的话，每一个人都可以去拿。

比如说我童年时最早记得的那个社区，不是每一家都有自来水，所以社区中间有一口打的井，每一家都可以到那边去洗菜。你也会觉得那个水是一种公有资源，因为公有，它一定有一种公有的道德会出现。所以有一些年纪大的人就会骂说，你们怎么可以这样用水；或者骂说，洗米跟洗马桶应该在不同的位置，你怎么可以把马桶拿到洗米的位置。我们小时候就会被这些老人家指责，然后就开始学规矩。

柳家的这段话，透露出大观园的水果从公有变成私有以后的情况。她继续说："人打树底下一过，两眼就似那鰲鸡似的，还动他的果子！""鰲鸡"是一种斗鸡，柳家的形容那些果子的"看护人"就像斗鸡一样，眼睛睁得圆圆地盯着你，好像说你是不是要偷我的水果了？因为只要你经过水果树底下，你就有嫌疑。

罗生门

下面她就开始举例了："昨儿我从李子树下一走，偏有一个蜜蜂儿往脸上一过，我一招手儿，偏你郝舅母就看见了。"这个小警卫有一个舅妈姓郝，她就是管那个果子树的。有没有发现，如果在法律上，这是公说公有理，婆说婆有理的一个场景。就是说，这个柳家的经过李子树，把手抬起来了。这个“手抬起来”到底是要偷李子，还是要赶蜜蜂，其实我们不知道。她跟别人说，我要赶蜜蜂；可是另外一个人看到了，认为她是要偷果子。这是一个了不起的文学，了不起的文学就是说，其实你对那个事件的真相永远不知道。我也可以猜疑说，这个柳家的是不是真的想过，如果管果子的人看不清楚，我就摘两个李子。可是她跟别人讲的时候说，我不是要摘李子，我只是要赶蜜蜂。因为我们自己身上有可能也有这种东西，有时候跟别人转述事件的时候，会把自己塑造成一个比较正面、比较中立的人物。

这里面的逻辑就生出了很多精彩的故事，比如日本小说家芥川龙之介最有名的一部小说——《罗生门》。你会发现有一个事件发生，然后四个人都在叙述这个事件，可四个人叙述的内容是不一样的。因为每一个人都表示，我没有偷那把刀。所以我们今天把“罗生门”变成了一个典故，如果说这是一个罗生门的故事，就意味着每个人都隐藏了一部分没有讲，所以你搞不清楚事件的真相到底是什么样子。柳家的打蜜蜂这个事情其实也很有趣，它可能是一个罗生门。

我们现在有一个成语叫“瓜田李下”。所谓“瓜田不纳履，李下不整冠”，就是经过西瓜田的时候不要提鞋，鞋带松了也不要去绑，因为蹲下去绑鞋带，别人就觉得你在偷西瓜；在李子树下，不要去整理你的帽子，因为一整理帽子，别人就觉得你在偷李子。意思都是要避嫌疑。我记得我们小时候经过番薯田的时候，那个老妈妈就眼睛盯着看，有时候我们故意蹲下来去逗她，她就拿一根竹竿飞奔出来。

这一段其实写得非常幽默，它会让你感觉出这个柳家的潜台词：我们哪里敢去碰那个水果，走过李子树底下两个手根本动都不敢动。因为只要动一下，赶一赶蜜蜂，已经被怀疑了。

不同语言的魅力

她接着说这个故事："他离的远看不真，只当我摘李子呢，就泼声浪嗓喊叫起来，又是'还没供佛呢'，又是'老太太、太太不在家，还没进鲜呢，等进了上头，嫂子们都有分的'，倒像谁害了馋痨等李子出汗呢。叫我也没好话，抢白了他一顿。"注意"泼声浪嗓"，曹雪芹的民间语言出来了。这个"浪"字绝对是很难听的，就是女人叫春一样的声音。她其实有一点在骂说，她好像A片里面那种人在乱叫一样。大概林黛玉听到这种语言，连什么意思都不知道。这种民间的女人，她有一种泼辣，一个比她年纪小很多的小男孩，她根本不把他当一回事，所以就把性的粗俗的语言拿出来。

这些管理的人就假借着佛，假借着贾母，假借着王夫人，表示说你们不要乱动这些东西，等到进了上头，以后都会分给你们，所以先不要急。那这个柳家的就很生气说："好像我害了馋痨等李子出汗呢。""馋痨"就是想吃东西想得生了重病。大家可以在这些地方，注意一下曹雪芹的了不起。就是这里除了语言的活泼之外，还有一个是这种身份的人，她所描述出来的事件的活泼。这样的事件，在林黛玉的口中永远听不到，因为林黛玉根本不需要自己去摘李子，她不需要跟别人在口边去抢东西吃。

因为这个管李子的人是小警卫的舅妈，柳家的也有一点气这个小警卫，她就说："你舅母、姨娘两三个亲戚都管着，怎不和他们要去？倒和我来要。这可是'仓老鼠和老鸦借粮——守着的没有，飞着的倒有'。"这又是民间语言，今天在整个正规的学校教育里，你可能永远学不到这个东西。比如我们在法国读书学法语，因为一直在大学里，法语里面其实有一个部分永远碰不到。有一天你如果去巴黎的pub里面待一待，会发现一半的话听不懂，因为那个语言是在学校里面听不到的。如果有一天你接触到那种跳街舞的小男孩，会发现那个语言有大概四分之三听不懂了，他们又有他们语言的特征。所以语言其实是跟一个文化的阶层有关系的。《红楼梦》的了不起在于包容了各个不同层次的语言。

我觉得语言本身本来就应该包容很多不同的东西进来。这几年我很喜欢夏曼·蓝波安的文学，因为他把达悟族很多的东西变成了汉语，我觉得他在丰富汉语。比如，他会描述他的爸爸年纪很大了，就是用达悟族的语言说："我很老了。"可他不是直接说"我很老"，而是说："我是那个很低的夕阳了。"我听到的时候吓了一跳，因为达悟族住在兰屿，是在海边，他们看到太阳越来越低的时候，就是生命快要结束了。夏曼·蓝波安用汉字写出这一段的时候，我觉得达悟族语言的魅力出来了。我觉得像这样的作家，对我们非常重要，因为他提供了他自己族群语言的魅力，他可能会丰富我们的语言。

我跟很多朋友提到，我有很长的时间在大学里，最不喜欢的语言是大学的语言。因为它就是很正经八百，没有活力、没有魅力，比起六合夜市的语言，比起我在桃园的文昌公园听到的那个客家老人家的语言，比起达悟族的语言，它都没有力量。

大观园里的八卦和派系

这个柳家的讲了一大堆，小警卫就笑着说："哎哟哟，没有罢了，说上这些闲话！我看你老以后就用不着我了？就便姐姐有了好地方，将来更呼唤着的日子多，只要我们多答应他些就有了。"这里面就有一点意思是说，你今天对我这么不好，你将来是不是用不到我了。所以重点不在你给不给我水果，重点在于说你看不起我；既然看不起我，你就要小心一点，有一天我会不给你方便。

这个"姐姐"就是柳家的女儿——五儿。五儿如果十六岁的话，这个小警卫大概十五岁，他叫五儿姐姐。他说姐姐将来即使有了好地方，到宝玉房里当差，要呼唤的日子更多，难道就用不到我们了吗？他其实有一点心里受伤，说，你看不起我这个小警卫，我这个小警卫有一天不帮你的忙的时候，你也没有什么方便。你女儿如果将来做宝玉的丫头，要常常进出这个门，我尽量赶快来帮她把门开了，就是给她方便了。生活里面那种最卑微、最低贱的人，他有时候管到你的时候，刚好就会把你卡住。小时候听妈妈说"不怕官，就怕管"，其实讲的就是这个意思。

这里也透露出来，大观园当中没有秘密，里面的八卦跟以讹传讹是非常严重的。我们上回说过，五儿一直想要进宝玉房里做丫头，所以外面已经传遍了，说五儿有野心。"柳氏听了，笑道：'你这个小猴精，又捣鬼吊白的，你姐姐有什么好地方了？'那小厮笑道：'别哄我了，早已知道了。单是你们有内牵，难道我们就没有内牵不成？我虽在这里听呵，里头却也有两个姊妹成个体统的，什么事瞒了我们！'"柳家的好像有点假装说：我们没有在关说什么事情啊。小警卫就讲，你别骗我了，你别看我是个小警卫，地位很低，我们在里面也有几个内线。难道只有你们有内线，我就没有内线？

我有我的关系，你有你的关系，所有的内线关系牵起来，最后就形成派系。所以到最后事情爆发的时候，常常发现原来是派系斗争。等一下就会看到，因为在厨房里发现了一个玫瑰露的瓶子，柳家的就被认为有偷东西的嫌疑，所以立刻被革职、调查。柳家的正在接受调查，事情还没有水落石出的时候，厨房里面已经派去了另外一个女人叫秦显家的，接了主厨的工作。这个秦显家的主厨是司棋的婶娘，所以可以看到另外一个派系起来，就把柳家的这个派系压下去了。小小的一个大观园当中讲的事情，恐怕是我们今天每天打开报纸都会看到的事情。

读《红楼梦》读到最后，常常觉得事情的真相并不清楚，只是派系谁赢谁输。不管派系谁赢谁输，这个社会并没有太大的进步，因为只是换了一个派系而已，整个社会结构对事情的态度并没有改变。所以六十一回一直是我觉得写得不得了的一回，因为它呈现出这样的一个社会组织里人不会改变的部分，三百年来好像也并没有太大的改变。

厨房斗嘴

柳家的跟警卫这样扯了半天，“只听门内又有老婆子向外叫：‘小猴儿们，快传你柳嫂子去罢，再不来可就误了。’”就是你这个小家伙，别再闹了，厨房里面急着要开饭了，你赶快放柳婶子进来吧。有没有发现，他真的可以管到她。这个门开快一点，开慢一点，就对她造成方便或者不方便。旁边人看不过去了，说再不来可就误了大事，上面正要传饭。那柳家的听了，也不顾跟小厮说话，赶快就推门进去了，笑着说：“不用忙，我来了。”

“一面来至厨房——虽有几个同伴的人，他们俱不敢自专，单等他来调停分派。”特别注意“不敢自专”，厨房里有很多的帮手，可是主厨不到，帮手是不能动手的。今天的厨房也是如此。主厨要担任一个领导的角色，他要负责做出对所有菜肴的处理，材料的处理，跟调味的处理。像打仗一样，旁边的助手可以切蒜切姜，可以听他的命令，但是命令一定要他下。

我想大家知道法国有所谓的“米其林三星”，这是对餐厅评级的最高级别，因为评级是非常严苛的，所以全世界只有四十几家米其林三星餐厅。我的好朋友在台北的一家大饭店工作，有一次他问我今天要不要来吃饭，我说不要了，我忙得要死，干吗到你们那里去吃。他就说，你不来，不要后悔，今天是一家米其林三星的主厨从法国来，特别做一个晚上的，我就飞奔而去。

大家知道前几年法国有一条很轰动的新闻，一个米其林三星餐厅被降为二星，主厨就自杀了。我看到那个消息，真的眼泪都掉下来，你忽然发现那个主厨对自己是三星还是二星的差别这么在意。我就跟朋友讲，好像最后的道德竟然背负在主厨身上。因此我们也知道这种主厨，他在专业上有一种自负，因为那个料理就只有他能够调出来。我记得那一次我们吃到主餐上来的时候，这个米其林三星的主厨出来，问大家怎么样，今天满意吗，有什么指教批评这样子的话。他还和我们说今天的龙虾冷汤加咖啡是怎样研发出来的。我觉得他的了不起就在于他对于自己的自信跟自负。

所以如果柳家的不在场，所有人都不能动手。然后她就开始忙做菜，

“忽见迎春房里小丫头莲花儿走来”。

我想我要停下来跟大家讲一下，就是大观园当中有主人的阶层——宝玉、黛玉、宝钗；然后有大丫头的阶层，比如宝玉的大丫头是袭人、晴雯，迎春的大丫头是司棋；下面还有照顾大丫头的小丫头。照顾司棋的就是莲花儿，晴雯她们底下也有更小的小丫头。如果都用一个“丫头”来形容《红楼梦》里面这些帮佣的女孩子是不对的，因为大丫头、小丫头不太一样，身份是不同的。大丫头可以在宝玉旁边帮他倒茶，帮他铺被子；小丫头是不能进宝玉房间的；还有一些老妈妈在外面是提水的，连小丫头到的地方都不能到。所以司棋这个大丫头也有一点像千金小姐。

迎春房里的小丫头莲花儿走来跟柳家的说：“司棋姐姐说了，要碗鸡蛋，炖的嫩嫩的。”蒸鸡蛋你觉得很容易，可要炖得嫩嫩的，你一定要掌握到它的软硬度跟弹性。火候差一点它不熟，火候再大一点它就老了，所以火候是讲做菜，也在讲艺术。我们说一个舞台上的演员或者一个画家的火候极够，其实在讲那个拿捏的分寸刚刚好。

柳家的回答说：“就是这样尊贵。不知怎的，今年这鸡蛋短的很，十个钱一个还找不出来。昨儿上头给亲戚家送粥米去，四五十个买办出去，好容易才凑了二千个来。”“买办”就是厨房的采办，这一句话也透露出，贾家厨房里面光是负责采买的人就多到四五十个。我们以前当兵时有时候也负责一下采买，很奇怪，那时大家最喜欢做的厨房的工作，就是去采办。因为采办可以坐一辆大卡车，跑到市场去，觉得好快乐。我们大概也就是四五个人去采办，《红楼梦》里面是四五十个人去采办的，所以大概比一个军队还要壮观。四五十个买办出去，好容易才凑了两千个鸡蛋，所以你看《红楼梦》中贾家办起菜肴来，大概真的很吓人，两千个鸡蛋对柳家的来说是太少了，如果可以买得到的话，她会买更多。

她有一点抱怨说：“我那里找去？你说给他，改日吃罢。”她不敢得罪司棋，她知道这种大丫头势力很大，就说改天再吃。莲花儿就说：“前儿要吃豆腐，你弄些馊的，叫他说了我一顿。今儿要鸡蛋又没有了。什么好东西，我就不信连鸡蛋都没有了，叫我翻出来。”有没有发现《红楼梦》大观园里的人，真正要吃的东西都不是大鱼大肉，是蒸得嫩嫩的鸡蛋或者豆腐这些素淡的东西。“一面说，一面真个走来，揭起菜箱一看，只见里面果有十来个鸡蛋”，就说：“这不是？你就这么利害！吃的是主子的，给我们的分例，你为什么心疼？又不是你下的蛋，怕人吃了。”

这个小莲花嘴巴不太饶人，就说这个蛋又不是你下的，你干吗不给我们吃？这种语言就是民间的，她得理就开始不饶人，刻薄的语言就出来了；厚道的人也许会说，你明明有鸡蛋为什么不给我们吃？可是如果莲花儿这么说，就没有魅力。民间的语言一定是在斗嘴的时候出来的。柳家的当然很生气，丢了手里的活计，上来说：“你少满嘴里混呛！你的娘才下蛋呢！”她就回了一句。注意这种民间的人，都不会退让的。你说我下蛋，我说你妈才下蛋呢，意思就是你要侮辱我，我就给你侮辱回去。

伺候二层主子

然后柳家的就开始诉苦：“通共留这几个，预备菜上的浇头。姑娘们不要，还不肯做上去呢，预备接急的。你们吃了，倘或一声要起来，没有，还了得。你们深宅大院，水来伸手，饭来张口，只知鸡蛋平常物件，那里知道外头买卖的行市？别说这个，有一年连草根子都没了的日子还有呢！”

这一段我觉得讲到了一个厨房负责人的为难。她说你们大户人家，三餐之外又要喝下午茶，又要吃宵夜，我们哪里应付得了。《红楼梦》的了不起就是从不同的立场在看事情。小莲花很委屈地说，我们要吃个鸡蛋，你都不给我们；可是厨房的人说，如果一天十个丫头要十样东西，我们真的要忙死掉了。所以曹雪芹在这里其实是让我们看到了不同的立场。好的文学永远没有结论，好的文学永远是一种罗生门。因为每个人都“公说公有理、婆说婆有理”，好的文学本来就应该让“公说公的理，婆说婆的理”。读者会在里面看到人世间不同的角度、不同的委屈，如果作者站在哪一边，这个文学就不好看了。如果作者为柳家的说话，就是偏见；如果作者为小莲花说话，也是偏见。到底是小莲花对，还是柳家的对，作者没有讲，他只是让我们看到两边的为难。

柳家的说，你们别觉得鸡蛋很普通，可是最近鸡蛋就是最缺的。“别说这个，有一年连草根子都没了的日子还有呢！”这里面有一种伤心是说，你们富贵人家高高在上，哪里知道有一天会到草根都没得吃。其实我们小时候常常被大人教训，说我们别挑三拣四，有一天连草根都没得吃。因为他们经历过战乱，经历过灾荒，他们会讲出让你觉得不可思议的话。可是今天你跟年青一代讲这样的话，他说我干吗要吃草根，我多的是麦当劳可以吃。你很难责备他，因为他没有那个经验。可是有时候我真的很害怕，在所有人类的灾难发生之后，你忽然发现有一天我们到底可以吃什么？因为口蹄疫，不能吃所有的牛羊猪；因为禽流感，又不能吃所有的鸡……

“我劝他们，细米白饭，每日肥鸡大鸭子，就将就些儿也罢了。吃腻了膈，天天又闹出故事来了。鸡蛋、豆腐，又是什么面筋、酱萝卜炸儿，敢自倒换口味。只是我又不是答应你们的，一处要一样，就是十来样。我倒别伺候头层主子了，只预备你们二层主子罢。”

大鱼大肉都吃腻了，就想换新的花样出来，这里面当然又有另外一种为难。我们今天也是如此，鸡鸭鱼肉，真的大家都不稀罕了。听到什么宜兰用老方法做出来的豆腐乳，就千里迢迢跑去那边买了一瓶过来。其实就像柳家的讲的，“吃腻了膈”，想要吃一些特别的东西。有一天宝钗跟探春想吃炒枸杞芽，枸杞大家都知道，可是她们不是吃枸杞，是枸杞的嫩芽，《红楼梦》里面吃的东西绝对是很特别的东西。

“我倒别伺候头层主子了，只预备你们二层主子罢。”这个话就有点难听了，“头层主子”就是宝玉、黛玉这些人，“二层主子”就是司棋、晴雯她们。意思是说，我每天应付你们这些丫头都忙不过来，还要不要给那些主人做菜了？

巴结

“莲花儿听了，便红了脸，喊道：‘谁天天要你什么来？你说上这两车子话！叫你来，不是为便宜，都为什么？前儿小燕说“晴雯姐姐要吃芦蒿”，你怎么忙的还问肉炒，鸡炒？’”这并不是为了菜吵架，是派系之争了。晴雯是谁？晴雯是宝玉身边最得力的丫头，莲花儿的意思是说，你柳家的五儿要进去做丫头，所以你就巴结宝玉的人。宝玉那边的丫头说要吃芦蒿，你就忙问是要用猪肉炒呢，还是用鸡肉炒。《红楼梦》你特别注意一下，里面的对话全部在讲人际关系。

晴雯的地位绝对比司棋要重要，所以想吃芦蒿，比鸡蛋要更难，因为芦蒿那种野菜不是很容易得到的。然后晴雯还特别交代说要用面筋炒，而且少搁一点油。鸡肉跟猪肉她们根本不当一回事，用面筋去炒芦蒿，这才是了不起。我们今天的面筋大概可以用机械的方法做出来，古代的面筋是把面粉一直洗，一直洗，把里面黏性最高的部分洗出来，是最费工的东西。面筋炒芦蒿，完全是一道素菜，而且油要少搁一点。这才呈现出她的贵气。注意这些细节，都是我们今天有些富贵人家也会做的。有没有发现，现在去餐厅，会说油少一点，盐少一点，味精不要放。你可以看到我们现在讲究的养生，《红楼梦》里面的这些丫头们早都知道了。

这个小莲花有一点看不起柳家的，她拿晴雯要吃芦蒿的事情讥讽她说："你忙的倒说'自己发昏'，赶着洗手炒了，狗颠儿似的亲捧了去。""狗颠儿似的"，像狗一样巴结人、讨好人的样子。然后莲花马上又加上一句："今儿反倒拿我作筏子，说给众人听。"两个人吵架吵到最后不是两个人吵架，是站在外面叉着腰去跟大家说对方有多坏。最后就不是两个人的事，而是各自要找一批人，变成群架。所以我母亲从小就教育我，人家吵架，最好离得远远的，如果你靠近的话，最后一定会变成其中的某一派。

那柳家的就赶快说："阿弥陀佛！这些人眼见的。别说前儿一次，就从旧年一立厨房以来，凡各房里要添一样半样，谁不是先拿了钱，另买另添。有的没的，名声好听，说我单管姑娘的厨房省事，又有剩头儿，算起帐来，惹人恶心：连姑娘带姐儿们四五十人，一日也只管要两只鸡，两只鸭子，十来斤肉，一吊钱的菜蔬。你们算算，够作什么的？连本项两顿饭还撑持不住，还搁的住这个点这样，那个点那样，买来的又不吃，又买别的去。"她的意思有一点说，别人要吃芦蒿，都是她们另外拿钱来的，因为我这个做厨房的人，每个月有固定给我的钱，这个钱没有多余的。她有一点不敢讲，但是在暗示说你们动不动就来吃个豆腐、蛋之类的，其实都要花钱，你们也不拿钱来。那你今天要吃鸡蛋，自己要拿钱来。

“既这样，不如回了太太，多添些分例，也像大厨房里预备老太太的饭，把天下所有的菜蔬用水牌写了，天天转着，吃到一个月，现算倒好。”“水牌”的意思就是有一个菜单，一个月三十天，每天的菜是不一样的。下面她就举例子说：“连前儿三姑娘和宝姑娘偶然商议了要吃个油盐炒枸杞芽儿来，打发个姐儿拿着五百钱给我，我倒笑起来了，说：‘二位姑娘就是大肚子弥勒佛，也吃不了五百钱的。这三二十钱的事，还预备的起。’赶着我送回钱去，到底不收，赏我打酒吃。”所以柳家的就有一点炫耀地说，你看人家多懂事，不仅给钱，还说剩下的钱不用退，买酒吃吧。同时，也就是有一点讽刺莲花儿：“你们司棋怎么回事？要吃个鸡蛋，你拿钱来嘛，那我就帮你做啊！”

这里我还是要说，公说公有理，婆说婆有理，其实我们没有办法判断。那个柳家的真的有点巴结宝玉房里的人，因为她的女儿要进去做丫头；可能有一点故意对迎春房里的司棋不太好；也可能是司棋太刁蛮了，要吃东西又不给人家钱。可是作者把两边的话都让我们听到，这才是我们说的好文学。

谦卑就是体会艰难

在《红楼梦》六十一回里，出现了一个小警卫，一个负责厨房的，以及他们之间一些鸡毛蒜皮的关系，可是生活里大概最难描述的也就是鸡毛蒜皮的事。一个作家能够把一个鸡蛋的价钱贵不贵，枸杞芽要用多少钱来买这样的小事，不断变成人生里又温暖又苍凉的一种回忆，这是他最了不起的部分。如果对此生有一个回忆，那么这个回忆会不会其实是一些微不足道的小事的连接，未必是能够讲出来的什么不得了的大道理？我在青少年时期，常常作文写到伟大堂皇，现在重新看的时候觉得非常幼稚，只有对人生这么不理解，才会有那么伟大的、堂皇的表现。也许对生活多一点理解，反而对那个伟大的道理没有办法去抒发，希望也许只是讲一些最微不足道的小事。

《红楼梦》也许影响到我自己怎么看身边的生活。我会永远记得那个小警卫就是想吃一点果子，他和柳家的说，你为什么进进出出，都不会带一点东西给我吃？司棋到了十六岁，不能光明正大地交男朋友，偷偷交的男朋友是她的表弟，也不能常见面。她心情不好，觉得要吃一个炖得嫩嫩的鸡蛋，都不给我吃。或者柳家的觉得你们这些小姐少爷，哪里知道现在外面的菜价、米价多贵？《红楼梦》也许让我们看到，每一个人都有自己的委屈，而且都是其他人看不到的委屈，这些委屈就全部组合成《红楼梦》里面一种对人的担待。

也许并不需要每一天都这么提醒自己一定要用《红楼梦》的角度去看人间，那样我想大概也太累了。只不过有时候，你忽然在夜市当中看到一个妇人跟人家吵架，你听到她的话，然后想到了柳家的这样一个角色，然后你会有了一个不同的角度。或者说可能哪一天忽然想到，那个大楼管理员真是怪无聊的，你就和他说，我刚好今天买了一个糕饼，你要不要尝尝看。

我觉得《红楼梦》对我的帮助其实是让我回到人间，做了一个安分的人。因为《红楼梦》，你会有一种谦卑，这种谦卑并不是我们平常在道德上讲的谦卑，而是说任何一种存活的方式都有它的艰难。柳家的一心想把女儿送到比较好的地方，将来在宝玉那边做丫头，不要像她一样每天在厨房里面做菜那么苦。她好像唯一的愿望就是她这个身体不好的女儿，将来有个好点的结局。所以每次宝玉房里晴雯要吃什么，芳官要吃什么，也许她就做得特别好一点，可是别人看在眼里就觉得是在巴结。

司棋心头起火

莲花儿在这边吵架，司棋就又派了另外一个小丫头来骂莲花儿："死在这里，怎么就不回去？"我们小时候常常被妈妈骂说，死在那边都不回家了。那个语言很有趣，也是民间的语言。

小莲花最可怜，她夹在中间，两边都不讨好，所以她"赌气回来，便添了一篇话，告诉了司棋"。注意"添"，莲花一定添了点什么东西，因为如果她不添东西，她就会挨骂。她一定要加重柳家的罪名，说好多的鸡蛋，我都找到了，是柳家的不给你吃，这样她自己才能脱卸责任。所以有时候我们会发现传话的人扮演了非常重要的角色，也许她回来传话说，我们找遍了都没有鸡蛋，现在鸡蛋太贵，那司棋也就算了。社会里面许许多多的人跟人之间的误解，往往是因为"添了一篇话"。

"司棋听了，不免心头起火。"我还是要强调她不是因为没有吃到鸡蛋，其实是觉得生命没有被重视。那个小警卫也不是因为没有吃到果子，是因为没有被重视。所以生命里最大的受伤，是觉得自己的存在对他人不重要。曹雪芹其实最大的开示可能是说，生命应该找到自己存在的重要性。像宝玉，因为一直是受宠爱，他会觉得别人对他的爱或者恨，其实都不是最重要的东西，他回来做自己就好了。可是一般人不是那么容易，一个社会里充满了各种委屈，是因为都觉得自己的存在被忽略了。这件事情如果换作是宝玉，宝玉会说："没有鸡蛋吃，就算了。"可是司棋不同。

司棋的故事

司棋十六岁，不知道将来的结局在哪里。

她有一个爱人，这个爱人一年也许只能见一次面，也永远没有机会去安排他们将来的婚姻。贾府的丫头从九岁、十岁进来，到十六岁的时候都已经成熟了，应该到谈恋爱、要结婚的年龄了，可是她们根本没有机会。她们的主人也从来不讨论她们要结婚、要谈恋爱的事情。到一定的年龄，就有一种"官媒"，拿着八字，看哪一个拉车的还没有娶妻，哪一个宝玉房里的丫头还没有嫁，那么他们就结婚，就这样配了。司棋对自己的生命有要求，所以我们看到没有多久司棋就做了一个惊人的事情，把她的表弟弄进来，私会大观园。在那个年代，做这种事情是要被活活打死的，可是司棋竟然敢做。

最后她的下场非常非常惨，被抓到了，可是最惨的事情还不是她被发现，是那个男朋友第二天就跑了。在中国以前的文学和戏剧里，男人都很无情无义，爱情里最刚烈的都是女性。因为女性别无选择，她的生命完全是一个被禁闭的生命；男人还可以去找别人，可是女孩子一生就许诺给一个人，她没有任何其他的机会。

写《红楼梦》的曹雪芹同情她们、悲悯她们，可是他也不知道在这样的家族里的这些女性应该怎么办。我常常觉得要把司棋的故事挑出来，可以是一个单独的、了不起的短篇小说，而且非常非常像张爱玲的小说。张爱玲小说里面的女性常常是毁灭性的，大家最明显会看到《金锁记》里的曹七巧，她就是毁灭性的，最后可以连她的儿子、女儿都毁灭。她在年轻的时候，长得漂亮，在市场里面卖东西，最后被大户人家一个残障的男子买去做太太。她常常形容说晚上压在她身上的那一块肉，好像是猪肉摊上死掉的肉。她会恨，会觉得自己的青春被这样子糟蹋了，最后就把所有的毁灭变成对自己的毁灭，变成对儿子、女儿的毁灭。那是张爱玲写得非常好的题材，也是女性比较容易理解的东西——就是一种对自己生命被糟蹋以后的怨，一种巨大的怨。《红楼梦》当中也有，司棋的故事就是如此，非常像后来张爱玲发展出来的那种文学形式。

所以她其实最后要打的不是那个鸡蛋，而是她自己对生命的绝望。她觉得做一个丫头，一辈子关在这里，像犯人一样，甚至比犯人都惨。她的怒气也不只是为那个菜的怒气。活下去没有任何希望的时候，就是毁灭，而且觉得毁灭是唯一的救赎。司棋其实有一部分是毁灭性的。

绝望与毁灭

我们知道，做厨房的人要把所有人都服侍好了之后，她们自己才能吃饭。当柳家的忙了半天，好不容易可以喘一口气坐下来吃饭的时候，司棋气势汹汹走来了，大家赶快站起来赔笑——知道大事不妙，她来兴师问罪了。司棋一句话不讲，“便喝命小丫头子动手：‘凡箱柜所有的菜蔬，只管丢出来喂狗，大家赚不成。'”注意这一句话——“大家赚不成”。社会里面“大家赚不成”的观念存在的时候，就是走向毁灭了。平常你对我好一点，我就对你好一点，是善意增加；可是如果说你对我不好，我就对你更不好，就加倍把所有的恶意增加。在这里看到《红楼梦》里让人惊心的部分，就是因为家要败落了，所以“大家赚不成”。

“小丫头子们巴不得一声”，这个也很有趣，因为小丫头们其实是不懂事的。这个时候如果司棋扮演了一个比较稳重、比较圆融的角色，事情不会这样子。如果是袭人，绝对不是这样处理。《红楼梦》里面每一个人有自己存在的一种方法，司棋的方法就是“大家赚不成”。如果要吃鸡蛋，我就要吃那个嫩嫩的，我吃不到，就把所有的东西都砸碎。

这种毁灭的东西，其实我们在生活里有时候会看到。报纸上讲到一只鹦鹉因为主人不宠爱它，它就用嘴把羽毛一根一根拔下来，这变成一个世界上蛮轰动的新闻。从动物的心理学上说，这只鹦鹉也有忧郁症了，就是它要毁坏自己。我们当然知道有的孩子为了引起大人注意，可以在身上自毁。但当看到一个动物表现出这种行为的时候，会特别痛。连一只鹦鹉都会这样，它要的不是食物，它要的是一个温暖。

常常碰到一些太忙的父母跟我说，他们想让孩子学才艺班，像钢琴、小提琴、绘画。我都跟他们说，不要那么着急学这些东西，有空多抱一抱他，让他在年幼的时候，记得你身体的体温。我相信那个东西恐怕是使他将来不会走向自我毁灭的一个最重要的东西。自我毁灭是最痛苦的东西，因为那时他一定是绝望的，才会开始对自己的肉体或者心灵去做毁坏性的动作。

委屈与自信

我想这里大家可以看到司棋的表现。“小丫头子们巴不得一声，七手八脚抢上去，一顿乱翻乱掷的。”厨房的人只好一面去劝说不要这样子，一面就赶快拜托司棋说：“姑娘，别误听了小孩子的话。柳嫂子有八个头，也不敢得罪姑娘。说鸡蛋没有，我们才也说他不知好歹，凭他什么东西，也少不得变法儿去。他已经悟过来了，连忙蒸上了。姑娘不信瞧那火上。”“小孩子”指的是谁？就是莲花儿。“司棋被众人一顿好言，方将气劝的渐平。”这些劝架的人没有留下名字，我们不知道是谁，可是也许这些人是重要的。司棋怒气爆发的时候，有人在一边说：“不要这样走向毁灭，这些人是不敢得罪你的，那个蛋已经蒸在那边了。”她就觉得被重视了，所以她就开始多了一点自信。

所有恨你的人，都是因为他自己可能没有找到他的自信。所以最好的“报复”对方的方法其实是帮他找到自信。因为他恨你是因为你一定有些东西比他强，他觉得自己在受欺负或者受委屈，你要让他不委屈，就要帮他找到那个自信。今天也许在社会上，各种的对立里面都是因为有这个东西，就是我受害了、受伤了，我的委屈你不知道，所以我要加倍去侮辱你或者伤害你。这个时候，可能说“那个蛋已经蒸在那边了”的人就是重要的。

她们后来就把司棋劝回去，柳家的又蒸了一碗鸡蛋，派人赶快送去。可是司棋心里面有一个疙瘩，用我们现在的语言来讲就是“不爽”，而这个不爽不是因为那个鸡蛋，是因为她的生命、她的青春如此被糟蹋跟耽误。她把鸡蛋全部泼在地上，意思是说我哪里稀罕吃这个鸡蛋。这还是毁灭。

柳家的当然没办法，也一肚子气，只好继续去忙做菜。之后她的女儿——这个生着病、长得很漂亮的五儿就回来了。

五儿被抓

下面戏的主角就是五儿。“柳家的打发他女儿喝了一碗汤，吃了半碗粥，又将茯苓霜一节说了。五儿听罢，便心下要分些赠芳官，遂用纸另包了一半，趁黄昏人稀之时，自己花遮柳隐的来找芳官。”五儿想，这个茯苓霜这么好，这么珍贵，我不应该独享。其实分享是最大的快乐。曾几何时，我们得到一个最好的东西，常常要找最好的朋友来分享。可是很奇怪，到某一个年龄，慢慢这个东西会少——不是完全没有。我觉得所谓的纯真，是特别直觉性的，就是可以跟人分享爱跟美的感觉。

五儿是柳家的女儿，不能进大观园，可是这也说明大观园的门禁越来越疏忽了，那个小警卫不知道跑到哪里去了，她就溜进了大观园。作者用了四个字来形容：“花遮柳隐”，真是了不起！她躲来躲去，没被别人发现地到了怡红院，然后就托小燕叫芳官出来，想把茯苓霜给她。

其实这是一个很单纯的事情，可是就出事了，因为她出来的时候刚好碰到了管家——林之孝家的。

林之孝家的是一个大管家，她带着几个婆子出来，“五儿藏躲不及，只得上来问好。林之孝家的问道：‘听见你病了，怎么跑到这里来？’”好，这里面已经是犯规了，意思是你不应该进到大观园，怎么进来了。所以对做管理的人来讲，她有责任要质问。五儿赔笑说道：“因这两日好些，跟我妈进来散散闷。才因我妈使我到怡红院送家伙去。”其实这个事情不算大事，五儿说我偷偷进来玩一玩就算了，可是五儿害怕，她编了一个谎话。林之孝家的就说：“这话差了。方才见你妈出去，我才关门。既是你妈使了你来，他如何不向我说你在这里呢，竟出去让我关门，这个我就实在的不懂得他是何主意？可知你扯谎。”一点点的谎言，结果露出了马脚，所以就开始追问下来。

本来也可以没有事情，可是有两个人经过，一个是小蝉，一个是莲花儿。莲花儿先前为了司棋要吃鸡蛋的事情，已经跟柳家的冲突了。大家记不记得，前面有一段是说小蝉和芳官在厨房因为一碟糕的事情也闹了不愉快，而柳家的是向着芳官的，所以小蝉也恨那个柳家的。小蝉跟莲花都曾经与柳家的有过节，现在就报复在她的女儿身上。于是，她们和林之孝家的说：“林奶奶倒要审审，他这两日往这里头跑的不像，鬼鬼祟祟的，不知干些什么事？”小蝉说得更具体：“正是。昨日玉钏姐姐说，太太耳房里的柜子开了，少了好些零碎东西。琏二奶奶打发平姑娘和玉钏姐姐要些玫瑰露，谁知也少了一罐子。若不是寻露，还不知道呢。”莲花儿笑道：“这话我没听见，今儿倒看见一个露瓶子。”有没有发现，只要一句话添油加酱就不得了。

“林之孝家的正因为这些事没主儿，每日凤姐使平儿催逼他，一听此言，忙问在那里，莲花儿便说：‘在他们厨房里呢。’”这下就不得了，其实是一个小事，可是因为旁边人的帮腔，结果变成了一个大事，五儿立刻就被关起来，而且隔离——怕她跟别人串通，怕她自杀。

你们看，《红楼梦》写这种人际关系的细腻，到不可思议的地步。前面看到小蝉要糕，又看到莲花要炖鸡蛋，都不知道那个线牵到多远。而现在爆发了，不是爆发在柳家的身上，是爆发在她女儿的身上。所以有时候我们会看到民间相信因果跟报应，往往不是当下的，有时候是在第二代，甚至是在第三代。就是因为这个妈妈做人的不周到，或者这个妈妈在做厨房工作上的为难，得罪了很多人，有一天所有东西一旦爆发，就爆发在女儿的身上。

五儿命运的猜想

林之孝家的于是进入厨房，“莲花儿带着，取出露瓶。恐还有偷的别物，又细细搜了一遍，又得了一包茯苓霜，一并拿了，带了五儿，来会李纨与探春”。她不敢做决定，因为她只是管家，她必须要报告主人，她第一个想报告的就是李纨与探春，“那时李纨正因兰哥病了，不理事件，只命去见探春”。结果探春底下的丫头说，探春已经吃完饭、梳洗过，不见人，不处理了。所以这个事情她没有处理。我觉得如果是探春处理会好一点，因为她头脑清楚，对事情不情绪化，她常常可以把事情弄得非常好。可是等一下你会发现，为什么不是探春。

因为探春不处理，所以最后她们就去报告王熙凤。王熙凤一面卸妆，一面弄面膜，然后回头说：“将他娘打四十板子，撵出去，永不许进二门。把五儿打四十板子，立刻给庄子上，或卖了或配人。”这个事情没有任何审讯过程，只是听了林之孝家的报告，这样就处理了。

看到这一段，真的心惊肉跳。一个执法的人，权力在手的时候，事情是可以这样处理的。对她来说，她也觉得没有错，管家的报告说她私自违规进大观园；家里又发现了玫瑰露瓶子，王夫人刚好掉了玫瑰露，人赃俱获。没有调查，没有审讯。一个社会如果所有的司法是这样处理的时候，真是惊人。也许我们不知道，人类的上千年间，可能有时候很多的司法是这样处理的。

五儿的命运就被决定了。一个女孩子被打四十板子，下场是如何？平常恨她的人，打她板子的重量是怎么样？这样一个身体不好的女孩子，真的可以被活活打死。如果没有打死，就卖掉了。卖到哪里去，也可以想象。或者说配给一个人，年纪多大，长得什么样子，什么样的个性，完全不知道。五儿对她自己生命的希望，十六岁的希望，到宝玉房里做丫头的一切的希望，都在刹那之间完结了。

我其实看《红楼梦》，越看到后面越会注意到这种语言，就是一个人的命运可能在一件小事里就被决定了。可五儿是被冤枉的，所以作者大概会有很多的忏悔。这个家族如果有一天败落，是因为它不知道的一些因结成的一些果。所以，在每一天当中，都要尽量使自己的善意越来越多地去构成那个善因，才会结出善果。大概作者在这里是让你有一个真正的领悟。如果以佛家的因果来讲，《红楼梦》整个在讲大因果，都是我们不容易发现的。因此你读这个小说，越读到后面越会检查自己生命里面的因果，生活里对人的善意或者恶意，会转成什么不同的东西。

案中案

平儿是王熙凤的特别助理，所以王熙凤决定之后，就由平儿来处理。五儿吓得哭哭啼啼，给平儿跪着，对平儿说：“我没有偷，那个玫瑰露是宝玉房里的芳官给我的。”平儿真的头脑清楚，说：“这也不难，等明日问了芳官便知真假。但这茯苓霜前日送了来，还等老太太、太太回来看了才敢动，这不该偷了去。”平儿意思说，茯苓霜是一个完全没有拆封的东西，怎么你们家已经有了？“五儿着忙又将他舅舅送的一节说了出来。”她舅舅就是在外面管大门的，大概是从南方来了一个将军，要送礼给贾家，见到守门的人，知道如果不对他好一点，根本连名片都递不进去，所以就拿出几包给了守门的人。茯苓霜是这样得到的。可是当没有追问的时候，所有的事件都是被掩盖起来的。

“这里五儿被人软禁起来，一步不敢多走。又兼众媳妇也有劝他说，不该做这没行止的事；”你看，旁边的人，根本不知道真相，可是就开始一直指指点点，说你不应该偷人家的东西。五儿根本还没有真正被判，其实已经定罪了。“也有抱怨说，正经更还坐不上来，又弄个贼来给我们看，倘或眼不见寻了死，逃走了，都是我们的不是。”我不知道大家感觉到没有，曹雪芹在这里的写法，其实在呈现五儿的心情。这个自负甚高，长得非常漂亮的女孩子，忽然掉到一个完全被侮辱的最大的痛苦里面，所以真正杀她的东西好像并不是那四十板子，而是旁边人的指指点点。

“于是又有一干素日与柳家不睦的人，见了这般，十分称愿，都来奚落、嘲戏他。这五儿心内又气、又受委屈，竟无处可诉；且本来怯弱有病，这一夜思茶无茶，思水无水，思睡无衾枕，呜呜咽咽直哭了一夜。”

所以我的意思是，如果说《红楼梦》给了我什么，大概是在这个时候我开始注意，有时候我可以少讲一点话，因为我发现每一句话都可能是刀子。而那个时候五儿一直发抖，吓得不知道发生了什么事。家人也不能联络，而旁边听到的都是这些话。这个时候是否会有温暖一点或者安慰一点的东西出现呢，我觉得作者在写这个。所以等到你看宝玉说，“全部都是我做的”时，那个温暖才出来。

平儿第二天一早就去问袭人，“袭人于是又问芳官，芳官听了，唬天跳地，忙应是自己送他的”。芳官是一个学戏的女孩子，在戏剧当中讲到很多忠孝仁义，她就觉得五儿这么好，得到一点点茯苓霜，会想分半包给我。所以她们中间有她们的义气。她觉得对不起五儿，就赶快去找宝玉。我们看到，这个少爷只要事情到了他这边，他就像菩萨一样，他就说：“都是我给的。”他觉得有什么了不起的事，要把五儿打一顿，还要去卖掉。宝玉生来就是要爱惜所有美丽的事物跟青春的女子，他会觉得，怎么可以这样对待五儿。平儿就说，也没有这样乱认的吧，玫瑰露可以说是你给芳官，芳官给了五儿；茯苓霜你怎么会有，根本还没有拆封。

平儿非常聪明，她一想就知道王夫人房里的玫瑰露是谁偷的。彩云是王夫人房里的丫头，跟贾环有私下的情感。王夫人会给宝玉玫瑰露，但不会给贾环，因为贾环是一个丫头生的庶出。彩云觉得要对男朋友好一点，就偷了一瓶玫瑰露。她大概想王夫人也不会注意，因为以前别人送这种东西都是一箱一箱的。平儿虽然知道是谁拿的，可是不方便讲，不方便讲的原因是什么？因为：“只怕又伤着一个好人的体面。别人都别管，只这一个人岂不又生气？我可怜的是他，不肯为打老鼠伤了玉瓶。”说着，平儿“把三个指头一伸，袭人等听说，便知他说的是探春”。她们都喜欢探春，探春是一个聪明、对人非常好的女孩子。如果这件事爆发，赵姨娘就有罪，因为玫瑰露现在是在赵姨娘的房间里。赵姨娘一被抓出来，探春就为难，因为是她亲妈妈。

有没有发现作者微妙的写法？刚才去报告五儿被抓的时候，探春说已经休息了，所以就没有处理这个事情。如果真报告到探春那里，探春会秉公处理，可是秉公处理自己心里又难过，因为一个人要处理自己亲人的事情是最困难的。平儿的了不起，是她觉得法律里面有情、有理，法理上一定是抓彩云，可是抓了彩云以后，影响到赵姨娘，影响到探春，就牵涉情分。所以平儿的成熟跟探春又不一样。

结案

我们看平儿怎么处理。“平儿又笑道：‘也须得把彩云和玉钏儿两个孽障叫了来，问准了他方好。不然他们得了益，不说为这个，倒像我没了本事，问不出来，烦出这里来完事，他们以后越发偷的偷，不管的不管了。’”等把玉钏儿和彩云叫来后，平儿就说，我们现在抓到了一个小偷——柳五儿，已经关在一个地方，要打四十板子，然后发卖出去，可能就卖到妓院去了，下场是很惨的。我们知道不是她偷的，我们也知道是谁偷的，可是如果把这个事情抖搂出来，又伤到了一个我们喜欢的人，所以你们说怎么办？

把真正的小偷抓来了，但没有说是她偷的，可是跟她讲这个事情所有的状况。没有想到，“彩云听了，不觉红了脸，一时羞恶之心感发，便说道：‘好姐姐放心，也别冤屈了好人，也别带累了无辜之人伤体面。偷东西原是赵姨奶奶央告我再三，我拿了些与环儿是情真……’”彩云承认了东西是她偷的，说把她送出去吧。

其实《红楼梦》最动人的是这些地方，这些丫头都有一种刚烈，都有一种做人的正直。她偷那个玫瑰露给贾环，像是小男孩、小女孩在谈恋爱，就把妈妈的口红偷一个去给女朋友，其实也蛮可爱的，并不是多么大的坏事。可是没有想到最后牵连到五儿的时候，在法律上非常残酷。所以她听到这个事情，她也不忍。

可是彩云这样一招认，她就是五儿的下场。彩云有一种刚烈、一种热情，而这个热情直接出来的时候，她不是那么理性地思考自己的下场。平儿跟宝玉都吓了一跳，宝玉就很感动，说："彩云姐姐果然是个正经人。"

宝玉在当下的感动是因为彩云犯了错以后自己承认的那种正直——连累别人的时候，宁可自己走向悲剧的命运，也不要去害别人。他认为那是生命道德里面最高的东西。所以宝玉就说："如今也不用你应，我只说是我悄悄的偷了的，唬你们玩，如今闹出事来，我原该承认。只求姐姐们以后省些事，大家就好了。"宝玉把全部的事情都担下来，平儿、袭人还嘱咐"但只以后千万大家小心些就是了"，只是拜托大家以后小心一点，不要再做这样的事情。"小心些"是说，即便是偷，也谨慎一点，不要一下就被人家抓到。我觉得作者其实有一个意思，觉得这种小男孩、小女孩之间的情谊，其实不算是大罪。甚至作者有一点点在赞美这个东西。青春里面有一种天真，落到大人的世界——王熙凤如果代表一个大人的法律世界——就是打四十板子发配了，根本不把它当一回事，因为每天她要处理太多这种事的时候，她已经没有人性的柔软了。

我们当然知道，如果是一个检察官或法官，当他一直在处理这类事情的时候，他大概也很难有对人的柔软的东西。我们一直在说"情、理、法"，如何处理其间的平衡，当然很难。就像我认识的一些医生朋友，有时候我都觉得他们很为难。他们每天要面对多少病人，每个病人都有最大的痛，可是对他来讲那个痛都抵消了。因为他已经听了多少个痛，他的那个情绪根本没有办法维持。所以，所有职场上的麻木，其实也有它的痛苦所在，可是在职场里面怎么还保有那个最后一点点的人性，恐怕也是曹雪芹一直关心的问题，就是对那个小警卫的关心，对那个主厨的关心，现在是他对彩云的关心或者对司棋的关心。

你最后都会发现宝玉像个菩萨一样，觉得生命应该有更多一点的担待，而不只是惩罚。即使在惩罚当中，也有一点像孔子说的“哀矜勿喜”。并不因为我判了一个案子而高兴，反而是难过，我想这些都是《红楼梦》其实一直要提的。所以我们读到《红楼梦》这些部分的时候，会有一种对宝玉的心疼，是因为他心疼所有的人，他心疼所有的生命，包括赵姨娘。

没能成功的改朝换代

五儿被抓起来的时候，“和他母女不和的那些人，巴不得一时撵出他们去，深恐次日有变，大家先起了个清早，都悄悄的来买转平儿”。注意“深恐次日有变”，这里面非常微妙，就是说如果今天晚上王熙凤说打四十板子赶出去就决定了，不要到明天又改变了，这个时候派系的斗争已经发生了。等到这个事情了了，平儿到厨房去，就看到有一个女人是秦显家的，已经开始带了一批新的人，在那边忙起来了。厨房原来有柳家的一批班底，现在柳家的走了，班底也换了，就变成秦显家的跟她的团队。忽然就改朝换代，换了一批人了。

平儿就问怎么回事啊，她们回答说，秦显家的是司棋的婶娘。柳家的这一派下去了，现在换成司棋派的人出来了。细细读一下第六十一回，全部在讲派系斗争，小小的大观园当中，就有这么多复杂的派系。平儿笑道：“太派急了些。如今的这事八下里水落石出了，连前儿太太屋里丢的也有主儿。”平儿说这个事情已经弄清楚了，是宝玉好玩就偷了妈妈一瓶露，茯苓霜也是他拿了一袋，然后就给了芳官，芳官又给了五儿，这个事情跟柳家的无关。

大家就吓了一跳：不是已经讲好了打四十板子赶出去了吗，怎么现在又变卦了？秦显家的女人就在那边唉声叹气、捶胸顿足，因为她才进来一天，已经打点了所有的礼物送到各方去了，这些钱都要她自己赔。在过去的社会里面，为了争一个职位，要动用到这样的状况，因为这里面是一个派系的生成。但作者把这些事情写得很微妙。我每一次看到这一段，可能都会哈哈大笑，觉得秦显家的真是倒霉得要死，她以为从此有了油水，要把所有的关系都拉好，赶快做菜、送水果，送到各房去。结果忽然说，又换回柳家的做主厨，你还是出去，一下子所有的钱她都要白赔了。

宝玉的赎罪

在第六十一回中，我们看到《红楼梦》里这些鸡毛蒜皮、完全不经意的事件，其实里面有非常微妙的细节。平儿认为不可以冤枉五儿，也不可以冤枉五儿的妈妈，这是法律的部分；她又关心到探春的难堪，如果抓到她的亲生母亲，探春并没有法律的罪，可是她心情上会受到更大的伤害。伤害各个不同，有一种伤害是打在身上的四十板子，有一种伤害是心灵上可能永远的创痛。到了最后，这些伤痛宝玉都要承担。

如果宝玉是这个家族的宝贝，那么不是他来承担还有谁可以承担？因为任何人做了这个事情都要被追究责任，只有宝玉可以不被追究责任。宝玉变成了一个奇异的角色，这个角色说，因为我被宠爱，我的宠爱就承担所有对大家的赎罪。大部分在文学里赎罪的角色，不管是东方的文学还是西方的文学，都是女性。比如圣特蕾莎，她是用母亲的角色来赎罪；台湾的妈祖、唐宋的观音，最后都变成女性角色。这是因为女性有最大的赎罪性，构成她的神性空间。宝玉是唯一的男性的赎罪角色，这个比较特殊。

生命中的清与浊

宝玉承担了所有一切以后，平儿第二天去报告王熙凤，王熙凤就叹了一口气说："虽如此说，但宝玉为人不管青红皂白爱兜揽事情。别人再去求求他，他又搁不住人两句好话，给他个炭篓子戴上，什么事他不应承。咱们若信了，将来若大事情也如此，如何治人？还要细细的追求才是。"凤姐说宝玉也真是滥好人，什么事情都认，那以后还怎么得了，什么事情都不要处理了。王熙凤的角度是法律，意思是说什么事情都是他认，以后大家就又偷又抢了，反正都有宝玉去担。我想这是曹雪芹了不起的地方，曹雪芹并没有一味夸赞宝玉，他会觉得一个社会在情的部分和法的部分，是要有平衡的。全部都是法，会变成一种苛刻，变成一种刻薄寡恩；都是情，也会产生弊病，最后就没有公正的法律的理性。

王熙凤说这个事情其实很简单，就把所有的人找来，让她们跪在瓷片上，在大太阳底下一整天，菜饭也不给吃，看她们招不招。有没有发现，王熙凤的思考角度全部是法律，是严苛，是我不相信这个事情查不出来。

平儿就讲了重话。她说："好容易怀了一个哥儿，到了六七个月还掉了，焉知不是素日操劳太过，气恼伤着的。"她好像在讲一种因果，劝凤姐“得放手时须放手”，放一马算了，人世间的事哪有一是一、二是二的，你为什么不让自己宽容一点。

这真是让人动容。这里面有平儿代表了另外一个对生命的看法，就是对生命不宽容，是留不住生命的。如果这个流掉的胎儿代表一个生命的话，其实是因为母亲的生命本身不够宽容。我们常说“水至清则无鱼”，水太清的时候，其实是没有鱼可以生长的。

可是如果这样讲，那我们不是要混水吗，那这个社会不就脏了吗？可这里面注意一下，是平衡的问题，是说洁癖不要太过，因为生命是在“清”跟“浊”之间平衡。我们都觉得浊不好，我们希望自己是清流，我们希望社会是清的。可是不要忘记浊本身也是生机，因为它里面有养分，它能够供给那些鱼生长的养分；如果彻底的清，又变成另外一种弊病，叫作洁癖。

第六十一回是我非常喜欢的一回，我觉得里面有非常动人的东西，包括语言的活泼，包括对小人物的描写，包括宝玉对所有卑微人物的担待，都构成了一个生命的宽阔度。最后也对王熙凤这样的生命做了某一种反省，就是这个女强人好强，不服输，得理不饶人，最后的因果也是她自己在生命里面一步一步走向最大的绝望。我们面前都有一条路，可能越走越窄，也可能越走越宽。越走越宽是因为生命里面可以包容更多的东西，越走越窄会让自己越来越走不下去，最后变成一个牛角尖。

读完第六十一回，我常常特别想到夜市里去坐下来，跟摊子里面的人坐在一起，会忽然觉得里面有另外一种生命的温暖，它是不一样的。这也让我自己觉得平常对优雅、高雅的追求，好像可以有另外一条不同的路，也可以包容更多不同的东西。

第六十二回

憨湘云醉眠芍药裀
呆香菱情解石榴裙

秦显家的女人的难堪

由于大观园里的主厨柳家的还有她女儿，要被赶出去，所以就让出了一个肥缺。在案子还没有了结的时候，秦显家的女人就开始进驻到厨房成为主厨。在第六十二回的开始作者讲到，秦显家的接了这个工作以后，“一面又打点送林之孝家的礼，悄悄的备了一篓炭，五百斤木柴，一担粳米，在外边就遣了子侄送入林家去了”。“粳米”，就是最好的细米，这里我们可以看到作者的细心，他描述这个可能在小说里只出现一次，根本微不足道的一个配角时，细节可以写到这么讲究。“又打点送帐房的礼”；因为管账的人权力很大，将来要申请钱、查账，这些最重要的事情都跟账房有关。这里大概都透露出过去的某一种人际社会里的，或者今天也可能还存在于我们社会里的，一种有趣的人际关系。

秦显的女人还办了几桌酒席，请所有厨房相关的人吃饭。她说：“我来了，全仗列位扶持。自今以后都是一家人了。我有照管不到的，好歹大家照管些儿。”有点像走江湖卖艺，说我到了贵宝地，全靠大家帮忙，以后如果有好处，我们都可以一起分的。“正乱着，忽有人来说与他：‘看过这早饭就出去罢。柳嫂儿原无事，如今还交与他管了。’”

我们看到这里会发现，最有趣的是，其实平儿还没有判决之前，林之孝家的已经安插了她自己的人进来。当人事管理发生职位上的争夺时，常常有一种难看，我们有时候在民间说“吃相难看”，其实讲的是这个东西。因为如果以真正的管理来讲，应该有一定的制度和管理的规则，可是这里就很明显看到另一个派系有一点迫不及待，赶快把秦显家的这个女人安插进来，但现在又要出去，就很难堪。

如果写到这里，我们会觉得这个秦显家的女人活该，她自己倒霉。可是作者了不起的地方就在于，他写到她难过得不得了，不知道怎么办了。她要开始卖她家里的东西去赔补，因为送礼、请客用的是公款。她原想将来反正有油水，可以慢慢再把这些钱捞回来，可是现在捞回来的机会没有了，她要折变她自己的家当去赔。

曹雪芹在写人物时的这种细腻和讲究，是因为他对人有很大的关心和同情，否则不会写到这么周到——通常就是说她打了铺盖卷走了，就好了。可是我们看作者是怎么写的？他说：“秦显家的听了，轰去魂魄。”这四个字蛮重的，就是一个差事，也没那么了不起吧，怎么会“轰去魂魄”？这里面作者其实在同情这个秦显家的，因为这种穷人家好不容易有一个工作，想办法借钱也要把周边的人打点好，结果又得不到这个工作的时候，真的是陷入困境，所以“垂头丧气，登时掩旗收鼓，卷包而出”。好像打仗打败了一样。

“连司棋都气了个倒仰”——可以看出里面其实在讲派系。派系斗争当中有我们想象不到的残酷，因为可能一个职位牵连到一个派系里面的人得势或者不得势的问题。如果我今天面对这样的事件，会有一个立场和看法，可是曹雪芹常常写到这些事件的时候，尽量让他自己超然到对所有的人和他们在现世里的争夺，有一种同情。因为人好像就一直在一些小小的事情上计较，而现实的生活好像不过又是如此。

赵姨娘提心吊胆

对这件事情，赵姨娘也是一直提心吊胆，因为彩云偷了玫瑰露放到她的房里，最近大家在查谁偷了玫瑰露，她就紧张得不得了。像赵姨娘这一类的人，头脑很简单，喜欢占一点小便宜，可是小便宜占到以后，其实心里又七上八下，提心吊胆，所以宝玉一认下来以后，她就觉得放心了。作者写到所有这些人物的时候，好像在说，宝玉的某一种宽容让她们人生里的颠倒梦想、惊慌失措，稍微能得到一种安静。

可是要领悟到如果少掉一点这样的贪婪，也许心就更安一点，大概并不是容易的事。我觉得作者也没有那么大的野心说，人很容易就领悟了。领悟和痴迷，刚好是作者想要写的一体的两面。我们在阅读的时候，常常会觉得这个赵姨娘真是不堪，什么东西都要贪。可是在现实里检查，发现有时候自己也不见得能够好到哪里去，对赵姨娘的嘲笑，就像五十步跟百步之间的嘲笑。我觉得《红楼梦》最了不起的，就是总是从人性的角度去看——人之所以为人的原因，人之所以为人的原因包含了人之所以为人的尊严，以及人之所以为人的卑微。两个方面他都写到，因为人之所以为人本来就跟这些牵牵扯扯的事情有关系。

贾环不高兴

宝玉承担了这个事情，照理讲大家都应该很高兴，可是贾环不高兴了。贾环“便起了疑心，将彩云凡私赠之物都拿了出来，照着彩云的脸摔了来，说：‘这两面三刀的东西！我不稀罕。你不和宝玉好，他如何替你应。你既有担当给了我，原该不与一个人知道。如今你既然告诉人，我再要这个，也没趣。’”因为他觉得你是我的女朋友，你偷了一个玫瑰露给我，为什么宝玉会说是他偷的，是不是你跟他有什么关系？

贾环一直是一个心理上受伤的小孩，因为他前面有一个宝玉。宝玉这个哥哥又漂亮、又聪明，所有人都宠他，贾环站在旁边，永远觉得自己畏畏缩缩的。贾环不必任何人去指责他，他自己就觉得自己不行。现在好不容易有一个女孩子对他好——《红楼梦》里面大概唯一对贾环好的女孩只有彩云了，而彩云竟然现在好像跟宝玉比较好，他立刻又受伤了。

我觉得贾环的反应完全是对的。我们慢慢会认识到一种人，在生命受伤的过程里，他根本不相信别人会对他好，所以当别人对他好的时候，他会有各种的怀疑。因此贾环对彩云的态度是说，我相信你根本不是对我好，你一定跟宝玉串通好在整我什么事情，所以你每次给我那些小东西都是哄骗我的。于是他就把这些东西全部照脸摔到彩云的身上。彩云就变成了一个最委屈的角色。

彩云也不是一个出色的丫头，但她也关心自己将来到底何去何从。我们一再提到说，《红楼梦》里面最可怜就是这一批丫头，九岁买进来以后，到了十六岁，下半辈子怎么办？她们唯一的希望只有依靠一个男人。

袭人觉得她已经是宝玉的人，所以她安心了，其他人都不安心。彩云就觉得：大家都不喜欢贾环，可贾环毕竟是一个少爷吧，所以我如果做他的妾，那我下半辈子也可以安心了。

这里面有一种很辛酸的东西。她是真的喜欢贾环或者不喜欢贾环不是重点，而是她在生命里面想找一个依靠。她在完全孤独，对她生命下半辈子不晓得往哪里去的状况里，唯一可以依靠的，其实就是贾环。结果贾环又这样对待她。

“让我收起来”

这个时候赵姨娘就骂她的儿子贾环“没造化的种子，蛆心孽障”，意思是人家对你好，你都不知道。好像我们第一次看到赵姨娘比较懂事了，平常她都是挑拨是非的那一个，这一次她好像不一样了。可是我们不要忘记，赵姨娘是这个家族里面被踩在底下更卑微的人，比贾环还要卑微，贾环毕竟是一个少爷，可是赵姨娘本身，好像只是代理孕母，根本是没有身份的。所以赵姨娘知道，彩云常常会多多少少偷一点什么东西来给他们家，她觉得唯一珍贵的东西，都是透过彩云得到的。贾环要断掉跟彩云的关系，也断掉了她从彩云那边得到的好处。

“气的彩云哭个泪干肠断”，的的确确是一个最大的委屈，她觉得这样死心塌地对贾环，贾环竟然如此对待她。赵姨娘就百般安慰道：“好孩子，他辜负了你的心，我看的真。”接下来赵姨娘这句话——“让我收起来”——很了不起。那些东西不是摔到地上去了吗，赵姨娘就一个一个拣起来。如果是一个水平差的导演改编这一段，就会描写赵姨娘有一点难堪地趴在地上拣东西。可是作者写到这里的时候，不见得是讽刺，而是说赵姨娘本来就是这样的人。因为她生命里面一直是一个被别人作践的角色，她从来没有得过高贵的东西，好东西都轮不到她那里去。记得《红楼梦》一开始的时候，她就跟马道婆讲，好的布料从来不会到我房里来。其实她是有她的辛酸和委屈的。所以对于这些好东西，她就会觉得好可惜，赶快一一拣起来。

林黛玉绝对不会有这种反应，东西坏了就坏了，根本不在意。可是赵姨娘当然在意，她会一一拣起来，她会珍惜这些物质。收东西对赵姨娘来讲是重要的，所以“说着，就要收东西”。从这些细节的描写，我们才看到了人性。

彩云沉宝

“彩云一顿赌气包起来，乘人不见时，来至园中，都撇在河内，顺水沉的沉，漂的漂了。自己气的夜间在被里暗哭。”把东西都丢在河里表示说，我们断绝关系了。对赵姨娘来讲，她珍惜的是那些东西；对于彩云来讲，她是受伤了。因为年龄的不同、角色的不同，她们在意的东西不一样。赵姨娘在意那些东西，彩云在意的是她未来的情感。她唯一依托的男人，是一个这样对待她的男人，这有一点像戏剧里面看到的“杜十娘怒沉百宝箱”。

杜十娘认识了一个男子，要跟他从良，要结束她做娼妓的生涯。可是这个男子看中杜十娘是一个名妓，所以大概存了很多钱。不过他不知道杜十娘自己私下存了一个百宝箱是最宝贝的。但这个男子一直担心他的父亲不允许他娶杜十娘，所以在路上的时候，这个男子就偷偷跟另外一个人签了合约，把杜十娘又卖给那个人。杜十娘知道这个事情以后，就站在船头上，打开百宝箱，把大颗的宝石、珍珠都丢到水里。我记得从小看那个戏的时候，母亲就在旁边掉泪。我们看到一个女性的悲伤：我有很多珠宝，可是遇到负心人，这个珠宝有什么意义，不如丢到河里去。

现在我们看到彩云的伤心也在这里。如果一个人心被伤了，这些物质有什么意义？作者描写这些东西“顺水沉的沉，漂的漂”，大家感觉一下，其实是彩云站在一边看，看到所有她冒着做小偷的恶名去偷来的给贾环的珍贵东西，“沉的沉，漂的漂”，随水流去的漂走了，沉到水里就沉掉了。其实是她所有爱情的幻灭，所以多这两句跟少这两句，文学上有很大的差别。

心事丰富才会有文学，一个事件发生以后会还有细节。如果我们的心灵已经越来越粗糙，就看不到这个延续。我很希望在《红楼梦》里面，我们慢慢阅读找回一些很细致的东西，甚至我自己会提醒说：“是不是因为生活的匆忙、粗糙，我的身上慢慢流失了一些东西。我看不到‘沉的沉，漂的漂’的那种忧伤。”读这两句的时候，彩云这个十几岁女孩子的忧伤，你就完全看到了。

然后彩云“自己气的夜间在被里暗哭”。我想我们的生命里面大概也有过这样的经验，生命里面会有一些事件让你觉得委屈，因为这些东西都是你偷去给那个人的，所以你当然不能讲。而彩云是一个丫头，晚上睡的时候，可能也在一个通铺里，没有机会有自己的单人房，所以最后是蒙着被子在里面哭。

作者这些描写——“沉的沉、漂的漂”，“在被里暗哭”，都是事件之外的东西。如果要写事件，只要写彩云把东西丢下去就好了，可是曹雪芹伟大的地方是，事件接下来还要写到这些部分。

人世的冷暖

然后作者才转到宝玉要过生日了。前面你可以看到五儿的委屈，看到彩云的委屈，甚至看到贾环、赵姨娘的委屈。可是接下来要写宝玉的生日了，这里面是明显的对比。从人世的荒凉，从晚上躲在被子里的哭声，忽然转成一种喜气洋洋的宴会。

"当下又值宝玉生日已到，原来宝琴也是这日，二人相同。因王夫人不在家，也不像往年热闹。只有张道士送了四样礼，换的寄名符儿；还有几处僧尼庙的和尚、姑子送了供尖儿，并寿星纸马疏头，并本命星官，值年太岁，周年换的锁儿。家中常走的女先儿来上寿。"

小孩子过生日常常要从庙里求一个保佑的符挂在身上，现在台湾还有这样的习惯，叫"寄名符"。"供尖儿"是寿桃摆到上面有一个尖尖的形状，后来变成民间的一个俗话。"疏头"是一种祭神的祝词，写在长的纸条上，比如某某人生日，乞求天神保佑之类的。"本命星官"，所有为他守本命的这些星官。"值年太岁"，"太岁"是指木星，所以我们现在还有一个习惯，就是"安太岁"，比如今年我生辰八字逢太岁，犯克，就要去庙里面安这个太岁。所以都是各个和尚庙、尼姑庵送东西来，为宝玉祈福的。

人世间有人是三千宠爱在一身的，有人是这么荒凉的，作者一转就转过来了，可是细心的读者慢慢会看到人世的冷暖。

还有"周年换的锁儿"，中国用了一个非常特别的符号，去对抗时间，去对抗人的衰老，就是“锁”。我们现在还保留这个习惯，婴儿在医院诞生，会去打一个金锁，其实是锁住的意思，包含着不会消失、不会随便老去的意义。还有过年给的压岁钱，“压”也是这个意思——把年龄压住。

我记得哥哥的小孩出生的时候，身上挂了几百个锁片，因为你知道那种家族人多、亲戚朋友多的时候，小孩会受宠到收到很多锁。可是没有读《红楼梦》的不会特别去想说，锁原来是每一年都要换的，因为锁旧了以后就锁不住。所以每一年要替他换一把锁可以锁住，而且换更不容易打开的那种三道锁。我跟很多朋友讲过，我上黄山的时候，其实最大的感触是看到山路旁边的铁链上全是锁。我亲眼看到很多是兄妹、夫妻、亲人，把名字用电钻刻在锁上然后锁住，口中还念念有词，念完以后就把钥匙丢到山谷里去，表示说我们在一起，再也分不开了。不知道为什么，其实那个时候我有一点想哭。

“女先儿”就是说书的人，知道宝玉要过生日了，就跑来祝寿。可是拜寿她是一定有红包拿的。

亲疏有别

“王子腾那边，仍是一双鞋袜，一套衣服，一百寿桃，一百束上用银丝挂面。”王子腾是宝玉妈妈的兄弟，也就是宝玉的舅舅。宝玉这一天收到的礼大概上千上万，可是特别提到王子腾，因为舅舅送的礼是不一样的，是贴身的鞋子、袜子这种东西，有一种代替母亲照顾的意思。华人社会里，过去来说舅舅是很大的，而且要坐主位。拿我自己来说，我就跟妹妹的孩子很亲，别人说舅舅和外甥本来就很亲，我也不知道为什么，我觉得是有一种把疼妹妹的情感转移到她的下一代的那种感觉。

“薛姨妈处减一等。”妈妈的姐妹送的，就减了一等。注意那个减一等的意思，是表示礼节上的亲疏。其实姨妈也蛮亲的，可是舅舅应该更亲。这个我们今天一般人不太了解，过去有身份的亲疏，舅舅跟姨妈就有某一种不同。“其余家中人，尤氏仍是一双鞋袜。”尤氏是他的嫂嫂，嫂嫂有时候也扮演非常重要的角色，我们过去有一个说法叫“长嫂如母”。有时候兄弟年龄相差太大，小弟弟就是嫂嫂带大的，比如韩愈就是嫂嫂带大的。我们知道鞋袜是不能随便送的，除非是很亲的人送。现在大概台湾民间还有一个习俗，就是有人送我鞋子，我要给他一块钱，表示这是我买的。

“凤姐是一个宫制四面和合荷包，里面装一个金寿星，一件波斯国所制的玩器。”荷包只是一个讲究的东西，可是里面装了一个黄金的寿星，那个就比较贵重了。波斯国所制的玩器，这个就厉害了，因为凤姐他们王氏家族有很多跟外国的来往，所以凤姐就特别选了一个今天伊朗一带做的玩具送给宝玉。这些地方都是《红楼梦》最有趣的小细节，我们不注意的话，感觉不到那个时候的贵族跟整个世界之间的来往。

然后“各庙中遣人去放堂舍钱”，因为宝玉这个小少爷要过生日，“放堂舍钱”就是把很多的钱施舍给乞丐和穷人家，其实是为宝玉求福。“姐妹中皆有随便，或一扇的，或有一字的，或有一画的，或有一诗的，聊复应景而已。”姐妹之间的礼物又不太一样，会觉得亲手画的、亲自写的东西比较珍贵。所以林黛玉可能就写一首诗给他，惜春可能就画一个扇面给他。

拜寿的礼节

“这日宝玉清晨起来，梳洗已毕，冠带出来。”就是穿戴好了帽子、腰带，腰带上都配有荷包、玉佩的，是很正式的一种服饰。“至厅院中，有李贵等四五个人在那里设下天地香烛，宝玉炷了香。”注意一下，这里讲的是“天地香烛”，说明这个案不是寿案。通常过去都很忌讳，我们小时候根本不能讲“过寿”，讲的话一定会被打一顿。这么年轻就要过寿的话，后面怎么办，基本上认为会遭天嫉，所以宝玉是来拜天拜地、谢天谢地的。我们小时候自己生日的时候，要跪下来给母亲磕头，因为这一天是母难日。“行礼毕，奠焚纸后，便至宁府宗祠祖先堂两处行礼”，慎终追远，因为前面有祖先，才会有我，所以先去拜祖先。然后“出至月台上，又朝上遥拜过贾母、贾政、王夫人等”。他的爸爸、妈妈、祖母都不在家，都在皇宫那边，所以他要朝那个方向祭拜。

“一顺到尤氏房中，行过礼，坐了一会，方回荣府。先至薛姨妈处，薛姨妈再三拉着，然后又遇见薛蝌，让了一会，方进园来。晴雯、麝月二人，并些小丫头子夹着毡子，从李氏起，一一挨着，所长的房中到过。”这一段都在讲宝玉一路就在拜，从早上起来就开始一直拜。

“便出二门，至李、赵、张、王四个奶妈家让了一会，方进来了。虽众人要行礼，也不曾受。”大家要给他行礼，可是他一定让开，因为宝玉他们家的家教非常严格，一个小孩子不能受礼，受了大人的礼会折寿。“回至房中，袭人等只都来说了一声就是了。王夫人有言，不令年轻人受礼，恐折了福寿，故皆不磕头。歇一时，贾环、贾兰来了，袭人连忙拉住”，因为他们也都要拜寿。袭人就拉住说不要拜了，因为妈妈有交代说，拜多了对这个孩子不好，会折福寿。

另一种辛酸

这个时候宝玉就笑着说："走乏了。"这个小孩子很有趣，我大概在那个年龄早就发火了，干吗过生日过这么累？宝玉永远不伤旁边的人，因为别人都是好意；虽然自己累，可是不能发火。"方吃了半盏茶，只听外面咭咭呱呱，一群丫头笑了来"，原来是小螺、翠墨、翠缕、入画这些小丫头们，还有邢岫烟的丫头篆儿，"并奶子抱着巧姐儿，彩鸾、绣鸾八九个人，都抱了红毡笑着走来，拜寿的挤破了门"，说要吃寿面。

有没有感觉那个躲在被子里哭的角色是孤独的，宝玉却刚好相反，没有孤独，他的生命简直是被聚光灯照着。曹雪芹经验过人世间最大的繁华，又经验过人世间最大的冷落，他其实会觉得两种都是辛酸。我们看不到在热闹当中一个人的辛苦跟辛酸，是另外一种辛酸。从被子里蒙着头哭的故事转到这个部分，是另外一种生命里的哭声，是累到快垮掉，可是不能说累，不能表现累，还要撑在那边笑着跟所有人去应酬的某一种辛苦。

四个人的生日

接着探春、湘云、宝琴、岫烟、惜春也都来了，刚吃了一口茶，"平儿也打扮的花枝招展来了。宝玉忙迎出来，笑说：'我方才到凤姐姐门上，回了进去，不能见，我又打发人进去让姐姐的。'平儿笑道：'我正打发你姐姐梳头，不得闲出来回你。后来听见又说让我，我那里经当的起，所以特赶来磕头。’宝玉笑道：‘我也经当不起。’袭人早在外安座，让坐。平儿便福下去，宝玉作揖不迭；平儿便跪下去，宝玉也忙还跪；平儿连忙又下了一福，宝玉又还了一揖”。

这一段写得非常有趣。过去的阶级社会里面，一个丫头跟主人万福，主人作揖，如果她跪下去，很少有男主人会跪下去。可是宝玉也立刻跪下去。我们讲过宝玉心里只有一个东西叫作平等，对他来讲生命是平等的，如果别人对我好，我当然应该加倍对别人好。

“袭人忙推宝玉：‘你再作揖！’宝玉道：‘已经完了，怎么又作揖？’袭人笑道：‘这是他来给你拜寿。今儿也是他的生日，你也该给他拜寿！’宝玉听了，喜的忙作下揖去，说：‘原来今儿也是姐姐的芳诞。’平儿还福不迭。”这才点出了平儿是今天生日。因为丫头们彼此很要好，所以袭人知道平儿也是这一天生日。

正在拜着，湘云就拉着宝琴跟邢岫烟说：“你们四个人对拜寿，直拜一天才是。”湘云告诉大家说，四个人都在过生日。被子里的哭声一下转成热闹加热闹。作者整个在用作曲的方法，从细细的声音忽然变成大交响曲，变成一个大场景，有热闹非凡的感觉。

这一天当中四个人的生日，是四种不同生命的生日，可是作者真的在讲一个东西叫作平等。这天很多人出生，他们也许会变成最受宠的宝玉，也许会变成陪嫁丫头平儿，会变成家里非常穷困的邢岫烟或者非常聪明漂亮的宝琴。可是他们都在过生日，我觉得作者在借着这四个人，这么不同的四个人同一天生日，在讲生命的某一种平等。

《红楼梦》重要人物的生日

探春知道了今天也是邢岫烟的生日，就说："去告诉二奶奶，赶着补了一份礼，与琴姑娘的一样，送到二姑娘房里去。"岫烟是邢夫人的侄女，因为父母不成材，所以特别穷，很可怜。探春非常懂事，觉得她在众姐妹当中是最受冷落的人，所以要赶快补一份礼给邢岫烟，对她好一点。

探春就有一点开心，笑道："倒有些意思，一年十二个月，月月有几个生日。人多了，便这等巧，有三个一日的、两个一日的。大年初一日也不白过，大姐姐占了去，怨不得福大，生日比别人就占先，又是太祖太爷的生日。"探春的大姐是贾元春，生日就跟别人不一样，占了第一，果然做了娘娘。然后过了正月十五就是老太太跟宝钗的生日，按公历算大概都是水瓶座那个时间。贾母跟宝钗个性真的有一部分是非常非常像的。

探春刚说到"二月里没有人"，袭人就说："二月十二是林姑娘，怎么就不是咱们家的人？"这个时候我们才知道林黛玉是阴历的二月十二号生的，用比较粗浅的算法大概是阳历三月份的。所以很多人都说黛玉是处女座，有洁癖什么的，可是她不是。我会觉得如果她是三月出生的也很对，因为她个性里有一种非常绝对的、要强的东西。

"探春笑道：'我这个记性是怎么了！'宝玉笑指袭人道：'他和林妹妹是一日，所以他记得。'探春笑道：'原来你两个倒是一日，每年连头也不给我们磕一个。平儿的生日我们也不知，这也是才知道。'"探春就有一点抱怨了，可是平儿很有礼貌地说："我们是那牌儿名上的人？生日也没有拜寿的福，也没有受礼的职分，可吵闹什么，可不悄悄的过去？"平儿说我算哪根葱啊，做丫头的生日，也就偷偷过了就算了，哪里还能够敲锣打鼓？她是非常懂事的人，所以觉得自己的身份这么卑微，干吗要过什么生日去惊动别人？可是对曹雪芹来讲，他这一天把四个人放在一起过生日，就是提醒说生命应该受到尊重。

宝钗的谨慎小心

他们就借着这个生日的理由，要开始聚会了，还找了柳家的来操办。“探春一面遣人去问李纨、宝钗、黛玉，一面遣人去传柳氏进来，吩咐他内厨房中快收拾两桌酒席。柳家的不知道何意，因说道：‘外厨房都预备了。’探春笑道：‘你原来不知道，今儿是平姑娘华诞。外头预备的是上头的，这如今我们私下的，又凑了分子，单为平姑娘预备两桌请他。你只管拣新巧的菜蔬预备了来，开了帐，我那里领钱。’”柳家的大概觉得简直是天下掉下来太好的机会让她表现，“柳家的笑道：‘原来今日也是平姑娘的千秋，我竟不知道。’说着，便向平儿磕下头去，忙的平儿拉起他来。柳家的忙去预备酒席”。

上一回里，柳家的刚刚犯了错，差一点被打四十板子赶出去，是因为平儿、宝玉的帮忙，才让她们平反了冤狱，她当然今天会尽心尽力把菜做好。我们看到，第六十二回和第六十一回中间有一种微妙的关系，上一回许多的委屈辛酸到这一回忽然变成了一种热闹跟繁华，好的文学总是会写到一体两面。我们常常读到像苏东坡的《江城子》：“十年生死两茫茫，不思量，自难忘。千里孤坟，无处话凄凉。”觉得都是在讲凄凉；可不要忘记，他一定对比着“小轩窗，正梳妆”的那种感觉，就是想当年他太太刚嫁过来时，对着镜子在化妆的那个美好。这个时候文学有了对比，才有了后面加倍的思念跟辛酸。

下面有一段大家注意一下，就是他们姊妹兄弟跑来跑去行完礼，要回大观园了，回去的时候“一进角门，宝钗命婆子将门锁上，把钥匙要了自己拿着”。宝钗是一个小姐，照理讲要关门、锁门都是用人的事，但宝钗特别回头说把门锁好，还说把钥匙给我，我自己管，可以看到宝钗多么小心谨慎。因为她是一个外地来的人，借住在别人家里，别人家如果有任何失窃怀疑到她都不好。宝钗住在大观园里面，妈妈住在外头，为了方便她跟妈妈之间的来往，特别为她们开了一道门，不锁，可是宝钗现在就上锁，钥匙自己拿着，表示说不要因为我弄得这边有一个漏洞。这里面就看到作者的了不起，玫瑰露和茯苓霜的事件发生没有多久，别人还没什么感觉，宝钗就开始有反应了。她不能扮演那个被怀疑的角色，所以她一定要严守分际。

宝玉忙说：“这一道门何必关，又没多的人走。况且姨娘、姐姐、妹妹都在里头，倘或家去取什么，岂不费事。”宝钗回答说：“小心没有过逾的，你瞧你们那边，这几日七事八事，竟没有我们这边的人，可知是这门关的有功效了。若是开着，保不住那些人图顺脚，抄近往这里走，拦谁的是？不如锁了，连妈和我也禁着些，大家别走。纵有了事，就赖不着这边的人了。”意思是说你们掉了多少东西我都知道。这么多的事发生，都没有我们的事，我锁起来是对的。宝玉说：“原来姐姐也知道我们那边近日丢东西？”宝钗就说：“你只知道玫瑰露和茯苓霜两件，乃因人而及物。若非因人，你连这两件还不知道呢。殊不知还有几件比这两件大的呢。若以后叨登不出来，是大家的造化；若叨登出来，不知里头连累多少人呢。”

有没有发现，宝玉是天真烂漫，宝钗是心事重重。宝钗一个外人住在这里，看起来不管事，但所有的事她都知道，全部记挂在心里，宝玉却是完全没有概念的。

红香圃排座次

下面他们就要开生日 party 了，在芍药栏——开满了芍药的花园——当中，有一个叫作“红香圃”的小敞厅，生日宴要开始了。小敞厅有一点像轩，有很多的隔间，隔间都可以打开，变成通透的，可以看到花的红色，可以闻到花的香味，所以叫红香圃。

作者用“筵开玳瑁，褥设芙蓉”八个字带过整个宴会的场景。“众人都笑道：‘寿星全来了。’上面四座定要让他四个人坐。”就是这一天不要管尊卑主仆，四个人都坐主位，因为按照尊卑主仆的话，宝玉、邢岫烟、宝琴和平儿是不平等的。在青春当中，十几岁的孩子，不要讲究尊卑、主仆，所有的生命都应该是尊贵的。这其实在传统的礼法上是非常不合礼教的，至少平儿不能够跟主人排在同一个辈分上，可是今天我们看到他们就是平等的。我们好几次讲到平等的时候，特别希望大家注意这里面有一个和传统礼教不同的意义的出现。

四个人都不肯，觉得主位太大了。薛姨妈就说：“我老天拔地，又不合你们的群儿，我倒觉拘的慌，不如我到厅上随便躺躺去倒好。我又吃不下什么去，又不大喝酒，这里让他们倒便宜。”“老天拔地”就是说我活到这么老了，她其实知道这些小孩子要玩，如果她在场，他们会玩得不够开心。老人家有老人家的智慧，知道什么时候该让一让。薛姨妈走了，这一天就变成一群年轻人在一起的日子，他们可以真正开心地玩起来了。

青春王国的游乐会

第六十二回是《红楼梦》所有章回当中比较长的一段，篇幅几乎比一般的章回多出一倍，是因为作者在铺叙宝玉、平儿、宝琴、邢岫烟的生日场景上花了很多的功夫，而且也很细腻地叙述他们当年玩的一些游戏。所以六十二回，尤其在后半的时候，有一种电影里面大场景的感觉。大场景不好写，人物特别多——这一天所有的人都到场了，而所有这些人的个性不同，在玩游戏的时候表现出来的动、静和快、慢也都不一样。有一点像什锦，把各种不同的场景特写以后再拼起来的感觉。有时候写到尤氏和鸳鸯、史湘云在那边划拳，有时候写到某两个人在那边下围棋，有时候写到某一个人可能把花揉碎了，再丢在水面上去逗鱼。都是小特写，可是最后加起来是一个大的生日宴会的场景。薛姨妈很识相地走掉了，连两个说书的人也都被赶走了，好像这些年轻的小孩子，借着这四个人的生日忽然解放了，这个地方完全变成了一个自由的青春王国，可以在里面玩起来。

酒席坐定了，宝玉就说："雅坐无趣，须要行令才好。"但酒令很多，于是他们就抓阄，第一个抓的是"射覆"。宝钗笑着说："把个酒令的祖宗拈出来。""射覆"是很古老的游戏，"覆"就是覆盖，在碗盆等器具里面覆盖一个东西来猜，这个猜叫作"射"，打开果然对了，就赢了。可是"覆"什么东西不一定，可能是一些物品，也可能是一个字，就有一点像猜字谜。宝钗说这个"比一切的令都难"，就建议毁了这个，再拈一个雅俗共赏的。

探春笑道：“既拈了出来，如何又毁？如今再拈一个，若是雅俗共赏的，便叫他们行去，咱们行这个。”

第二个抓的是“拇战”。“拇”就是拇指，“战”是战争，拇指的战争，就是划拳。史湘云非常高兴，笑着说：“简断爽利，合了我的脾气。”她觉得要比输赢，最过瘾的就是划拳，又可以大叫，又可以很快就分出输赢。

射覆

大家看他们是怎么玩的。“探春道：‘我是令官，我吃一杯，也不用宣，只听我分派。’命取了令盆来，‘从琴妹妹掷起，挨下掷去，对了点的二人射覆。’宝琴一掷，是个三，岫烟、宝玉等皆掷的不对，直到香菱方掷了个三。宝琴笑道：‘只好室内生春，若说到外头去，太没头绪了。’探春道：‘自然。三次不中者罚一杯。你覆，他射。’”

如果大家看一下射跟覆的内容，会觉得她们简直像现在的大学教授一样，因为玩游戏的过程都在玩典故。我刚才说射跟覆的意思，是盖住一个东西让别人来猜，可是她们现在玩的游戏是心里想一个东西让别人来猜，“覆”的人会透露出一个信号，“射”的人就要根据这个信号猜出有关联的东西。比如宝琴说了个“老”字，是因为她看到门斗上贴着的红香圃的“圃”字。《论语》当中孔子说过“吾不如老圃”，所以说“老”，其实就点到“圃”；那射的人就要讲到一个字——“药”，因为药可以接到“圃”——药圃。

然后是探春出题，宝钗猜。探春说了个“人”字，宝钗说：“这个‘人’字泛的很。”所以探春笑道：“添一字，两覆一射也不泛了。”就像我们猜谜的时候，我给你一点暗示，再给你一点点暗示。说着，探春就再念了一个字——“窗”。宝钗看到酒席上有一只鸡，就知道她要射这个鸡，为什么？商、周时期，早朝的时候有一个扮演公鸡角色的官吏，他必须呼唤黎明，叫作“鸡人”。晋朝有一个叫宋处宗的人，他把一只很喜爱的鸡养在书房窗户旁，所以后来用“鸡窗”来指书房。宝钗很厉害，马上知道“人”和“窗”覆的是鸡，可是注意她不能讲“鸡”这个字，因为射跟覆都要避开谜的本身，所以她就说“埘”，用了《诗经·王风》里面的一句话：“鸡栖于埘”，“埘”是鸡窝的意思。探春一听，也知道她猜对了，“二人一笑，各饮一杯”。

怎么玩游戏玩到这种程度？一个人讲“人”，又讲了一个“窗”，对方就讲了一个“埘”，然后大家都懂了。不只我们今天不懂，其实当时很多人也不懂。如果不是知道这么多的典故，根本不知道在讲什么东西。我觉得游戏很有趣，常常有自己小小的圈子里的一种默契。今天小朋友玩的“任天堂”，我也不知道怎么玩。所以这里我们大概略略地看一下就好，大家也不一定要觉得这些人简直是不得了，怎么可以这么厉害。

湘云定下酒令规则

“射覆”这个游戏太深奥、太难，所以史湘云她们就觉得不好玩，要去猜拳。“湘云等不得，和宝玉‘三’、‘五’乱叫，划起拳来。那边尤氏和鸳鸯隔着席也‘七’、‘八’乱叫划起来。平儿、袭人也作了一对划拳，叮叮当当只听得腕上的镯子响。”这些都是一个大场景里面的细节。

不过猜拳也不是随便猜的，史湘云定了一个规矩：“酒面要一句古文，一句旧诗，一句骨牌名，一句曲牌名，还要一句时宪书上有的话，共总凑成一句话。酒底要关人事的果菜名。”注意尤氏、鸳鸯、袭人、平儿，她们都是不识字的，所以她们很难参与湘云说的这个游戏，因为这个游戏绝对要有文化上的根底。“一句古文”，大概讲的就是唐宋古文；“一句旧诗”，大概讲的是唐诗；“一句骨牌名”，就是牌九中骨牌里的名字；还要有时宪书里的句子，“时”是时间，“宪”是规范，“时宪书”是用来规范整个季节的演变的，也就是我们现在讲的黄历。生活里的东西全部拿来作为游戏在玩。这些十几岁的贵族小孩，他们的的确确在他们的文化品格当中可以把游戏玩得非常的优雅。

大家听了就笑，说：“惟有他的令比人唠叨，倒也有意思。”史湘云特别好玩、开朗、健康，可是又调皮。宝玉不是输了吗，所以她就催宝玉快说，宝玉笑道：“谁说过这个，也等我想一想儿。”这么多啰啰嗦嗦的东西，大概一下子想不出来，黛玉就说：“你多喝一钟，我替你说。”

黛玉行令

这就是黛玉的个性，她的好强在这里表现出来，因为这个东西是她最擅长的。宝玉喝了酒，黛玉就把酒令说出来了，第一句：“落霞与孤鹜齐飞。”出自王勃的《滕王阁序》，非常美的一个句子。第二句：“风急江天过雁哀。”这可能是对陆游的诗句误记，原句是“风急江天无过雁”，或许系唐人诗句，只是出处不详。第三句：“却是一只折足雁。”“折足雁”是指骨牌里面的大刀九，上面六点，下面三个斜点，像一把刀一样，又好像断了一只脚的雁。第四句：“叫的人九回肠。”“九回肠”是曲牌里面的一个调。第五句："这是鸿雁来宾。""鸿雁来宾"是时宪书里指秋天快要过完时的季节，这时候大雁从北方回来了。

黛玉多么聪明，反应那么快，可以把几个不相关的古文、宋诗、骨牌名，全部用雁的主题去连接。"九回肠"、"鸿雁来宾"都是凄凉，是秋天，黛玉所有的心事都关乎秋天。"折足"就是指失去了父母，失去了亲人的那种孤单的感觉。再看孤鹜、晚霞，黛玉的世界里面不是黎明，都是晚霞；黛玉的世界里不是一队一队飞的鸟，都是孤鹜。"风急江天过雁哀"，风吹得这么凄厉，江面上飞过去的大雁，发出哀苦的声音。每一句都是林黛玉心里的感觉。诗就是人的心事，黛玉这一连串句子，刚好道出了她的心事。

说完以后大家都笑了，说："这一串子倒有些意思。"接下来还没完，因为刚才是酒面，下面还要有酒底，酒底必须要在当场拿一道菜里的东西出来，然后去写诗。林黛玉拿了一个榛穰，就念出来了："榛子非关隔院砧，何来万户捣衣声。"

这个游戏也许会把今天的读者吓到，我的二十几岁的学生，一读到这里就说，我不要念《红楼梦》了。有时候可能很多朋友不见得赞成，但如果年轻人愿意看《红楼梦》，我是帮他们跳过这些部分的。因为如果他可以看下去的话，这些东西有一天他慢慢会去看，不见得一定要在第一次把他吓住。因为这个游戏的背后需要丰厚的文化背景，那刚好跟今天小孩的背景完全不一样。后来我就跟他说："没关系，你写出一部电影的名字，一首周杰伦的歌的名字，一个电玩的名字，把这些连成一串。"那个东西就是我不会的。

这个令完了以后，"鸳鸯、袭人等皆说的是一句俗语，都带了个'寿'

字”。有没有发现作者又在对比，因为你叫鸳鸯、袭人这些人讲什么曲牌、古文简直是把她们难死了，所以她们说的只要每一句里有个寿字，像“寿比南山”什么的就好了。曹雪芹当然很有学养，但我觉得更了不起的是他从来不卖弄。

“大家轮流乱划了一阵，这上面湘云又和宝琴对了手，李纨和岫烟对了点子，李纨便说了一个‘瓢’字，岫烟便射了一个“绿”字，二人会意，各饮一杯。”最好玩就是“二人会意”，旁边人都不知道她们在干吗，因为她们的默契太好了。我的侄女、侄子常常让我猜谜，我觉得头都快要昏掉了，有次他们比起四个手指问我：“这是多少，你用英文发音。”我说：“four”。然后他们把四根手指折下来问我说，这样是什么？我就呆掉了，后来他们公布答案说是“弯的four(wonderful)”。其实这个就是射跟覆，你看每一代的游戏都有自己的规则在里面。所以我还是希望，不要用黛玉、宝钗的文化教养去打击另外一代的年轻人，觉得他们一无是处，也许他们斗智的“弯的four（wonderful）”也可以变成小说里的一部分。我想这个是读《红楼梦》的游戏觉得最有趣的。

湘云的调皮幽默

下面我们看到湘云划拳输了，“请酒面酒底”，宝琴就说：“请君入瓮。”意思是说，你输了，现在请你进来受罚。大家就笑起来，说这个典故用得好极了，有一点在嘲笑湘云。

但湘云就是湘云，这个女孩子的身上都是大气的东西。刚才听到的“折足雁”、“九回肠”都是缠绵和婉转的悲哀，现在我们听到湘云的第一句就是："奔腾而砰湃。"这是欧阳修的《秋声赋》里的句子，小时候常常被爸爸逼着背。欧阳修听到外面有种声音，就叫书童出去看看，童子告诉他，这个声音在树林当中奔腾而砰湃，是秋天的声音。第二句，"江间波浪兼天涌"，是杜甫《秋兴八首》里的句子。在游戏当中顺口而出的东西才真正是个性，史湘云的个性跟黛玉真是不一样。下面一句："须要铁锁链孤舟。""铁锁链孤舟"是骨牌里的名字，她用字跟黛玉也不一样，"铁锁链"，里面都是刚硬的东西。第四句："既遇着一江风。""一江风"是曲牌名。第五句正好接上了，因为有一江风，所以"不宜出行"。"不宜出行"也是时宪书里面的句子，就是这个季节不宜于远行的意思。作者其实借着这一个游戏在写人性，黛玉心事的底蕴永远是一个失群的孤雁，湘云刚好是奔腾澎湃的江水，有大气与辽阔的感觉。

她说完了以后，大家都笑了，说："诌断了肠子的。怪道他出这个令行，故意惹人笑。"酒面说完了，要说酒底。这时候湘云的可爱和调皮都表现出来了。大家都在等她说，她却"吃了酒，拣了一块鸭肉呷口，忽见碗底有半个鸭头，遂拣了出来吃脑子"。等大家急得让她赶快说，才用筷子举着鸭头说："这鸭头不是那丫头，头上那讨桂花油。"

她一说完，"众人越发笑起来，引的晴雯、小螺、莺儿等一干人都走来说：'云姑娘会开心儿，拿着我们取笑儿，快罚他一杯才罢！'"在这一天里，这些小孩子当中好像没有界限了。平常主人跟丫头之间有很多的界限，可是现在丫头会说："好，你笑我们，你要罚酒。"丫头跟小姐之间就有了青春年华里同伴的感觉。

她们说："怎见得我们就擦不起桂花油？倒得每人给一瓶子桂花油擦擦。"黛玉就笑着说："倒有心给你们一瓶子油，又怕挂误着打窃盗官司。"

黛玉的个性又出来了，黛玉永远忍不住，因为她知道玫瑰露的事情。“众人不理论”，因为大家可能也不知道她在讲什么，“宝玉却明白，低了头。彩云有心，不觉红了脸。宝钗忙暗暗的瞅了黛玉一眼”。好动人的一个场面。宝钗觉得你不可以这样子，你觉得无所谓的一句话，为了开玩笑，可是那个人听者有心，心里面受伤了。而且这本来就是不能明讲的东西，这个事情是瞒着探春的，所以彩云脸上红了又不能讲。作者真是惊人，热闹到这样的场景中，还带出了第六十一回的关系。

黛玉其实没有恶意，本来是要讥笑宝玉的，结果说忘了，“打趣着了彩云，自悔不及，忙一顿行令划拳分开了”。

宝钗的心事

“底下宝玉可巧与宝钗对了点子。宝钗便覆了个‘宝’字。”这一段大概有很多的暗示。如果我们刚才讲黛玉的心事是孤独，史湘云的心事是一种辽阔跟大气，宝钗的心事到底是什么？其实这个时候透露出她真正在意的其实是她跟宝玉的婚姻。

宝玉想了想就知道宝钗在开玩笑，拿自己佩的通灵宝玉开玩笑，就笑着说：“姐姐拿我作戏谑，我却射着了。说出来姐姐别恼，就是姐姐的讳‘钗’字就是了。”古人有避讳的习惯，对别人尊敬的时候，不能够随便用别人的名字。比如唐朝的人写到“民”字时要少一笔，因为要避唐太宗李世民的讳。讲话的时候父亲、母亲名字的发音是要避开的，前面曾经提到林黛玉每一次念到敏捷的“敏”的时候，她都不念“敏”，念成“密”，因为她妈妈叫贾敏。所以宝玉的意思是说我不恭敬了，念到你的名字，本来应该是不能念的。

大家问怎么解，宝玉说："他说'宝'，底下自然是'玉'了。我射'钗'字，旧诗曾有'敲断玉钗红烛冷'，岂不射着了。""敲断玉钗红烛冷"是宋朝诗人郑会的句子。其实它是什么诗不重要，这是一个影射，红烛是结婚时候用的蜡烛，最后宝钗如果真的嫁给宝玉，可红烛是冷的，玉钗是断的，"敲断玉钗红烛冷"，等于没有得到。

宝钗时时刻刻想嫁给宝玉，可是嫁了又怎么样，最后宝玉出家。如果宝玉在这里讲的这一句诗是谶语，其实等于是一个对宝钗的开示。当然宝钗未必懂。我觉得这一句诗里，是未来会出家的宝玉留给他将来妻子宝钗的一个偈，意思是，你时时刻刻、念念不忘的执着，到最后是一场空。

湘云说："这用时事却使不得，两个人都该罚。"香菱因为最近正在学写诗，对典故很留心，所以她说："不是时事，这也有出处。"湘云就说："'宝玉'二字并无出处，不过是春联上或有之，诗书记载并无，算不得。"这个时候她们就有一点比赛学问了。香菱说："前儿我读岑嘉州五言律，现有一句说'此乡多宝玉'，怎么你倒忘了？"史湘云、林黛玉、薛宝钗的学问都比香菱好，香菱是一个被卖来卖去的可怜的小女孩，可是最近因为喜欢写诗，读了很多诗，结果她赢过她们了。这可能是另外一种平等，她的用功使她超越了她们。

香菱又说："后来又读李义山七言绝句，又有一句'宝钗无日不生尘'。"又是一个暗示，李商隐的诗里说女人戴在头上的宝钗，没有一天不会沾惹灰尘；你觉得她辉煌灿烂，可是她其实是一个不断被灰尘掩盖的过程，又在讲宝钗。所以这一段里面暗示了宝钗未来的命运。宝钗太执着，可是表面全部不露出来，但这一段里面透露出热衷其实是没有用的。

湘云被香菱问住了，只好又喝了一杯酒。

场景变换

这时候场景又变了："大家又该对点的对点，划拳的划拳。这些人因贾母、王夫人不在家，没了管束，便任意取乐，呼三喝四，喊七叫八。满厅中红飞翠舞，玉动珠摇，真是十分热闹。"这一段完全可以拍电影，作者忽然把镜头拉远，变成大场景。"红飞翠舞"，因为女孩子身上穿的衣服有红的绿的；"玉动珠摇"，身上所有的首饰都在晃动。就用八个字，整个大场景出来了。

玩了一天，"接着林之孝家的同着几个老婆子来，深恐有正事呼唤，二者恐丫环们年轻，乘王夫人不在家不服约束，恣意痛饮，失了体统，故来请问有事无事"。这个时候有管家来了，管家大概觉得这些小孩子是不是玩得太过分了，因为没有大人在场，所以大家收不住，喝酒、猜拳，越闹越厉害，没有结束的时候。所以管家就有点来探听一下的意思。

平儿平常是一个管理者，可是这一天她自己是寿星，所以也被灌酒。这个时候就有点不好意思。因为平常都在管别人，现在人家来可能要讲话了，说你们这些人平常都不准我们赌钱，不准我们喝酒，今天你们闹成这个样子。平儿就有一点不好意思，说："我的脸都热了，也不好意思见他们。依我说竟收了罢，别惹他们再来，倒没意思了。"探春笑着说："不相干，横竖咱们不认真喝酒就罢了。"正说着，有一个小丫头笑嘻嘻走来说："姑娘快瞧云姑娘去，吃醉了图凉快，在山子后头一块青石板凳上睡着了。”

史湘云醉眠芍药裀

下面是《红楼梦》里写得最好的一个画面，没有事件，也不是一个道理，而是青春在自己完全意识不到的美当中的状态。“果见湘云卧于山石僻处一个石凳子上，业经香梦沉酣，四面芍药花飞了一身，满头脸衣襟上皆是红香散乱，手中的扇子在地下，也半被落花埋了，一群蜂蝶闹嚷嚷的围着他，又用鲛帕包了一包芍药花瓣枕着。”

短短的一段，为什么很多画家会把这一段拿出来作画，因为大概觉得这是生命里面最美好的情景。就像年轻时去郊游、露营，可以躺在一个鹅卵石的溪床里，或者是一个青草地上，其实是一个自在和放松的状态。

最有趣的是，史湘云喝醉了酒也不安静，讲梦话还在行酒令，说：“泉香而酒洌。”这是欧阳修《醉翁亭记》里的句子，泉水这么香，所以酿出来的酒也是最好的。“玉碗盛来琥珀光”，李白的句子。“直饮到梅梢月上”，“梅梢月上”是骨牌里面的“八”，底下五点摆成梅花形，上面三点像新月往上升起来。“醉扶归”，是曲牌的名字；“却为宜会亲友”，“宜会亲友”是时宪书里的句子。

这是史湘云的梦想，人生可以喝到这样快乐，跟所有的好朋友在一起喝。有没有感觉跟黛玉的差别这么大，黛玉那么极度的孤独，史湘云这么极度的热闹，希望生命是一个最美好的醉酒的状况。

所以大家就推她说：“快醒了，吃饭去！这潮凳上还睡出病来呢。”“湘云慢启秋波”，“秋波”在讲眼睛，就是慢慢张开眼睛，“见了众人，又低头看了一看自己，方知醉了。原是来纳凉避静的，不觉的因多罚了两杯酒，娇弱不胜，便睡着了，心中反觉自愧。连忙起身挫挣着同人来至红香圃，用过水，吃了两盏浓茶。探春忙命将醒酒石拿来，给他衔在口内”。现在我也一直不知道“醒酒石”是什么东西，大概是一种玉石，含在口中可以解酒。“一时又命他喝了些酸汤，方才觉得好了些。”

各种的民间画报、插图，还有文人画当中，不断出现“史湘云醉卧芍药裀”这样的画面。这个画面是青春最美的记忆，是一个十几岁的女孩子，在花里面睡着了，花瓣落满一身的那种美和快乐。到某一个年龄之后，你可能不一定会懂得青春里面这样的画面的美。每一年三月，我都会去台大，那个时候整个校园开满了杜鹃花。很多女孩子就真的睡在那边，让花掉在身上。她们不一定读了《红楼梦》，可是她们和湘云其实有一样的东西，她们在梦想生命里面的美好。

一个年轻孩子躺在草地上，你会觉得好棒啊！真好，在能够无忧虑的时候，就这样无忧无虑地躺着。以后她长大，自然总有事情等在后面；她的人生接下来是什么，你只能替她祝福，担心也没有用。只是让她在青春里能够感受到青春多么美好，也许带着这个美好，她将来可以走得更远，可以在人生里有更多自己的梦想。史湘云这一段，我特别希望大家可以把它当成《红楼梦》里面一个重要的象征来看。

长镜头和过场

“当下又选了几样果菜与凤姐送去，凤姐又送了几样来。宝钗等吃过点心，大家也有坐的，也有立的，也有在外观花的，也有扶栏观鱼的，各自取便，说笑不一。”刚才讲“红飞翠舞”、“玉动珠摇”是一个大场景，那么现在又是大场景，就像电影里的长镜头，镜头拉过去，依次看到几个小的场景。“探春便同宝琴下棋，宝钗、岫烟观局。黛玉和宝玉在一簇花下唧唧哝哝，不知说些什么。”黛玉和宝玉两个永远是唧唧哝哝，别人不知道他们在讲什么的，这才叫爱情。爱情是讲所有的废话，爱情的语言大概是全世界最无聊的语言，如果在旁边听，会觉得真是无聊到死。可是恋爱的人一定要讲，一定要听到声音，不是听内容，而是要感觉到对方的声音。

下面插进来一段，说林之孝家的和一群女人带了一个媳妇进来，这个媳妇有一点爱拨弄是非，老是讲八卦，所以就说要把她赶出去了。探春一面下棋，一面就交代应该如何处理。这绝对是一个过场的事件，就是大家过生日，宴会逍遥，可是事情还要处理，因为探春是王熙凤生病的时候代理的人，所以有事情发生不能不处理。

“黛玉和宝玉二人站在花下，遥遥看着，黛玉便说道：‘你家三丫头倒是个乖人。虽然叫他管些事，倒也一步儿不敢多走。差不多的人就早作起威来了。’”因为探春刚才处理这件事情，交代说“先撵出他去，等太太回来，再作定夺”，她不肯随便去判定事情。我们通常觉得，一个人刚刚到差会狐假虎威，开始摆架势，所以黛玉说这个探春了不起。可宝玉跟她讲，其实你还没有完全看对她，“你病着时，他干了好几件事”。这一段其实有一点用旁观的方法在赞美探春。

芳官撒娇

两人聊了一会，黛玉就“转身往厅上寻宝钗去了”，宝玉正要走时，袭人“手内捧着一个小连环洋漆茶盘”，给宝玉和黛玉送了两杯茶，因为她永远要服侍宝玉。她说：“我看你两个半日没吃茶，巴巴儿的倒了两钟新茶来。他又走了。”袭人问宝玉黛玉怎么走了。宝玉说：“那不是他？你给他送去。”说着自己就拿了一杯。

“袭人便送了那钟去，偏和宝钗在一处”，袭人就笑了，说：哎呀，你们两个人，我只拿了一杯茶来。那你们哪一个比较口渴，就先喝好了，我再去倒。宝钗说不渴，只要漱一漱口就够了，“说着先拿起来喝了一口，剩下了半杯递在黛玉手内”。袭人笑着说：“我再倒去。”黛玉笑道：“你知道我这病，大夫不许多吃茶，这半钟尽够了，难为你想的到。”说完，“饮干，将杯放下”。我们一再提到宝钗与黛玉之间是有斗争的，因为她们好像在争夺什么东西，可是中间曾经有过一个转换，宝钗化解掉黛玉所有的心防，让黛玉觉得宝钗是世上对她最好的人。所以这个时候你看她们的亲怎么表现，同一杯茶，宝钗喝了一口以后，半杯剩下的给黛玉喝。我们分享同一个东西的时候，一定有亲密的关系，不是口头上的亲，而是在动作里表现出来。

两个人喝完茶，袭人回来接宝玉的茶杯，宝玉就问她：“这半日没见芳官，他在那里呢？”这一天是宝玉的生日，他是寿星，他竟然会想到芳官怎么不见了。袭人四顾一瞧说：“才在这里几个人斗草的，这会子不见了。”“斗草”就是摘花在玩。大家说芳官在房里休息，宝玉竟然忙赶回去，让芳官不要一个人在房里，要玩一起玩。其实他是觉得所有的爱与美，要跟所有的人分享，如果不能分享，他就不觉得那个爱与美有存在的意义。我们也提到说宝玉特别爱黛玉，其实也是因为他觉得黛玉特别需要一种关心，因为她孤独。像王熙凤那么爱热闹的人，他就觉得还好，所以王熙凤生日的时候他反而跑掉了。可见，宝玉的个性是特别会去关心孤独者。

芳官就有一点撒娇，说："你们吃酒不理我，叫我闷了半日，可不来睡觉罢了。"宝玉房里的丫头，每一个都在跟他撒娇，然后他就讨好。"宝玉拉了他起来，笑道：'咱们晚上家去再吃。'"他有一点抱歉的意思是说，对不起，我今天没有办法陪你，因为今天生日太多客人来了，我要招呼别人，今天晚上关了门以后，我们自己院子里面最亲的人再来喝酒。然后接着安慰她说："回来我叫袭人姐姐带你桌上吃饭，何如？"

芳官就说："藕官、蕊官都不上去，单我在那里也不好。我不惯吃面条子，早起也没好生吃。刚才饿了，我已告诉了柳嫂子，先给我做碗汤盛半碗粳米饭送来，我这里吃了就是了。若是晚上吃酒，不许叫人管着我，我要尽量吃够了才罢。我先在家里，吃二三斤好惠泉酒呢。偏学了这劳什古子，他们说怕坏嗓子，这几年也没闻见。赶今儿我是要开斋了。"

这完全是芳官的语言。芳官是唱戏出身的，她有一种在舞台上被娇宠的感觉，真正训练出来的丫头不会讲这种话。其实是有一点同学、小朋友在一起的那种开心，而宝玉又特别疼她。宝玉说："这个容易。"宝玉就是纵容所有的人，觉得好，就让她好好喝。"说着，只见柳家的果遣人送了一个盒子来，小燕接着揭开，里面是一碗虾丸鸡皮汤，又是一碗酒酿清蒸鸭子，一碟腌肉，又一碟腌的胭脂鹅脯。"这道汤是取虾子的脆、Q 弹，可虾没有油，而鸡皮是有油的，所以虾丸加上鸡皮炖汤。这几道菜我倒觉得是《红楼梦》里面比较容易做的，大家可以试试看。“还有一碟四个奶油松瓤卷酥，并一碗热腾腾、碧荧荧蒸的绿畦香稻粳米饭。”“奶油松瓤卷酥”有点像欧洲的西点，卷酥就是因为里面用奶油以后，它一层一层会酥。

隔锅饭儿香

小燕这个丫头就把它放在桌子上，又拿了小菜和碗筷过来，拨了一碗饭。芳官说：“油腻腻的，谁吃这些东西！”只把汤泡饭吃了一碗，拣了两块腌鹅就不吃了。芳官是一个丫头，可是吃东西吃到这么挑。

柳家的主厨真是蛮辛苦的，每天要打点这些人，其实都不是宝玉、宝钗，这些丫头们就已经让她够受了。马上要吃晚饭了，可是她中间就来吃个点心。因为柳家的很喜欢芳官，也用得着芳官，她就伺候得很好。可如果是司棋，她就说没有鸡蛋了。厨房对待人的态度，真的也有一点不同。

宝玉很奇怪，在外面忙了半天跟人家喝酒，反而觉得现在这个饭闻起来很香，“倒觉比往常之味又胜些似的，遂吃了一个卷酥，又命小燕也拨了半碗饭，泡汤一吃，十分香甜可口”。宝玉在外面有一群热闹给他拜寿的人，他反而回到家里吃那些小小的东西的时候，开心得不得了，觉得比外面的酒席都好吃，因为好亲切，没有拘束。其实我们真的会碰到这样的场面，有时候去参加那种大酒席，吃得头都晕了，吃得好累，因为一直在那边应酬，一桌子的人只有你旁边的那个人认识。

然后宝玉出来去吃晚饭，“只用茶泡了半碗饭，应景而已。一时吃毕，吃茶闲话，又随便玩笑”。这一段慢慢就引导到香菱的故事了。

香菱换裙

“外面小螺和香菱、芳官、蕊官、藕官、荳官等四五个人，都满园中玩了一会，大家采了些花草来兜着，坐在花草堆中斗草。”香菱找到了叫作夫妻蕙的花。她还解释说：“一箭一花为兰，一箭数花为蕙。凡蕙有两枝，上下结花的为兄弟蕙，并头结花的为夫妻蕙。我这一枝并头者，怎么不是？”旁边人就笑她说：“你汉子去了大半年，你想夫妻了？便扯上蕙也有夫妻，好不害羞！”闹来闹去的时候，香菱就被人家推倒了，滚在地上，一条全新的红色裙子被泥水弄脏了。

“可巧宝玉见他们斗草，也寻了些花草来凑戏”，他找到的是一棵并蒂莲。宝玉看到香菱的裙子脏了，觉得好心疼，他说：“你快休动，只站着方好，不然连小衣儿膝裤鞋面都要拖脏了。我有个主意：袭人上月做了一条和这个一模一样的，他因有孝，如今也不穿。竟送了你换下这个来，如何？”宝玉永远在做这种事，底下的丫头衣服脏了，他也去帮忙，底下的丫头没吃饭也去帮忙。香菱笑着摇头说：“不好，倘或他们要听见了倒不好。”宝玉道：“这怕什么。等他孝满了，他爱什么，难道不许你送他不成？你若这样，不是你素日为人了！况且不是瞒人的事，只管告诉宝姐姐也可，只不过怕姨妈老人家生气罢了。”香菱想了一想有理，便点头笑说：“就是这样罢了，别辜负了你的心。我等着你，千万叫他亲自送来才好。”

袭人拿来裙子以后，香菱就要把裙子解开换上，可是看到宝玉在一边，说："你背过脸去。"宝玉转过脸，香菱才把裙子换了。换了以后，"香菱见宝玉蹲在地下，将方才的夫妻蕙与并蒂莲用树枝抠了一个坑，先抓些落花来铺垫了，将这莲蕙安放好，又将些落花来掩住了，方撮土掩埋平服。香菱拉他的手，笑道：'这又做什么？怪不得人人说你惯会鬼鬼祟祟的作这使人肉麻的事。你瞧瞧！这手弄的泥污苔滑的，还不快洗去。'宝玉笑着，方起身走了去洗手，香菱也自走开"。

第六十二回结尾的时候看到这一段，其实非常动人。宝玉生日的大繁华场景里，作者在写宝玉内心的个性，所以才会带出他从宴会里面抽身出来的感觉，回到怡红院，跟芳官在讲话，跟小燕在讲话的这些部分。然后带出他对人的最大的关心，特别是对香菱。

我觉得这里面也有一个暗示。香菱这条红色的石榴裙最禁不起染，一经了水跟泥之后，它就褪色，变坏了。而且宝玉还叫她千万别动，否则它又会染到其他的地方。"染"是说某一种污秽的沾染，可是宝玉希望人的生命当中能够有另外一种洁净、一种清洁的东西。最后他挖那个洞的时候，他污染了自己，可是他要把那个并蒂莲和夫妻蕙好好埋在一个坑里——他宁可自己脏了，也不要其他的生命受害。

更大的情缘

宝玉真的关心生命本身，他对每一朵落花都有惋惜在里面。曹雪芹晚年在写这部小说的时候，惋惜的不是花，而是所有死去的、失落的姐妹。这些在青春当中曾经有过美好记忆的女性，全部一一地走掉、消失。《红楼梦》一部书不过就在做这件事——把他一生所有记忆里面有情缘的人做最后一次的掩埋。小说是用文字掩埋，可在这里是用泥土掩埋。

所以第六十二回我一直觉得是重要的一回，因为这一回当中你可以看到借助着宝玉的生日，呈现出他生命中的某一种关怀和某一种情怀。这个人在这样富贵荣华的巅峰，受到人间宠爱的巅峰，却把自己释放到一个对孤独者最大的关心当中。所以最后他回到家里和芳官吃饭那一段，变得非常美，还有跟香菱相处的一段，也是非常美的。因为这些人都是最漂泊的生命，芳官是被卖到戏班子，香菱是被卖来卖去的一个孤女。他反而跟她们建立了一个最好的情缘。甚至你会发现在生日的这一天，他离开了黛玉和宝钗。如果这个小说被解释成只是写他与宝钗、黛玉的爱情，其实太小看这个小说了。我相信这个小说有更大的情缘在里面，是他跟所有这些孤独者、受伤者如何依靠在一起的感觉。

我们很难用常理去判断宝玉的行为。在过去那样一个时代当中，宝玉这样的一个男主人，跟他自己身边的这些女性的奴仆之间的关系，有了另外一种纯然从人性出发的关心、平等。第六十一回和第六十二回牵涉了家族里许多完全不同的层次、阶级，并把他们全部放在同一个平台上，一起来做人的思考，用共同的方法来书写这些生命，这是《红楼梦》最了不起的地方。

第六十三回

寿怡红群芳开夜宴
死金丹独艳理亲丧

私密的生日宴

《红楼梦》第六十三回有一个重点是讲贾宝玉的生日。其实在第六十一回、六十二回已经看到因为贾宝玉的生日，整个贾府是多么热闹。可是作者的写法很有趣，在第六十一回、六十二回的时候，他写贾宝玉的生日是有点社会性的。所谓的社会性，是说贾宝玉作为那个年代的一个贵族少爷，在社会上有很多复杂的人际关系，未必全是宝玉个人的人际关系，其实有很大一部分是他家族的。宝玉其实很不喜欢这种东西，要应酬，别人送礼来，他要去见客人，然后讲一些他不愿意讲的话，感觉累得不得了。所以他才偷偷跟身边服侍他的丫头们说，我们今天晚上自己在家里面开一个生日宴会。

这里面有袭人、晴雯、麝月、秋纹四个大丫头以及四个小丫头，她们是怡红院里跟宝玉生活最密切的几个女孩子。她们的年龄都很接近，宝玉如果是十四五岁的话，其他的人大概也都在十五岁上下，不会超过十六岁，今天可能是高中一年级、二年级的学生。他们设计了一个夜宴，把怡红院——宝玉自己的私人宿舍——门关起来，不让外面的人知道。

宝玉这个男孩子其实没有什么主仆之分，他会觉得在社会性上，我是少爷，你们是丫头，关了门以后我们就是同龄的青春朋友。这个晚上的生日宴会，其实在代表人是可以跨越很多的界限，有另外一种生命的依靠。

花与青春

刚好这一天晚上他们玩了个游戏，叫“占花名”，这一天晚上每一个女孩子就抽到了一个代表她们生命的花。他们后来把薛宝钗、林黛玉、史湘云、探春请来，把香菱、薛宝琴也请来，大概宝玉把身边觉得跟他的生命有最多缘分的这些女孩子都请来了，所以每一个女孩就抓出了代表她生命的一个花的形态。很多人把六十三回抽出来，作为《红楼梦》十二个女孩子命运的某一种象征和代表。当然不全，因为妙玉并没有参加——妙玉是一个出家的尼姑，大概不宜于参加一个生日宴会——可是妙玉有一张祝贺宝玉生日快乐的柬放在宝玉的桌上，她是以没有到场的方式在参加。

在过去比较传统的中国文学里，常常用花与花神的关系来代表很多的象征意义。花是春天的生命，花是一种青春，花是一种美，花有香味，可是花又非常短暂，这都是《红楼梦》特别想要用花来做象征的原因，因为作者想要讲的是一个青春的生命形态。青春的生命形态是生命可以开放到极度灿烂的状况，可是不要忘记它又非常短暂，所以《红楼梦》的华丽与感伤是同时并存的，因为青春本身隐含了关于凋零、死亡这种感伤的预言。每一个女孩子只是一个短暂的生命，她们不会存在很久，她们很快会凋零、会消亡。而宝玉有一点像一个花神，这个花神其实是主管着所有花的，对花有一种疼惜跟照顾，可是他也不可能使花长存。

荣格的心理学说认为，美其实不是一种存在，美是一种消失，如果春天的花一直存在，它并不构成美的条件。恰恰因为它本身是在一个消失的状态，而且因为它短暂，才构成了那个对美的特别强的惋惜。过生日是跟朋友去分享自己拥有这个生命的快乐，可是很多人在生日时，特别是在十八岁或者二十岁的生日的时候，大概也都感觉到一种感伤。在朋友吹完蜡烛、切完蛋糕，走了之后，特别会有一种孤独感，会感觉到一生只有一次十八岁，或者只有一次二十岁，这时会有特别强的一种青春形式的对生命感悟的力量。

宝玉在这一天是过十四岁还是十五岁的生日，作者并没有明讲，因为之前宝钗过了十五岁的生日，宝玉叫宝钗“宝姐姐”，所以有可能宝玉是在过十四岁的生日，也有可能在过十五岁的生日。十四五岁，是一个半大不大的年龄，好像要告别他的童年，然后进入青少年的时期。

生命的黄金岁月

六十三回也刚好是一个转折，前面是宝玉的生日，后面一段写到了贾府一个长辈贾敬的死亡，是生日和死亡的对比。生命本来就是两面的，曹雪芹在写《红楼梦》时，感悟到生命的爱恨、生死，其实都是一体两面的东西。所以他每次在写到极度繁华的时候，就会写出另外一个幻灭的状况。

我一直认为六十三回有一点像电影里的停格、生命里的停格，作者好像希望他的生命永远停在那个状态，不要再往下发展，因为再往下发展贾家就开始是死亡、抄家、败落，全部是悲哀的事情。也许我们在自己的一生当中，有一天回忆的时候，觉得只有几个极大的爱、极大的恨或极大的喜悦和极大的惊恐，会变成一种停格。越到老年越明显，如果说到了临终的时刻，我相信那个停格是非常单纯、非常简单的，可能只有一个画面。生命是一个连续不断的动态旅程，可是其实到最后是一个停格。

有很多的事情一直在过去，可是不会停留，真正会停留的，有一点像我们在金沙江里筛沙子，所有的沙子漏完以后，剩下的黄金，其实是非常少的，我们叫“披沙沥金”。生命里面最后剩下的纯粹的黄金，恐怕只有一点点。对于曹雪芹来讲，我觉得十四五岁是他生命里的黄金岁月，然后那个生命就停格在那里。因为他长大之后，要面临自己家族很多悲惨的事件，面临很多的侮辱，面临后来自己一家人三餐不继的窘状。所以特别希望大家在读六十三回的时候，感觉一下这个少年、这个青少年生命里面的一种繁华极盛的美。

“情”与“淫”

占花名的时候，宝钗一抽就抽到了牡丹，牡丹一直被认为是花中之王，我们会觉得宝钗的生命像一朵牡丹。接下来大家就问，林黛玉会抽到什么？黛玉自己也在疑惑，她也觉得这花是一个暗示、是一个预言，代表着她在人间的生命。最后她抽出的是芙蓉。其他的女孩子都是陆地上的花，黛玉是水中的花，她是跟这些人都无关的。因此我们可以看到作者在这一天的生日宴会当中，的的确确用了各种花，暗示了所有生命存在的不同形式。

我特别强调不同形式，因为生命是不可取代的。如果对生命去排第一名、第二名、第三名，恐怕刚好不懂《红楼梦》的意义。《红楼梦》本身没有办法去排名次，《红楼梦》只是不同形态地完成自己。牡丹是花园里一眼就看到的花，不能不注意到它，可牡丹是不可能在秋天开花的，牡丹只要有一点点不对的气温，就没有办法存活。所以我们说牡丹是最美的，可是也最脆弱。但是菊花可以在秋天开花，梅花可以在冰雪中开花。也许我们会发现自己的一生也有不同的花的开放形式，二十岁可以看到自己的生命大概都像牡丹，希望在人生里争强斗胜，希望永远是第一名；不论聪明才华，还是自己在人世间受到的重视瞩目，还是长相、人缘，都是牡丹。牡丹代表了在现世当中的成功和宠爱，到某一个年龄，才会懂菊花或者梅花存在的意义。

这一天晚上所有人抽出来的花都象征着她们自己生命的一个状态，里面没有高下比较，所以宝玉跟所有这些身边的女性之间的情感几乎没有分别性。这会不会是一种滥情？在现世的世界当中，宝玉自己也有很多的疑惑。第五回的时候，他做了一个梦，碰到警幻仙姑，警幻仙姑就说：“你是天下第一淫人。”宝玉觉得他一生所重只是情而不是淫，可是警幻仙姑认为“情既相逢必主淫”，情跟淫之间也是一体两面的东西。曹雪芹写这本书的时候，借着宝玉的生日讲出情的高贵性，其实到最后并没有欲望，并没有现世的占有性。情的高贵在于它是一种生命在特殊时空里面的分享，而且他看到了生命最后极度的幻灭性，知道每一个生命跟他都有一段缘分。

宝玉的生日过完之后，贾敬去世，他的儿子贾珍和孙子贾蓉就开始办丧事，可是办丧事的时候，贾蓉的“淫”就表现出来了。这些描写跟宝玉的生日是截然不同的，一个是非常肉体的，一个是非常心灵的状况。所以其实曹雪芹非常注意地在谈情的高贵与某一种不堪的肉体上的卑微。他不见得是批判，他只是让你看到贾蓉跟宝玉的不同。

宝玉其实跟所有的东西并无挂碍，好像很亲，好像有极大的眷恋，可是在极大的亲、眷恋里面他知道再亲，有一天都会走掉。你跟一个生命这么靠近，可是你知道它迟早会走，这个时候眷恋会变成单纯的珍惜。可是像贾蓉，其实是没有看透彻生命的幻灭性，所以他会在肉体上有一种离不开的东西，变成纠缠。也许作者在对比这两个，可是当然很难分。

情分

好，接下来，我们回到文本：“话说宝玉回至房中洗手。”因为外面的应酬宴会过得有点烦了，回到家就洗手，有一点点象征说，要把外面应酬的东西摆脱掉，把所有敷衍的东西摆脱掉。他跟袭人商量说：“晚间吃酒，大家取乐，不可拘泥。”“不可拘泥”是说绝对不可以像外面的人这么拘谨，因为他白天已经累死了，而且不是累了一天，是累了好几天。所有国家高层的官吏，都为了这个十四五岁的小孩子的生日来了。宝玉觉得厌烦得不得了，他希望给自己保留一个不可拘泥的部分。

所以不细读《红楼梦》，可能看不到其中的批判性，而这个批判性今天竟然还可以适用，而且有时候会觉得好像有一点变本加厉。我相信社会习俗的改革，往往不是政治革命可以取代的东西，而是一个心灵的革命，只有我们回来做自己，才可能真正改革。

袭人说："你放心，我和晴雯、麝月、秋纹四个人，每人五钱银子，共是二两。芳官、碧痕、小燕、四儿，他每人三钱银子，其余告假的不算，共是三两二钱银子，早已交给了柳嫂子，预备四十碟果子。我和平儿说了，已经抬了一坛好绍兴酒藏在那边了。我们八个人单替你过生日。"这些大丫头一个月的薪水，袭人最多，是二两，其他人大概是一两。她们等于拿了半个月的薪水出来给宝玉过生日。芳官、碧痕、小燕、四儿这四个小丫头薪水更少，一个月大概只有五钱银子，所以她们每个人拿三钱银子出来，比一半还多。

《红楼梦》很少讲到这么准确的数字，可是这一次讲到准确的数字，我觉得里面在讲情分。情分的"分"这个字很有意思，刚好也就是"分"。钱再少，可以跟别人分的时候，就是富有的。钱再多，不能跟别人分的时候，其实就是贫穷。什么叫情分？因为它可以分。

曹雪芹在晚年写《红楼梦》的时候，好像记得他十几岁过生日，有人曾经拿出这么一点点钱给他过生日，是他要一生怀念和感谢的。其实曹雪芹这个少爷年轻的时候什么东西都有过，但对他来讲，一生收到最大的礼物，不是那些金玉如意，而是这些丫头跟他分享的那个几钱的生日宴会。情分不是世俗里面讲到的多跟少，情分是因为可以分享，真正的分享。对南安郡王来讲，一个金玉如意不算什么事，可是对这些丫头来讲，五钱银子是不得了的数目，是她们生命里面的绝大部分，她们跟宝玉分享了。

夜宴之前的准备

宝玉就有一点不安，说："他们是那里的钱，不该叫他们出才是。"晴雯说："他们没钱，我们是有钱的！这原是各人的心。那怕他偷的呢，只管领他们的情就是了。"晴雯的话里面有一种很深的情分，因为生命之间这么亲，才会有这种感觉。宝玉这个少爷真的很有趣，他跟身边的人的关系是这么奇特，他打破了所有我们今天生命里可能认为的界限。

宝玉听了以后说："你说的是。"袭人就在一边笑他说："你一天不挨他两句硬话儿，蠢蠢的你再过不去。"那晴雯就又笑这个袭人说："你如今也学坏了，专会架桥儿拨火儿。"就是说你又在那边挑拨是非了。这里面其实是微不足道的一些小细节，刚好透露出这些人的关系。借着这几句对话，忽然让你觉得主仆的关系完全解放了，变成一种非常亲密的人的关系。

她们还准备了四十碟的果子，又偷偷去拜托平儿藏了一坛绍兴酒。注意这里面有一点暗示酒在贾府可能是管制的，这些青少年不能够随便拿到酒，所以说动用了平儿——王熙凤的管家——帮她们拿到酒。

宝玉说："关院门罢。"就像我们今天的学生要在宿舍里做一些事情，比如吃火锅之类的，为防着教官来查，赶快就要把门关起来。袭人就笑他说："怪不得人说你是'无事忙'！这会子关了门，人倒疑惑，越性再等一等。"大概我们想要"做坏事"的时候，心会很虚，觉得如果太早把宿舍门关了，教官会不会特别怀疑，所以要等一等再关。他们就在商量这些事情。

听到人世间最微弱的哭声

宝玉就说："我出去走走，四儿舀水去，小燕一个跟我去罢。"宝玉不是要出去走一走，他在挂念五儿的事情。宝玉的生命永远关心的是最落难的人，锦上添花的事情，他基本上是不会去做的。在马上要过生日之前，他关心的人竟然是柳家的女儿五儿。

这短短的一段，大概只有三五行，可其实是宝玉进入他生日的繁华之前，听到了哭声。在《观音经》当中讲到，观音是一直能听到哭声的，人世间最微弱的哭声都听得到，才被称为观音。可是我们通常容易听到笑声，未必容易听到哭声。有时候读《红楼梦》，会提醒我们在人世的宠爱间，在人世的繁华间，哭声可能是无所不在的。

宝玉这个生命的形态非常特别，他身上所具备的某一种母性性格也非常强。母性性格并不是女性性格，只有母性可以去关爱每一个生命，母性是保护者的角色。宝玉备受宠爱，可是最后他可以包容生命，这是非常特别的一种文学的写法。他外表是一个漂亮得不得了的公子哥，可是内在有包容力最大的母性，他其实一直要把他的爱与美和最大的孤独者去分享。

宝玉问到五儿的事情，“小燕道：‘我才告诉了柳嫂子，他倒喜欢的很。只是五儿那夜受了委屈烦恼，回家去又气病了，那里来得？只等好好罢。’宝玉听了，不免后悔长叹”。宝玉觉得好后悔，为了好心要帮助别人，结果没有想到反而害了别人，所以他特别觉得要加倍地关心五儿。

基督教世界里有这一类的角色，就像“圣安东尼的故事”里面的安东尼。安东尼是一个修行者，一个寒冷下雪的晚上，有一个老乞丐忽然昏倒在他家门口，他就把华丽的衣服脱下来，给了这个乞丐。这个乞丐还是很冷，安东尼有一点不耐烦了。可后来他又多反省了一点，觉得修行就是要去帮助别人，跟别人分享你生命里的好东西，所以他把老乞丐扶进家里来。但老乞丐还在发抖，因为生了病，皮肤上都是疮。安东尼又第三次反省，要让老乞丐睡到他的床上去。可这个人还在发抖，说：你可不可以用你的身体抱着我，因为我冷得不得了。安东尼觉得非常困难，因为老乞丐身上发臭，都是烂疮。但安东尼去抱他的时候，刹那之间，那个人变成了耶稣。

读经文的修行跟在现世里的修行，其实是一个非常有趣的两难跟矛盾。我们在现世当中，处处都是修行，我们避开了这个修行，只去做文字和语言的修行，恐怕刚好就是实践力量的减损。宝玉在生日的晚上忽然想到了五儿，其实在这里有一个修行的意义。

管家训话

“已是掌灯时分，听得院门前有一群人进来。大家隔窗悄视，果见林之孝家的和几个管事的女人走来，前头一人提着大灯笼。”这里特别用灯笼暗示已经入夜了。晴雯就悄悄笑着说：“他们查上夜的人来了。这一出去，咱们好关门了。”“上夜”，就是有专门的人轮班巡夜。“怡红院凡上夜的人都迎了出来，林之孝家的看了不少”，就是点了一下名，吩咐说：“别要钱吃酒，放倒头睡到大天亮。我听见是不依的。”这里面都有一点讲给宝玉听的意思，因为管理的人一定要讲管理者应该讲的话。

她又问宝玉睡了没有，“袭人忙推宝玉，宝玉趿了鞋，便迎出来”。袭人叫他出来，因为知道只要宝玉一出面，这些查房的人就会离开。宝玉是少年公子，他要非常礼貌，所以跟老管家很礼貌地说：“我还没睡呢，进来歇歇。”林之孝家的进来笑着说：“还没睡呢？如今天长夜短了，该早些睡，明儿起的方早。不然明日起迟了，被人笑话，说不是个读书上学的公子了，倒像那起挑脚汉子。”林之孝家的是教官、舍监的角色，她的语言永远是叮咛跟教训的。

宝玉赶快回答说：“妈妈说的是。”宝玉对这些管家的人很尊敬，所以叫妈妈。又解释说：“我每日都睡的早，妈妈每日进来多是我不知道，已经睡了。今儿因吃了面怕停住食，所以多玩一会。”“怕停住食”，意思是说，晚上吃多了东西，立刻睡觉的话怕不消化。吃完饭以后要稍微走一走，以前叫“行食”。林之孝家的说：“该沏些普洱茶吃。”袭人、晴雯两人赶紧说：“沏了一杯子女儿茶，已经吃过两碗了。大娘也尝一尝，都是现成的。”为什么说要喝普洱？因为普洱的刺激性比较小，适合晚上喝。女儿茶现在我们一般人都不太喝，其实不是茶，是山东泰山出的一种青桐芽，类似于梧桐的嫩芽，它没有茶碱，所以是最温和的。《红楼梦》里面其实光是茶就讲了好多品种，不同人的体质，不同人的嗜好，决定了最后喝的茶是不一样的。

晴雯倒了一碗茶，林之孝家的开始教训宝玉了：“这些时，我听见二爷嘴里都换了字眼，赶着这几位大姑娘们竟叫起名字来。虽然在这里，到底是老太太、太太的人，还该嘴里尊重些才是。若一时半刻偶然叫一声使得，若是只管叫起来，怕以后兄弟侄儿照样，便惹人笑话，说这家子的人眼里没有长辈。”晴雯和袭人是贾母的丫头，因为这个祖母特别疼爱孙子，怕其他丫头照顾不周到，所以把身边自己培训过的最好的丫头拨去照顾宝玉。过去这种大家族，要特别尊敬服侍母亲或者祖母的人，所以宝玉从小不能叫她们名字，要叫姐姐。

宝玉笑道：“妈妈说的是。我原不过是一时半刻的。”宝玉回答林之孝家的，永远说“妈妈说的是”，绝对不敢辩白，因为她有辈分，这都是过去大家族的规矩。袭人和晴雯就为他分辩，说：“这可别委屈了他。直到如今，他还姐姐不离口。不过玩的时候叫一声半声名字，若当着人，却是和先一样。”林之孝家的说：“这才好呢，才是读书知礼的呢。”下面还讲了一句：“越自己谦逊越尊重，别说是三五代的陈人，现从老太太、太太屋里拨过来的，便是老太太、太太屋里猫儿、狗儿，轻易也伤他不得。这才是受调教的公子行事。”过去以孝作为道德的最高标杆，这个孝包含了对母亲、祖母，也包括了对母亲和祖母身边的人以及动物的尊敬。所以《红楼梦》的贾家，其实不是所谓的财大气粗的那种家族，这个家族要求孩子对人守规矩，教育你越谦逊、越尊重，这个家族才能够得到别人的敬重，不然你再有钱、再有权，别人都看不起你的。因为别人尊重的是文化、是礼教，而不是你家族的权力和财富。

好的文学中的平衡

林之孝家的谆谆告诫了宝玉一番，喝了茶，终于走了。“这里晴雯等忙命关了门，进来笑说：‘这位奶奶那里吃了一杯来了？唠三叨四的，又排场了我们一顿去了。’”年轻小孩子永远觉得长辈很唠叨。麝月的个性跟晴雯不同，晴雯在批评管家，麝月就说：“他也不是好意的，少不得也要常提着些儿。也提防着怕走了大摺儿的意思。”“大摺儿”，我们今天不太用了，这句是说我们今晚是要放纵一下，可因为管家先来告诫了一些话，所以我们不会太离谱。

曹雪芹特别看到社会的一个平衡，没有绝对的对，也没有绝对的错。

学生不会喜欢老师唠叨，但我自己扮演老师角色的时候，必须提醒自己说，我要扮演一个他们不那么喜欢的角色，才会有平衡。比如我告诉学生一定要几点出去写生，如何如何，他们可能只遵守百分之二十；可是如果不讲，可能就连那百分之二十都没有。

曹雪芹在写小说的过程里面，其实非常周到，他看到了社会里每一个角色存在的意义。如果我们今天一个年轻的作者写青春小说，林之孝家的一定会被写成一个很讨厌的角色。可是《红楼梦》不会这样写，《红楼梦》的伟大恰恰在于它不会让你看到走极端的、绝对的是非，它让你看到“彼亦一是非，此亦一是非”，完全是庄子讲的东西，本来就是一种平衡的状况。《红楼梦》三百年来一直被阅读，可是不敢保证今天最畅销的小说三百年后还会被阅读，因为它对人性的观照可能不够，会两极化。不好的文学和好的文学大概有一个分法：好的文学对人性的观照是特别丰富的，不会让你读完以后，觉得哪一个好，哪一个不好。《红楼梦》是在写一个比较委婉的、丰富的过程。

青春的色彩与香味

“宝玉说：‘天热，咱们都脱了大衣裳才好。’”把门关了之后，这些十几岁的小孩子们，才感觉到在一起时的那种青春的单纯。宝玉第一个希望做到的是，把外面的大衣服脱掉。众人笑道：“你要脱你脱，我们还要轮流安席呢。”“安席”，就是把筷子、碗筷啊都放好。“宝玉笑道：‘这一安就要安到五更天了。知道我最怕这些俗套子，在外人跟前不得已的，这会子还怄我就不好了。’众人听了，都说：‘依你。’于是先不上坐，且忙着卸妆宽衣。”“卸妆宽衣”在这里变成了一个非常重要的象征，我们在人世间，正襟危坐的自己是一个走向社会的自己，可是“卸妆宽衣”，是说拿掉社会性的假面，回来做真正的自己。

从这里，开始进入一个非常美的画面：“宝玉只穿着大红棉纱小袄子，下面绿绫弹墨夹裤，散着裤脚。”以前男性的裤子，大概裤脚的部分是用带子绑起来的，就是束腿的裤子；回到家里，在休闲的状态下，会把带子拿掉，裤脚是散开的，可能有点像我们今天喇叭裤的形态。“绫”是一种很软的丝。宝玉身上的颜色，有一点像马蒂斯的绘画，红绿对比，上身是大红色，下身绿色的裤子。他靠的这个枕头最有趣，是“一个各色玫瑰芍药花瓣装的玉色夹纱新枕头”。玉色是白里面透一点点青，是很淡的一种颜色，而且纱很薄，所以里面会透出花瓣的颜色，还有花瓣的香味，这个叫作“红香枕”，从名字就可以看到，又有色彩又有香味。

我觉得作者一直在提醒我们，青春是有色彩和香味的。如果在一个不对的体制里，青春可以没有色彩，也没有香味；如果在一个对的体制里，比如像德国的狂飙时代，歌德活到七八十岁，还是有色彩和香味的。所以青春又不完全只是生理的年龄，青春是一个心灵的状态，生命不断释放出某一种光彩。这一段一直是我自己非常喜欢的，如果我要画《红楼梦》里面宝玉的形象，可能会画这个形象，他卸掉了所有人间的服装的伪饰，回来做自己，单纯、自在。

等一下可以看到芳官的美，宝玉和芳官这一小段，是《红楼梦》里面描写青春的容貌写得最美的一段。

芳官的美

宝玉倚着红香枕，“和芳官两个先划拳，当时芳官满口嚷热”，大概是划拳喝了酒以后觉得很热。前面讲到芳官知道那天晚上会有一个宴会，就跟宝玉说：“今天晚上你不可以管我喝酒，我要好好喝一顿酒。”为什么？因为她说她从小就爱喝酒，结果后来被卖到戏班子学旦角，声带要保养得很好，就不能喝酒。现在她被拨到宝玉的房里做丫头，不做职业演员了，所以她不管了，要开怀痛饮。这一天她是喝酒喝得最多的一个。

下面就形容芳官身上的打扮，其实她的化妆是我们今天意想不到的，她“只穿着一件玉色红青驼绒三色缎子斗的水田小夹袄”。过去有一种服装，是用不同料子拼起来的。小孩子生下来，邻居每个人都会送一块小布，妈妈就把这些小布缝起来做成一个百衲被，表示给这个孩子祝福。和尚的袈裟也是拼起来的，有一部分意思是说这是化缘而来，有一部分是说得到众人的祝福。芳官穿的衣服，就是用玉色、红色、青色三种颜色拼起来的水田小夹袄。青色是深蓝色，水田是形容像稻田一样方块形的，“斗”就是拼合的意思。“束着一条柳绿汗巾，底下是水红撒花夹裤，也散着裤脚。”芳官绑了一条绿色的汗巾，裤子是大红色的，这是传统的配色法，都是对比色，叫“万绿丛中一点红”，绿色要用红色去压，红色要用绿色去压。

“头额编一圈小辫，总归至顶心，结一根鹅卵粗细的总辫，拖在脑后。”前面看过宝玉有一次是史湘云帮他梳头，梳了八根小辫子，拉到顶心，总成大概鸭蛋或者鹅蛋那么粗的一条辫子，有八颗珍珠压在这个辫子上，拖在脑后。大概以前的男孩跟女孩在发式上没有太大的差别，所以宝玉曾经这样打扮，现在芳官是一个女孩子，也这样打扮。

“右耳眼内，只塞着米粒大小的一个小玉塞子”，穿耳洞以后久不戴的话，耳洞会长起来，平常要有一个东西塞在那个地方，叫作“塞子”。“左耳上带着一个白果大小的硬红镶金大坠子”，大家知道，白果就是银杏，所以大概是小指头的指尖大小的一粒宝石；“硬红”大概是某种红宝石。红色的宝石用黄金镶嵌，也衬出芳官的某一种青春的美。实际上她只戴了一只耳环。

芳官的打扮和化妆，我相信在今天都是极度时髦的，包括小辫子的梳法，还有耳饰的戴法。芳官原来是唱戏的，所以她身上还有一种在舞台上唱戏的美。作者写到这里的时候，忍不住夸赞，说她“面如满月犹白”，脸像中秋的月亮一样，可是比中秋的月亮还要白；“眼如秋水还清”，秋天的水是最透明的，可是她的眼睛在流转的时候，比秋水还要透明、还要清澈。大家也都忍不住赞美：“他两个倒像一双生弟兄两个。”十几岁的小孩子，其实他们好像没有性别的差异，包括刚才讲到的打扮，包括他们呈现的青春的美，因为青春的美其实并没有性别之异。

我们常常说男性的美在于某一种阳刚，女性的美在于某一种阴柔，可是阳刚跟阴柔都具备的时候，会出现另外一种美。《红楼梦》六十三回写到很多介于两性之间的某一种美出现，那种青春的美超越了性别，所以才会用到这样的语言，说你看他们像一对孪生兄弟一样。这里面当然也在讲，他们的青春形式本身有一种“亲”：他们不是主仆，没有性别，也没有阶级。阶级、性别或者是种族，都是我们加的界限，对于青春来讲，可以一清如水，变成一种单纯的美的靠近。

出现在青春宴会中的人物

“袭人等一一的斟了酒来说：‘且等等再划拳，虽不安席，每人在手里吃我们一口罢了。’于是袭人为先，端在唇上吃了一口，余依次下去，一一吃过，大家方团团坐定。小燕、四儿因炕沿坐不下，便端了两张椅子，近炕放下。那四十个碟子，皆是一色白粉定窑的。”定窑是宋朝瓷器里面最美的一种，它是在河北定州这个地方出来的，最好的是白瓷，也叫作“粉定”。这种瓷器是复烧出来的，口沿的地方有“芒口”，因为不施釉，会有一点割手的部分，所以用铜或者黄金来包住。这些碟子“不过只有小茶钟大，里面不过是山南海北，中原外国，或干或鲜，或水或陆，天下所有的酒馔果菜”。每一个东西都是很讲究的。

摆起来以后，宝玉就说我们好像应该玩一点什么游戏，光这样吃喝没有意思。“袭人道：‘斯文些的才好，别大呼小叫，惹人听见。二则我们不识字，可不要那些文的。’麝月笑道：‘拿骰子咱们抢红罢。’宝玉道：‘没趣，不好。咱们占花名儿好。’晴雯笑道：‘正是，也想弄这个玩意儿。’袭人道：‘这个玩意儿虽好，人少了没趣。’”商量来商量去，他们就说把宝钗、黛玉叫来，后来觉得光宝钗、黛玉不好，说探春也会喝酒，要不要把探春叫来。有没有发现十二金钗里面漏掉的人都有谁？迎春是特别木讷，木讷到有一点呆笨的，不会在这个现场出现；惜春是孤僻到有一点不近人情的，也不会被请到；王熙凤当时是掌权的，权力中心的人会缺席；秦可卿已经死掉了；还有巧姐儿，巧姐儿太小，那个时候大概只有五六岁，所以不会到场。

能够躲避过生死，能够躲避过人世间所有的权力跟财富的庸俗，能够躲避掉才智太低的粗蠢，最后才会在青春的宴会出现。那一天青春的宴会里面出现的人不光是小姐，包括了袭人、晴雯、麝月……成了一个花的宴会。

都来了以后，宝玉讲了一句话："林妹妹怕冷，过这边靠板壁坐。"过去的房子在板壁当中会有暖房，靠着墙是特别暖的。宝玉对黛玉的爱没有任何可以取代，常常是在细节里面呈现出来，这里面有一个最细心的关爱。

任是无情也动人

"说着，晴雯拿了一个竹雕的签筒来，里面装着象牙花名签子，摇了一摇，放在当中。"竹子的签筒，里面的签是象牙的，我大概会比较喜欢去抽这样的签，因为那个过程里面有一种不同的美。"又取过骰子来，盛在盒内，摇了一摇，揭开一看，里面是五点，数至宝钗。"投骰子决定谁先抽，宝钗是第一个，她"将筒摇了一摇，伸手掣着一支，大家一看，只见签上画着一枝牡丹，题着'艳冠群芳'四字，下面镌刻的小字一句唐诗，道是：'任是无情也动人。'"

"任是无情也动人"，这是罗隐咏牡丹的诗句。宝钗是牡丹，是要争取人间富贵的；宝钗是华丽的，她有现世里面活在春夏的那种正面跟积极。可是"无情"两个字很有趣，看怎么去解释。宝钗是美得不得了，可宝钗其实可能是一个最无情的人，她所有关心的都是人事、现世、利益的关系，很少有像宝玉会关心到厨房里的五儿的这个部分。注意，绝对不是说她坏，是说宝钗的生命里面有一种在现实社会当中存在的意义跟价值。如果按照后来补的八十回以后，宝钗最后嫁给了宝玉，可是我们知道宝玉并不爱她。宝钗愿意接受这样的婚姻，觉得只要有名分就好。“情分”跟“名分”刚好是两个不同的东西，名分是现实里有就好，情分是真情里才有。

黛玉跟宝玉有情分，没有名分；宝钗跟宝玉是名分，没有情分。我们今天未必看不到宝钗这样的人，她要的就是现世当中的东西，在婚姻里面的那个名分，至于对方是不是疼惜她，是不是真情，好像也不见得计较。宝钗要的东西跟黛玉要的东西是不一样的，黛玉觉得这一生一世只是了结前世的缘分，所以在不在一起不是最重要的；宝钗跟宝玉没有前世的缘分，她就是要现世的缘分，就是现世的那个名分而已。

宝钗不是对人很好吗？宝玉被打伤了，她就拿药来告诉他怎么去敷这个药。她也有她的关心。黛玉身体不好，她就炖二两燕窝去给她吃，她对每个人都很好。可是这里讲的“无情”是说，她所有的对人的关心，都是现世利益的考量。宝玉会关心厨房里那么卑微的人，体恤那个人被关了一个晚上的委屈，宝钗从来没有这个东西，她觉得那些人跟她毫无关系。

牡丹是绝对被娇宠的花，牡丹永远是要人去照顾的。记得大概每一年四月之前，特意从武陵农场培养出的牡丹会送到台北“故宫”去，旁边摆满了冰块让它不凋谢，因为牡丹喜凉不耐热，你就看到那个牡丹就是要把所有的宠爱集于一身的。可是等一下黛玉抽出一朵芙蓉，它在水中自开自落，“只可远观”，“不可亵玩”，不能去玩弄它，因为它是开在自然当中，不为任何现世的人活着。这里面就有一个差别，就是芙蓉存在的意义跟牡丹不同。

曲中的暗示

宝钗掣的签下面还注着："在席共贺一杯，此为群芳之冠，随意命人，不拘诗词歌曲，道一则以侑酒。"就是要指定一个人唱歌，她就指定芳官，"芳官便唱：'寿筵开处风光好……'众人都道：'快回去。这会子很不用你来上寿，拣你极好的唱来。'"意思是别动不动就唱《生日快乐》，听这个听烦了，唱你最拿手的。这里面又有一个暗示，说这个生日不是应酬。芳官就唱了《赏花时》，这是汤显祖的一出戏——《邯郸记》中的一段，讲八仙里面的何仙姑拿着扫帚在扫落花，把落花扫开，为了让吕洞宾来。这一段戏在讲仙界的爱情，何仙姑等待着吕洞宾来，可吕洞宾是一个云游四海的仙人，来了以后又走了。所有的这些东西都可能暗示这一天晚上的宴会，是一个宝玉跟所有人的前世缘分，大概要好多好多缘分，才能够累积到这一个晚上可以一起过生日，可是他也知道迟早要走。如果宝玉是一个仙界的人，含着玉而生，他也迟早要回到他的大荒之中去。

芳官唱道："翠凤毛翎扎帚叉，闲为仙人扫落花。您看那风起玉尘沙。猛可的那一层云霞，抵多少门外即天涯。"注意里面押的"发花韵"的美。因为每一个女孩子抽到的都是花，所以何仙姑拿着扫帚在扫掉地上的落花，也让你感觉到，她们都即将成为落花。"你再休要剑斩黄龙一线儿差，再休向东老贫穷卖酒家。你与俺眼向云霞。洞宾呵！你得了人可便早些儿回话；若迟呵！错教人留恨碧桃花。"吕洞宾是四方云游的一个仙人，何仙姑扫落花等待他的情，其实也是一个幻灭，这样的情缘只是一个短暂的相逢而已。

芳官唱完了，"宝玉却只管拿着那签，口内颠来倒去念'任是无情也动人'，听了这曲，眼看芳官不语”。他觉得这一句话好像在讲宝钗，是正面，也是负面，可是作者没有讲。“湘云忙一手夺了，递与宝钗。宝钗掷了个十六点，数到探春。”

花与她们的命运

探春抽出了一枝杏花，签上面写“日边红杏倚云栽”。还注着：“得此签者，必得贵婿。”这有一点暗示探春不久将要出嫁。大家就开她的玩笑，说：“我们家已有了个王妃，难道你也是不成？大喜，大喜！”因为过去的女孩子提到婚嫁都有一点不好意思。

接下来是李纨，她抽出来之后，先没有揭晓谜底，反而笑道：“好极！你们瞧！这劳什古子竟有些意思。”有一点说这是游戏，可是好像有一点什么暗示的东西。李纨看到一株梅花，她忽然发现这签好像真的在讲她。《红楼梦》所有的女性里面，最没有色彩的就是李纨，因为她不能戴首饰，不能化妆，衣服不能有颜色，全部都是灰色。她要抽花的时候，我们会想：怎么会有灰色的花？结果一抽，是一株枯老的梅花，它有自己生命的一种孤独，也有它的一种顽强。她住的地方叫稻香村，签上面写的诗是“竹篱茅舍自甘心”，然后“自饮一杯”。因为你是孤独的，所以自己喝一杯酒。

下面到了湘云，她掣出了一枝海棠。特别注意湘云掷骰子的准备动作：“揎拳掳袖”，特别像男孩子，动作很大。签上说：“只恐夜深花睡去。”这是苏东坡《海棠》中的诗句：“只恐夜深花睡去，故烧高烛照红妆。”怕夜晚以后花会睡去，所以就点了蜡烛，照着花，陪伴着花。这里面有一种对美的惋惜。因为我们知道史湘云不久以后结婚了，嫁得也非常好，丈夫很有才华，年轻，也爱她，其实是一个非常美满的结局，可是史湘云最后的悲剧命运是，没有多久她丈夫死掉了。湘云是另外一个李纨的命运。

这里有一点意思是说，我们的命运也在扮演不同花的角色，我们觉得自己的一生只是一种花，但是不要忘记，可能你某一个年龄的时候是一种花，到另一个年龄的时候会变成另外一种花。可能宝钗现在是牡丹，嫁给宝玉以后，如果宝玉出家了，她还会是牡丹吗?

接下来就不是小姐抽了，是麝月，她抽出了一种花叫作荼蘼。荼蘼是藤蔓类的，必须攀在竹架子上才能够长起来，可在所有夏花里排行最末，所以是“开到荼蘼花事了”。荼蘼花开完以后，夏天的花就开完了，接下来开的就是秋天、冬天的花了。花的极盛时代就在荼蘼，荼蘼有一点烂漫，荼蘼也有一点好像开到最繁盛以至于有一点糜烂的感觉。麝月是丫头，不识字，就问宝玉什么意思，可是宝玉没有告诉她。

宝玉没有解释，因为他心里面很难过，“开到荼蘼花事了”，表示青春全部要结束。他不想让身边的人觉得下面即将是悲剧，生命里面非常难堪跟悲苦的事情将要发生。这个晚上短暂的繁华，就让大家好好相处，所以他没有讲真话，把签藏了，说：“咱们且喝酒。”麝月接下来掷了一个十九点，到香菱了，香菱掣出了并蒂花，“连理枝头花正开”。然后接着就该黛玉了。

人生的聚散

读到这一段会有一种紧张，因为黛玉是一个非常要强的人，她会觉得刚才宝钗已经抽出了牡丹，而且是艳冠群芳。她是冠军，那黛玉怎么可能去做亚军——黛玉的这种生命个性绝对不可能去做第二个。这个时候你看到作者的了不起，黛玉抽出芙蓉的时候，上面说：“莫怨东风当自嗟。”这个花是跟所有人世间无关的，它只是一个自哀自叹的存在形式，跟所有的其他存在都没有关系。这是欧阳修写王昭君的诗，王昭君不在皇宫里跟三千佳丽争宠，最后孤独地走向她自己选择的命运。黛玉根本没有选择人间的排名，她选择了走向人间之外的一个孤独的形态。特别注意每一个人抽完签以后，就有一个陪饮的人，陪饮黛玉的人是牡丹。所以宝钗跟黛玉的关系也非常微妙，一个完全不活在人间的人，最后是要跟一个在人世间争强斗胜的人喝这杯酒。为什么是牡丹陪饮？因为全世界、全人间最繁华的东西，要去陪伴最孤独的。旁边的人也特别强调说：“这个好极。除了他，别人不配作芙蓉。”

“黛玉也自笑了。于是饮了酒，便掷了个二十点，该着袭人。”袭人抽出的是桃花，“题着‘武陵别景’四字，那一面旧诗写着道是：桃红又见一年春，注云：‘杏花陪一盏’”。袭人后来也嫁得不错，所以这里面桃花跟杏花都有一点初春的美的感觉，也是比较喜气的感觉。除了杏花，“坐中间同庚者陪一盏，同辰者陪一盏，同姓者陪一盏”。这一次很热闹，“同庚者”，就是同年的人；“同辰者”，就是同一天生日。香菱、晴雯、宝钗跟袭人都是同一年生的，所以她们都要喝酒；黛玉跟袭人是同一天生的，所以她也要喝酒；芳官姓花，袭人姓花，所以她也要喝一杯酒。

“于是大家斟了酒，黛玉因向探春笑道：‘命中该着招贵婿的，你是杏花，快喝了，我们好喝。’”黛玉又在调笑探春。探春笑道：“你说的是什么？大嫂子顺手给他一下子！”李纨笑道：“人家不得贵婿反挨打，我也不忍的。”说得众人都笑了。这个时候，薛姨妈就打发人来接她们了。大观园里面青春是可以被放纵的，可是长辈大人要扮演教官的角色，催她们回家。因为现在已经“二更以后了，钟打过十一下了，宝玉犹不信，要过表来瞧了一瞧，已是子初初刻十分。”晚上十一点，对我们今天来讲不晚，可是不要忘记过去的农业时代，入夜即息。所以“黛玉便起身说：‘我可撑不住了，回去还要吃药呢。’众人说：‘也都该散了。’”宝玉喜聚不喜散，可是人生有聚一定有散，所以《红楼梦》一直在开示说，生死、爱恨、聚散全部是相对的。其实宝玉刚才已经有一点感伤了，不只是这个晚上的聚将要有散，这些人一生当中的聚跟散也立刻要发生。

槛外人、槛内人

黛玉、宝钗等人都走了以后，怡红院的人又接着喝酒，后来芳官喝醉了，袭人“见芳官醉的很，恐他闹酒，只得轻轻的起来，就将芳官扶在宝玉之侧，由他睡了”。第二天，芳官醒过来，“犹发怔揉眼睛，袭人笑道：‘不害羞，你吃醉了，怎么也不拣地方儿乱挺下了。’”意思说：“你看你睡在宝玉旁边，两个人头靠在一起睡着。”可这个画面其实是非常美的，我们大概只有在中学那个年龄会觉得没有男女之防，没有性别之防，反而有一种天真烂漫。

说着，丫头进来伺候梳洗。宝玉笑道：“昨儿有扰，今儿晚上我还席。”袭人笑道：“罢、罢！今儿可别闹了，再闹就有人说话了。”宝玉道：“怕什么！不过才两次罢了。咱们也算是会吃酒了，那一坛子酒，怎么就吃光了。正是有趣，偏又没了。”袭人笑道：“原要这样才有趣。必至兴尽了，反无后味了，昨儿都好上来了，晴雯连臊也忘了，我记得他还唱了一个曲儿。”四儿笑道：“姐姐忘了，连姐姐还唱了一个呢。在席的谁没听见！”众人听见，“俱红了脸，用两手握着笑个不住”。大家就谈到，昨天晚上每一个人都唱了歌，连袭人这样老实的人最后都唱了歌。前一个晚上玩得这么开心，是借着第二天早上醒来去谈到的。

“这里宝玉梳洗了，正吃茶，忽然一眼看见砚台底下压着一张纸，因说道：‘你们这随便混压东西也不好。’”他以为是这些丫头绣花的花样子，因为他看到了是粉红色，其实这是妙玉给他的“生日卡”。我一直觉得色彩在《红楼梦》里面有很大的象征，宝玉住的地方叫怡红院，他身上都是红色的，红是一种热情的东西；妙玉知道宝玉生日了，所以寄了一张生日卡。照理讲，妙玉是庙里面的尼姑，她寄一个卡片来，应该很淡雅、很素净，结果没有想到是粉红色的。所以妙玉身上有一些热情没有消退，她心里面的那个对人世间的情爱，其实非常的热烈。她特别爱宝玉，所以我好几次提到，林语堂觉得妙玉是一个六根不净的尼姑。

我自己一直不这样看，我觉得曹雪芹有更大的同情，曹雪芹觉得“妙玉”只是人间加给她的一个号，可是她难道不能够有自己的情感？其实有更大的悲悯在里面。我们当然可以嘲笑妙玉，觉得她的修行是不彻底的。可是我有时候回头问自己：我何曾修行彻底了？这样一想，就会觉得对妙玉有很多的同情。

宝玉看到以后就很生气，说怎么有人寄了一个卡片来，你们都没有跟我讲。他觉得这是非常重要的事，妙玉也应该是他们青春当中的一环，虽然她出家了。所以他觉得一定要回答妙玉。“贺卡”上面写着：“槛外人妙玉恭肃遥叩芳辰。”妙玉自称一个“槛外人”，过去有人很怕死亡，就做了一个铁的门槛，想把死亡挡住，叫作铁门槛，但铁的门槛也挡不住死神。“槛外人”就是说我已经看开生死了。我觉得这里面在暗示妙玉，生死都容易看得开，爱恨未必这么容易看得开。

但宝玉看到“槛外人”三字，“自己竟不知回帖上回个什么字样才相敌，只管提笔出神，半天仍没主意。因又想：‘若问宝钗去，他必又批评怪诞，不如问黛玉去。’想罢，袖了帖儿，径来寻黛玉”。路上碰到了邢岫烟，邢岫烟跟妙玉以前在南京的蟠香寺一起住过，很要好。她跟宝玉说：“怪道俗语说的‘闻名不如见面’，又怪不得妙玉竟下这帖子给你，又怪不得上年竟给你那些梅花。既然连他这样，少不得我告诉你原故。他常说：‘古人中自晋汉五代唐宋以来，皆无好诗，只有两句好，说是：“纵有千年铁门槛，终须一个土馒头。”’所以他自称‘槛外之人’。又赞文是庄子的好，故又或称为‘畸人’。他若帖子上自称‘畸人’的，你就还他个‘世人’。畸人者，他自称是畸零之人；你自谦自己乃世中扰扰之人，他便喜了。如今他自称‘槛外之人’，是自谓蹈于铁槛之外之故。你如今只下‘槛内人’，便合了他的心了。”

岫烟说你就称“槛内人”，表示你还是人间的俗人，还摆脱不了生死。妙玉的这个“生日卡”是《红楼梦》里面蛮动人的一个部分，妙玉的下场可能非常惨，如果真的有这个人，曹雪芹在写的时候，其实也有很多的心疼，并不会认为她修行不成功。

芳官改名

接下来讲了一个非常有趣的事情，就是宝玉给芳官取了一个男孩子的名字，叫“耶律雄奴”。宝玉觉得芳官这样的一个小女孩，唱过戏，在舞台上练过武功，她打扮成男孩子一定特别漂亮。他就“命他改妆，又命将周围的短发剃了去，露出碧青头皮来，后面当分大顶”，要她打扮成男孩子。结果每一个人看到，都觉得好漂亮，所以就回去把她们房里唱戏的女孩子都打扮成男孩子。宝玉“又说：‘芳官之名不好，若改了男名才别致。’因又改作‘雄奴’”。

芳官十分称心，便说：“既如此，你出门也带我出去。有人问，只说和茗烟一样的小厮就是了。”宝玉笑道：“到底人看的出来。”芳官笑道：“我说你是无才的。咱们家现有几家土番，你就说我是个小土番儿。况且人人说我打联垂好看，你想这说的可不妙吗？”宝玉听了，喜出意外，忙笑道：“这很好。我也常见官员人等多有跟从外国献俘之种，图其不畏风霜，鞍便马捷。既这等，再起个番名，叫作‘耶律雄奴’。二音又与匈奴相通，都是犬戎名姓。”

这是《红楼梦》很少人注意到的一段，里面有一个性别的改换。她们在舞台上本来就可以扮女角，也可以扮男角；如果人生也是一种舞台，也可以扮演不同的角色。

因为“耶律雄奴”是宝玉他们读文学、历史读到的，一般的人不太知道，“大家也学着叫这名字，又叫错了音韵，或忘了字眼，甚至于叫出‘野驴子’来，引的合园中人凡听见者无不笑倒。宝玉又见人人取笑，恐作贱了他”。这句话大家特别细读一下，宝玉最心疼这些女孩子受人作践，因为他原来给她取的耶律雄奴还比较好听，结果现在变成野驴子。他就觉得有一点对不起芳官，于是又给她改了一个法国名字。

下面这一段大家会吓一跳——宝玉可能学了一点法文，他说：“海西福朗思牙，闻有金星玻璃宝石，他本国番语以金星玻璃名为‘温都里纳’。如今将你比作他，就改名换作‘温都里纳’可好？”“海西”就是当时大海以西的地方，有一个国家叫“福朗思牙”，我们今天翻译成法兰西。可是清朝翻译成福朗思牙，比我们今天的翻译更接近法文。很多人说怎么会把佛罗伦萨翻译成“翡冷翠”，可是我们知道在意大利语里面，Firenze就是这三个音，徐志摩的翻译真是了不起。我们活在一个时髦的世界，觉得对世界的了解如何如何多，可是我们不了解。其实也许我们没有《红楼梦》更懂法文，它反而是第一手的法文资料。

宝玉又念了一个法文“温都里纳”，法文的“玻璃”就是verre。我们今天都可以去考证法文的verre跟这里讲的“温都里纳”的发音中某些关联性的东西。今天的电影跟电视总是把《红楼梦》变成一个中国的古典，忽略了当时清朝的贵族其实非常的洋化，他们接触到世界最新的东西，所以宝玉动不动就掏出怀表，其实都在讲他生活中接触到很大的部分是舶来品。所以，芳官就有了一个法文的名字。

贾敬之死

贾敬是大家可能已经不太熟悉的一个人，他是宁国府这边活着的最老一辈的长辈，他的儿子就是贾珍，贾珍的儿子是贾蓉。贾敬常年不在家，一直住在道观里修道。书里面讲他“守庚申，服灵砂等”，“守庚申”是表示说在这个时辰炼丹、服用，他就可以升天。可是炼丹很危险，明朝很多皇帝都是因炼丹而死。贾敬就是吃了丹死的，道观说他升仙而去，可是医生来检查的时候，说他腹部像铁一样硬，其实是汞中毒的死亡。

我提过第六十三回是在讲宝玉的生日、贾敬的死亡，是生死，同时又是情跟淫，又是爱跟恨。两边在对比。贾敬的死亡，最重要是带出来因为办这个丧事，家族里面出现了很多平常不来的亲戚，特别是在第六十四回以后最重要的角色尤二姐、尤三姐。

贾珍的太太姓尤，尤物的“尤”，这个姓当然也有特别的意义，其实是有一点肉体上妖媚的意义在里面。尤氏有两个妹妹，是她的继母带来的，就是尤二姐和尤三姐，长得特别漂亮，因为丧事来到家里，贾珍就跟她们不干不净。贾珍不干不净，儿子贾蓉就觉得爸爸一三五来，我就二四六来，其实她们是他姨妈的辈分，所以这里面讲到贾府的另外一种乱伦的状况。

贾蓉这个十七八岁的男孩子长得漂亮，又是一个富贵公子，可是他跟宝玉完全不同。如果说宝玉一直在做情的升高的话，那贾蓉一直在做欲的沉沦，刚好是一个对比的部分。所以他跟尤二姐、尤三姐的关系就变成了第六十三回结尾非常重要的一个部分。

我只挑出一段来看：“贾蓉又和二姨抢砂仁吃”，“砂仁”是一种干果，有点像瓜子或者榛果这一类的。一个晚辈跟姨妈在抢瓜子吃，就已经有一点挑逗的意思。“尤二姐嚼了一嘴渣子，吐了他一脸”，这个姨妈跟侄子之间的关系也很奇怪，更不堪的是，“贾蓉用舌头舔着吃了”。这些是非常细节的描写，可是这一段绝对在讲挑逗、讲情欲。可有没有发现，宝玉过生日，晚上怎么放纵都没有这样的一段。作者真是了不起。

其实从外在来讲，我们不知道什么叫情，什么叫欲。情和欲只是个人的生命在高贵和沉沦方面不同的发展，这两极的东西并不是那么容易判断。别人看到的那边在办生日宴会，喝酒，闹得一塌糊涂，觉得是放纵；

这边办丧事，觉得很悲哀，是很典雅的感觉。结果刚好相反，那边守住了最重要的情的规矩，这边反而是最放纵的，借着丧事在玩一个最大的游戏。到第六十四回以后，我们就看到尤二姐、尤三姐开始被包养。贾珍、贾蓉、贾琏，两代的贾家子弟一起在玩弄尤二姐、尤三姐，那个混乱达到了一个巅峰，也看到贾府整个走向没落、走向败亡，其实是因为这些子弟的不堪。所以我希望大家特别能够感觉到第六十三回里一个生日跟一个丧礼的两极对比。

第六十四回

幽淑女悲题五美吟
浪荡子情遗九龙佩

礼法所拘

照理讲，贾府有一个长辈去世，可以用很多的细节去描写他们怎么办丧事，但因为秦可卿死的时候曾经特别仔细地描写过这种贵族人家丧礼的排场，所以第六十四回对贾敬的死亡其实着墨甚少。这一回反而有点想借贾敬的丧礼来体现一种反讽，家族里面有一个长辈死亡，隆重庄严的灵堂背后，其实非常非常乱七八糟。你可以看到作为丧礼当中最重要角色的贾珍、贾蓉，在这时两个人都在搞女色。所以你会感觉到，曹雪芹这个作者对于“礼”，其实有很大的批判，他觉得不管是生日宴会、婚礼或者是丧礼，都扭曲成一个伪装的礼法。如果没有心情上真正的澄净，其实意义不大。

我们看到这个“丧仪炫耀，宾客如云，自铁槛寺至宁府，夹路而观者何啻万数……供奠举哀已毕，亲友渐次散回，只剩族中人分理迎宾应客等事。近亲只有邢大舅相伴未去。贾珍、贾蓉此时为礼法所拘，不免在灵旁藉草枕苫，恨苦居丧”。

记不记得第六十三回里面贾宝玉过生日说，我们不要拘泥，这里却是

“为礼法所拘”，就是在丧礼当中，所有的仪式都是做给别人看的。“藉草枕苫”，草是草席，“苫”是稻田收割了以后稻草的根拔起来连着的土块，因为觉得父亲去世或者祖父去世，自己特别悲哀，所以没有办法去睡什么蚕丝被，就铺一张破草席，睡在草席上，枕着土块睡觉。注意他这里特别加了两个字——“不免”，“不免”是说他其实蛮想睡一个绣花枕头的，可是因为旁边人都在看，所以要做给别人看。“恨苦居丧”，就是很痛恨说父亲怎么死了，害我们在这边每天这么难堪，其实他们一点都不觉得这是应该要尽的一个孝道。《红楼梦》里面讲到这一段，就是在讽刺贾珍跟贾蓉。

等一下果然这对父子就搞起乱七八糟的事情，“人散后，仍乘空寻他小姨厮混”。读到这一段觉得蛮悲哀的，我们也不一定要批判跟小姨厮混的不当，只是说，干吗在人前面“藉草枕苫”，然后趁着一点点空闲就跟小姨厮混？所以，贾珍、贾蓉大概是《红楼梦》里面人性的对比性特别强的人物，他们人前做出来的样子，跟人后的样子完全不同。《红楼梦》一直相信这种无情的人，在情感上不真实的人，接下来所有的东西都是假的，因为他没有对人性的尊重，处处都只是表演给别人看。

宝玉对人的疼惜

宝玉其实每天也在宁府穿孝，到晚上才回家。“凤姐身体未愈，虽不能时常在此，或遇开坛诵经亲友行祭之日，亦扎挣过来，相帮尤氏料理料理。”有一天，宝玉看到没有客人的时候，“遂欲回家看视黛玉”。他心里面一直记挂的，还是黛玉。看黛玉之前，他先回了怡红院。下面这一段是一个非常活泼的小插曲，夹在贾敬的丧礼跟等一下黛玉祭奠的哭泣之间。《红楼梦》的编织特别精彩，好几条线同时进行，才构成纺织的能力，比较不好的小说常常是单线的。写贾敬的死亡，是一套经线；林黛玉在哭五个古代的美女，那是纬线；可中间还有细的、小的交错的线。这样，才构成编织的美。如果把这一段删掉，并不影响这个大小说的架构，可是你加了这几行以后，宝玉的那个对人的心疼的部分，就特别明显。

宝玉“进入门来，只见院中寂静，悄无人声”。八个字，一下子就描写出来那个情境。“有几个老婆子与小丫头们在回廊下取便乘凉，也有睡觉的，也有坐着打盹的，宝玉也不去惊动。”以前这样的少爷一回家的时候，所有的人就开始打帘子、开门、扫地、倒茶，忙成一团。但宝玉处处在显现对人的一种疼惜。“只有四儿看见，连忙上前打帘子。将掀起时，只见芳官自内带笑跑出，几乎与宝玉撞个满怀。”芳官见到宝玉，先吓了一跳说：“你怎么来了？”她们都想宝玉要到贾敬的灵堂去，大概会很久，没有想到宝玉大概也不喜欢在那边，觉得都是假的礼教，就回来了。然后赶快说：“你快与我拦住晴雯，他要打我呢！”

“一语未了，只听得屋内咭溜咕噜的乱响，不知是何物撒了一地。”她们在玩抓子儿的游戏，芳官不肯接受惩罚，晴雯要来打她，追闹的时候，晴雯推倒了什么东西，所以宝玉只听到声音撒了一地，然后才看到晴雯追出来。如果用电影的分镜表来看的话，《红楼梦》有了不起的拍电影的方法，因为有很多的音效，还有很多的画面，是分开在走的。先听到的声音，才有晴雯要冲出来的准备。晴雯就赶来骂道：“我看你这小蹄子往那里去，输了不叫打！宝玉不在家，我看着谁来救你！”大家都知道宝玉很疼芳官，如果宝玉在的话，一定会护着芳官。很多人都把《红楼梦》看成是争风吃醋，我觉得绝对不是这样的，其实在青春的中学那个年龄，争风吃醋真的不多，大部分是这种玩闹。就是我知道哪一个人特别疼哪一个同学，就说："好，他不在，我看你今天怎么办？"就要整整他，其实都没有太大的恶意，我觉得是那个年龄会有的一种行为上的表现。

宝玉拦住晴雯说："你妹子小，不知怎么得罪了你？看我的分上，饶了他罢！"这是很动人的话，是对特别弱小的生命的一种疼惜。晴雯看到宝玉也觉得好笑，说："芳官竟是个狐狸精变的，就是会勾神遣将的符咒，也没有这样快！"然后又说："就是你请了神来，我也不怕！"还要打芳官，"芳官早已藏在宝玉身后，宝玉遂一手拖了晴雯，一手携了芳官。进入屋内"。这个画面非常漂亮，宝玉一手抓着晴雯，一手抓着芳官进来。他对每一个生命都有他的疼爱，他也觉得生命在青春的时刻，可以彼此这样关心，而里面没有任何的猜疑，也没有任何的猜忌。

袭人对宝玉的关心

进到屋子里"看时，只见西边床上麝月、秋纹、碧痕、紫绡等正在那里抓子儿赢瓜子呢"。宝玉很高兴，说："如此长天，我不在家，正恐你们寂寞，吃了睡觉，睡出病来，大家寻一件事玩笑消遣甚好。"我还是要提醒宝玉是主人，可是宝玉回家，看到仆人在玩却很高兴，这个人真有一点奇怪。我们常常会忘掉，因为这些女孩都是家里穷得不得了，被卖出来做丫头的，宝玉自己富贵，觉得这一世有缘分能够在一起，他就有一点加倍地在关心她们。

"因不见袭人，又问道：'你袭人姐姐呢？'"晴雯的嘴巴有一点刻薄，就说："他么，越发道学了，独自个在屋里面壁呢。这好一会我们没进去，不知他作什么呢，一些声气也听不见。你快瞧瞧去罢，或者此时参悟了，也未可定。”宝玉进去，“只见袭人坐在近窗床上，手中拿着一根灰色绦子，正在那里打结子呢”。宝玉不知道她在做什么，袭人说：“我见你带的扇套，还是那年东府里蓉大奶奶的事情上做的。因那个青东西除族中或亲友家夏月有丧事方带得着，一年遇着带一两遭，平常又不犯做。如今那府里有事，这是要过去天天带的，所以我赶着另作了一个。等打完了结子，你换下那旧的来。虽然你不讲究这个，若叫老太太回来看见，又该说我们躲懒，连你的穿带之物都不经心了。”

以前的公子，尤其夏天身上都要带扇子的，热的时候要扇扇子，不扇的时候折起来放在一个套子里面。平常宝玉的腰带上挂满了玉佩、扇套这些东西，扇套都是绣花的，漂亮得不得了。可是宝玉要出去参加丧事，扇套必须换成深蓝色，原来的那个有点旧了，所以袭人要给他做一个。宝玉身边这么多的丫头，只有袭人会关心这些事情。袭人把所有宝玉生活的小细节照顾到无微不至，这个是不是爱情，也很难解释。其实爱情本身是一个空洞的词，会有很多不同的内容的。

袭人爱宝玉、关心宝玉、疼宝玉，她要替他做一点小的装扇子的东西，可是她也不愿意告诉别人，她不想炫耀这件事情，她只说：“宝玉不在家，你们去玩罢，我要静一静。”好像她有一点不舒服，所以晴雯就说她在面壁参禅。以袭人在宝玉房里的身份，她其实可以命令底下的人一起来做，可是她觉得这是她最关心的事，她无怨无悔要替宝玉把这个事情做好。这是《红楼梦》里面非常小的细节，可是很多细心的读者可能也感觉到，《红楼梦》越读下去，最好看的部分就是细节。因为细节里面才有人，才有人的关系。要讲袭人跟宝玉的关系是什么，好好读这一段细节，立刻就懂了。

祭奠的意义

“说着，芳官早托了一杯凉水内新湃的茶来。”“湃”就是用冷水去泡着它，让它保鲜、冰凉。这里面要特别解释一下，贾家是贵族，有冰窖，夏天有冰块，可是“因宝玉素昔秉赋柔脆，虽暑月不敢用冰，只以新汲井水将茶连壶浸在盆内，不时更换，取其凉意而已”。所以很多文学里面的小动词其实非常的讲究，这个时候用“冰”就不太对了。“宝玉就芳官手内吃了半盏，遂向袭人道：‘我来时已吩咐了茗烟，若珍大哥那边有要紧人客来时，令彼即来通禀；若无甚要事，我就不过去了。’”特别注意这些小小的细节，宝玉其实很厌烦那种太过虚伪的丧礼，所以他说如果有特别重要的客人，需要他去，就去，不然就不过去了。

“遂出了房门，又回头向碧痕等道：‘如有事，往林姑娘处来找我。’于是一径往潇湘馆来看黛玉。”他一心一意惦记的还是林黛玉。在往潇湘馆去的路上，宝玉碰到了黛玉的丫头雪雁拿了一些夏天的瓜果，还有莲藕、菱角这一类的东西。《红楼梦》没有直写季节，可是看到他们穿的衣服、吃的菜，就知道大概是在什么季节。他很讶异，因为黛玉是体质很弱的人，以中医的理论来讲，很怕寒凉的东西，所以她从来不吃瓜果类的东西，所以才问：“你们姑娘从不大吃这些凉东西的，拿这些瓜果何用？”这些都是我们讲的《红楼梦》最小的细节，他所有的关心都在这种小小的地方。

雪雁就说："我们姑娘这两日方觉身上好些了。今日饭后，三姑娘会着要瞧二奶奶去，姑娘也没去。又不知想起什么来，自己伤感了一会，提笔写了好些，不知是诗阿、词阿。叫我传瓜果时，又听叫紫鹃将屋内摆着的小琴桌上的陈设搬了下来，将桌子挪在外间当地，又叫将那龙文鼒放在桌上，等瓜果来时听用。若说是请人呢，不犯先忙着把个炉摆出来。若说是点香呢，我们姑娘素日屋内除摆新鲜花果木瓜之类，又不大喜熏衣服，就是点香，亦当点在常坐卧之处。难道是老婆子们把屋子熏臭了，要拿香熏熏不成？究竟连我也不知何故。"

宝玉就想："或者是姑爹、姑妈的忌日。"可是以宝玉跟黛玉这样的关系，他不可能不知道黛玉父母的忌日，所以他觉得也不是这件事情，那林黛玉到底要祭奠谁？作者在这里留了一点点的伏笔跟悬疑。

可是《红楼梦》里面很多的祭奠，是私下心事上的祭奠。比如在贾宝玉祭奠金钏儿的故事里，金钏儿是一个跳井死的丫头，被侮辱了。她的死亡是大家刻意遗忘的，大家都不要记得金钏儿，因为觉得金钏儿是一个不名誉地死掉的女孩子。可是宝玉会特别记得金钏儿的生日或者她的祭日，去祭奠她。所以《红楼梦》里面特别用祭奠这个事情是说，某一个人的肉体已经走了，可是我还记得，我愿意祭奠，那么这个祭奠是你心里面的一个情的延续，而不是我们讲的礼教。

深情难言

宝玉觉得黛玉的祭奠一定有什么原因："大约必是因七月为瓜果之节，家家都上秋祭的坟，林妹妹有感于心，所以在私室自己奠祭，取《礼记》:

‘春秋荐其时食’之意，也未可定。”他就想要不要去看一下黛玉，这个时候就看到宝玉的个性里面有点过分心细的部分出来了，他想：“但我此刻走去，见林妹妹伤感，必极力劝解，又怕他烦恼郁结于心；若竟不去，又恐他过于伤感，无人劝止；两件皆可致疾。”宝玉在思前想后。有时候我们因为关心一个人，爱一个人，会有一种牵肠挂肚。牵肠挂肚就很难判断到底你的行为对对方是好还是不好。这时候就会彷徨跟游移。其实宝玉平常也还不太会这样，可是一到面对黛玉的时候，他这个个性就跑出来了。

最后终于决定：“莫若先到凤姐姐处一看，在彼稍坐即回。如若见林妹妹伤感，即设法开解，既不至使其过悲，而哀痛稍申，亦不至抑郁致病。”很奇怪，我们在人世间会有这种关心的人其实很少很少，大概没有一两个，细到这个程度，不晓得怎样子对对方是最好的。所以他就跑去看了凤姐，跟凤姐聊了一下有的没的，又绕回黛玉的房里。

“走进了潇湘馆门看时，只见炉袅残烟，奠余玉醴。紫鹃正看着人往里收桌子，摆陈设呢。宝玉便知已经祭完了，走入屋内，只见黛玉面向里歪着，病体恹恹，大有不胜之态。”“恹恹”就是她对什么事都没有兴趣，有一点百无聊赖的感觉。

宝玉说：“妹妹这两日可大好些了？气色倒觉比先静些，只是为何又伤心了？”那黛玉有一点想隐瞒，说：“可是你没的说了，好好的我多早晚又伤心了？”宝玉就说：“妹妹脸上现有哭泣之状，如何还哄我呢。只是我想妹妹素日本来多病，凡事当各自宽解，不可过作无益之痛。若作践坏了身子，将来使我……”就到这里停下来，他不知道怎么讲。其实宝玉非常为难，他爱黛玉爱得不得了，关心得不得了，可是又很难启齿。

宝玉的意思可能是说，没有你我就活不下去，可是这个话他又讲不出来。我们今天的爱情当中大家常常会讲这个话，可是宝玉觉得这个话是不能讲的，因为他们也没有定亲，只是他自己私下对这个女孩子有爱。

“只因他虽说与黛玉一处长大，情投意合，愿同生死，却只是心中领会，从来未曾当面说出。况兼黛玉心重，每每说话间造次，得罪了黛玉，致彼哭泣。今日原为的是来劝解黛玉，不想把话又说造次了，接不下去，心中一急，又怕黛玉恼他。又想一想自己的心实在的是为好，因而转念为悲，早已滚下泪来。黛玉起先原恼宝玉说话不论轻重，如今见此光景，心有所感，本来素习爱哭，此时亦不免无言对泣。”

我觉得这一段是宝玉跟黛玉最深情的部分。

宝钗劝无才

“却说紫鹃端了茶来，打量他二人不知又为何事角口，因说道：‘姑娘才身上好些，宝二爷又来怄来了，到底是怎么样？’宝玉一面拭泪，笑道：‘谁敢怄妹妹了！’一面搭讪着起来闲步。只见砚台底下微露一纸角，不禁伸手拿起。黛玉忙要起身来夺，已被宝玉揣在怀内，笑央道：‘好妹妹！赏我看看罢。’黛玉道：‘不管什么，来了就混翻。’一语未了，只见宝钗走来。”

《红楼梦》很奇怪，宝钗常常在这种时候就会出现，你也不知道为什么宝钗就来了。如果从比较恶意的角度去思考，宝钗是一个心机很多的人，有很多灵通的消息，她什么都知道，常常在那种很特定的时间忽然会出现。就在宝玉跟黛玉两人私下要谈很深的心事的时候，宝钗忽然介入了。那当然如果不这么恶意地想，好像三个人之间另有一种我们不可解的因果。宝钗一直想介入宝玉跟黛玉之间，变成知己。回想一下，我们大概在初中、高中那个年龄，几个人玩在一起，争风吃醋的时候其实不多，其实大部分是有一种要辨别他跟我比较好，还是跟对方比较好的感觉。在青春里会有这个东西，我一直觉得青春很孤独，青春的孤独里面想要证明谁是那个最亲的人。所以这三个人的关系，我不觉得是三角恋爱。

可是这一次的介入，宝钗彻底失败了，她完完全全加入不进去。我们来仔细看看。“宝钗走来，笑道：‘宝兄弟要看什么？’宝玉因未见上面是何言词，又未知黛玉心中如何，未敢造次回答，却望着黛玉笑。黛玉一面让宝钗坐，一面笑说道：‘我曾见古史中有才色的女子，终身遭际，令人可欣可羡可悲可叹者甚多。今日饭后无事，因欲择出数人，胡乱凑几首诗以寄感慨。可巧探丫头来会我瞧凤姐姐去，我也身上懒懒的没同他去。适才将做了五六首，一时困倦起来，撂在那里，不想二爷来了就瞧见了，其实给他看倒也没有什么，但只我嫌他是不是的写了给人看去。’宝玉忙笑道：‘我多早晚给人看了呢？昨日那把扇子，原是我爱那几首白海棠诗，所以我自己用小楷写了，不过为的是拿在手中看着便易。我岂不知闺阁中诗词字迹是轻易往外传诵不得的？自从你说了，我总没拿出园子去。’宝钗道：‘林妹妹这虑的也是。既写在扇子上，偶然忘记了，拿在书房里去被相公们看见了，岂有不问是谁作的呢？倘或传扬开去，反为不美。’”

接下来，宝钗说出了她最重要的意见：“自古道‘女子无才便是德’，总以贞静为主，女工次之，其余诗词之类，不过是闺阁中游戏，原可以会，可以不会。咱们这样人家的姑娘，倒不要这些才华的名誉。”宝钗身上有非常封建的一些看法，而这个时候刚好就透露出她在宝玉跟黛玉之间无法变成隔阂，因为她介入不了。这两个人在做心灵交汇的时候，宝钗反而拉到世俗的这个部分，虽然宝玉没有辩驳，虽然黛玉也没有辩驳，可是你可以非常明显地看到，这已经变成了宝钗介入不了的一个状况。

对宝玉来讲，他跟黛玉有前世的缘分，所以他们讲很多的话，有很多的默契。黛玉在读书的时候，看到有几个女子可欣、可羡、可悲、可叹，她要跟宝玉分享，说历史上有一些人是真正活出自己的。当然她也有一种暗示说，如果我的生命苟延残喘，然后在人世间做这么多的妥协，其实是不值得活的。她要效法历史上的某一种生命的自觉，去走向宁为玉碎的毁灭之路。

所以我一直提到说，有没有可能第六十四回是黛玉走向死亡的第一次暗示？因为这里面有她自己生命的某一种抉择。而这个抉择其实是蛮清楚的，就是表现出她宁为玉碎的那一面。西施、虞姬、王昭君、绿珠以及红拂，这五个在历史上活出自己个性的女子，其实变成了她走向死亡的一个最重要的暗示。这一天她用莲藕、瓜、香去祭奠五个古代的女子，其实也是在祭奠她自己。

一代倾城逐浪花

林黛玉挑出来的第一个女性角色就是西施。西施是在西村浣纱的一个江南越国的女孩子，因为长得美，被当时的国王勾践选出来做情报员。西施可能是最早的一个经过国家培训出来的女情报员，她知道自己的任务是什么，所以到吴国以后，蛊惑夫差，最后让夫差亡国，让勾践可以复国。最近一些年的戏剧跟文学里，一直对西施在翻案，有的说西施其实最后爱的是夫差。她如果是一个女情报员，她是要去颠覆这个人的国家的，可是夫差是一心一意爱她的，她最后真的被打动。她那个女情报员的角色，跟一个如此被爱着的角色，忽然发生了矛盾。很多人认为西施最后跟范蠡泛舟于西湖之上，过隐居的生活；可是很多人认为西施其实后来是殉夫差而死。我相信将来在文学跟美学上，还会有更多人为她翻案。

曹雪芹最关心的也就是生命的两难，我所说的生命的两难是，一种妥协和坚持之间的两难。西施被选拔出来，完全改变了她的命运，一生轰轰烈烈变成一个历史的故事。当时她在西村，东村有另外一个女孩子也姓施，我们叫她东施，因为她想效法西施的美貌，民间留下了有贬义意味的一个成语，叫作“东施效颦”。可是林黛玉在这首诗里就写到，那个走向吴宫的，那个经过国家训练、背负着复国这么巨大任务的西施，跟那个一辈子在村子里面浣纱、结婚，过很平凡日子的东施其实是两难。她这里用到的句子是：“一代倾城逐浪花，吴宫空自忆儿家。效颦莫笑东邻女，头白溪边尚浣纱。”

西施每一天在吴宫里面，回想的可能只是她儿时在溪边浣纱的一个情景。一个是一代倾城倾国的美人，一个可能是老死溪边，过着平凡生活的普通女子。生命永远在面临这种两难，这种两难恐怕一辈子都不会解决，也不知道如何解决。我觉得《红楼梦》里写到的两难常常并没有那么明显的偏向，只是在黛玉的生命当中，她宁可选择“一代倾城逐浪花”，是一个繁华到幻灭的过程，这个部分到第二首就更明显。

肠断乌骓夜啸风

第二首写到《霸王别姬》里面的项羽跟虞姬，她说："肠断乌骓夜啸风。"开始就有一种巨大的悲壮，当兵败如山倒，一个国家要到灭亡的时候，楚霸王项羽跟他的马告别，晚上的风吹得这么悲凉。"虞兮幽恨对重瞳。"这句要解释一下，项羽最后唱的"力拔山兮气盖世"这首歌里面，结尾有"虞兮虞兮奈若何"，所以"虞兮"就是指虞姬。《史记》里面认为项羽是"重瞳"，就是眼珠有两圈，所以"重瞳"就是指项羽。

下一句"黥彭甘受他年醢"，这里有些典故需要跟大家解释，"黥"是古代的一种刑罚，就是在罪犯的额头或者脸上刺字，这算是一种小的惩罚，可是也变成某一种侮辱，因为你永远带着这个标记去任何地方，人家都看得到。这里是指一个叫英布的人，他年少的时候犯过罪，被刺字，所以别人称他为"黥布"，后来他成为汉朝开国的大将。"彭"是讲彭越，也是汉朝的大将。"醢"是古代一个刑罚，就是剁成肉酱。黥、彭这两个替汉高祖刘邦打天下的人，最后的下场都非常非常惨，是被杀，被剁成肉酱。

虞姬跳了一支死亡之舞，跳完之后就刎剑自杀，我们觉得是悲剧；可是对林黛玉来讲，她觉得真正的悲剧是帮人家打了天下，最后被剁成肉酱的那些人。这些人为了要勋章，为了要功名，苟延残喘地活着，可最后反而是一个最大的被侮辱的悲剧。对比起来，林黛玉会认同"饮剑何如楚帐中"，何不当年就在四面楚歌的营帐中刎剑自杀？

生命有两种形态，一种是苟活，一种是宁为玉碎的死亡。如果宁为玉碎是黛玉的选择的话，她会嘲笑历史上为了现实的权力或者财富而去苟延残喘的人。所以我想第二首比第一首还要明显地显出黛玉的某一种选择，而且字句里面有一种真正的悲凉出来。

绝艳惊人出汉宫

第三首讲到明妃，就是王昭君。开始就是称赞她的美："绝艳惊人出汉宫。"这个女孩子被选到皇宫里面去的时候，没有人认识她，可是大家真正发现她美，是决定要把她嫁到匈奴去的时候，绝艳惊人，可是已经要走了，也没有任何挽回的余地。这里把美放在了一个最大的绝望当中，林黛玉的美最后其实是跟绝望组合在一起的，好像变成了人世间最大的遗憾。

"绝艳惊人出汉宫，红颜薄命古今同。君王纵使轻颜色，予夺权何畀画工？""畀"字我们现在用得比较少，是交付给什么人的意思。画工讲的是毛延寿，就是他当时负责把后宫三千佳丽的容貌画下来以后交给皇帝的。所以这里面有一点责备的意思，说你这个皇帝，你如果要爱美色，你也自己去看一看。

宋朝的王安石曾经就对这件事情翻过案，他说"意态由来画不成"，就是说自古以来，人真正的美、内心的气质是画不出来的，所以"当时枉杀毛延寿"。但是不管怎么讲，都觉得这个皇帝是有一点糟糕的。所以对于汉元帝这个角色，历史上大概是批判最多的。我认为在昆曲众多的戏里面，最美的一出就是《昭君出塞》，在戏里，王昭君告别的时候说："满朝文武皆无用，却要我红粉去和藩。"那是我小时候读到的唱词，我觉得非常惊人。

她最后的出走，其实里面有一种悲怆的感觉，也从昭君的口中透露出对于一个腐败的政治或者这种男性主流社会的一种极大谴责。黛玉写“绝艳惊人出汉宫”，这个“出”字的的确确代表一种出走，就是生命不需要这样被局限在那么小小的一个牢笼里，如果王昭君没有被选出来，她一辈子也不过就是三千个在后宫里面逐渐老死的女人之一而已，就是被囚禁的生命、被侮辱的生命形态。我们不要忘记《红楼梦》里面就有一个人——贾元春，宝玉的姐姐，嫁到皇宫去，等到她回来见父母的时候，父母是跪在地上的。她说：“你们不要哭，你们要哭，当年就不要把我嫁到那个不得见人的地方。”其实已经是批判了，就是曹雪芹非常同情后宫里的这些女性，因为她们的命运是在一个最不被尊重的状态，她们只是像货物一样被选择，甚至比货物还要糟糕，就是放在那个仓库里，被冷藏在那边，根本就不用的，也不被尊重的。所以，我想在昭君的这个部分里面，黛玉也带出了一个非常强的批判的意义。

但王昭君的出汉宫，其实是她生命里面最大的转机。我们知道，匈奴的领袖是爱她爱得不得了的，想象一个在草原上骑着马，吃着牛羊肉的昭君，其实可能是另外一个女性的选择。在汉人的历史里面，觉得王昭君嫁到胡人那边去了，所以她是悲哀的，可是今天我们大概都觉得她嫁到胡人那边，恐怕是她生命真正转变的关键。

瓦砾明珠一例抛

下一个是绿珠，就是石崇的妾。“瓦砾明珠一例抛”，其实这些有钱的人，他们娶了好多的妾，对他们来讲不过是花一点钱就是了，这些人被当成是明亮的珍珠还是瓦砾，根本不重要。“何曾石尉重娇娆”，石尉就是石崇，因为石崇做过卫尉的官，所以称为石尉，他何曾真正看重这些美丽的女子？“都缘顽福前生造，更有同归慰寂寥。”孙秀后来想要抢夺绿珠，那石崇也想要让步，最后绿珠就从楼上跳下来自杀死掉了。她不愿意她的生命一下子是石崇的，一下子是孙秀的。

我们常常误认为绿珠是对抗孙秀的抢夺而为了石崇去自杀，我觉得黛玉的诗里面有女性更大的自觉，绿珠的完成是她自我生命的完成，她不见得一定为哪一个人。昭君并不见得是从汉元帝奔向呼韩邪单于，虞姬并不见得从项羽奔向某一个人，西施未必是从勾践奔向夫差，这些可能还是男性的主流意识里面想要安排的东西，觉得女性必须依附一个男性。在这里我们看到更多的是女性她自己作为独立个体的那个自觉。她自己的选择，她走向生命的某一种完成形态，未必是依附在男性身上的。

岂得羁縻女丈夫

最后一个就是《风尘三侠》的小说里的红拂女。大家看过《虬髯客传》，她真的是一个侠女。“长揖雄谈态自殊”是讲李靖，“态自殊”是说这个人就是跟别人不一样，是一个英雄人物，没有一般人的庸俗之态。所以对于红拂女来讲，她看到这样一个男子，会眼睛一亮，觉得还有人生命是这么发亮的，有光彩的。

“美人巨眼识穷途。”其实李靖当时在落难，可是在落难当中还能够有生命的光彩，是红拂女特别感动的，就觉得这个人并没有因为落难，在穷途潦倒当中就卑微，他还能够“长揖雄谈”，还可以有他自己生命的光亮，所以红拂女才决定要跟他出走。《史记》里面写到卓文君的故事，在她丈夫去世新寡的时候，也是来了一个穷途末路的小子司马相如，司马相如弹了一曲《凤求凰》，她连夜就跟他跑掉了。因此在历史里面，曾经有过片断的对于这样自觉的女性的歌颂，可是在整个主流的体系当中，她们当然是非常悲剧性的人物。

“尸居余气杨公幕”，杨公指的就是杨素，红拂女被杨公养在家里，待在那一层一层的帘幕后，好像一具尸首一样，只是杨素这个有钱有势的人家里的一个小歌妓。这里林黛玉特别用到一个词语叫“尸居”，其实就是行尸走肉，被养在那个地方，给你吃的、给你穿的，可是没有自己生命的自觉。“岂得羁縻女丈夫！”林黛玉歌颂这个红拂女像女中丈夫，她不会被绑住。“羁縻”是马头上绑的东西，用来控制马匹。如果一个真正有自觉的生命，不会被这些东西捆绑住，他有自我释放的可能。

对《五美吟》的评论

为这五个美人颂诗，远处呼应着黛玉的走向死亡，近处呼应着尤二姐、尤三姐的死亡。特别是尤三姐，因为尤三姐最后是用雌雄剑自杀，非常像虞姬这种刚烈女性的一种表现。

“宝玉看了，赞不绝口。”跟宝钗不一样，三个人之间的关系马上出来了。如果生命里面有一个知音或者知己，那个靠近的生命，不可能在观念上差别这么大。可是宝钗在这里跟宝玉、黛玉是决然不同，宝钗选择现世里的成功，黛玉是选择生命到最后的自我完成。

《史记》这一本书，我一直觉得其实是我们文化里影响最大的，因为

《史记》创造了好几个自我完成的生命，像荆轲、楚霸王、卓文君，还有《刺客列传》里面的这一类人，非常值得注意。如果你读《史记》，读完《项羽本纪》再读《高祖本纪》，你就会发现，天啊！司马迁太厉害了，因为司马迁就是要让你知道，得到政权的人是可以把亲生儿女推下车的那个人；而那个失去江山的人，反而是有情有义的人。《史记》这种精神如果一直存在，这个文化不会腐败，因为它会永远对现世里成功的人有指责、有批判；相反的，对于能自我完成，即使在现世里失败的人，也会有很大的赞美。《五美吟》的诗绝对要接到这个部分来看待一下。

宝钗后面有一些她的文学评论，说这个诗怎么写得好，可是会觉得有一点迂腐，不能真正看到黛玉从生命底层出来的那种震撼。黛玉会准备了瓜果来祭奠这五个历史里面的女性，我刚才已经提过，这是在祭奠自己，只有在祭奠自己生命的时候，那个文学才会动人。可是宝钗在这里提到的是技巧、什么翻案文章这些部分，其实并没有碰到黛玉本身震撼性的东西。

贾母回来奔丧

下面就转了一个角色，提到贾琏，他是陪贾母跟王夫人到京城去了。现在贾琏回家，表示贾母要回来了，因为家里面贾敬死掉，所以也要奔丧。“恰好贾琏自外下马进来。于是宝玉先迎着贾琏跪下，口中给贾母、王夫人等请了安，又给贾琏请了安。”贾琏跟宝玉是堂兄弟的关系，大概不至于要去跪这个哥哥，那么他跪的是什么？因为贾琏是去服侍他的妈妈跟祖母，所以现在贾琏回来，他跪下来是问母亲好不好、祖母好不好，其实是等于跪在母亲跟祖母的面前。

“至次日饭时前后，果见贾母、王夫人等到来。众人接见毕，略坐了一坐，吃了一杯茶，便领了王夫人等人过宁府中来。只听见里面哭声震天，却是贾瑞、贾珖送贾母到家即过这边来了。当下贾母进入里面，早有贾赦率领族中人哭着迎了出来。贾瑞、贾珖一边一个挽了贾母，走至灵前，又有贾珍、贾蓉跪着扑入贾母怀中痛哭。”这里有我们今天不太容易懂的地方。我们小时候还见过这种场景，有时候一个长辈死掉了，奔丧的人赶回来的时候，他的子侄辈就从灵堂一路跪出去，表示说在你们不在家的时候，我们没有把长辈照顾好。贾母跟王夫人到灵堂去，贾敬的儿子贾珍、孙子贾蓉立刻跪在地上扑入贾母怀中，其实里面有很大的抱歉。

“贾母暮年之人，见此光景，亦搂了珍、蓉等痛哭不已。”这个丧事当中，恐怕心情最激动的是贾母，老人家特别难过，白发人送黑发人。“又转至灵右，见了尤氏婆媳，不免又相持大痛一场。哭毕，众人方上前一一请安问好。”因为贾母、王夫人离开家很久，现在刚回来，所以大家哭完灵以后，要给她们请安问好。

“果然年迈的人禁不住风霜伤感，至夜间便觉头闷心酸，鼻塞声重。连忙请了医生来诊脉下药，足足的忙乱了半夜。幸而发散的快，未曾传经。”“经”就是经络，是说她这个病不重，还没有传到大的循环系统。“至三更天，些须发了点汗，脉静身凉，大家方才放心。”也借着贾母这个老年人的身体不适，从刚才林黛玉写诗转到下面贾琏要去调戏尤二姐的戏。

小说的转非常不容易写，林黛玉刚才写诗的这个部分是非常悲凉、非常绝对的，下面贾琏要调戏尤二姐的时候，其实有很多不堪的东西，中间要借着贾母的这一段场景，慢慢地转过来。

“又过了数日，乃贾敬送殡之期，贾母犹未大愈，遂留宝玉在家侍奉。凤姐因未曾甚好，亦未去。”过去有一些情形，是可以不去送出殡的。比如丈夫去世，妻子不去送殡这个礼节，最早可能出于善意，因为那种送别太难过、太伤心了，所以就让她避开了。可是后来变成礼节的时候，就以讹传讹，说如果去送，妻子就会改嫁，变成蛮奇怪的东西。《红楼梦》里面常常在讲情跟礼之间，其实情比较真，礼是后来制订出来的一个规范。怎么去平衡，恐怕也是作者非常关心的一个问题。

贾蓉亦非好意

因为家里面忙，所以“家中仍托尤老娘并二姐、三姐照管”，这时候贾琏有机会了。“却说贾琏素日既闻尤氏姊妹之名，恨无缘得见。近因贾敬停灵在家，每日与二姐、三姐相认已熟，不禁动了垂涎之意。况知与贾珍、贾蓉等素有聚麀之诮，因而乘机百般撩拨，眉目传情。尤三姐却只是淡淡相对，只有二姐也十分有意，但只是眼目众多，无从下手。贾琏又怕贾珍吃醋，不敢轻动，只好二人心领神会而已。”贾琏只要有几分钟，就会去偷情。我有时候想说这个王熙凤是不是管得太严了，严到贾琏只要抓到一点点机会，他都要去找一个人。曹雪芹其实并没有把贾琏写到很坏，就是一个二十岁上下的男子，结了婚，娶到王熙凤，王熙凤又漂亮又能干，一切的东西都是掌控性的，包括这个丈夫都是掌控在手里的。可是我们知道，只有一个东西是无法掌控的，就是欲望，最后贾琏就一直想要逃开这个掌控。有时候我也在想贾琏大概不见得情欲会到这种程度吧，会不会是另外一种叛逆？就是只要有一点机会，都要去沾惹一点什么东西。

后来刚好办丧事就缺五百两银子，贾珍跟贾蓉商量说昨天有人送礼，刚好是五百两银子，花了二百两，还剩了三百两交给尤老娘了，今天我们去把那个银子取回来。那另外缺的二百两怎么办？要不要去借？贾琏刚好听到了，他想这是大好的机会，可以去靠近尤二姐、尤三姐，就跟贾珍说："这有多大事，何必向人借去。昨日我方得了一项银子，还没有使呢，莫若给他添上，岂不省事？"意思说自家兄弟，就从我这边先拿二百两银子，凑起来刚好可以用。然后贾琏就和贾蓉一起去取钱。

"在路间叔侄闲话，贾琏有心，便提到尤二姐，因夸说如何标致，如何做人好：'举止大方，言语温柔，无一处不好，令人可敬可爱，人人都说你婶子好，据我看那里及你二姨一零儿。'"我们前面提到，宝玉对所有的女性很少做比较，他觉得每一个女性被尊重是因为她是不可取代的。可是贾珍、贾蓉、贾琏在一起老是比较女性，哪一个怎么样，哪一个又怎么样。其实这些男人中间有一种他们的是非。真正的爱，大概不会这样去伤别人的。贾蓉当然聪明得不得了，马上就听出来了，所以就说："叔叔既这样爱他，我给叔叔作媒，说了做二房，如何？"

这个侄子也够大胆的，晚辈给长辈做媒。贾琏笑着说："你这是玩话，还是正经话？"贾蓉道："我说的是当真的话。"贾琏又笑道："敢是好呢。只是怕你婶子不依。"他第一个反应是说，我怕王熙凤怕得要死，不敢。"再也怕你老娘不愿意。"就是担心尤二姐的妈妈不愿意让他偷偷摸摸在外面金屋藏娇。我想这里面又牵涉到母亲的角色，这个母亲会觉得女儿养了一辈子，应该明媒正娶，有一个大大方方的婚姻。"况且我听见说你二姨已经有了人家了。”贾蓉就跟他解释：“这都无妨。我二姨、三姨都不是我老爷养的，原是我老娘带了来的。听见说，我老娘在那一家时，就把我二姨许与皇庄张家，指腹为婚。后来张家遭了官司败落了，我老娘又自那家嫁了出来，如今这十数年，两家音信不通。”他的意思是，这是小时候定的亲，这么多年根本就没有来往，所以没有关系的。可是我们注意一下后来王熙凤就利用这个张华去告，然后把尤二姐活生生弄死掉。这就是王熙凤的厉害。

然后贾蓉又说：“我老娘时常报怨，要与他家退婚，我父亲也要将二姨转聘。只等有了好人家，不过令人找着张家，给他十数两银子，写上一张退婚字儿。想张家穷极了的人，见了十数两银子，有什么不依的。再他也知道咱们这样的人家，也不怕他不依。又是叔叔这样人说了做二房，我管保我老娘和我父亲都愿意。”之后贾蓉还给贾琏出了不少主意。“自古道‘欲令智昏’，贾琏只顾贪图二姐美色，听了贾蓉一篇话，遂为计出万全，将现今身上有服，并停妻再娶，严父妒妻种种不妥之处，皆置之度外了。却不知贾蓉亦非好意，素日因他同两个姨娘有情，只因贾珍在内，不能畅意。如今若是贾琏娶了，少不得在外居住，趁贾琏不在时，好去鬼混之意。”

注意“不能畅意”，这个小孩子其实很多心机，而且是跟他爸爸在斗心机。他喜欢这两个女孩子，他爸爸也喜欢这两个女孩子，他每次都在躲他爸爸，所以他爸爸的机会是多过他的。他现在想尤二姐嫁给贾琏以后，在外面金屋藏娇，他爸爸比较不方便去，他就更方便去。而且因为王熙凤管贾琏严得不得了，贾琏其实不太容易有机会去。所以他就觉得太好了，所有的钱都是贾琏出，然后他去玩。所以贾蓉蛮可怕的，是很有心机的一个角色。

贾琏与尤二姐调情

贾琏这个时候也是有一点昏了头，其实他应该知道王熙凤绝对不会容得下他做这样的事，可是“欲令智昏”，情欲上来的时候，大概头脑的分析力也会越来越弱了，何况贾琏本来就有一点笨笨的。所以他就真的非常大胆地做了这件事，贾琏一生最伟大的“事业”就是这件事情——娶了尤二姐。这一场戏到现在只是一个开始。

到了宁国府，贾琏偷空就去找尤二姐，他直接跑到贾珍房里了。“原来贾琏、贾珍素日亲密，又是弟兄，本无可避忌之人，自来是不等通报的。于是走至上房，早有廊下伺候的老婆子打起帘子，让贾琏进去。贾琏进入房中一看，只见南边床上只有尤二姐带着两个丫环一处做活，却不见尤老娘与三姐。”这个时候贾琏觉得是一个很好的机会，贾蓉当然很聪明就躲开了。“贾琏忙上前问好相见。尤二姐亦含笑让坐，便靠东边板壁坐了，贾琏坐在上首”，刚开始很规矩，“与二姐寒温毕”。“寒温”就是问最近好不好，天气有点冷要多穿衣服等等。贾琏就笑着问：“亲家太太同三妹妹那去了，怎么不见？”其实有一点打探说是不是真的你一个人。尤二姐说：“才有事往后面去了，也就来的。”这个时候，伺候的丫鬟因为倒茶去了，没有人在眼前。“贾琏睨视二姐一笑”，斜着眼睛看叫“睨视”，已经有一点动作在暗示。调情一开始是眉目传情，不是语言，是用眼角在传情。“二姐亦低了头，只含笑不理。”尤二姐就低了头，觉得他这个表情是不正经的，没有跟他也眉目传情。可是“含笑”两个字很有趣，表示没有生气。

“贾琏又不敢造次动手动脚”，心里面有一点想动手动脚，“因见二姐手中拿着一条拴着荷包的手巾摆弄，便搭讪着，往腰内摸了一摸，说道：‘槟榔荷包也忘了带来了，妹妹有槟榔，赏我一口吃。’”“赏我一口吃”，这个话也不是很正派的。

尤二姐说：“槟榔倒有，只是我的槟榔从来不给人吃。”这里也有一种隐藏性的勾引，我们今天不是很容易懂，你会觉得她有一点拒绝，可其实不是拒绝，是说我从来不给别人吃。意思是说我不是那么随便的，可是如果她给了贾琏，很奇怪，就表示说她特别对这个男孩有意思。“贾琏便笑着欲近身来拿。二姐怕来人看见不雅，便连忙一笑，撂了过来。贾琏接在手中，都倒了出来，拣了半块吃，剩下的都揣了起来。”

这时候贾琏就很想表示他对尤二姐的爱跟喜欢，“一面暗将自己带的一个汉玉九龙佩解了下来”。汉朝的九龙玉佩，当然是非常珍贵的东西，“拴在手巾上，趁丫环回头时，撂了过去”。因为两个人隔了一段距离坐，他就甩过去，怕碰碎，所以用手巾包起来。这时尤老娘跟尤三姐回来了，刚刚传了一个讯号，可是有外人来了，贾琏就很急，“送目与二姐，令其拾取，这尤二姐只是不理”。尤二姐就不拿，当然不能随便拿，随便拿就是接受。有一个戏叫《拾玉镯》，就是我把玉镯放在地上，如果她拿了，就表示她喜欢我。

“贾琏不知二姐何意，甚是着急，只得迎上来与尤老娘、三姐相见。一面又回头看二姐时，只见二姐笑着，没事人似的；再又看一看，手巾已不知那里去了，贾琏方放了心。”现在大概年轻人因为没有这么多禁忌，所以读《红楼梦》会不是那么容易懂，觉得干吗那么麻烦，直接讲就好了，可是过去因为在那个封建的社会里面，这些东西是要避人耳目的。调情本身最大的快乐大概在那种隐藏的紧张里面，又怕太太知道，又怕尤二姐的妈妈知道，所以中间就有很多暗喻的东西。

贾琏的心理

贾琏调情，有一部分的责任是王熙凤要负的，当你把校规定得太严的时候，学生就会找机会在校规里面犯一点罪，那个犯罪就特别有快感。戒律是另外一种引诱，上帝不准亚当、夏娃吃的果子，最后他们一定去吃，而其他的果子，他们未必要吃。如果用青年心理学的方法去分析贾琏，你也会觉得这个人很可怜，因为王熙凤太精明厉害，他平常根本没有偷情的机会，所以这个时候他就开始玩了这样一个游戏。

最大的诱惑跟勾引就是不知道她到底怎么想，所以尤二姐好像也是一个调情高手，她说她的槟榔从来不给别人吃，可是讲完以后她又撂过去，那个玉丢过来当下她也不拿，都是欲擒故纵。其实尤二姐自己也要为鼓励贾琏偷情负很大的责任。

有时候《红楼梦》有很多让我们非常意外的东西，比如，我跟很多人说，贾宝玉他们都吃槟榔，很多人说乱讲，可是我们可以看到《红楼梦》里面有很多真的不是我们凭着主观猜测可以猜到的，包括吃槟榔，包括喝法国葡萄酒，包括宝玉可能会用法文给他的丫头取一个法国名字。所以《红楼梦》有一个更丰富的空间，而这个空间之大可能也是因为这个作者对生命本身并没有定性的看法。最好的文学对生命的态度，其实是一个流动的状态，因为生命本身太复杂、太丰富了，人性本身也太丰富了，因此任何定性的东西，都很难把人生完全地框架在里面。相反，当他用了一个流动的写法时，你就会发现有很多层出不穷的、活泼的东西开始出现。

这一段小说如果拍电影的话，好像连分镜表都已经做好了。怎么样用手巾绑着玉，怎么趁着别人不注意丢过去，怎么样看到有人来，紧张得不得了，暗示她说赶快拿，而对方就坐在那边不拿，然后又急着去见客人，见完客人一回头看到那个东西不见了。镜头跟着一个物件，情感在其中周旋。

金屋藏娇

贾琏一看尤二姐把东西收起来，就放了心，大家聊起天来。贾蓉的聪明就在这里，他先在尤老娘面前赞美他这个叔叔多好多好，然后跟尤老娘说："那一次我和老太太说的，我父亲要和二姨说的姨爹，比起来，就和我这叔叔的面貌、身量差不多儿。老太太说好不好？"又是一个暗示，如果直接说：我叔叔要娶她，可能会被拒绝。

通过贾蓉，终于说合了这件事情。这是贾琏一生最伟大的、轰轰烈烈的事情，兴奋得不得了，因为他一直活在王熙凤的王国里，现在他终于在外面营造了一个自己的国度。他在外面买了一所房子，虽说房子不大，可是有二十多间——可以看到那个时候的贵族真的很奢侈。然后又拨了一窝的用人去服侍尤二姐，那用人当中有鲍二，鲍二的太太就跟贾琏上过床。这一伙人全部到了这个藏娇的金屋当中去了。

从第六十四回的后半开始，尤二姐被接到这个地方，变成金屋藏娇之后的第六十五、六十六、六十七、六十八、六十九回，大概有五回，整个尤二姐、尤三姐的故事才结束。我跟很多朋友提过，《红楼梦》里面第六十四回到第六十九回抽出来可以成为一个中篇小说，其实就是《红楼二尤》。

第六十五回

膏粱子惧内偷娶妾　淫奔女改行自择夫

贾琏丧期娶妾

《红楼梦》的第六十五回跟第六十六回，一般被认为是在文学技巧上写得最活泼的两段，这两段中间的一些情节非常不容易写。

贾珍的父亲贾敬去世以后，贾府办很大的丧事，过去做子孙的，如果有长辈去世，守孝是非常严格的。必须吃素，穿素服，家里不能演戏，不能娱乐，有很多很多的禁忌跟规矩。可是在办丧事的时候，贾珍和贾珍的儿子贾蓉，就是死者的儿子跟死者的孙子，觉得这个丧事是大好的机会，可以跟两个貌美如花的亲戚调情。我们特别注意一下伦理上的关系，贾珍的太太带来的尤二姐、尤三姐，等于是贾珍的小姨子，那对贾蓉来讲等于是他的姨妈。曹雪芹特别借着第六十四回、第六十五回透露出这个家族的男性贪恋美色，生活上的混乱或者腐败的现象。不光是要讲违反丧事时期的规矩，同时这里也有乱伦的问题。

这种事情很难掩人耳目，没有多久外面都会传起来，大概也不太好听。贾蓉整天吃喝玩乐，他也很懂得怎么去吃喝玩乐，他看准贾琏这个叔叔好色，然后又怕太太，就想了一个计谋，帮他金屋藏娇。在外面置了一所房子，把尤二姐弄到那边去。贾琏因为太太管得很严，他也不太可能常常来，所以钱是贾琏出的，他不太能够来的时候，贾珍、贾蓉还可以继续去玩尤二姐、尤三姐。

曹雪芹写《红楼梦》重视一个字，就是“情”，贾宝玉的用情常常被误会可能是滥情，其实里面有他在每一个情的时空片断里的专注跟真诚。可是在写到贾琏、贾珍、贾蓉的时候，就可以对比出这是肉体上没有办法克制的另外一种欲望。

贾琏把尤二姐娶过来，就是一个外遇事件。他不敢声张，第一个当然是因为王熙凤太凶，他怕这个事情闹出来不得了；第二个因为他在守孝，服丧期间是不能娶妾的，必须禁欲的，如果被发现的话，他会有革职或者更大的罪名。所以他们结婚的这一段就很有趣。

“话说贾琏、贾珍、贾蓉三人商议，事事妥帖，至初二日，先将尤老和三姐送入新房。”因为新娘一定要选吉日良辰才能过来，所以先把新娘的妈妈、妹妹送进新房，让妈妈、妹妹看看，检查一下。“尤老一看，虽不似贾蓉口内之言，倒也十分齐备，母女二人也却称了愿。”妈妈知道女儿没有明媒正娶的身份，当然有一点不舒服，可是觉得女儿将来至少后半辈子生活没问题，所以也还满意。“至次日五更天，一乘素轿，将二姐抬来。”五更天是天蒙蒙亮，轿子出来没有人看到，其实是要瞒着别人。素轿是白色的，不是大红花轿。结婚应该有大红花轿，前面有唢呐、管乐队之类的在吹吹打打，可是都没有，所以尤二姐嫁过来，也有一点凄凉。

“各色香烛、纸马，并铺盖以及酒饭，早已预备的十分妥当。一时，贾琏素服坐了小轿而来，拜过天地，焚了纸马。那尤老见了二姐身上头上焕然一新，不似在家模样，十分得意。”这个妈妈就有一点高兴起来，觉得至少女儿还是被善待了，不像一般金屋藏娇那么委屈。

颠鸾倒凤，百般恩爱

“是夜贾琏同他颠鸾倒凤，百般恩爱。”“颠鸾倒凤，百般恩爱”，八个字就够了，如果是《金瓶梅》，就不是八个字，可能是八页，所以这里面是作者不同的偏重。如果大家有机会看侯孝贤的《最好的时光》，描写1960年代的爱情跟今天21世纪爱情的不同。20世纪60年代的爱情，两个人恋爱七年手都没有碰过，也叫爱情，可是里面会有很大的期待，有很大的尊重，有很甜美的感觉；到2001年以后，一进房间就开始脱衣服了。一个时代、一个社会会给予那个时代跟社会里的人一种表达情感的方式，当然并没有绝对的对跟错，各自有各自的优点，也各自有各自的缺点。可能在20世纪60年代，我们总觉得情感真的被压抑得这么厉害，渴望自由一点；今天又觉得好像太快了，可以在短暂的时间里发生的事情，是不是也会在短暂的时间里结束？这个时候，你会看到人性的两难。

我相信曹雪芹如果要去写性的细节，不见得会输给《金瓶梅》，可是作者在这里很明显刻意避开了这个部分，也觉得这不是他要讲的重点。《金瓶梅》描写到很多肉体上性的事情，可是曹雪芹关心的其实不是欲望的问题，他对人的肉欲、情欲的部分有描写，可是他觉得那个大概不是生命里最重要的东西。生命里面有一个情的牵挂，才是最重要的，也是最难描写的。

明清之际有两部了不起的小说，一个是《金瓶梅》，一个是《红楼梦》。张爱玲常常提到她甚至喜欢《金瓶梅》还超过《红楼梦》，因为《金瓶梅》

写人性的欲望，写人性里面某一种不可自制的本能写得非常好。张爱玲对这个东西也很感兴趣。在上海的这种都会的背景当中，商业文化兴起，经济富有之后，人很难不去发展淫欲的这个部分。西门庆是商人阶级，发财很容易的时候，他很难克制他的欲望，开始买女人，然后不断在性上面去玩各种游戏。可是作者的描绘是说，这种性的游戏玩到最后，其实大概也并不见得是最快乐的事情。《金瓶梅》里面有很多对人性这种不可自制的欲望的悲悯。《红楼梦》在《金瓶梅》之后，不可能不受到《金瓶梅》的影响，可是《红楼梦》的作者比较偏重在情，觉得情的牵挂，也许是人在性灵上可以升华的东西。

将凤姐一笔勾销

“那贾琏越看越爱，越瞧越喜，不知要怎生奉承这二姐，乃命鲍二家的等人不许提三说二的，直以‘奶奶’称之，自已也称‘奶奶’，竟将凤姐一笔勾销。”因为王熙凤是原配，平儿是二奶奶，其实尤二姐嫁过来应该是三奶奶。所以用人应该叫三奶奶，可是贾琏说不准“提三说二”的，就直接叫奶奶，意思是说我把王熙凤、平儿一笔勾销了。

“一笔勾销”四个字让人悚然而惊。人世间会有很多的情感，不管长短，不管深浅，但不可能一笔勾销。贾琏才刚刚和尤二姐在一起的第一天晚上，就觉得前面的平儿跟王熙凤都可以一笔勾销了，这种人其实是有问题的，他也不会是一个快乐的人。因为所有的过去他都要遗忘，不去牵连，也不去记挂，那当然接下来一笔勾销的就是尤二姐。所以我们看到尤二姐后来吞金自杀的时候，我们就会问说，贾琏不是很爱她吗？

怎么这个爱这么短暂，几天之后就忘了。尤二姐被王熙凤折磨的时候，没有东西吃，生病了没有医生看的时候，贾琏也并不在旁边。所谓欲望当下的语言，其实是自己都不知道自己在讲什么，这种语言本身讲得再漂亮，都没有用，因为没有真诚在里面。

情报网失灵

“有时回家中，只说在东府有事羁绊，凤姐辈因知他和贾珍相得，自然是或有事商议，也不疑心。”王熙凤对她的丈夫充满怀疑，前科太多了，只要半小时不在家，就有一个女人上床了，王熙凤永远提心吊胆。这两个人变成冤家，他们好像前世彼此欠了什么东西，如果林黛玉跟宝玉是要还眼泪，他们大概要还另外一种东西，大概又是另外一种因果。可是这一次的不怀疑的的确确是因为贾珍介入其中，她万万没有想到这两个人竟然可以狼狈为奸，所以就被蒙在鼓里了。

“家下人虽多，都不管这些事。便有那些游手好闲专打听小事的人，也都去奉承贾琏，乘机讨些便宜，谁肯去露风。”有些游手好闲的人，专爱打听小道消息的人也知道这个事情非同小可，如果闹起来的话，牵连其中，自己大概是吃不了兜着走，所以也都不敢讲。王熙凤建了一个天罗地网的情报机构，结果这一次完全没有发生作用，因为所有底下的人不通报任何的信息，然后又有贾珍、贾蓉在帮忙。

“于是贾琏深感贾珍不尽。贾琏一月出五两银子，做天天的供给。若不来时，他母女三人一处吃饭；若贾琏来了，他夫妻二人一处吃，他母女便回房自吃。”贾琏不可能每天外宿，他还是要回去应酬太太，所以他偶尔来，偶尔不来，不来的时候就是尤二姐、尤三姐跟妈妈三个人一起吃饭。这样的身份其实就是所谓的金屋藏娇。传统戏剧有一出很重要的戏叫《乌龙院》，讲《水浒传》里面的宋江娶阎婆惜，就是在外面买了一处房子，可是有时候他不能来，他的手下张文远就常常去陪师母，最后宋江杀死阎婆惜，就是发现阎婆惜跟他的手下在一起。过去大概这一类的事情蛮多。可是金屋藏娇，又不能够常常来陪伴的时候，当然不是从情感上真正善待对方。

“贾琏又将自己积年所有梯己，一并搬了与二姐收着。”“梯己”就是私房钱。我一直怀疑贾琏大概没有太多的私房钱，因为贾琏是搞外遇里面被防范得最严的男人。有这么严密的情报单位在监督他，有这么严密的经济管理，最后他还是在外面娶了太太，在外面藏了娇。

这个时候贾琏有一种快乐，在外面有一个他自己私人的秘密，这个私人的秘密是他有一个女人。而这个女人也可以帮他把一些王熙凤老是要挖走的钱存起来。我猜想，贾琏在他家里几乎是没有自己空间的。当他完全没有空间的时候，他会想逃。

计较与包容

贾琏“又将凤姐之为人行事，枕边尽情告诉了他，只等一死，便接进去”。贾琏所有欲望的当下，会出现一些残酷的或者报复性的想法。贾琏上一次的外遇事件里面，跟鲍二的女人发生性关系之后，躺在床上，就跟鲍二家的讲怎么样想一个办法，把王熙凤害死。读到这一段的时候会害怕起来——王熙凤跟他结婚几年，生了一个孩子，好像一点恩都没有，最后只有恨，因为他每一次跟个女人一上床就说，只等她死了就好。

这对夫妻怎么会彼此变成这种状况？王熙凤防范贾琏，而贾琏等着王熙凤死掉。我觉得曹雪芹特别让我们读者在反省，情感不应该是如此，情感即使到无情缘，都不应该是恨。相爱之后即使没有情缘，也都有恩，也有过记忆。如果爱的相对就是恨的话，那么这个爱的意义到底何在？所以作者大概会觉得欲望的相反就是恨；可是情感的相反不应该是恨，情感的相反可能是同情、包容以及怜悯。

尤二姐扮演了一个很有趣的角色，她自始至终没有相信王熙凤会害她，她是一个民间的小女子，单纯得不得了，可王熙凤在这种大家族、这种官僚体系里面，有很多的心机，什么事情都在斗。所以斗的结果，尤二姐是一个完全的失败者。可是王熙凤如果听到这些，其实会很心痛，自己争强好胜了一世，最后听到自己的丈夫在另外一个枕边，跟另外一个女人讲只等她一死的时候，我相信大概整个生命都幻灭了。王熙凤的判词是“机关算尽太聪明，反算了卿卿性命”，一辈子这么计较、这么聪明，可是最后其实千算万算算不过天意。如果读者站在贾琏的角度，读到这里也会觉得何必如此，如果爱有一种两难，也不至于说我现在生命里面没有别的事，只等她死——那这个婚姻到底存在的意义又是什么？

贾珍进来当了男主人

“二姐听了，自是愿意。当下十来个人，倒也过起日子来，十分丰足。”下面进入新的一段，非常精彩的一段。“眼看已是两个月的光景。”新婚这两个月，贾琏是常常来的，两个月之后慢慢不太来了，注意时间的感觉。贾珍、贾蓉帮贾琏金屋藏娇，其实有很坏的一个心思。刚开始，他们知道人家新婚燕尔，不要这个时候来，所以是两个月以后。

“这日贾珍在铁槛寺回家时，因与他姊妹久别，竟要去探望探望。先命小厮去打听贾琏在与不在。小厮回来说不在。贾珍欢喜，将左右一概先遣回去，只留两个心腹小童牵马。一时，到了新房，已是掌灯时分，悄悄进去。”“掌灯时分”应该是晚上六七点左右，过去很少人这个时候去拜访客人的，因为大概八九点就上床睡觉了，贾珍掌灯时分去看堂弟金屋藏娇的妾，可见他的用意了。

“两个小厮将马拴在棚内，自往下房听候。”贾珍进去以后，“先看过了尤氏母女，然后二姐出见，贾珍仍唤‘二姨’”。因为贾珍的太太是尤二姐的姐姐，所以他叫她二姨，等于是第二个小姨子，为什么他这样叫？是表示他们之间还是过去的关系，因为尤二姐已经嫁给贾琏，他应该叫弟媳妇，叫少奶奶。作者很细心地在讲贾珍其实是挑逗。

“说话之间，尤二姐已命人预备下酒馔，关起门来，都是一家人，原没避讳。鲍二来请安，贾珍便说：‘你还是个有良心的小子，所以叫你来伏侍。日后自有大用你之处，不可在外头吃酒生事。我自然赏你。倘或这里短了什么，你琏二爷事多，那里人杂，你只管去回我。我们弟兄不比别人。’”贾珍有一点在摆出主人的感觉，把别人的用人叫来骂一顿，说你要好好对待尤二姐，好像这是他包养的女人。所以其实这里面身份慢慢在转。当然鲍二也不敢说什么，就说：“是，小的知道。若小的不尽心，除非不要这脑袋了。”四个人就开始喝酒。

贾珍本来跟尤二姐就有一些肉体上的关系，现在尤二姐已经嫁给了贾琏，所以她有一点尴尬，就跟妈妈说：“我怪怕的，妈同我到那边走走来。”她们两个就借故推辞走了。留下贾珍跟尤三姐，百般调戏，作者写得非常微妙，说：“小丫头子们看不过，也都躲了出去，凭他两个自在取乐，不知作些什么勾当。”这是《红楼梦》跟《金瓶梅》不同的写法，《金瓶梅》可能就写他们到底玩什么游戏了，可是《红楼梦》是用侧面写法。

最精彩的是，有一段是从用人的角度去写。写到丫头退到厨房，厨房的鲍二在那边喝酒，就呼喝起来：说：“姐儿们不在上头伏侍，也偷来了。一时要叫起来没人，又是事。”他太太就骂他：“胡涂混帐的忘八！你馕丧那黄汤罢。馕丧醉了，抱着你那脑袋挺你的尸去！叫不叫，与你什么相干！一应有我承当，风雨横竖洒不着你头上。”非常粗俗。鲍二的女人知道贾珍在干什么，所以她就觉得这个丈夫多管闲事。“这鲍二原是因妻子发迹的，近日越发亏他。自己除赚钱吃酒之外，一概不管，贾琏等也不肯责备他，故他视妻如母，百依百随，且吃够了便去睡觉。这里鲍二家的陪着这些丫环小厮吃酒，讨他们的好，准备在贾珍前上些好话儿。”所以这些用人的话当中也透露出贾珍的淫荡生活，这是从侧面在写。

二马同槽

“忽听扣门之声，鲍二家的忙出来开门看时，见是贾琏下马。”其实贾琏来是很正常的，因为这是他花的钱，这是他买的房子，这是他的女人，他当然随时可以来。刚才贾珍打听说他今天不来，可是他也许今天忽然觉得开会可以早一点溜掉，就来了。贾琏下马问家里有没有什么事情，鲍二女人就悄悄告诉他说：“大爷在这里西院里呢。”东院是尤二姐他们在住，西院等于是客房，贾珍跟尤三姐在那里。

“贾琏听了，便回至卧房。只见尤二姐和他母亲都在房中，见他来了，二人面上便有些讪讪的。贾琏反推不知。”“讪讪的”就是脸上有一点尴尬，贾琏其实就是有一点窝囊，是有一点不敢面对现实的男孩子，所以他就假装他的哥哥不在这里，只是说：“快拿酒来！咱们吃两杯好睡觉。我今日很乏了。”

“二姐忙上来赔笑，接衣奉茶，问长问短。贾琏喜的心痒难受。”为什么有一个女人把他衣服接过去了，倒茶给他喝了，贾琏就心痒难受？可能他回家王熙凤从来不做这个事，每次都开口就骂他，王熙凤一回来，贾琏就在旁边帮她接衣服。而他在尤二姐这边得到男人的自尊，男人被奉承的快乐，所以特别用了“喜的心痒难受”。其实不是讲性，是觉得尤二姐对他这么体贴、这么温柔。

“一时鲍二家的端酒上来，二人对饮。他丈母不吃，自回房去了。”这个妈妈也很懂事，就觉得他们小两口新婚难得在一起，就离开了。“贾琏的心腹小童隆儿拴马去，见已有了一匹马，细瞧一瞧，知是贾珍的，心下会意，也来厨下。”这里面都写得非常微妙，所有的丫头、用人都知道怎么回事，可是都不讲。

喜儿、寿儿，就是贾珍的两个马夫正在喝酒，看到隆儿来了，就说：“惟恐怕犯夜，往这里借宿一宵的。”其实根本没有多远，这里面都有一点不碰那个本质的问题，想要掩盖过去的意思。那隆儿就笑着说：“有的是炕，只管睡。”意思是这个虽然是我们老爷的房子，你们要来睡也可以睡。这里面都在讲贾家的混乱。

“隆儿才坐下，端起酒来，忽听马棚内闹将起来。原来二马同槽，不能相容，互相蹶踢起来。”马看到对方的时候，会跳起来用后蹄去踢，这个叫“蹶踢”。“二马不能同槽”其实讲的是贾珍、贾琏，并不是那两匹马，这两个男人在这个时候发生纠纷了。这两个男人同时要尤二姐，二马不能同槽，互不能相容。

“隆儿等慌的忙放下酒杯，出来喝马，好容易喝住，另拴好了，方进来。鲍二家的笑道：‘你三人就在这里罢，茶也现成了，我可去了。’说着，带门出去。这里喜儿喝了几杯，已是楞子眼了。”“愣子眼”是说喝得有点眼睛直了。“隆儿、寿儿关了门，回头见喜儿直挺挺的仰卧炕上，二人便推他说：‘好兄弟，起来好生睡，只顾你一个人，我们就苦了。’那喜儿便说道：‘咱们今儿可要公公道道的贴一炉子烧饼，要有一个充正经人的，我痛把你妈一骂！’”这里面就是那种下层用人讲得非常粗的话，“贴炉烧饼”也可能是很黄的话。曹雪芹用了非常非常民间的语言在写文学，用那种喜儿、寿儿、鲍二他们开口就骂出来的很脏的话，描写一个复杂的夜晚，完全像一个小短篇。

“隆儿、寿儿见他醉了，也不多说，只得吹了灯，将近卧下。”

摊牌

“尤二姐听见马闹，心下便不自安。”这个房子有二十间，所以其实有一点间隔，但尤二姐一直听到两匹马在同一个槽里面，踢来踢去，叫来叫去，心里就很不安。因为她以前跟贾珍有过关系，现在她又嫁给贾琏了，就觉得二马同槽，其实是她身边两个男人的冲突。她就“只管用言语混乱贾琏”，让贾琏听不到。可是后来她觉得不是办法，就干脆告诉贾琏：“你们拿我作愚人待，我什么事不知道。我如今和你作了两个月的夫妻，日子虽浅，我也知你不是愚人。我生是你的人，死是你的鬼，如今既作了夫妻，我终身靠你，岂敢瞒藏一字。我算是有靠，将来我妹子却如何结果？据我看来，这个形景恐非长策，要作长久之计方可。”

尤二姐其实希望把事情弄干净，一清如水，过去种种是过去的事。一个女性在那种社会，因为没有身份，所以后半辈子如果有一个人可以养活她，对她来讲是一件重要的事。她也不见得是在选一个情爱上的对象，其实可能是选一个生活上的保障，所以如果是贾珍，大概她也未尝会拒绝，所以有一段时间她跟贾珍也不干不净的。那现在她结婚以后，就觉得我是跟定贾琏了。如果贾珍再来，这到底是什么意思？而且贾珍来了之后贾蓉也会再来，所以她就觉得应该把事情摆明。

其实贾琏也知道这件事情，可他是纨袴子弟，玩惯了，也无所谓。这个时候好像也被尤二姐感动了，所以贾琏说：“你且放心，我不是那拈酸吃醋之辈。前事我已尽知，你也不必惊慌。你姐夫是作兄的，自然不好意思，不如我去破了这例。”

特别注意在这一段当中，尤二姐其实表示出她觉得不能够这样子混下去了，这一对兄弟好像要一起来包养她了，作为女性，她会有一种被侮辱的感觉，她忽然有了一个女性的自觉。前面说尤三姐和贾珍百般轻薄，好像觉得无所谓，你们男人爱玩，我就跟你们玩，可是下面你会看到尤二姐、尤三姐的了不起是表面看起来她们不太检点，可是她们心里面也在寻找生命中可以依托的对象。

荒唐的对话

“说着走了，便至西院中来，只见窗内灯烛辉煌，二人正吃酒取乐。

贾琏便推门进去，笑说：‘大爷在这里，兄弟来请安。’”很有礼貌，可是后面其实是一个戳破的感觉，所以“贾珍羞的无话，只得起身让坐”。贾琏就笑着说：“何必又作如此景象，咱们弟兄从前是如何样来！”简单的几句话，可是感觉到大概以前去歌楼妓院，这些兄弟都一起玩的。其实贾琏也有一点意思是说，有什么关系，我们过去不都是一起去欢场玩的，你玩你的，我玩我的，所以大哥要跟以前一样才好。可是这个话听在女性的耳中，当然会觉得很难过，就是你们兄弟到底在讲什么东西，你们兄弟可以一起玩，那我们姐妹是被一起玩的那两个吗？所以我想这里面大家都注意到，贾琏其实有一点笨笨的，就是他为了要让贾珍下得了台，他就讲这样的话。

然后他又说：“大哥为我操心，我今日粉身碎骨，感激不尽。大哥若多心，我意何安。从此以后，还求大哥如昔方好，不然，兄弟宁可绝后，再不敢到此处来了。”这又看到男性的懦弱的部分。贾琏的意思是说，我今天娶尤二姐不是为了美色，是因为王熙凤只生了一个女儿，没有生儿子，所以我娶她是为了传宗接代。大哥也喜欢她，会觉得不方便来了，如果你不来了，我宁可绝后，我也不来了。这个话其实听起来蛮荒唐的，这种窝囊男人，他头脑真的是不太清楚的。这里面也可以看到其实第六十五回、第六十六回特别对比出尤二姐、尤三姐这两个女性跟贾珍、贾琏这两个男性之间的差距——这两个女性真精彩，而这两个男性其实蛮窝囊。

“说着，便要下跪。慌的贾珍连忙搀起，只说：‘兄弟怎么说，我无不领命。’”这个“领命”也很奇怪，意思是说以后我还要来。当然这是不对的。这个时候贾琏也有一些含糊，好像觉得跟他的哥哥共有这个女人也无所谓，可是尤二姐讲得很清楚，我生是你的人，死是你的鬼，我过去跟谁谈恋爱是一回事，可是现在跟你结婚，我就守住我自己应该守住的本分。

尤三姐爆发

“贾琏忙命人：‘看酒来，我和大哥吃两杯。’又拉尤三姐说：‘你过来，陪小叔子一杯。’”小叔子指他自己了，就是说我跟你姐姐是夫妻，那我就是你的小叔子。这个时候尤三姐火了。

“尤三姐站在炕上”，从第一个动作开始，尤三姐就是泼辣的，她没有站在地上，而是站在炕上。高跟矮当然有一个强势跟弱势的意思，站在炕上，她就比那两个男人高。她指着那个贾琏笑着说：“你不用和我花马吊嘴的，咱们清水下杂面，你吃我也见。”“杂面”就是用高粱或者是杂粮揉出来的面，在水中不容易糊在一起，它是一条一条的，所以清水下的杂面，吃的时候，吃几根都看得清清楚楚。意思是你们两个兄弟心里面想的，我都知道。

下面又用了一个谚语：“提着影戏人子上场，好歹别戳破这层纸儿。”演皮影戏的时候前面有一个白色的布幕，皮影戏的好看，就在于有一层布。大家以假为真，可是把这一层布戳破了，其实那个皮影就是假的。意思是，我们大家都睁一只眼，闭一只眼，其实你们心里面想什么，你们要怎么玩我们，我们都知道。

尤三姐是非常爽快的、大胆的，是有一点泼辣的那种女性。我们常常称女性“泼辣”、“辣妹”，这个“辣”字其实蛮复杂，里面有一点让大家害怕的那种感觉，就是她的本能比较强。然后她讲了很难听的话：“你别油蒙了心，打量我们不知道你府上的事。这会子花了几个臭钱，你们哥儿两个拿着我们姐儿两个权当粉头来取乐儿，你们就打错了算盘了！”

尤三姐这一段出来的时候，我觉得大快人心，所有的女性一直被压抑的委屈忽然爆发了。她意思是说，你娶了我二姐，你觉得我也是可以陪你们玩的，好像连我也一起包养了，就打错算盘了。这个时候反而反证出来，尤三姐很大胆，她跟他们又调笑又玩闹，可她有一部分又是守住的。她很清楚自己真正心里面所许诺的那个男人，跟这些男人是不一样的。

“我也知道你老婆太难缠，如今把我姐姐拐了来做二房，偷的锣儿敲不得。”意思是说你把我姐姐娶了来以后藏在这个地方，也不敢告诉大家，没有名分，就是包养在那里，然后你们高兴怎么玩就怎么玩，这里面都在讲委屈。因此尤三姐的爆发，其实是针对所有被侮辱的感觉。“我也要会会凤奶奶去，看他是几个脑袋几只手。若大家好，取和便罢；倘若有一点叫人过不去，我有本事先把你两个的牛黄狗宝掏出来，再和那泼妇拼了这命，也不算是尤三姑奶奶！喝酒怕什么，咱们就喝！”“牛黄”是一种中药，其实是牛的胆结石跟肾结石里的东西。“牛黄狗宝”的意思是说，我要把你们两个人的内脏，你们的心、肝、胆啊之类的东西都给掏出来。

大概在传统戏剧里边有两个女性是这种泼辣的角色，一个是潘金莲，一个是阎婆惜。阎婆惜其实也是自我选择，自己选择跟宋江的手下张文远在一起，宋江知道以后就要杀她，觉得她淫荡。可是这里面其实是一个男性对女性的要求，所以我们看到阎婆惜最后面对死亡的时候，是非常毁灭性的。潘金莲也是，潘金莲是被强奸了以后卖给了武大郎——一个她完全不喜欢的男人，后来她就主动爱上了武松，武松就觉得她是淫妇，要杀她，活活把潘金莲的心脏挖出来。武松拉开她的衣服的时候，潘金莲几乎是笑着面对刀子刺进她的心脏，刹那之间潘金莲也觉得她决定要用这个方式跟武松发生肉体上的关系。

这两个女性在传统里面其实是跟尤三姐很类似的角色，如果生命是处在这么一个压抑跟委屈的角色中，她宁为玉碎。为什么尤三姐让人觉得很感动？因为这个女性的角色，把某一种压抑的东西忽然爆发出来。

尤三姐也有毁灭性，后来她姐姐死掉，她也死掉，她们都走向了死亡这条路。

反雌为雄

“说着，自己绰起壶来便斟了一杯。”过去都有用人帮她倒，可是她现在一点都不文雅，不想装腔作势了。“自己先喝半杯，搂过贾琏的脖子来就灌”，注意她的动作，尤三姐好像嫖客一样，把贾琏搂着脖子勾过来就灌他的酒——原来绝对是贾珍、贾琏对尤三姐的动作，现在变成尤三姐去对贾珍跟贾琏做。我相信今天如果我们看到这样的女性，都不一定以为然，因为我们心里面已经有一个女性跟男性不同角色的区分。女性的名字里都有淑、静这种字，男性不太会有，这是一种文化的意识形态，是无所不在的。名字跟你一辈子，你要做一个安静的人或者贤淑的人；如果有爸爸妈妈给女孩子取名“辣”，大概对她的影响是不一样的。

之后尤三姐对贾琏说：“我和你哥哥已经吃过了，咱们来亲香亲香。”这都是男人跟女人讲的话，“唬的贾琏酒都醒了”——这些男人也只有碰到这种女人，酒才会吓醒，因为平常他总觉得女人是被他欺负的角色。“贾珍也不承望尤三姐这等无耻老辣”，可是他从来没有反省过自己的耻与不耻。所以作者其实想让我们在这里看到人生不同的面向，看到尤三姐的这种从内显出来的刚烈。

“弟兄两个本来是风月场中耍惯的，不想今日反被这个闺女一席话说住。尤三姐一叠声叫：‘将姐姐请来！’”她又说：“要乐，咱们四个一处同乐。俗语说：‘便宜不过当家。’他们是弟兄，咱们是姊妹，又不是外人，只管上来。”看小说看到这里，会拍案叫绝。这些话都是挑衅性极强的。男性在对女性的欲望当中，也隐含了雄对雌的某一种占有性，可是当女性反过来要去占有男人的时候，男人吓坏了。女性本身的柔弱，其实是欲擒故纵。可是如果这个女性表现出完全主动性的角色，那个男人常常会弃甲曳兵而走。我们人身上，其实有很多动物的生态学。

“尤二姐反不好意思起来。贾珍得便就要一溜。”那个男人的角色，他觉得不好玩了，因为原来是偷情，所以好玩；现在忽然发现不是偷情，是被玩了，所以他觉得不好玩，就溜走了。有时候我跟一些女性说，也不必那么一直害怕躲闪，你越害怕，越躲闪，越在刺激他的雄性激素，你就把他那个雄性激素给压下去，他忽然就觉得没意思。

其实在西方，像罗兰·巴特、福柯他们讲得最好的是，其实欲望是一种权力，情欲也是一种权力。感情里面也在表现权力，欲望当中也在表现权力。所有爱情的关系，甚至性的姿态，都跟权力有关，是人在社会里面的权力状态，其实里面有一个优势跟劣势、弱势跟强势的问题。在西方的哲学里，他们对待人的生理、心理的状态，有一种比较冷静的分析，所以在看待社会事件的时候，比较容易懂大概是怎么一回事。

所以我特别要讲的是，今天贾珍会溜走，很明显是因为他的强势完全变成弱势了，他忽然被尤三姐玩在股掌之间。“尤三姐那里肯放”，这个厉害了，你要溜，溜不走了。“贾珍此时方后悔，不承望他是这种为人”，他没有想到尤三姐有另外一个刚烈的东西出来，其实她平常很大气，也无所谓，被吃一点“豆腐”都没有关系，可是碰到大是大非的时候，她泼辣起来了。贾珍“与贾琏反不好轻薄起来”，注意贾琏本来也是跟尤三姐不干不净，想去轻薄一下的，可是对方把他的本质讲出来了，他反而不好轻薄起来。

半掩半开

下面最美的画面出来了，这个画面今天大概只有真正的导演可以拍得出来。“骚”这个字很有趣，现在变成民间蛮坏的一个字，可是“骚”其实讲的是屈原的《离骚》，是一种非常丰富的感情。这个字在东方来讲是一种嗅觉，然后由嗅觉引发的一种状态。尤三姐让这两个男人心里痒痒的，但又不敢动她的时候，她就达到了“骚”的极致，把她的魅力、诱惑力、本能释放到极致。

好，我们从头发开始看起，“这尤三姐松松挽着头发”，女人头发一松的时候，其实就有一种妩媚。头发松这种状况，常常在过去的社会变成某一种跟礼教相反的事情。王夫人看到晴雯头发松松的，就要把她赶出大观园，觉得这个女人不正经；有一次林黛玉跟大家笑闹，头发乱了，宝玉跟她做了几个眼神，她就进去把头发弄整齐了。过去的女性觉得头发一丝不乱才是规矩的，头发只要乱一丝就有诱惑性。女性从温泉出来的时候，随便挽着头发，有一种妩媚，跟打扮得很端庄的漂亮不太一样。

有泡过温泉的那个体温，有一点热气，有一点微汗，然后头发松松的。我在日本京都看到“花间小路”的歌妓常常头发都是松松的，她们不会弄到很紧，就有一种妩媚。女人的头发可以代表不同的声音，卡门的声音一出来，头发一定要松松的，她可以乱跳、乱荡，这样的女性可能就不是让你觉得严肃的那个角色。

“尤三姐松松挽着头发，大红袄子半掩半开。”了不起就在“半掩半开”，全开了没什么了不起。东方的诱惑跟西方非常不一样，比如像《爱神》那个电影，是三段，三个导演分别拍。有一段是王家卫导演的，从头到尾，巩俐的旗袍领子扣得好好的，只是开一点点，你真的觉得诱惑性到了不得了。另外两个西方导演拍的，里面两个女性，从头到尾都是脱得精光，让你觉得真是倒胃口。那个时候你就恍然大悟说，东方的某一种美是非常特别的，就是半掩半开的。“半掩半开”一直变成文学跟戏剧里面非常重要的东西。“待月西厢下，迎风户半开。拂墙花影动，疑是玉人来。”《西厢记》里面的这首诗，讲的也是这个状态。

颜色跳脱出来

“大红袄子半掩半开，露着葱绿抹胸”，注意色彩。抹胸是裹肚，就是女人的内衣，葱绿色有一点带黄，是一种明度非常高的绿色，衬外面的红色。红绿对比本身是感官最强的色彩。“一痕雪脯”，葱绿抹胸盖在她的胸口，胸口的肉是白的，像一痕雪脯。女性肉体的美忽然被描写出来。在传统社会里面，这是一个禁忌，中国对于女性的身体的描绘，在文学跟艺术里都远不如西方。可是在这里你会看到这种描述出来。

“一痕雪脯”这四个字的了不起，就是用字的精准和用字的动感力量，没有任何文字可以替换。比如“痕”字用什么字替换呢？一团、一块、一片，形象大概很糟糕，都很可怕。“痕”常常是形容月光的，有一点点隐藏。在音韵上，痕的发音，有一点鼻音，也有一种比较委婉的感觉；如果说一块，“块”是发花韵，是开口韵，会觉得粗暴。

“底下绿裤红鞋”，又是红绿对比，整片的裤子是绿的，红鞋，特别是缠小脚的红鞋，是一点点红，刚好是“万绿丛中一点红”。这是东方美学最了不起的部分。真正的诱惑不是红用得很多，而是用得很少。Prada的衣服就是黑里面一点红，鞋子上面也是一点点红，西方已经把这个美学偷过去用了。在冷色调里加一点暖色调，那个红就跳出来。唐朝很多古画里，在额头上点一点红的时候，那个红立刻出来。如果是一身葱绿色的丝绒衣服，可能配一粒红色的宝石，一粒宝石在光里面反射，就可以把那片绿整个儿带起来。这其实是美术上非常重要的部分，基本上也会用在生活里，而并不只是画画的问题。

野性风骚

所以这一段是我一直很看重的，觉得是《红楼梦》中了不起的一段，就是描写尤三姐的美：“这尤三姐挽着头发，大红袄子半掩半开，露着葱绿抹胸，一痕雪脯。底下绿裤红鞋，一对金莲或翘或并，没半刻斯文。”“金莲”就是小脚，过去的女人坐着的时候，脚是并在一起的。“翘”就代表她跷着二郎腿——这个动作是不雅的。可是尤三姐当然不在乎，两只小脚“没半刻斯文”，一点都不安静，那两个男人大概心都跟着一起荡漾了。

“两坠子却似打秋千一般。”过去训练女性，要求她们走出来的时候，身上所有的饰品是不动的。大家看到传统的戏剧里面，像代战公主、铁镜公主这种角色出来，走路的时候要完全平稳，她们的头上有两个穗，那个穗是不能动的，动的话就表示不规矩了。可是这个时候尤三姐完全对抗了这个规矩的要求，她两个耳环就在那边荡来荡去，风骚而野性。

“灯光之下，越显得柳眉笼翠雾，檀口点丹砂。”眉毛画得有一点淡淡的冷色的绿，衬出她嘴唇上红的艳丽，又是一个红绿对比。短短的一段里面有三次的红绿对比。“本是一双秋水眼，再吃了酒，又添了饧涩淫浪”，“饧涩淫浪”很难形容，就是像水光一样在飘，一种不安定的感觉。“不独将她二姊压倒”，尤二姐已经够美的了，但现在看起来姐姐没有她那么漂亮，“据珍、琏评去，所见过的上下贵贱若干女子，皆未有如此绰约风流者”，没有比她更漂亮的了。可是这个漂亮并不是长相的问题，是她女性的妩媚全部被释放出来了。她在玩这两个男性，可是这两个人对她又爱又恨，根本不敢碰，因为她比这些男性还要泼辣。

玩弄于股掌之间

“二人已酥麻如醉”，“酥麻”两个字用得真好，像核桃酥，碰一碰就碎成像粉一样，已经一半的知觉都没有了。大概在西方，卡门一出来，男人也是酥麻如醉。有一些女性身上有非常雌性的生理本能，尤三姐和卡门她们把这个东西整个释放出来了。

贾琏跟贾珍“不禁去招他，那妇淫态风情，反将二人禁住”，把两个人吓住了。“那尤三姐放出手眼来略试了一试，他弟兄两个竟全然无一点别识别见，连口中一句响亮话都没有了，不过是酒色二字而已。”这个没有读什么书、没有什么见识的尤三姐，可以把两个贵族社会的大官僚玩到这种程度，这两个人平常吆三喝四，一副大官的样子，出来跟着一大堆随扈，原来到这个时候连回话的机会都没有了，所以尤三姐就看不起他们。我相信像酒廊里面的“大姐头”，她们大概不把常常去酒廊的官僚或者富豪看在眼里，因为这些人在她们面前像小孩子，她们可以玩弄于股掌之间。

像《金大班的最后一夜》里面的金大班，常常摸着那些大企业家的秃头，安慰他们。其实那个角色在调换，这些男人有很多的压力，可是到这种地方，他们就像小孩子一样。过去欢场有一种女性，就是扮演这种角色，她通常不是年轻的，因为要经历一点沧桑。现在日本还有唐朝那种艺妓的传统，在日本的“花间小路”，如果是年轻艺妓来陪着倒酒，非常便宜；真正贵的是老的艺妓，其实她就是服侍倒酒，然后跟你谈一些心事，她贵是贵在她懂心事，而不是贵在美色。有些人到欢场，也不见得是去买漂亮跟性，他其实是去买一种心灵上的安慰东西，有时候是知己。有一点像《琵琶行》里弹琵琶的女子跟白居易，因为他们都经历过沧桑，所以他们可以有那样的生命之间的对话。

贾琏、贾珍大概是那种欢场里面只追求皮肉的短暂快乐的人，所以他们也不懂这个东西，不然也不至于被尤三姐搞成这个样子，完全无招架之力。尤三姐“自己高谈阔论，任意挥霍洒落一阵，拿他弟兄二人嘲笑取乐，竟真是他嫖了男人，并非男人淫了他”。这是《红楼梦》里面曹雪芹非常大胆的一句话。“嫖”这个字，加了一个女字边，好像从来都是男人的专利，可是在这里尤三姐把所有女性的委屈角色全部反过来了，做了一次彻底的翻案。“一时他的酒足兴尽，也不容他弟兄多坐，撵了出去，自己关门睡去了。”用了“撵”这个字，这个房子是贾琏买的，用人也是他花钱雇的，可是他们就是被尤三姐赶出去了——不要以为你出钱，有几个臭钱就是主人，我才是主人，就把你撵出去。

毁灭性的报复

所谓的优势劣势、强势弱势，也许到了置之死地以后，她觉得没有什么不得了，大不了一死的时候，她反而变成强势，特别注意这一段的写法。

“自此后，或略有丫环婆娘不到之处，便将贾珍、贾琏、贾蓉三个泼声厉言痛骂，说他爷儿三个诓骗了他寡妇孤女。贾珍回去之后，以后也不敢轻易再来，有时尤三姐自己高兴悄命小厮来请，方敢去一会，到了这里，也只好随他的便。谁知这尤三姐的脾气不堪，自己仗着风流标致，偏要打扮的出色，另式作出许多万人不及的淫情浪态来，哄的男子们垂涎落魄，欲近不能，欲远不舍。迷离颠倒，他以为乐。”“欲近不能，欲远不舍”，这八个字也了不起，靠近又靠近不了，可是叫他远离，他又不舍得不来，因为他每一次都给自己一个希望说，这一次去可能可以上床。其实尤三姐在玩他们。这一段写出了贾珍、贾琏最难堪的那个部分。有欲望的时候，就是没有办法高贵起来，他们心里面有那样的欲望，很想靠近尤三姐，可是尤三姐又完全知道他们怎么回事，可以闹得他们“迷离颠倒”，然后尤三姐以此为乐。

有时候妈妈和姐姐就会劝，因为在传统的女性观点里，还是觉得这样不妥，尤三姐就说："姐姐糊涂。咱们金玉一般的人，白叫这两个现世包玷污了去，也算无能！"意思说我们的生命是这么高贵，像黄金、白玉一样。"现世包"讲得极好，就是现世草包的意思，不要以为他们做大官有钱，可他们就是草包，因为肚子里根本没有东西，没有对生命的尊重。"而且他家有一个极利害的女人"，就是王熙凤，"如今瞒着他不知，咱们方安。倘或一日他知道了，岂肯干休，必有一场大闹，不知谁生谁死！"

所以尤三姐是聪明的，她已经预料到下场的悲哀，她知道她的这个姐姐一定有一天会被害死，因为小老百姓哪里斗得过官家。最后我们可以看到，王熙凤要把尤二姐弄死，真是像捏死一只蚂蚁一样，而且神不知鬼不觉。贾琏并不是彻底的无情，可他就是一个被宠坏的纨袴子弟，最后也不能保护尤二姐。这些事情，尤三姐现在已经全部预料到了，所以她说："趁如今我不拿他们取乐作践，准折到那时白落个臭名，后悔不及。"

她知道结局了，就用一种毁灭的方法来对待。"因此一说，他母女见不听劝，只得罢了。那尤三姐天天挑拣吃穿，打了银的，又要金的；有了珠子，又要宝石；吃着肥鹅，又宰肥鸭。或不称心，连桌一推；衣裳不如意，不论绫缎新旧，便用剪刀剪碎，撕一条，骂一句。"可是我特别要强调，其实她不是这样的角色，现在全部是报复，因为她觉得被侮辱了。一个人到了对物质不珍惜，对人不珍惜的时候，就是毁灭。如果看到一个女性把LV的衣服剪了，撕一条骂一句，她一定有你不知道的痛苦；她如果把貂皮拿来，用火柴一点一点地烧，她一定有你不知道的痛苦。其实她在烧她自己，她也在撕她自己，她骂的也不是别人，是她的生命已经落在这样的处境里面，其实别无出路。

“究竟贾珍等何曾随意了一日”，就是每次来每次被骂，没有一次能够占一点点的便宜，“反花了许多昧心钱”。尤三姐可能说：“你给我买了，我对你好一点。”他就永远有希望，他就去买一个包，买去又被骂，然后那个包又被剪碎。所以社会里面的腐败并不是谁的腐败，其实是共同构造的腐败。没有真情以后，大家不相信任何的情感，就开始糟蹋物质。当物质越富有，糟蹋得越严重，可这不是在糟蹋物质，是糟蹋人，而且是人在糟蹋自己。如果贾家已经到了这样的程度，势必要没落。

尤三姐的深情

“二姐倒是个多情人，以为贾琏是终身之主，凡事倒还知疼着痒的。”很关心贾琏。“若论起温柔和顺，凡事必商议，不敢恃才自专，实较凤姐高十倍；若论标致，言谈行事，也胜五分。虽然如今改过，但已经失了脚，有了个‘淫’字，凭有甚好处也不算了。”尤二姐过去的不检点，这个时候变成了很多人的八卦跟把柄。所以她现在一心一意对贾琏，可外面的是非还是很多，最后尤二姐有一部分也是因为这个八卦而死，所以她现在回来想做一个安分守己的人也已经做不成了。

“二姐在枕边衾内，也常劝贾琏说：‘你和珍大哥商议商议，拣个相熟的人，把三丫头聘了罢。留着他不是常法，终久要生出事来，怎么处？’”贾琏说：“前儿我也曾回过大哥，他只是舍不得。我说：‘是块肥羊肉，只是烫的慌；玫瑰花儿可爱，刺太扎手。咱们未必降的住，正经拣个人聘了罢。’他只意意思思的，就丢开手了。你叫我有何法？”

下面就开始讲到他们商量着怎么把尤三姐嫁掉的事情，他们先问尤三姐的心思。她哭着说："姐姐今日请我，自有一番大礼要说，但妹子不是那愚人，也不用絮絮叨叨提那从前丑事了，世人也知，说也无益。既如今姐姐也得了好处安身，妈也得了安身之处，我也要自寻归结去，方是正理。但终身大事，一生至死，非同儿戏。我如今改过守分，只要我拣个素日可心如意的人方跟他去。若凭你们拣择，虽是富比石崇，才过子建，貌比潘安的，我心里进不去的，也白过了一世。"贾琏就说大概是看上宝玉了。"尤三姐便啐了一口：'我们有姊妹十个，也嫁你弟兄十个不成？难道除了你家，天下就没了人了！'"她其实有一点不屑。

大家又问，尤三姐才笑着说："别在眼前想，姐姐只在五年前想就是了。"尤三姐五年前来她姐姐家做客，看到了一个男人，就是柳湘莲。可是除了尤二姐，他们都想不起来。爱一个人五年，没有一个人知道，她从来没有讲过，所以里面在讲一种深情，而这个深情跟贾琏、贾珍短暂的欲望是不同的。感情一直延续着，变成一种很深的自我完成的部分。

感情有一部分其实是自我完成，并不那么在意对方的回应。今天我们会觉得感情被解释成有一点像买东西，是一个功利的关系。可是感情的自我完成是说，在所有的感情里，其实都是获得的。有时候碰到一个学生在极大的失恋的痛苦里，觉得他被骗了，我会问他说："你觉得被骗了什么？如果你跟一个人在一起两年或者三年，曾经这么好过，那你觉得从这个好里没有获得任何东西吗？还是分手以后完全是零、是空，觉得被骗，然后要报复、要恨？"我的意思是：情的相反，或者爱的相反，一定是恨吗？还是有另外一种领悟？

可是《红楼梦》里面提到了尤三姐最后自我完成的部分，非常动人。过去的时代，女性是没有机会表达爱的，她根本没有机会跟柳湘莲讲话，所以柳湘莲永远就是来了又走了。她远远地看着他，觉得这个人潇洒、漂亮，不肮脏，在贾家各种乱七八糟的男人当中，他干干净净的。她一直记得柳湘莲，这个时候才讲出来了。那个年代，一个女孩子自己讲出她爱恋的对象，在社会上是受指责的，因为觉得很羞耻，可是尤三姐完全就像是一个现代女性，她说我喜欢他，非这个人我不嫁。

兴儿眼里的荣府

正在这个时候，贾琏的心腹兴儿来叫贾琏，贾琏就走了，“留下兴儿答应人来事务”。尤二姐“拿了两碟菜，命拿大杯斟了酒，就命兴儿在炕沿下蹲着吃，一长一短向他说话儿”，就是问兴儿荣国府的情况，兴儿就一一评点了一下。他说凤姐儿是：“嘴甜心苦，两面三刀；上头一脸笑，脚下使绊子；明是一盆火，暗是一把刀；都占全了。”兴儿下面的一段话很有趣，他说：“不是小的吃了酒，放肆胡说，奶奶便有礼让，他看见奶奶比他标致，又比他得人心，他怎肯干休善罢？人家是醋罐子，他是醋缸、醋瓮。凡丫头们二爷多看一眼，他有本事当面打个烂羊头。”你看从用人的口中讲出来，王熙凤的管理之严格到了惊人的地步。

兴儿说李纨是“大菩萨”，第一个善德人。他又谈起贾家的四个女儿：“我们大姑娘不用说，但凡不好，也没这么大福了。”因为贾元春嫁了去做皇妃；老二贾迎春，是一个“二木头”，“戳十针，也不哎哟一声”。老三探春真是不得了，是个“玫瑰花”，漂亮得不得了，每个人都想摘，可是又有刺，一摘就被刺扎到了。四姑娘惜春小，“他不是太太养的，是珍大爷的亲妹子，因自幼无母，老太太命太太抱过来养着，也是一位不管事的”。这就是从用人的角度去看这本书的这些主角，用人有用人的角度。

每个都形容到，最后就落到两个人身上，一个是薛宝钗，一个是林黛玉，说这两个“真是天上少有，地下无双”。形容黛玉“一肚子文章，只是一身多病；这样的天，还穿夹的，好着出来，风儿一吹就倒了。我们这起没王法的嘴都悄悄的叫他‘病西施’”。兴儿描述薛宝钗“竟是雪堆出来的”，还说：“每常出门或上车，或一时院子里碰见了，我们鬼使神差，见了他们两个，不敢出气儿。”那尤二姐说：“你们大家子规矩，虽然小孩子进的去，然遇见小姐们，原该远远的藏开。”兴儿摇手说：“不是，不是。那正经大礼，自然藏开，不必说，就藏开了。自己不敢出气，生怕这气大了，吹倒了林姑娘；气暖了，吹化了薛姑娘。”

兴儿是做粗活的用人，他们远远看到林黛玉和薛宝钗，可能一辈子也没有机会跟她们讲话，可是《红楼梦》的了不起是里面有很多观点，不同人看待事情的观点。这些做粗活的人，不懂林黛玉的美，不懂薛宝钗的美，可是他们知道疼惜，觉得林黛玉简直像画里的美女，稍微呼吸大一点，就把她吹倒了；薛宝钗冷得不得了，像一堆雪一样，怕呼吸大了，太暖了，她就化了。这也点出了这两个人的个性。

第六十六回

情小妹耻情归地府
冷二郎一冷入空门

宝玉是糊涂还是不糊涂

第六十六回开始的时候，尤二姐在问兴儿贾府的情况，最后就问到宝玉了。兴儿说他："成天疯疯癫癫的，说的话人也不懂，干的事人也不知。外头人人看着好清俊模样儿，心里自然是聪明的，谁知是外清而内浊……每日也不学文习武，又怕见人，只爱在丫头群里闹。再者也没刚柔，有一时喜欢，见了我们时，没上没下的，乱玩一阵；不喜时，各自走了，他也不理人。我们坐着、卧着，见了他，也不理他，他不责备。"这里面又是一个用人的角度，说宝玉长得漂漂亮亮，可是心里头糊涂。我们不要误以为这是作者对宝玉的批评，其实这是说世俗人不了解宝玉。

连尤二姐都被兴儿说动了，说："可惜了一个好胎子。"尤二姐也不理解宝玉存在的意义。有时候我们在社会里面听到别人讲到某一个人的时候，未必完全准确，因为里面有很多不容易理解的东西。生命最高贵的东西不是那么容易理解的。当然这个高贵的个人，也不一定会去辩白。宝玉从来不为自己辩白，他觉得懂了就懂了，不懂也没有办法；他反而尽量为他人辩白。

这个时候有另外一个意见出来，尤三姐说："姐姐信他胡说，咱们又不是见过一面两面的。"一个人的气质，一个人的善良与否，你自己不能判断吗，为什么老要借着外面的这些东西来判断？她说："行事言谈吃喝，原有些女儿气，那是天天只在里头惯了的。"尤三姐非常公正，她说他是有一点女孩子气，是因为他身边都是女孩子，他能够模仿的对象都是女性，最后就沾带了一点点女孩子的习气。可是宝玉如果不学这些女孩子，大概学的就是他的老爸，可是他老爸整天就在官场里争夺权力、财富，我们也不觉得宝玉学那个样子一定是最好的。

所以现在那个矛盾是说，孩子长大其实是要有榜样的，可是这个榜样如果是我们社会里面看到这些弊案里的人，你还会觉得孩子的榜样如果是这些男性会更好吗？我不知道。我想曹雪芹写到这些部分，也都让人感觉到宝玉的为难，他最后躲在这些姐姐妹妹群中，因为他至少觉得这些姐姐妹妹们没有外面追逐权力跟财富的那个肮脏的部分。

所以尤三姐就有一点为他辩护说："若说糊涂，那些儿糊涂？"她就举例说："姐姐记得，穿孝时，那日，正是和尚们进来绕棺，咱们都在那里站着，他只站在头里挡着人。"大家都觉得宝玉不懂礼，后来他就跟尤二姐、尤三姐解释说："姐姐不知道，我不是没眼色。细想和尚们脏，恐怕气味熏了姐姐们。"宝玉真的有点像一个护花者。他觉得这些年轻的女子，在她们生命最单纯的时候，像一朵一朵的花，他应该要去负责疼爱她们、保护她们。对比起来，在这些美丽的女子常常被男性作践的社会当中，宝玉就扮演了一个相反的角色。

洁净和肮脏

其实读到这里有一点心痛，我相信今天我们做读者的也未必懂尤三姐讲的话，我们大概看到这样一个男孩子，还是会觉得他是不是过分了。可是对于曹雪芹来讲，没有对个体生命真正的疼惜，其实所有的爱都是假的，再大的爱也都是假的。

《红楼梦》一开始就说女人是水做的，男人是泥做的。这是非常反男性的观点，但我想这个反男性并不是一般讲的性别，而是说男性在一个现实社会里，扮演了一个功利的角色。因为他要权力、他要财富，女性一般讲起来在过去不可能争权力、不可能争财富。所以曹雪芹最看不起的是这种争功名利禄的男人，他觉得他们一争功名利禄就脏了，他们搅在财富跟权力的争夺里，其实是一种贪婪。尤二姐、尤三姐无权无势，可是在丧礼当中，宝玉会特别疼惜她们，包括说气味是不是污秽了，她们喝的茶杯是不是肮脏了。注意这个脏是有暗示性的，就是说这个社会里面有很多会把人弄脏的东西。

《红楼梦》这个部分是我觉得不容易读懂的，尤其男性读者很不容易读懂。因为到今天我相信男性也未必有曹雪芹的觉悟。男性中间贾珍、贾琏这样的居多数，恐怕到今天还是如此，用五两银子就可以去包养一个女人，他为什么不做？宝玉绝对不会想到用五两银子去包一个女人，这就是差别。借着尤三姐的口，作者说出了对生命的尊贵。生命对生命的珍惜，其实是不把对方当成是可以作践的角色，是对生命有一个本质上的尊重。

宝玉觉得有一些生命是干净的，是洁净的，不要她们被污染了。所以这里面讲的脏，其实是一个暗喻。可是最有趣的是，会弄脏尤二姐、尤三姐的，熏坏她们的，竟然是和尚。所以作者也很大胆，作者其实并不认为修行就一定是洁净的。我们会觉得也许一个妓院是肮脏的，也许一个庙宇是干净的。可是曹雪芹的世界当中也许会相反来看，如果对生命有最大的珍惜的时候，可以把最污秽之地变成最洁净之地；如果没有对生命的珍惜，最洁净之地会变成最污秽之地。

我想作者对和尚的这些行为是反感的，就是说，生命里面并没有一个真正真诚的哀悼，反而变成了某一种功利性的东西。这是尤三姐举的第一个例子。

第二个例子，就是宝玉喝完茶，尤二姐也要喝茶，老婆子就拿了他的碗去倒，他连忙说："我吃脏了的，另洗了再拿来。"这些都是小事，可是其实我们看人性，特别是能在小事里看得到的。在外面做公务大事的时候，其实都可以作假，可是观察生活的小细节的时候，马上能看出来对人有没有小小的、一点点的担待跟疼惜。生命里面真正可贵的东西，其实是在点点滴滴的小事件当中显现的，而不是用冠冕堂皇的话说出来。我们现在越来越怕冠冕堂皇的话，因为所有冠冕堂皇的虚伪跟那个点点滴滴的可贵刚好形成了落差，越是有冠冕堂皇的话的时候，越发现那个生命在一般的日常生活里是对人最没有关心的。

心灵中的花冢

第六十六回开始的这一段，当尤三姐要选择她的对象柳湘莲的时候，特别加入了这一段对宝玉的看法，是有很大的暗示性的。《红楼梦》当中柳湘莲、尤三姐、宝玉、黛玉这些人，他们要努力活着去对抗一个肮脏的世界。这大概是《红楼梦》最让人心痛的部分。可是活着对抗最后其实是一个悲剧，因为死的死、出家的出家——你可以看到黛玉的死、尤三姐的死，你可以看到柳湘莲的出家、贾宝玉的出家。

这个小说基本上并不觉得对抗一定有真正的现世的结局，他们并不在意这个结局，他们觉得活着一天就去对抗一天。我想这是《红楼梦》一直存在的重要的原因，它是为自己的心里面还有净土的那些人所写的一部书。

从三百年前曹雪芹的时代到今天，外在的世界并没有太大的改变。可是重要的是说，一个人在内心是不是能够多一点点坚持。是在加倍地知道更多污秽的事之后，还有那个洁净的坚持的时候，人才是不同的。

黛玉跟宝玉在大观园里面有一个别人都不知道的埋葬花的坟冢。很多朋友会觉得，每天打开所有的媒体，最后都有一种幻灭感，但我关心的反而不是那个部分，而是每个人心中的这个坟冢到底在不在，是一个自己埋葬花的坟冢，或者心灵上洁净的坟冢。自己少年时候曾经相信过的那个梦想，如果它还在，就会有所不同。不管社会的污浊到什么程度，心里面有这个坟冢跟没有这个坟冢，一个人在生命的行为上会是不一样的。我相信如果你有这个坟冢，其实你会变得笃定，那个笃定是说：本来就如此。

我想《红楼梦》的重点，就是在这些部分里面。它作为三百年来一个重要的文学，可贵之处也在这里。

不足与外人道

尤二姐听了，就跟三姐开玩笑说："依你，两个已是情投意合了。竟把你许了他，如何？”这又是一个世俗的角度，一种很狭隘的看法，觉得这个人很欣赏那个人，所以就一定要跟那个人在一起。可是我们知道，生命对生命的欣赏不见得一定要在一起。对《红楼梦》来讲，所谓的情缘，只是了结很多我们不知道的因果。黛玉最后并没有跟宝玉在一起，他们只是了前世情缘，把眼泪还完了，她就走了。

对这个问题，尤三姐其实没有回答，因为她觉得姐姐不懂她。不懂也不好辩白，因为尤二姐没有办法理解，而且旁边还加了一个用人兴儿，她也不方便多讲什么。

所以这个话题结束后，小厮隆儿就来了，说：“老爷有事，是件机密大事，要遣二爷往平安州去。不过三五天就起身，来回也得半月工夫。”意思是大概半个月时间会不在。隆儿又说：“今日不能来了。请老奶奶早和二姨定了那事，明日爷来，好作定夺。”这里讲得很含蓄，因为他们决定要把尤三姐嫁出去，可是这件事情不方便透露给用人，所以只叫隆儿传话说，把“那件事情定了”。

“说着，带了兴儿也回去了。”——本来是兴儿跟尤二姐在聊天的，这句话也是一个转场。

豪门二代的心理学

“这里尤氏二姐命掩了门早睡。”尤二姐的行动越来越明显，就是不要让贾珍、贾蓉再来骚扰她，所以早点关门，早点睡。然后“盘问他妹子一夜。至次日午后，贾琏方来了”，尤二姐就劝他说：“既有正事，何必忙忙又来，千万别为我误了事。”不知道大家有没有感觉到这里面的细腻，贾琏在王熙凤那边真的从来没有受到这种待遇。尤二姐的那种温柔，恐怕也是很多男人需要的东西。

贾琏说："也没甚事，只是偏偏的又出来了一件远差。出了月就起身，须得半个月工夫才回来。"尤二姐就说："既如此，你只管放心前去，这里一应不用你记挂。"注意又是一个交代，这简简单单的几句话也呈现出贾琏眷恋尤二姐的原因，不只是长得漂亮，里面有一种温柔，让这个男性在所有官场的压力跟妻子的双重压力里，忽然得到了一个纾解。

贾琏跟尤二姐在一起，其实让人有一点点感动。贾琏大概生命里最幸福的就是这个时候，像民间的小两口，生活简单得不得了，要出远门了，太太就交代说，你放心吧，我会料理好家里。贾琏如果做一个平凡的老百姓，其实说不定是一个比较好的丈夫。可是这样的贵族孩子，因为生在这种富豪之家，从小被宠，其实真的是文不文、武不武，什么都不会，又懦弱得不得了。刚好又娶到王熙凤这样一个豪门的妻子，他必须要在外面摆出一个权威的架势的时候，贾琏又不是那个角色，所以他就会躲。

台湾现在很多企业的第二代，到最后在外面耽于赌场、美色，他有一点在逃避。因为对他来讲，那个创业是父亲的或者是祖父的，并不见得是他的，他的成就感也并不在那里，因此他就会出现另外一种想要逃避的心情。而那个逃避的去处常常第一个就可能是温柔的女人。我们提到欢场的文化，是因为温柔的场景让他躲掉了白天所有他硬撑出来的那个角色。

也有的人会躲在赌场。因为在赌的过程中，有一种输赢上的幻灭感。俄国最好的作家陀思妥耶夫斯基写过一本很重要的小说叫《赌徒》，就在讲赌这个东西，并不在于物质上钱的输赢，而是在赌当中，会有一种生命里面幻灭之间的奇特的感觉。常常有某一类的人，当他们在自己的生命有某种不安感的时候，特别喜欢在赌上面去表现，因为赌本身刚好充满了不安感，可能暴起，也可能暴落。如果生命追求一个平凡的发展轨迹，通常不会那么豪赌。其实我听到太多这一类的故事，看到他们心里面的那种荒凉。

如果不太快下结论，评断这是好或坏的话，其实可以理解这些人心理的某一种状态。我特别希望大家在第六十六回看到，贾琏这个角色其实很希望安静地跟尤二姐过一个比较平凡的、单纯的日子，可是他也是另外一个悲剧，因为他的妻子王熙凤没有给他任何一个这样的可能跟机会。

坚持与妥协

尤二姐又说："三妹子他不会朝更暮改。他已说了改悔，必是改悔的。他已择定了人，你只要依他就是了。"那贾琏就赶快问："是谁？"尤二姐说："这人此刻不在这里，不知多早才来，也难为他眼力。他自己说了，这人一年不来，他等一年；十年不来，他等十年，若这人死了再不来了，他情愿剃了头发当姑子，吃长斋念佛，以了今生。"这段很动人。我们刚才提到说我们的生命里面都会有一个未曾妥协的部分。年轻的时候都相信过，所以在生命的让步与不让步当中，也要有一种平衡。我的意思是，现实当然不可能都是如此的不让步，可是越是在现实当中让步，恐怕在生命的梦想当中，越有一个不让步的自我。尤三姐把情感作为她自己的完成形式，所以跟对方无关，对方知道也好，不知道也好，对方感谢也好，不感谢也好，都跟她无关，因为情感首先是自己的完成。

贾琏更惊讶了，说："到底是谁，这样动他的心？"贾琏的生命里大概没有这个东西，所以他真的有一点被震动了：原来世间还有一种爱，是这种形态的爱。生命当然有不同，有有所不为的生命。贾琏的欲望来的时候，完全是肉体上的发泄，根本没有任何选择性。可是贾琏的没有选择性对比出尤三姐的选择性，即生命里面的选择与不选择，就是我刚才提到的让步与不让步，其实是一个有趣的平衡的状况。

那尤二姐就笑着说："说来的话儿长。五年前我们老娘家里做生日，妈和我们在那里做生日。他家请了一起串客。""串客"就是来票戏的，过去有一种非职业演员，就是人家家里过生日什么的，他们就来演戏，叫"票戏"，就是串戏。"里头有个做小生的叫作柳湘莲，他看上了，如今要是他才嫁。旧年我们闻得柳湘莲他惹了一个祸，逃走了，不知可又来了不曾？"贾琏听了以后说："怪道呢！我说是个什么样人，原来是他！果然眼力不错。你不知道这柳二郎，那样一个标致人，最是冷面冷心的，差不多的人，他都没情没义。"注意一下，在这里提到柳湘莲其实不是长得漂不漂亮的问题，而是说他有一种性格，他其实很不屑于世俗上的这种招摇的东西，反而冷冷的，有一种孤独的感觉。

"冷面冷心"也不要从世俗的角度去理解。因为其实柳湘莲是认为生命如果没有一个同气相投的部分，那不如不要来往了。他其实生命里有自己洁癖的坚持，有时候很难解释说，有些场合为什么我一定不去。有时候我跟朋友开玩笑说，我那个在河边的家，还从来没有一个做官的进来过，其实大概是另外一种快乐。可是这里面也不是一种什么不得了的坚持或者不让步，就是觉得没有共同语言，就切断这个部分。所以柳湘莲这个"冷面冷心"是说，他在所有这些富贵子弟的那种应酬场合，他绝不应酬。但柳湘莲其实有他的热情，他的朋友秦钟，死了那么久，柳湘莲这么穷，还会为秦钟去修坟。“冷面冷心”是因为贾琏不懂，这里面有差别。贾琏说他跟宝玉最好，这里又很清楚了，就是刚才讲的，尤三姐、宝玉、柳湘莲，他们彼此懂。所以宝玉被别人误解的时候，尤三姐懂；宝玉跟柳湘莲，他们彼此也能够有默契。

绝对生命的感动

“他最和宝玉合的来。因打了薛呆子一顿，他不好意思见我们，不知那里去了一向。后来听见有人说来了，不知是真是假。一问跟宝玉的小子们就知道了。倘或不来时，他萍踪浪迹，知道几年才来，岂不白耽搁了？”柳湘莲就像武侠小说里的人，到处求仙访道，跑来跑去，萍踪浪迹。贾琏说那万一再碰不到他，尤三姐怎么办，不是耽误了吗？注意又是贾琏的观点，可是尤二姐就告诉他说：“我们这三丫头说的出来，干的出来。他怎样说，只依他便了。”就是不是她愿意的，她就不要，她绝不妥协。

文学跟艺术里让我们感动的生命，常常有时候是在现实当中失败的生命，因为它绝对。《红楼梦》给我们的震动是，我们其实活在现实当中，总有妥协跟让步，从一到二到三，慢慢到最后，自己都会有点怀疑。可是尤三姐对她生命的选择是绝对的，如果是绝对，就没有任何退路跟让步。尤三姐的情感其实很像东方的梁山伯、祝英台，或者是西方的罗密欧、朱丽叶。这种情感基本上是悲剧性的，因为它太绝对了，没有任何妥协跟让步的可能。

我觉得《红楼梦》里面很多人都记得尤三姐这一段，是因为我们曾几何时也许会觉得尤三姐这样的一种活法其实很痛苦，所以我们慢慢修正了自己。很多人在文学里会特别喜欢罗密欧、朱丽叶，喜欢梁山伯、祝英台或者喜欢尤三姐这样的角色，或者喜欢林黛玉的焚稿断痴情，是因为在生活里可能让步了。因为让步，所以心底有一个不让步的自我，其实是自己怀念的那个自我，会在文学里面出现。

以心理学来讲，人本来就不是一个完美的自我。它是分裂的，我在现实当中可能有让步，可是我心里面有一个曾经相信的自我是非常绝对的。我们大概在某一个年龄，都曾经有过唯一。可是慢慢你会发觉可能会让步变成唯二、唯三、唯四或者唯万万，不晓得让步到什么程度。可是《红楼梦》里面我们看到尤三姐的故事，让我们有很多的感叹、感动，刹那之间你会发现是因为你身上尤三姐的部分并没有消失，它还在，只是可能忘了而已。

“尤三姐走来说道：‘姐夫，你只放心。我们不是那心口两样的人，说什么是什么。若有了姓柳的来，我便嫁他。从今日起，我吃斋念佛，只伏侍母亲，等他来了，嫁了他去，若一百年不来，我自己修行去了。’说着，将一根玉簪，敲作两段：‘一句不真，就如这簪子一样！’”这个是漂亮的动作，玉簪也预言了尤三姐宁为玉碎的命运。尤三姐的生命一步一步走向死亡的时候，里面有一种非常动人的东西。

难寻柳湘莲

“说罢，回房去了。真个竟非礼不动、非礼不言起来。贾琏没了法，只得和二姐商议了一会家务，复回家与凤姐商议起身之事。一面着人问茗烟，茗烟说：‘竟不知道的。’一面又问他的街坊，也说未来。”柳湘莲在《红楼梦》里真的是很迷人的一个角色，他总是漂流来漂流去，一股漂泊的感觉。他的造型大概也是《红楼梦》里最美的一个，俊美、孤冷，可又不是现在故意装出嘴角向下的那种酷。其实他的冷是因为他心中有更大的热情，因为心里面有更大的热情，他在现世里才会有他的坚持。这个人好像是孤僻，可是事实上他是一个人最后的坚持。

“贾琏只得回复了二姐。至起身之日已近，前两天便说起身，却先往二姐这边来住两夜，从这里再悄悄长行。”看到这里其实蛮好笑，贾琏这个有点懦弱，怕太太的二十几岁的男人，在这个时候有一种快乐，他偷偷瞒着那么有权威的太太去做一点点偷情的事情时，他有一个成就感。相反来看，王熙凤怎么防都防不住，到最后他还是在做这件事情。甚至有时候会觉得她不断地防范，反而在促成他去偷情。

“果见小妹又竟换了一个人，又见二姐持家勤慎，自是不消记挂。”心里面有所专注的时候，其实那个生命就不混乱了。尤三姐在前面表现出来的毁灭性、调笑无度，是因为她生命里找不到自己真正要的那个东西，现在她一旦笃定了之后，她为这个人，这个对她根本没有印象的人，笃定了。她也会觉得值得，其他人虽然惋惜，但是至少尊重这个东西，这是不同的角度。“痴”这个字，其实是说自己对自己的诚实，自己对自己的完成大概是一种痴情的“痴”。没有“痴”这个字，情感里面其实反而是另外一种可悲。

《红楼梦》里面的情感是一个因果，林黛玉哭到眼泪哭完了，走掉了，没有谁公平谁不公平的问题，是她生命的自我完成。也许对《红楼梦》的作者来讲，没有一个可以为之掉泪的对象，才是生命最大的可悲。

巧遇柳湘莲

贾琏“是日一早出城，竟奔平安州大道，晓行夜住，渴饮饥餐。方走了三日，那日正走之间，顶头来了一群驮子，内中一伙，主仆十来骑马，到了一看，原来不是别人，竟是薛蟠、柳湘莲，深为奇怪”。无巧不成书，贾琏更吃惊的是，这两个人怎么会在这里碰到了？

薛蟠因为调戏柳湘莲，被柳湘莲打得鼻青脸肿，薛蟠大概觉得不好意思，就离开家去做生意。可是我们知道薛蟠是一个纨袴子弟，根本不会做生意，一出了平安州界，就碰到强盗，强盗又把他打了一顿，然后把钱都抢光。这个时候碰到柳湘莲，柳湘莲救了他。

人的恩怨很有趣，人世间有很多复杂得我们自己当下不知道的因果。原来是仇人，结果救他的刚好是仇人。薛蟠简直快乐死了，就跟他拜天地，结为兄弟。情感在变，薛蟠原来的欲望，现在变成了兄弟之情。

《红楼梦》的这种巧合写得非常好，因为刚好是薛蟠这种人，就会碰到强盗的。因为他根本不会做生意，然后带了一大堆家里的用人，一大堆的货物跟钱，他大概走路也大剌剌的。这种人因为家里太富有，也不懂得谨慎，所以一出去，就碰到强盗。这个时候，能够救他的真的就是柳湘莲。现在很多《红楼梦》的电影、电视改编都没有碰这一段。其实这一段画面应该是漂亮的，因为柳湘莲这个学过武功的人，打败了几个土匪救了薛蟠，画面特别凸显出柳湘莲的那种帅气，是文绉绉的文人没有的。他是练武的人，他身上才有这种英气，又会唱戏，又会练武，然后他才可以在这个时候拔刀相助。

传家之宝

贾琏偷偷跟柳湘莲讲了要把小姨嫁给他的事情。“湘莲道：‘我本有愿，定要个绝色的女子。如今既是贵昆仲高谊，顾不得许多了，任凭裁夺，我无不从命。’”柳湘莲也有一点朋友之义，就是那种武林中人的义气担当，觉得一个朋友这么关心他的婚事，要包办了一切，他就接受了。可是注意一下，他真的对尤三姐没有印象，也不知道是何许人，就答应了。

柳湘莲说，自己没有任何贵重的礼物可以做定礼，这个时候薛蟠大哥的感觉马上就出来了，说：“我这里现成，就备一分二哥带去。”贾琏说：“也不用金帛之物，须是柳兄亲身自有之物，不论物之贵贱，不过我带去取信耳。”这时候，柳湘莲才取出了他家传的鸳鸯剑。鸳鸯当然是暗示，在传统的社会当中，尤其在唐朝，大部分的女性用的化妆盒或者碗、被子上面都有鸳鸯，因为鸳鸯在古代被认为是一对一生一世在一起的鸟，鸳跟鸯代表了雌雄能够相处恩爱的一个象征。

柳湘莲说：这对剑“乃吾传代之宝，弟也不敢擅用，只随身收藏而已。贾兄请拿去为定。弟纵系水流花落之性，断不舍此剑者”。鸳鸯剑是放在他的行李箱当中不用的，因为那把剑太珍贵，是他们家的传家之宝。这里面有着一个家族的记忆，表示他放下这个聘定的时候，有很大的慎重。

简简单单叙叙寒温

贾琏到了平安州，“见了节度，完了公事。因又嘱他十月以前，务要还来一次，贾琏领命”。这里是一个伏笔，因为在这第二次出差当中尤二姐就被王熙凤折磨死掉了，刚好贾琏不在。我自己有一点怀疑，如果贾琏在，尤二姐的下场会好到哪里去？其实也可以打一个大的问号，因为贾琏在王熙凤面前几乎是不敢发一个大的声音的。

“次日连忙取路回家，先到了尤二姐处探望。”刚才提到贾琏跟尤二姐这个时候有一点像小门小户的夫妻，所以贾琏回来了，没有立刻回王熙凤那边，就到了这个房子。路途的疲倦或者是公务出差的劳累之后，他好像需要一个温暖。

“谁知贾琏出门之后，尤二姐操持家务十分谨肃，每日闭门阖户，一点外事不闻。”尤二姐不跟任何人来往，也不应酬了，原来贾珍、贾蓉常常来骚扰的，现在她就尽量关着门，锁起来，外面发生什么事她也不管，安安分分做她一个贤妻的角色。所以“这日贾琏进了门，见了这般景况，喜之不尽，亦念二姐之德”。这个时候，贾琏其实有一部分被打动了。贾琏大概回到王熙凤那边的家，很少“喜之不禁”的，因为他知道要挨骂了。可是在这边，简简单单、朴朴素素、安安分分的生活，恐怕是人最珍惜的一个状态。

然后“大家叙些寒温”，这些都有一点刚才提到小门小户的感觉，就是坐下来以后就问怎么样，路上有没有感冒，有没有受凉，那边天气还好吗？没有讲大得不得了的事情，却是最亲的感觉。我好几次提到，贾琏的悲哀也许是他不应该生在豪门，在这种小门小户当中，他有一种单纯，觉得不必被强迫去做一个伟大的男人。贾琏其实想做一个没有那么大野心的人，可是生在贾家，不可能没有野心。我们注意一下宝玉就是如此，宝玉每天被他爸爸讲说我们家族里面都是做一品官、二品官的，永远给他这个压力。所以他到最后想逃。贾琏是逃到不堪之处，宝玉是逃到情的世界去找回自己。

从另外一个角度也可以看到作者对男性世界的一种同情，因为男性要被训练成在外面摆一个大架子出来，当大男人。可是越摆大男人样子的人，恐怕内心的世界往往是最脆弱的，因为他不自在，他不是回来做自己的样子。

贾琏到尤二姐这边的时候，我觉得他扮演的角色跟他在王熙凤那边的截然不同，他就是回来做自己，简简单单叙叙寒温。

鸳鸯剑

贾琏很高兴，"将路遇湘莲之事说了出来，又将鸳鸯剑取出，递与三姐。三姐看时，上面龙吞夔护，珠宝晶莹"。"夔"是一种小龙，商周的青铜器上，有一种龙的花纹叫夔纹。剑的护手的地方有龙，好像要把底下剑身的部分吞下去，所以叫"龙吞"；"夔护"，就是用小龙来护着剑鞘的部分。"一拔出来，里面却是两把合体的。一把上面錾'鸳'字，一把上面錾'鸯'字，冷飕飕，明亮亮，如两痕秋水一般。"

我们很少在西方的文学里看到用"两痕秋水"形容一把兵器，像秋天的水，其实是说一种洁净跟明亮。古代铸剑，是把杂质不断淬炼掉，淬炼是说每一次在高温里面把铁炼到最热的时候，再把它放到冷水里面去淬。我觉得这里其实也在讲尤三姐自己，就是她的生命要经过一个淬炼，也许这一世都还不是最后的淬炼。她觉得终于有一个结局了，可以跟她所爱的男子在一起，可又是一次落空，而这一次落空恐怕更清楚地要淬炼出她自己的纯粹度出来。作者在这里描写这把剑的时候，里面有很多暗示性的东西。“冷飕飕，明亮亮”，那个生命走向悲凉之境的感觉，忽然觉得有点像荆轲最后的出走。

“三姐喜出望外，连忙取来，挂在自己的绣房床上，每日望着剑，自笑终身有靠。”这里面很细地描写了尤三姐看到那把剑时的那种感动，就是这么精致的剑，这样的一个传家之宝，他竟然交到她的手上，她觉得自己没有错看人。这个男子是可以以生命相托的。

这个女子对那个定情物，产生了这么大的眷恋，好像那把剑里面沾带着她所爱的男子的所有体温，她要这么靠近，就把那把剑挂在自己的床边。张爱玲在很多的文章里面讲到恋物，就是人会眷恋一个物件，也不是什么不得了的物件，可是那个人就会一直存着，因为这个物件有情人自己的记忆，外人根本不见得懂。只有心灵上的细致，才会懂得是舍不得的人曾经拥有过的记忆。

从恋物的心理学来讲，她把剑挂在自己的床边，因为这是她一生许诺的一个对象交来的信物。生命当中有这个信物跟没有这个信物是差别很大的，我们生命里面会笃定，我们的生命可以高贵或优雅，常常是因为有这个东西；没有这个东西的人，他的生命必定往下沉沦、往下堕落。你所在意的，有的时候是一件衣服，有时候是一支笔，有的时候是一个小笔记本，对他人无意义，可是对你个体有意义。这把剑在这里其实产生了这样的作用。

所以尤三姐大概生命里面最快乐、最安慰的一个片刻就是拿到这把剑的时候，那把剑交到她手上的分量，感觉到自己一生有靠，她的寄托有所终结。可是这把剑本身又是一个不祥之物，它同时也是杀人的利器。在这里，作者就用这样的东西做了一个象征。

两个典型角色

尤三姐大概也是曹雪芹这个作者一生当中所记忆的女性里面非常牵挂的一位，他对这个人物有很多的用心之处。虽然在《红楼梦》当中尤二姐、尤三姐的出场不多，尤其是尤三姐，第六十四回以前表现很少，第六十五回开始表现出她的个性，第六十六回就死掉了。但在两回当中，可以看到这个人物的鲜活的形象，她内心个性的部分也都呼之欲出。所以作者着墨的感觉非常准确。后来在戏剧里面，尤三姐也变成一个非常被突出的角色。

这里面的一个原因我们一定要提的。以传统的女性角色来讲，尤三姐是一个特例，她在今天比较现代的社会价值观或者性别观点上，都可以一再被重新去界定。像林黛玉这个角色，有时候我们会觉得在现代的世界当中讨论她比较难，除非把她当成一个很抽象的心灵的处境，否则并不容易得到很清楚的印象；可是尤三姐不同，尤三姐的泼辣，尤三姐的这种生命里面的刚烈，尤三姐在生命爆发出极度的热情的时候，她的那种美跟艳丽，其实在今天的女性身上比较容易感觉到。有些文学里的人物不一定是活在当时的那个时代当中，以后反而会得到更多的探讨。

像尤三姐这一类角色给人的感觉，就是敢爱敢恨，也对自己的生命有特别高的自觉，她其实刚好对比出贾珍或者贾琏这种男性的粗鲁跟懦弱。过去我们说在性别的差异当中，其实很少看到这种两极性，可是在尤三姐出场的时候，你忽然觉得男人的不堪出现了。而尤三姐最后对自己生命做出选择的时候，特别有一个美丽的画面出来。这些女性会让人感觉到如果她们的生命如此尊贵，却势必要落在一个被男人糟蹋和侮辱的境地时，存活的意义真的不大。

我们也可以探讨一下柳湘莲这个角色。前面提到他的“冷面冷心”，可是冷面冷心也对比着他有情有义的部分，其实他也是一个矛盾体。他把家传的鸳鸯剑留下来做了定礼，但后来听到一点点的风吹草动，竟然又变了，觉得一生一世要跟一个最洁净的人在一起，结果并不是，就要求退亲。这个时候我们会觉得柳湘莲的个性，有点像哈姆雷特，就是体现出一种模棱两可的犹疑、彷徨。

西方的文学里常常提到哈姆雷特的个性，哈姆雷特到最后常常在行动和思维当中产生巨大的两难跟矛盾。有时候他在自己思维的世界做了非常周密的构想，可是在行动的时候，他忽然会懦弱下来。其实柳湘莲也可以作为这样的一个角色来看待。

准备妆奁

“贾琏住了两天，回去复了父命，回家合宅相见。”就是从金屋藏娇的地方回家。“那时凤姐大愈，已出来理事行走了。”贾琏会闹出尤二姐的事情，有一个很关键的原因，是因为王熙凤小产以后生病，身体完全亏掉了，所以没有办法管那么多的事情。现在说王熙凤“大愈”了，就是痊愈了，出来开始管理事情了，这个时候，贾琏的所作所为就难逃她的法眼了。

“贾琏又将此事告诉了贾珍”，就是把尤三姐嫁给柳湘莲这个事情告诉了贾珍。“贾珍因近日又相遇了新友，将这事丢过，不在心上，任凭贾琏裁夺。”其实在这里透露贾珍的无所谓。这种富贵人家的纨袴子弟，情感对他来讲有太多的选择性了，他反而没有珍惜。贾珍“只怕贾琏独力不加，少不得又给了他三十两银子。贾琏拿来交与二姐预备妆奁”。

“谁知八月内湘莲方进京来，拜见薛姨妈，又遇见了薛蝌，方知薛蟠不惯风霜，不服水土，一进京时便病倒在床，请医调治。”所以薛蟠的角色永远是薛蟠，吃不了苦，稍微长途跋涉就生病了。作者写一个人一定是一致的，他不会写柳湘莲生病，一定是薛蟠生病。“听见湘莲来了，请入卧室相见。”因为他们已经等于是兄弟了。“薛姨妈也不提旧事，只感新恩，母子们十分称谢。”薛姨妈很有趣，上一次薛蟠被柳湘莲打得个半死的时候，她气得要命，可是现在发现救她儿子的又是柳湘莲，所以就不提旧事。“又说起亲事一节，凡一应东西皆已妥当，只等择日。柳湘莲也感激不尽。”

柳湘莲的疑惑

“次日，又来见宝玉”，柳湘莲因为自视甚高，普通人根本不见，可是他看得起宝玉，所以第二天就来见宝玉，“二人相会，如鱼得水”。柳湘莲就问起贾琏偷偷娶了尤二姐的事情。宝玉说：“我听见茗烟一干人说，我却未见，我也不敢多管。”宝玉也是一个不喜欢八卦的人，他觉得搅在这种是非里面越搅越麻烦，所以都不愿意提，反而他问起柳湘莲来：“我又听见茗烟说，琏二哥哥着实问你，不知有何话说？”柳湘莲就把贾琏帮他定了尤三姐的亲事告诉宝玉。宝玉很高兴，笑着说：“大喜，大喜！难得这个标致人，果然是个古今绝色，堪配你之为人。”宝玉觉得身边的男性朋友当中柳湘莲是出类拔萃的，在女性当中他觉得尤三姐也是出类拔萃的，所以他好高兴，觉得他们两个配成一对真是太好了。

下面柳湘莲的哈姆雷特个性出来了，他就问宝玉：“既是这样，他那里少了人物，单想到我？况且我又素日不大和他相厚，也关切不至此。路上忙忙的就那样再三要定礼，难道女家反赶着男家不成？我自己疑惑起来，后悔不该留下这剑作定。所以后来想起你来，可以细细问个底里才好。”柳湘莲的冷面冷心，跟他的有情有义是矛盾的；他冲动之下把传家宝都拿来做定礼，忽然又开始怀疑，也是两难，也是矛盾。这种个性其实是有的，很两极性。

“难道女家反赶着男家不成？”这句话里，也看到柳湘莲的世俗个性并没有完全消净，他觉得女方这么主动不太好吧。他前面并没有觉得，可是现在觉得了，因为人毕竟活在世俗当中，纯粹的自我有时会受到外在的干扰。可能一路上柳湘莲已经听到风风雨雨了，就有点疑惑起来。

他不问宝玉则已，一问就不得了。宝玉从来没有这种是非八卦的看法，别人对尤二姐、尤三姐的看法，他没有，他也没有世俗的这种角度，就说：“他是珍大嫂子的继母带来的两位小姨。我在那里和他们混了两个月，怎么不知？真真一对人物，他姓尤。”湘莲一听就觉得不对，“跌足道：‘这事不好，断乎做不得了！你们东府里除了两个石头狮子干净，只怕连猫儿狗儿都不干净。我不做这剩忘八。’”柳湘莲觉得贾府是一个肮脏之地，贾珍的事情特别让大家侧目以视，所以一提到是贾珍太太尤氏的妹妹，柳湘莲真的是吓坏了。

一竿子打翻一船人

《红楼梦》里面其实有一个对尤二姐、尤三姐的同情跟悲悯，她们干干净净的一对人物，可是因为牵连在这个家族当中，要干净也很难。就是今天在社会上，我们也会发现某一个家族的事情被报道，这个家族即使有一个非常善良单纯的人，大概最后也很难不受影响。所以我觉得《红楼梦》一直可能提醒我们说，如何回到对个人的一种真正的关照。柳湘莲觉得贾家只有石狮子干净，其实是一竿子打翻了一船人。如果没有对生命个体的尊重，我们就会做出粗暴的事情。

我觉得最奇怪的是，柳湘莲这样的一个人物，竟然在这里受到社会的影响，说你们贾家只有石狮子干净。这一句话是很可怕的，意思就是——“你们哪里有好人”，在社会里面形成的对立跟帮会、派系的对立或者群体的对立，都是从这里开始的。这其实是一个成熟社会最大的问题，是阻碍进步的最大的问题——没有个别性。

柳湘莲说：“你们东府里除了两个石头狮子干净，只怕连猫儿狗儿都不干净。”再仔细思考一下，在逻辑上是不通的，这里面就是情绪了。在一个以家族或者社区作为构架基础的社会，很少有对个人的探讨，或者对事件个别性的探讨，总是夸张跟渲染整体。在这里面，就缺少了对事件的理性态度。

柳湘莲又讲了一句话：“我不做这剩忘八。”他意思是尤二姐、尤三姐跟别人都偷过情了，那我今天又娶她，我不是剩下的王八吗？真遗憾，这样一个帅哥最后有这样世俗的捆绑。男性总是要求女性对男性的贞节，可是女性何曾要求过男性对女性的贞节。

湘莲当然是有自觉的人，他马上就觉得惭愧，自己讲错话了，就赶快作揖说：“我该死胡说。”这还是湘莲了不起的地方，觉得不对了，就说对不起。这大概是人性上自觉的一个开始，毕竟湘莲还是宝玉的朋友，他不是那种粗暴的人。

柳湘莲又说："你好歹告诉我，他品行如何？"记得别人在尤三姐面前谈宝玉不好的时候，她说：姐姐你不要相信，我们亲眼看过这个人，我们自己难道不能判断吗？可是柳湘莲现在没有办法自己做判断，他还是用别人的语言在判断他身边的人。生命里面为什么总是用别人的判断去判断一个人，甚至判断自己？我想柳湘莲这里其实有很多促成悲剧的男性角度的限制。《红楼梦》里面最高贵的生命不是男性生命，其实是女性生命。尤三姐的纯粹，尤三姐自我完成的部分，柳湘莲其实比不上，因为柳湘莲中间有杂质，也有他在社会被污染的那个部分。

宝玉非常了不起，别人骂他们一家人了，宝玉就笑了一笑说："你既深知，又来问我作什么？连我也未必干净了。"宝玉的了不起，其实是点出了人是这么没有自信的，外面一点点的风吹草动，就会被影响。

退定

"湘莲作揖告辞出来，若去找薛蟠，一则他现卧病，二则他又浮躁，不如去索回定礼。主意已定，便一径来找贾琏。贾琏正在新房中，听见湘莲来了，喜之不尽，忙迎出来，让到内室与尤老相见。湘莲只作揖，称'老伯母'，自称'晚生'，贾琏听了诧异。"敏感的读者立刻就知道，事情已经有了变故，因为他应该自称"小婿"，可是现在自称"晚生"，称老太太叫"老伯母"，马上把关系隔离开来了。我特别要谈到的是，这个时候听到这些对话的是尤三姐，她是在里面听到的。看到帐子上挂着每天在看的剑，听到外面这个男子已经改变了主意，她大概知道自己的生命已经到了最后要画句号的时候。

这里其实很不好写，通常小说里面这种高潮迭起的戏剧化情节，容易变成感情泛滥，好的作者在这种时候反而加倍冷静。这里面写道："吃茶之间，湘莲便说：'客中偶然忙促，谁知家姑母于四月间订了弟妇，使弟无言可回。若从了老兄背了姑母，似非合理。若系金帛之物，弟不敢索取，但此剑系祖父所遗，请仍赐回为幸。'"这当然是推托之词，尤三姐冰雪聪明，在房间里当然完全知道怎么一回事。

这里又提到这把宝剑，可以看到作者的安排非常惊人。这把剑刚才讲过，有非常高的暗示性，像一个预言一样。这把剑一直挂在尤三姐的床边，也是她最后拿来了结自己生命的，也帮助柳湘莲去斩断情丝，把他头发全部切断了。好像这把剑在柳家传了好几代，最后是要完成这件事情。

"贾琏听了，便不自在，还说：'定者，定也。原怕反悔所以为定。岂有婚姻之事，出入随意？还要斟酌。'"贾琏因为自己是那种豪门子弟，所以他也有一点不爽。觉得怎么他帮忙做的一个婚事，竟然做不成，柳湘莲竟然不听他的安排。他大概也知道这个事情会闹大乱子，因为尤二姐一再告诉他，她这个妹妹个性非常强，是不会让步的。

柳湘莲就笑着说："虽如此说，弟愿领责罚，然此事断不敢从命。"柳湘莲自视甚高，受到太多外面是是非非八卦的影响，他已经觉得绝对不能跟这个女孩子在一起了。"贾琏还要饶舌。湘莲便起身：'请兄外坐一叙，此处不便。'"

自尽

"那尤三姐在房明明听见。好容易等了他来，今忽反悔，便知他在贾府中得了消息，自然是嫌自己淫奔无耻之流，不屑为妻。今若容他出去和贾琏说退亲，料那贾琏必无法可处，自己岂不无趣。”如果生命在一个不可违的状况里，不如自己做最干净的了结。她觉得如果贾琏出去处理这个事情，让柳湘莲在那边扯来扯去要退亲，越讲越难听，她觉得是生命里一个更大的侮辱，不如自己出来画句号。尤三姐的个性在这里就非常非常清楚，她很明白不会有转机了，如果不会有转机还这样去委曲求全，那就宁为玉碎。“宁为玉碎”跟“委曲求全”刚好是相对的两个成语，委曲求全是让步再让步，让别人侮辱到最深的地步，还要求全，可是最后其实并不能求全。“自己岂不无趣”，就是生命里面不要把自己落到无趣的状况，被别人侮辱而没有办法招架。

尤三姐觉得生命干吗要这么难堪，好像求别人一定要娶她，尤三姐不是这样的个性，生命要就要，不要就拉倒，宁为玉碎讲的是这个部分。所以尤三姐自己出来了。过去的女性很少有这样的动作，因为都是害羞的，都是躲在里面由别人安排的，可是我们看到，尤三姐包括选择她的对象，包括现在选择她的死亡，她都是自主性的。所以我有时候会觉得，《红楼梦》里面其实唯一自主的女性可能只有一个，就是尤三姐。

所以她“一听贾琏要同出去，连忙摘下剑来，将一股雌锋隐在身后，出来便说：‘你们不必出去再议，还你的定礼。’一面泪如雨下，左手将剑并鞘送与湘莲，右手回肘只往项下一横”。

到这里我们看到作者用了一个很特别的写法：“可怜：‘揉碎桃花红满地’”，就是满地都是血，“玉山倾倒再难扶”，身体倒下去像玉山倒下去以后再也扶不起来了。在传统的戏剧跟文学里，常常写到这种场景的时候，作者会跳出来变成第三人称，变成一种感叹，好像在旁边看到一个场景以后，觉得难过得不得了。“芳灵蕙性，渺渺冥冥，不知那里去了。”写到了死亡，死亡是身体遗留在阳世人间，可是“芳灵蕙性”，就是人最贵重的、性灵的东西，“渺渺冥冥，不知道到那里去了”。所以作者还是相信肉体之外另外有一个精神性的存在，好像这个尤三姐的肉体部分在当下死亡了，可是她的性灵的部分走掉了，所以等一下会接到一段神话的描写。

大概所有的读者如果自己慢慢阅读这一段的时候，其实有很多掩卷而叹的部分。尤三姐有一个自我完成，而这样的一个生命，可能是我们自己生命里面未曾消失的某一种坚持；生命里面不让步的那种干净利落，会让我们觉得动情。柳湘莲在这刹那之间受到巨大的震撼，尤三姐的自刎，忽然度化了柳湘莲。其实这个人就是他等了好几世的人，可是偏偏又擦肩而过。生命里面你最想要的东西，可也许就是跟你无缘，此生的缘分就断掉了。作者并没有暗示说他们还有来世的缘分，过去的因果纠缠到此了结，以后没有情缘了。我觉得这个写法是很特殊的，因为曹雪芹觉得现世很多的爱恨是一种纠缠，那也许真正的领悟，反而是要把这个东西解脱掉。

入梦

“当下吓得众人急救不迭”，刚才是第三人称，出去了，现在又回来，描写现场的混乱：“尤老一面吓哭，一面又骂湘莲。贾琏忙揪住湘莲，命人捆了送官。”柳湘莲是一个会武功的人，贾琏这种窝囊得不得了的富贵公子，柳湘莲真的要动手，他大概也揪不住他。可是柳湘莲并没有走，他也许巴不得被处死，因为有一个更大的心灵的死亡让他悲痛。所以我觉得这是作者非常细心的写法。柳湘莲如果这个时候还逃掉，大概也就算了，我也就不觉得这个人有他的灵性，可是他就是发呆，看着尸首，看着满地的血，好像忽然刹那之间领悟了他跟一个生命之间不可知的某些因果。

“尤二姐忙止泪反劝贾琏：‘你太多事，人家并无威逼他死，是他自寻短见。你便送他到官，又有何益，反觉生事出丑。不如放手去罢，岂不省事。’贾琏此时也没了主意，便放了手命湘莲快去。”这个时候反而是贾琏让湘莲走，湘莲不走，这是极动人的写法。“湘莲反不动身，泣道：‘我并不知道是刚烈贤妻，可敬！’”刚才不肯叫丈母娘，不肯称小婿，现在死掉了，他说“刚烈贤妻”，所以男性真的蛮麻烦的，往往领悟到“刚烈贤妻”的时候，都已经不可挽回了。其实杜十娘怒沉百宝箱这些故事，都在讲这一类的东西。

大家体会一下柳湘莲的心情，先是发呆不动，最后趴下去伏在尸首上大哭，觉得这样的一个生命他没有珍惜。“等买了棺木来，眼见入殓，又俯棺大哭一场，方告辞而去。”湘莲一直没有走，整个过程他都在场，这些都是作者非常细心的描写，柳湘莲还是动人的，虽然他犯了部分的错误，可是这个时候他竟然可以有这么深情的表达。

柳湘莲“出门正无所之”，不知道要到哪里去。生命碰到最大的震撼的时候，有一种彷徨，不晓得要怎么办，走出那个门以后不晓得往东走还是往西走，有一种迷失，有一种彷徨，有一种茫然。“昏昏默默，自想方才之事：‘原来尤三姐这样标致，又这等刚烈！’自悔不及。正走之间，只见薛蟠的小厮寻他家去，那湘莲只管出神。”注意作者在写柳湘莲入梦，他其实做梦了，可是这个时候他用的是一个非常超现实的手法：“那小厮带他到新房之中，十分齐整。忽听环佩叮当，尤三姐从外而入。”这种写法真惊人，因为他看到尤三姐自杀了，他刚才还趴在尸首上哭，趴在棺材上哭，现在忽然被引进了一个新房，华丽得不得了的新房。

尤三姐“一手捧着鸳鸯剑，一手捧着册子一卷”，鸳鸯剑其实已经还给柳湘莲了，但在梦里尤三姐捧着鸳鸯剑。册子是《红楼梦》第五回中批示所有人命运的东西。“向柳湘莲泣道：‘妾痴情待君五年矣。不期君果冷心冷面，妾已以死报此痴情。妾今奉警幻仙子之命，前往太虚幻境修注案中所有一干情鬼。妾不忍一别，故因一会，从此再不能相见了。’”注意“以死报此痴情”，我是回报我自己的痴情，并不是报答柳湘莲，柳湘莲跟她没有关系，就是刚才我们一直提到说真正的深情是一个自我完成。

“说着便走。湘莲不舍，忙欲上前拉住问时，那尤三姐便说：‘来自情天，去自情地。前生误被情惑，今既耻情而觉，与君两无干涉。’”《红楼梦》里面一直在讲“幻天幻地幻情深”，其实情是一个空幻的东西，最后势必有一个幻灭的结束。“前生误被情惑”，我们前生偶然地被情感所迷惑，“今既耻情而觉”，知道了情的本质以后觉悟了，觉悟到情的幻灭性。“与君两无干涉”——特别注意这一句话，《红楼梦》里面真正要讲的是这一句话。再深的情最后都是分离。《红楼梦》其实的确是受佛家的影响，佛家讲求不得有求不得的苦，爱别离有爱别离的苦，怨憎会有怨憎会的苦，所有的情感到最后都是空的。

度化

下面写得极精彩：“说毕，一阵香风，无踪无迹去了。湘莲惊觉，似梦非梦，睁眼看时，那里有薛家小童，也非新室，竟是一座破庙，旁边坐着一个跏腿道士捕虱。”还记得跛脚道士吗？小说一开始就是跛脚道士跟癞头和尚，道士跟和尚都是看到生命透彻性的人。

柳湘莲就问这个道士说：“此系何方？仙师仙名法号？”道士就说：“连我也不知道此系何方，我系何人，不过暂来歇足而已。”柳湘莲立刻就领悟了，“不觉冷然如寒冰侵骨”，觉得生命原来是一场空幻，情爱也是一场空幻。“掣出那股雄剑，将万根烦恼丝一挥而尽，随那道士，不知那里去了。”

这是画面上非常美的一段，其实也就是宝玉后来的下场。现在尤三姐的下场跟柳湘莲的下场，其实已经影射着之后黛玉的结局跟宝玉的结局，就是所有的情缘，是一个这样的了结。

第六十七回

馈土物颦卿思故里
讯家童凤姐蓄阴谋

“气”很长

通常一个写作者抓到一条主线，他就会沿着这条主线走。我们一直强调这条主线是尤二姐、尤三姐和柳湘莲，可是第六十七回开始的时候，大家会有一点惊讶，发现作者避开了尤二姐、尤三姐、柳湘莲，开始去谈薛姨妈、薛蟠、薛宝钗、林黛玉和宝玉。我希望大家在第六十七回特别感觉一下长篇小说了不起的地方，就是它跟短篇小说不一样，短篇小说往往可以很精简地围绕着一个主线发展，甚至中篇小说也是这样，比较有名的例子像加缪写的《局外人》，是加缪的成名作，从头到尾的主线就在主角默尔索身上。长篇小说不可能是这样的写法，因为长篇小说这样写，一定会变得很无趣、很贫乏。

之前我也说过，长篇小说很像织锦，它中间不同颜色的线特别复杂，不像单色绢，比较简单。写长篇小说的时候，可能有各种颜色的几百条线要去穿梭跟编织。目前许多人认为《红楼梦》是世界上最伟大的一部长篇小说，因为它编织的线是最多的，甚至跟托尔斯泰的《复活》相比。《复活》还只是追踪卡秋莎或者聂赫留朵夫，它的线相对是比较单一的。

俄罗斯人很擅长写长篇小说。很奇怪，长篇小说常常是地域特别广大的人会写出来，生态跟文化是有关的。我去俄罗斯旅行的时候，真的吓一跳，从一个地方到另一个地方都那么远，因为远，觉得里面有一种耐心，有一种毅力，可以慢慢去编织一个东西，我们称其为“气”很长。我觉得文学里的空间感跟现实里的空间感，有时候有一种冥冥中的互通。比如说在我们居住的台湾，短篇小说非常精彩，20世纪60年代以后出来几个非常了不起的短篇小说家，可是长篇小说相对讲起来就弱一点。

《红楼梦》这样的长篇小说，就让我们看到时间上的长跟空间上的广，会编织出一种丰富的生命形态。陀思妥耶夫斯基的《卡拉马佐夫兄弟》是我常常拿来跟《红楼梦》对比的，我觉得这两部至少是影响我最大的长篇小说。可是《卡拉马佐夫兄弟》里面三个主要的兄弟串起来编织的线，也还是没有《红楼梦》复杂。所以我一直觉得，《红楼梦》并不只是我们作为汉字的阅读者跟华文的阅读者对它有偏爱或者私心，就是因为它的编织的复杂，它的的确确放在世界小说里是一个最伟大的作品。

我到土耳其去参观织地毯的工厂，看到一个昂贵得不得了的地毯中间的经线跟纬线，复杂到惊人的地步，最后编织出来的图案简直像天空的晚霞一样美。一个工人可能要花十几年的时间去织一张毯子。《红楼梦》何尝不是如此，一个作者用他一生的经验，光最后写作修改就是十几年的时间，来完成一部大小说，所以这里面绝对还包含了一种耐心、耐力。在比较短促的、对时间没有历史感、对空间没有辽阔感的文化当中，非常难产生大小说。但我绝对不认为住在一个小的空间范围当中，心灵上的空间一定狭小，如果怀抱着一个世界性的心灵——我们说“世”是“古往今来”，“界”是“上下四方”，你心灵当中有古往今来、有上下四方——

这个心灵的空间就可以很大。

《红楼梦》的“气”很长，所以就不会急，尤三姐死掉了，作者可以暂时把这根线抛开，这根线可能一段时间不会看到，因为它被盖到其他线底下，可是隔了很久，这条线又会出来，这才叫编织。用《红楼梦》编织的方法去看自己的生命，会发现其中也有很多的线，这些线有时候你会觉得它消失了，可是其实你活得越久，可能到了中老年以后，会忽然发现很多的线，三十年前开过头的，其实没有消失。什么时候会出来，在你的人生里面扮演什么角色，你也不知道。

生命不是单一的一根线在发展。我们今天觉得遗憾的是，在比较通俗性的连续剧或者综艺节目里，线都太简单了，对人生的复杂性没有办法理解。甚至我们在现实里面所有人跟人的关系，因为短促跟功利，只看到当下的线。但人生的线怎么会这么简单，人生的线其实是一个复杂的编织。一个生命跟另一个生命之间的牵连，一个社会的组织性，都非常复杂。

冷漠自有来由

第六十七回一开始，讲道：“薛姨妈闻知湘莲已说定了尤三姐为妻，心甚喜悦，正自高高兴兴要打算替他买房治屋、办妆奁、择吉日、迎娶过门等事，以报他救命之恩。忽有家中小厮见薛姨妈，告知尤三姐自戕与湘莲出家的信息，心甚叹息。正自猜疑，是为什么原故？”这时候宝钗来了，听完以后，“并不在意”。

宝钗听到一个故事，这个故事里的主角跟她年龄差不多，发生了跟她的生命状态完全不同的变故，她有一种冷静的、置身事外的感觉。不要误会置身事外一定是冷漠，不要认为冷漠一定是坏，因为读《红楼梦》最忌讳的是，你觉得这个人我很喜欢，这个人我不喜欢。我记得我们从第一回开始就跟大家谈到，《红楼梦》大概给我最大的一个生命感慨是：到最后你不敢随便判定你身边的人，你喜欢或者不喜欢，好或者不好，因为他有他生命存在的理由。

通常女孩子十五岁左右，读到《罗密欧与朱丽叶》绝对是要激动掉泪的，可是宝钗没有，她淡淡地说："俗语说的好：'天有不测风云，人有旦夕祸福。'"就是生命里本来就有这个部分。人生是这么不可测定，早上出太阳，下午可能就有暴风雨；早上可能是福，下午可能变成祸。这些民间的俗语，因为我们用得太多了，反而没有去思索当中所具备的生命智慧。

可是宝钗在这里其实是对于人生有太大的透彻性，我不知道大家会不会心疼一下宝钗？我们都忘了有一天宝钗的爸爸忽然走了，她是经历过这个东西的。我们都觉得宝钗厉害、精明、冷酷，但宝钗是经历了人生中大心酸的人，这个女孩子十岁左右就经历到了"人有旦夕祸福"。如果不从同情的角度去看宝钗，其实也不公平。一个家族，有这么大的家产，主掌家务的人忽然走掉了，摆在这个女孩子面前的只有两条路，一条路是崩溃，一条路就是撑起来。宝钗选择了第二条路，因此她一夜之间就要成熟。

读到这里还是有一种心酸，宝钗好像是说：妈妈你在哭别人，那你不知道我们自己也经历过一样的事，爸爸是一夕之间走掉的。她讲这个话的时候，之所以是那种冷冷的感觉，因为她经历过事情。

宝钗还说:“这也是前生命定,活该不是夫妻。”这句话有点吓人。“活该”,在我们今天世俗里变成不好的词,可是从汉字的本意去看,其实有“注定”的意思在里面,意思是这个生命当中他们不可能做夫妻了。“他们活该不是夫妻”,这句话有一点像预言,大家觉得宝玉跟黛玉一定要在一起,结果活该不是夫妻,是宝钗最后跟宝玉结了夫妻。到了某一个年纪,我们大概都知道,很多年轻时候预料的东西最后并不如我们所预料。这样的事情看多了以后,我们可能觉悟到:那个酷、那个冷漠其实不是无情,是觉得人生有很多我们不知道的冥冥之中的注定。

透彻人生的理性

然后她跟妈妈说:“妈所为的是因有救哥哥的一段好处,故谆谆感叹。”这几句话不像一个十五六岁的女孩子讲出来的,可是说明了宝钗的个性。宝钗的思维是什么?有没有发现她的逻辑是功利的?就是柳湘莲本来跟薛家是仇家,可是天有不测风云,薛蟠在路上碰到了土匪,柳湘莲把土匪打走了,救了薛蟠。人世的恩跟怨也是因果。宝钗看到了这个因果。

宝钗是特别透彻的,因为透彻才会有一种“酷”,如果有一天看过人生太多的爱恨生死以后,那个“酷”才是最深层的酷。柳湘莲被称为“冷二郎”,够酷的,绝对比现在的周杰伦酷得多。可是柳湘莲还是有他的热情,所以最后会出家。真正的一个酷的典型其实是宝钗,宝钗是真正的冷,那个冷是因为她把生命里面全部的事情都看透彻了,爱跟恨、生跟死,她都嗤之以鼻,这个时候就是真正的冷,就是对生命彻底的幻灭。很少人看到宝钗这个部分，总觉得宝钗只是功利而已。我觉得功利背后还有一个幻灭，因此这个角色就不太一样了。

她劝妈妈说：“如果他二人齐齐全全的，妈自然该替他料理，如今死的死了，出家的出了家了，依我说，也只好由他罢了。”如果活着，就帮他们料理婚事，可以感觉到宝钗做人的周到吗？因为他们活着，我们是要继续做人的，所以要周到；可是死的死了，出家的出家了，算了吧，就不必再管了。所以宝钗对另一个生命毫无同情，她觉得既然死的死了，出家的出家了，那就由他们去吧，不要在这里再费多余的心情和心思。

这里面的微妙其实不好写，我说不好写的原因是，稍微笔锋不对，读者就会觉得宝钗很可怕，像个女巫一样让人讨厌。可是我不觉得，我觉得宝钗这里有她自己的心酸，因为她面临的家业的问题太严重了，她要撑起这个家族的事业，她不能够随便动情。所以她说：“妈也不必为他们伤感，损了自己的身子。”她还是比较理性地去思考说，现在哭泣、难过，把身体搞坏了，死的也不会复活，出家的也不会回来，有任何好处吗？有一种人在生活当中的思维就是完全理性的。这里面没有对或不对，人生里面需要不同的人，有时候在一个事件发生的时候，宝钗这种人是不能少的，因为她代表了一个绝对理性的判断。

接下来立刻话锋一转，她就说：“倒是自从哥哥打江南回来了许多日，贩了来的货物，想来也该发完了。那同伴去的伙计们辛辛苦苦的，来回几个月，妈同哥哥商议商议，也该请一请，酬谢酬谢才是。不然倒叫他们轻看了无礼似的。”宝钗在为家族担忧。大家再细读这一段话，会感觉她的头脑里真的在思考这个问题。宝钗觉得这个家族今天飞黄腾达、富贵荣华，可是如果不把底下这些做事的、每个月按时拿薪水的人安抚好，根本做不下去。忽然从一个浪漫的悲剧爱情故事一转，变成现实里面怎么去处理事情，这个绝对就是宝钗的思维，她头脑里的逻辑是：人生就是好好把当下的事情处理好。

宝钗一出场，讲的话全部是宝钗的个性，如果是宝钗跟着哭、跟着难过，就绝对不是薛宝钗了。从比较同情的角度去理解，这个十五六岁的女孩子没有权利去生发她自己的感伤，因为家族的事业都在她肩膀上，她必须一肩挑起。

薛蟠哭了

“母女正说之间，见薛蟠自外而入，眼中尚有泪痕未干。”有没有看到对比？薛蟠的眼中有泪，是因为他最爱的人出家了，他最爱的人的对象自杀了，他忽然感到青春里面的那种痛苦，所以他是一个真性情的人。可是也因为这个真性情，薛蟠绝对没有办法继承家业，因为继承家业要有绝对的冷静。这个家业不是普通的家业，薛家是皇商，整个皇族的商业全部操控在他们家手中，一个这样动情的、每天含着眼泪的人出来掌控，这个家族是势必会垮掉的。

从某一个角度讲，薛蟠比宝钗更多一点感性。那种人的柔软、人的温暖的东西这个时候表现出来了。温暖跟冷漠也只是人生的两个现象，本身可能并没有好跟不好的问题，世界上都是薛蟠这样的人，大概也垮了；可是世界上都是宝钗这样的人也蛮可怕的，所以这就叫编织。作者在编织，作者让你看到生命没有绝对的好坏，薛宝钗跟薛蟠是同胞兄妹，个性这么不一样。通常我们都会喜欢宝钗，不会喜欢薛蟠，可是在第六十七回里非常明显看到薛蟠绝对有薛蟠的可爱，他的那种人性上流露出来的天真跟无邪，还有不功利的那个部分，跟宝钗流露出来的厉害、精明刚好是截然的一种划分。可以看到，这个编织多么细心。

薛蟠从小爸爸去世，妈妈太宠他，所以这个哥哥反而没有任何担当的能力。因为这个哥哥太不成才，老是惹事，结果又训练出妹妹很厉害、很能干。《红楼梦》一直在讲这种因果，我觉得有点像《易经》的哲学。因为妈妈，养成儿子的无能；因为哥哥的无能，结果培养出妹妹的精明，这都是因果，中间是一步一步地串联。

在现实里看到一个人性格上的优点或者劣点的时候，你就会看到相互的关系，因为它不是单一事件，它旁边一定还有其他的事件可以观照。所以，单一抽取那个事件，评判这个人很好，评判那个人很坏，大概都没有意义。在一个急功近利的环境里，人会单一化，可人都不是那么单一的，不管好或者坏，中间都有很多牵连，看到那个牵连的就是文学。如果是一个比较丰富的、有生命力的政治，会多一点文学的眼光，看待人的世界不会单一跟片面。我想这是从另外一个角度看《红楼梦》所看到的精彩的地方。

世俗和文学

薛蟠"一进门来，便向他母亲拍手说道……"薛蟠就是情绪激动的人，宝钗绝对不会拍手，宝钗永远冷冷静静讲话。肢体语言越大的人，其实越是情绪化的。他说："妈可知柳大哥、尤三姐的事么？"薛姨妈说："我在园子里听见大家议论，正在这里才和你妹子说这件公案呢。"薛蟠说："这事奇不奇？”薛姨妈说：“可是。柳相公那样一个年轻聪明的人，怎么就一时糊涂，跟着道士去了呢？”从世俗的角度看待一个人的自杀、一个人的出家，其实到现在为止大概也离不开负面的看法。可是我刚才已经提过，为什么文学里面的出家跟死亡常常是最动人的场景？文学会使我们发现两个自我，现实永远鼓励你要成功，才是圆满；可是有一个部分是在另外一个自我里做不妥协的完成。文学因此产生了非常强的平衡功能。

很多人认为，如果小孩子看了《罗密欧与朱丽叶》以后，都学罗密欧、朱丽叶自杀，不是很惨吗？很多人从这个角度认为有些文学要被禁止，可是刚刚好相反，读罗密欧、朱丽叶，读到最感动，哭得最厉害的人是不会自杀的。因为他随着剧中人已经有过一次死亡经验，所以回到现实的时候，反而是比较平衡的。现代西方心理学的美学就是从这个角度看艺术。为什么我们看自杀的凡高的画这么感动，因为我们有一个部分是梵高；可是看完梵高的画，感动完了以后，我们在现实里不会去做那个选择。一个社会自杀率越来越高的时候，是因为文学艺术的东西少掉了，人的某一个坚持的、宁为玉碎的毁灭的梦想没有得到满足，他就会在现实里去完成。为什么越来越多人自杀？我们不要忘记其中有一个原因是文学的阅读极度没落，他们没有这部分的满足感。

我大概中学的时候看《梁山伯与祝英台》的电影，哭得稀里哗啦。哭过以后，到现实里就好一点；如果没有哭过，那个哭憋在心里面，在现实里反而会走向绝望。所以父母不要担心孩子在读什么悲剧，要让他多读一点悲剧。因为亚里士多德说：“悲剧使人净化。”悲剧会纾解很多东西。

我们不要忘记，青少年在青春期的时候，有很多自己不知道的身体上的忧郁跟感伤性的东西。青少年在发育的过程里，会意识到自己身体里面的某一个东西是毁灭性的。心理学上也说，青春期的自杀倾向其实是非常正常的状况，里面有一种对生命的实验性。记得我在高中的时候，读了台湾的小说家王文兴写的一篇小说，里面就讲一个高中的男孩子，尝试着用刀片去割自己手掌上的掌纹。因为他听说那是生命线，生命线越长，可以活得越久。整部小说在写一个游戏，最后变成割到动脉。其实，我们在那个年龄有时候会有那个心理状况，就是很想去试。自杀对那个年龄来讲不见得是一个有什么起因的事件，有时候就是他要实验他的生命，想了解生跟死到底是什么？他想要跨过那条线去试——几乎变成他的某一个游戏。可是在文学里读过以后，很奇怪，在现实里你不会有这个欲望再去做这件事情。

薛姨妈在这里批评柳湘莲、尤三姐，也是一个世俗的角度，因为世俗一定认为这是悲剧。尤三姐的死亡是被曹雪芹写成诗句的，“揉碎桃花红满地”，只有在青春期的时候，才会觉得死亡这么美，而且她宁可要这个美丽的死亡，不要那个邋邋遢遢的死亡。这在心理学上是绝对可以理解的。可是到薛姨妈这个年龄的时候，她就看不到“揉碎桃花红满地”的那个美，她会觉得好可惜。这就是不同角度对这个事情的不同看法。

薛姨妈还是比较从人性的角度说：“想你们相好了一场，他又无父母兄弟，单身一人在此，你也该各处找一找才是。靠那跛足道士，疯疯癫癫的能往那里去？左不过是在这房前左右的庙里、寺里躲藏着罢咧。”你看，又一个世俗的看法。跛足道士、癞头和尚在《红楼梦》里是先知的角色，他们出来讲的话是度化人间的。薛姨妈这种对人世间所有东西还有很多眷恋的人，是看不到先知的。西方人常常说耶稣再来，他还是会被钉十字架，因为大家不知道什么叫作先知。所谓先知其实扮演的就是跟我们今天贪恋的东西刚好相反的角色。如果有一个人一直跟你讲，放弃你现在的权力，放弃你现在的财富，放弃你所占有的东西，你不是听不懂，是做不到。

比如一个妈妈很虔诚，每天念佛经，一天三次上香，可是当她的小孩子读大学读了一半忽然去出家了，妈妈就哭得冲到庙里去大骂和尚。其实就是这样的。她还在现实里，虽然念佛经，可是没有透彻地去理解。

商人家族的周到

“薛蟠说：‘何尝不是呢。我一听见这个信儿，就连忙带了小厮们在各处寻找去，连个影儿也没有。又去问人，人人都说不曾看见。我因如此急的没法，唯有望着西北上大哭了一场，回来了。’说着，眼眶儿又红上来了。”薛姨妈赶紧又劝：“你既找寻了，没有，把你待朋友的心也尽了。焉知他这一出家，不是得了好处呢！你也不必太过虑了。”然后又借这个机会教诲了一下薛蟠：“一则张罗张罗买卖，二则你把你自己娶媳妇应办的事情，倒是早些料理料理。咱们家里没人手儿，竟是笨雀儿先飞，省得临期丢三忘四的不齐全，令人笑话。”特别注意“家里没人手儿”，意思是说你爸爸不在了，也没有其他的兄弟可以帮忙，就一个妹妹，妹妹也不能出面帮哥哥办婚事，所以你自己应该打点一下。“再者你妹子说，你也回家半个多月了，想货物也该发完了，同你作买卖去的伙计们，也该设桌酒席请请他们，酬酬劳乏才是。”

你可以看到这种周到，其实里面是一个企业的管理观念。今天一个企业成功，绝对是能跟员工有共同分享的东西。我们民间俗语常常说，你吃肉，我至少也喝点汤吧。这个民间的俗语也是一个智慧，就是说如果你让人家觉得一点好处都没有，都是你们的好处，这个事业迟早要垮掉。从政府的管理到企业的管理，都是如此。

薛宝钗提醒的这个东西，林黛玉绝对想不到，因为林黛玉家不做生意，宝玉也不会懂。王熙凤的父辈是九省统制，她是官僚家族，所以王熙凤厉害，可是王熙凤不够周到。商人家族是最周到的，因为在做生意的过程里面，一定是利益均沾，让别人一点都不拿，迟早要出事。薛宝钗懂，是因为这个家族是皇商，一个从事贸易的商人家族，才会这样。

西方的资本主义建立起来，从工人工作十四到十六小时，没有退休金、没有分红制度，到今天，西方的资本主义经过修正，跟社会主义之间有一个平衡，所以劳退制度各方面建立得非常完备。台湾这几年其实一直在学这个东西，慢慢要过渡成为一个比较成熟的资本主义社会，就是资本家投资之后，要想到如何让这个利益跟大家能有一个分享。独占性的东西在商业上是危险的。

我们看到，薛宝钗这么早就有这样的观念，所以有时候我很想用宝钗来写近代中国的商业观念。可是后来这种商业观念并没有成熟，中国传统的政府其实一直怕商业，一直防堵商业，而西方的文艺复兴就在讲商业、讲企业，这使得西方后来在明清之际超越了东方，因为它的资本主义发展成熟了。

铤而走险

下面有一部分我比较希望大家注意到，就是薛姨妈讲：“他们固然是咱们家约请的吃工食劳金的人，倒底也算是客，又陪着你走了一二千里的路程，受了四五个月的辛苦，而且在路上又替你担了惊怕沉重。”注意“工食劳金”这几个字，他们就是按时间打工拿劳动薪水的。对这种劳动者不要认为说，我用你已经是给你利益了，如果有这样的观念，最后可能会有一个暴动，因为他们没有被公平对待。除了物质上要得到利益，精神上也没有被歧视，这两个部分，大概是社会阶级间不冲突的最大原因。

当一个社会大家觉得权力跟财富都在你们手中，跟我无关的时候，大家就会铤而走险。因为我一无所有，闹起来没有什么损失，可是你损失很大。薛姨妈还说到底他们“算是客”，“客”就是你请来的员工。清朝的戏大家都看过，所有的大官一直到下属都自称奴才，曹雪芹的家族中曹寅官做到这么大，对康熙皇帝还是自称奴才。可薛姨妈跟宝钗的观念是：我们请来的员工是客。这个观念其实是一个现代的观点。就是今天我有一个公司了，我请了员工，这个员工应该是被当成奴才吗？还是说他是客？如果是客，他就有被尊重的部分。我们今天的劳动人口很多，他们到底是奴才还是客，我想里面有一个观念的问题。如果他是奴才，他就可以暴动；如果他是客，就可以有比较平等的相处关系。

“又陪着你走了一二千里的路程”，这里面其实也话中有话。我们知道以前做生意的人最怕的是在路上碰到盗匪，盗匪出现的时候，员工可以跟盗匪勾结。他们拿一点点薪水，可能一辈子干这一票就够了，把所有的货物抢了，然后跑到另外一个省去，再也找不到。所以这些陪着走一二千里路的人，其实是最重要的人，他们帮助你把货物卖掉，而且冒着生命危险，因为土匪来，这些人也被杀的。如果回来没有任何的安抚，绝对会出问题。

我常常看到这一段的时候会有很大的感慨，觉得宝钗这个女孩子真是厉害，她在这个时候特别提醒家族如何去做很多的修正。特别注意，这个话宝钗没有直接讲，宝钗提示妈妈，要妈妈去讲，因为妈妈是董事长。这也是宝钗聪明的地方。

在第六十七回里面，这一部分是一般我们今天看《红楼梦》都忽略的部分，因为大家太注意尤三姐的死亡跟柳湘莲的出家，反而没有注意到作者了不起的地方，是串联了这个部分，让你忽然看到了薛家背后的另外一个组织的关系。这才配得上大小说、长篇小说、伟大的小说，就是它格局够大。把这一段删掉，很多人觉得不影响尤三姐、尤二姐的故事主线，可是少掉这一段，整个大小说的架构没有了，薛家的背景就会看不到。

薛蟠带的礼物

小说的主线就从尤三姐的死亡跟柳湘莲的出家转到了薛蟠身上，薛蟠就开始安排如何请客了。“话犹未了，外面小厮回说：‘张总管的伙计送了两个箱子来，说这是爷各自买的，不在货帐里面。本要早送来，因货箱子压着，未得拿。昨儿货物发完了，所以今儿才送来了。’一面说，一面又见两个小厮搬进了两个夹板夹的大棕箱来。”这两个箱子特别讲到是用夹板夹住的棕箱，就是怕碰撞当中会有损坏。这个地方又看到薛蟠的可爱，他去做生意，可是替他妈妈带了一箱东西，替他妹妹带了一箱东西，还特别用夹板夹住。

“薛蟠一见说：‘哎呦，可是我怎么就糊涂到这步田地了！特特的给妈和妹妹带来的东西都忘了，没拿了家里来，还是伙计送了来了。’”薛宝钗笑他说："亏你才说！还是特特的带来的，还是放了一二十日才送来。若不是特特的带来，必定是要放到年底下才送进来呢。你也诸事太不留心了。"从这个精明的女孩子来看，觉得哥哥真是糊涂到了极点。

打开来看，就是从南方带的一些土产，给妹妹的一些玩具，里面有那种整套的泥人，题材大部分都跟戏剧有关。泥人可以捏到非常的惟妙惟肖，现在大概在虎丘那一带还有。一整套用一个盒子装起来，外面有一个纱罩罩起来，很精致。这里就呼应到刚才为什么要用夹板去夹，因为里面是泥人，很容易碰坏的。薛蟠有他的细心之处，特别疼爱他的妹妹。

这个男孩子粗剌剌的，粗鲁得不得了，可是人世间他有一个特别关爱的人，就是他妹妹，他会为妹妹细心起来。这是文学里面最了不起的描写。其实教育里有可能最重要的是发现人的这个部分，每一个生命如果你不用片面跟单一的标准去看待，你看到这个部分的时候，他都有可以被启蒙的部分。"蒙"，就是他被蒙蔽了。我们从第一回看下来，薛蟠打死了人，抢人家老婆什么的，全部都是坏事。可是第六十七回作者忽然让你看到，他就是疼他妹妹，会为妹妹特别做很温暖、很细致的事情，这个温暖跟细致就是薛蟠的可贵之处，也就是人性里面那个可以被启发的部分。他什么人的话都不听，很奇怪，就听宝钗的话。所以有时候人世间的因果真是难以解释，我们觉得通常都是哥哥命令妹妹的，可是在薛家刚好相反，因为那个妹妹够聪明、够冷静，又漂亮。

分派礼物

"且说宝钗随着箱子到了自己房中，将东西逐件过了目，除将自己留用外，遂一分一分配合妥当，也有单送玩意的，也有送笔墨砚纸的，也有送香袋、扇子、香坠的，也有送胭脂头油的；酌量其人分办，只有黛玉与别人不同，比诸人加厚一倍。一一打点完毕，使莺儿同一老婆子跟着各处去送。”我们看到一个十五六岁的女孩子，哥哥大老远从江南带了很多珍贵的东西给她，她立刻就要跟大观园里的人分享——宝钗所有的东西都是跟别人分享的。

可是注意这个分享不是情感的，其实是理智的。因为她知道薛家已经人单势薄，爸爸去世了。她一定要做人极其成功，要把社会上所有的东西打点好。她今天在京城是做客，没有任何的帮手，所以一定要让每一个人都觉得她好。《红楼梦》里面最好玩的是，所有的人都说宝钗好，包括那个应该说宝钗最多坏话的黛玉——因为她们有情敌关系，可是黛玉都说她好。

分礼物的时候，一份一份的，分得很妥当。黛玉是比别人多一倍的。宝钗知道如何和那个最跟你敌对的人搞好关系，你就对她再加倍好，她就化掉了。搞政治的人不读《红楼梦》真的很惨，就是原来人跟人之间有另外一种相处的方法。就玩手段来说，宝钗的手段也不得了。《红楼梦》里有多少的跟政治有关的东西啊。大家都知道毛泽东是最爱读《红楼梦》的，所以他真厉害。这本书里面其实有很多的权谋，但是这个权谋跟三国的权谋不太一样，三国的权谋全部变成计谋，可《红楼梦》是讲做人。宝钗如果是一个成功者，这个成功者是周围敌人最少的。

可不要误会，觉得宝钗太可怕了——利用权谋，不是，是她的生命里面已经越来越自然地在处理这个事情，因为她的家族要维持下去不容易。我们想想看今天台湾的这几个大家族，大家屈指也算得出来，如果说落单到最后要由一个十几岁的女孩子去撑，这个女孩绝对跟我们会不一样，她绝对会被训练到打点出她爸爸在世时所有的关系，不然她生存不下去。

这里面可以看到第六十七回忽然避开了尤三姐跟柳湘莲，其实是很精致地编织出宝钗的个性。

黛玉触物伤情

黛玉得到礼物以后，也不像一个十几岁的女孩子，在那边又蹦又跳地说，哇！好多巴黎的特产哟！“他见江南家乡之物，反自触物伤情，因想起他父母来了，便对着这些东西挥泪自叹。”我想大家知道林黛玉这个时候的哭，就是忽然觉得所有的往事被勾起：她已经这么多年没有回家乡，而家乡也是回不去的，家乡的人大部分都凋零了，特别是父母都已经故去。这么多年依靠着外祖母过日子，没有家乡的人来看她……“可见人若无至亲骨肉手足，是最寂寞，极冷清，极寒苦，无趣味的。”

她身边有一个跟她相处了最久、最懂她心事的丫头紫鹃，立刻就知道她为什么而哭。这个时候，宝玉来了，宝玉永远是那个最贴心的角色，所以我们说宝玉其实是观世音菩萨，他会感觉到哭声。宝玉也有一份礼物，他看到礼物想到的就是林黛玉，觉得“黛玉见了人家哥哥自江南带了东西来送人，又系故乡之物，勾想起别的痛肠来”，所以他就来了。宝玉的了不起是，他“揣摩黛玉的心病，却不肯明明的说出，恐黛玉越发动情”，所以就装傻。

有时候我们看到有一种安慰是装傻的。小时候读不太懂，现在觉得特别心酸的一个故事就是《二十四孝》里老莱子的故事。爸爸妈妈九十几岁，他自己也已经七八十岁了，可是他要装成幼稚园孩子的样子，在地上滚来滚去，逗爸爸妈妈笑。小时候觉得好无聊，可是你会发现那个故事里其实有一种心酸：有时候你逗一个人开心，是你自己在装傻，你自己扮演了那个像小丑一样的角色。

第六十七回宝玉就扮演了这样的角色，宝玉就说，我知道你为什么哭了，因为你嫌宝钗送的东西太少。其实我们知道刚好相反，因为宝钗送黛玉是加倍的，可黛玉的伤心是她自己的自怜跟自伤。不是他人对我如何，是我自己的生命已经陷在一个感伤跟悲剧的情怀里面。

宝玉知道黛玉父母的双亡是她生命里注定的一个悲剧，越讲她越纠结在那个地方，这个时候真的没有办法安慰，怎么安慰其实都是悲剧，所以就不如装傻。“黛玉见宝玉那些呆样子，问东问西的招人可笑，稍将烦恼去些，略有些喜欢之意。”你可以看到什么叫菩萨了，菩萨是他都知道，可是他在引逗对方的时候，对方不知道。你的生活里有时候有一个人在扮演这个角色，可是你不知道，你可能觉得他很唠叨，你觉得他烦得要死——智慧或者慈悲都很难真正被看到。有时候看到一对夫妻，太太唠唠叨叨的，一直骂那个丈夫，很多人就说这个丈夫真是像菩萨，可是后来我在想，说不定这个太太也是菩萨。因为其实每个人的修行方法不同，如果没有这个太太，大概又是另外一种形式。

宝玉来，他是清楚他为什么来的。其实宝玉这一生跟黛玉的关系，他都知道是什么样的。这个妹妹爱哭，如果爱哭，如何让她可以化解，如何让她不纠结在自己忧郁的情绪上，他就扮演了那个小丑的角色。宝玉在别人面前也不完全是这个样子，可是他一到了黛玉的面前，他就扮演那个傻的角色。黛玉这么聪明绝顶的一个女孩子，常常会看不出来宝玉竟然在化解她，这就是他们之间的因果。

所以我会觉得读《红楼梦》最后是读自己身边的人，你会发现身边好多人是在《红楼梦》的关系里。你很难解释那个关系到底是什么，但多一层这样的关系，你的生活里面会出现另外一种豁然。另外一种豁然开朗的感觉，会让你的生命不是那么单一。

薛蟠请客

薛蟠听了母亲的话，就开始办桌请客，慰劳员工。酒席上，有一位就问："今日席上怎么柳大哥不出来，想是东家忘了没请么？"刚好触动了薛蟠的心事，"薛蟠闻听，把眉一皱，叹了一口气"，就又一次把尤三姐自杀、柳湘莲出家这个事情讲了一下。

这些员工说，一直听说有道士把一个俗家弟子度了，"今听此言，那道士度化的原来就是柳大哥么？早知是他，我们大家也该劝解劝解。任凭怎么，也不容他去！又少了一个有趣儿的好朋友了。实实在在的可惜可叹！"这些员工也都是小孩子，大概都是十几岁不到二十岁的，在他们的叙述当中，能感觉到他们都喜欢柳湘莲。这个人会武功，又会唱戏，然后在路上打退了土匪，大家都觉得他像个哥儿们一样。

可是那天就吃得有一点不尽兴，最有趣的句子是，大家都发现东家，就是薛蟠，"只是长吁短叹，无精打采的，不像往日高兴让酒畅饮。席上虽设了些鸡鸭鱼肉、山珍海味，美品佳肴，怎奈东家皱眉叹气，众伙计看此光景，不便久坐，不过随便喝了几杯酒，吃了些饭食，就都散了"。如果这一天薛蟠吃得好得不得了，照顾大家照顾得好得不得了，一直劝酒、吃菜，就不是薛蟠了。薛蟠是心里面有心事之后，没有办法把事业做好的人；如果是宝钗绝对不是这样子，宝钗可以把事情放下，变成另外一个角色，然后来扮演那个角色。

薛蟠没有办法这样，因为他是真性情，他不知道说你今天是总经理，不管家里发生任何事，但今天晚上尾牙，你还是要扮笑脸，让员工好好过日子。做大事业的人，他的心事是不能被看出来的，他出来的时候，一定要把场面上的东西弄得好好的。可是薛蟠真的不是那块料，所以最后就有一点不欢而散。

旁敲侧击

所有的读者读到这里的时候，都着急一件事情，就是王熙凤生病，在她不知道的状况下，丈夫在外面金屋藏娇，包了一个二奶。都知道这个事情迟早要爆发，也好几次有蛛丝马迹。可作者真是沉得住气，读者越想知道，他越不讲，有时候看小说你忍不住多翻两页，想看到底以后怎么样了？可高手就是这么沉得住气。

薛宝钗送礼的时候，就有一些蛛丝马迹。薛宝钗给每个人都一份礼物，结果她的丫头莺儿从王熙凤家回来，把礼物又带回来了，宝钗说："为什么这一份没送去呢？还是送了去没收呢？"莺儿就说："我方才给环哥儿送东西去的时候，见琏二奶奶往老太太房里去了，我想琏二奶奶不在家，知道交给谁呢？所以没有去送。"这里面就带到一点这个事件。宝钗就说："你也太糊涂了。二奶奶不在家，难道平儿、丰儿也不在家不成？你只管交给他们收下，等二奶奶回来，自有他们告诉就是了，必定要你当面交给才算么？”因为如果凤姐知道别人都有，她没有，这是很不礼貌的事。所以莺儿就又跑去再送一次，路上碰到一个老婆子跟她说：“闲着也是白闲着，借此出来逛逛也好。只是姑娘你今日来回各处走了好些路儿，想是不惯、乏了，咱们送了这个，可就完了。一打总儿再歇着。”这就是小员工的心理，觉得我在办公室闷死了，出来逛逛也蛮好的。

这都是我要讲的细节，每一个人都有他的心理空间。宝钗的心理是不要让人家有疑虑，老太婆的心理是可以顺便逛逛园子。这里面就是两个空间出来。然后中间又夹了一段，莺儿送了东西回来，宝钗问：“你见了琏二奶奶没有？”莺儿说没有，宝钗又问：“想是二奶奶还没回来么？”这个丫头就说：“回是回来了。因丰儿对我说：‘二奶奶自老太太屋里回房来，不像往日欢天喜地的，一脸的怒气，叫了平儿去唧唧咕咕的说话，也不叫人听见。连我都撵出来了。你不必见，等我替你回一声儿就是了。’因此便着丰儿拿进去，回了，出来说：‘二奶奶说，给你们姑娘道生受。’赏了我们一吊钱，就回来了。”宝钗听了，“自己纳闷，也想不出凤姐是为什么生气”。但我在想，宝钗是一个打听事情最仔细的人，她大概也猜到了。

但作者的写法就是透露一点点，先不给你看特写，远远让你看到王熙凤可能在生气，可是大家都不知道为了什么事情生气。读者知道大概事情爆发了，可是作者绝不立刻进入这个事情。

赵姨娘夸宝遇冷

然后中间又插进来一段，说宝钗的礼物送到赵姨娘那里去。赵姨娘见了礼物“忙忙接下，心中甚喜，满口夸奖：‘人人都说宝姑娘会行事，很大方，今日看来果然不错。他哥哥能带了多少东西来，他挨家送到，并不遗漏一处，也不露出谁薄谁厚，连我们搭拉嘴子他都想到，实在的可敬。’”那个最没有被照顾到的，大家最冷落的，所有人都看不起的，永远被人家踩在脚下的赵姨娘，得到一份礼物，高兴得不得了，就开始赞美宝钗了。赞美完又开始骂起黛玉，说：“若是林姑娘，也罢么，也没人给他送东西带什么来，即或有人带了来，他只是拣着那有势力、有体面的人头儿跟前才送去，那里还轮的到我们娘儿们身上呢！”

这里面其实不是黛玉好或者宝钗好的问题，是说林黛玉要给一个东西，是她真性情给；可宝钗给，一定是礼数，礼貌上要周到。宝钗是再不喜欢的人都给，她越不喜欢的人，她可能越要给，加倍给。这个就是刚才讲的宝钗的哲学，到最后就没有敌人了。林黛玉不是，她就觉得我喜欢的人，我就给；我不喜欢的人，根本理都不理。所以你看到社会上是有两种人，一种是注重情的，一种是注重礼的。情跟礼是应该配合在一起的，有了情而无礼，可能就是黛玉的下场，最后很多人不喜欢她，招嫉；有了礼没有情，其实有时候是虚伪，就是宝钗。所以这两个人真是分不开，我们会觉得最好她们在一起平衡一下会比较好一点。

“赵姨娘因环哥儿得了东西，深为得意，不住的托在掌上摆弄，瞧看一会，想宝钗乃系王夫人之表侄女，特要在王夫人跟前卖好儿。”平常王夫人是最讨厌她的，因为王夫人是原配，她是妾，本来就有先天上的敌对性。然后这个赵姨娘又不成个样子，所以王夫人根本看不起她。作者这里写王夫人的反应真精彩：赵姨娘“将抱的东西递过去，与王夫人瞧。谁知王夫人头也没抬，手也没伸，只口内说了声：‘好，给环哥玩罢咧。’

并无正眼看一看”。可以看到中间的对比：一个大户人家千金小姐出身的王夫人，觉得这个赵姨娘丫头出身，真是讲话不像样子，她理都不理她的。

有时候在社会里稍微观察一下人世间的风景，真是很动人。我说动人就是说，你会在里面看到很多东西，也许让你感伤，也许让你辛酸，但是你不知道谁对谁错。不是谁对谁错，因为她们两个出身太不一样了，对生命的表达也这么不一样。赵姨娘永远碰一鼻子灰，永远在自取其辱，因为她总想高攀，可是她总高攀不上，因为她高攀的方法永远是错的；王夫人也觉得我不要跟你对话，因为跟你对话我就倒霉了，我就自降身份。作者完全用画面带出了这种感觉。

袭人观景

宝玉谢完宝钗回家，和袭人聊天。袭人说：“你看送林姑娘的东西，比送我们的多些，少些，还是一样呢？”你看到这种细心，袭人也是细心的。宝玉说：“比送我们的多着一两倍呢。”袭人说：“这才是明白人，会行事。宝姑娘他想别的姐妹等都有亲的热的跟着，有人送东西，况且他们两个，不但是亲戚，还是干姐妹，难道你不知道林姑娘去年曾认过薛姨太太作干妈的？论理多给他些也是该的。”有没有看到，对宝钗的赞美有好几个层次：有林黛玉的心服口服，有赵姨娘的夸奖，还有袭人的评论。

然后袭人说，琏二奶奶前一阵子都在生病，也应该去看看她了。这又是袭人的周到。我一直提到说，读者还是很想知道到底王熙凤要怎么去抓奸了，因为这是一个戏剧性高潮，可是作者就一直在拖，读者觉得袭人要去看王熙凤了，总应该揭晓了吧，可下面又牵连出来三个阻碍。

袭人出了怡红院，“来至沁芳桥上立住，往四下里观看那园中景致”。怡红院一出来就是沁芳桥。沁芳桥是一个观景点，花落在水中，整条河流都会有花的香味，所以才叫“沁芳”。沁芳桥在小说里出现很多次，很重要，葬花也在这里。但袭人通常都是一个办事的人，不太会在沁芳桥上停留，她也从来不是一个乱看风景的人，忽然在那边看起风景来了。读者读到这里，不免就会着急了，可是越想知道那个结果，作者就越沉得住气。沉得住气其实不是写作的技法，沉得住气是一种生命态度——知道生命这么漫长，所以不急。

袭人看到什么？“时至秋令，秋蝉鸣于树，草虫鸣于野。”有没有发现她作起诗来了？袭人平常绝对不是这样的人，她也不识字，也不作诗，可是这个时候忽然感觉到秋天的风景那么美。这种细节是不得了的写法，因为袭人忽然进入她自己的一个内心的孤独世界，她开始看风景。这时候才能够把刚才讲得太过急躁的东西缓和下来。

我们特别注意一下，所有的文字语言一旦进入到固定节奏，节奏就会慢下来了。比如大家读《岳阳楼记》的时候，前面是叙述：“庆历四年春，滕子京谪守巴陵郡。越明年，政通人和，百废具兴。乃重修岳阳楼，增其旧制，刻唐贤今人诗赋于其上。属予作文以记之。”这都是有点白话性的叙述。可是说到“予观夫巴陵胜状，在洞庭一湖”，要开始描写风景的时候说：“衔远山，吞长江，浩浩汤汤，横无际涯；朝晖夕阴，气象万千。”三个字三个字、四个字四个字排开，速度就慢下来，成了从散文过渡到诗的格局。“园中景致，时至秋令，秋蝉鸣于树，草虫鸣于野。”这四个句子，两个四字的句子，两个五字的句子，四四五五，构成它的谐和性。

出现诗的情感，整个步调就慢下来了。

这其实也让读者跟作者一起沉住气，就是不要那么急，我们不是在拍连续剧，不必要那样洒狗血。拍连续剧的人常常跟我讲，有一段时间连续剧规定三分钟要有一次哭泣，五分钟要有一次打架，不然观众就转台。可是这样的戏剧跟文学都不会好，因为人生不是这个样子。

曹雪芹淡淡写来：袭人“见这石榴花也开败了，荷叶也将残上来了，倒是芙蓉近着河边，都发了红扑扑的骨朵子，衬着碧绿的叶儿，倒令人可爱”。这里在讲时间跟季节，石榴花是五月的花，五月的花已经全部凋零了；荷叶大概是六月最繁盛，六月也过了，所以荷叶半残不残；芙蓉是九月的花，还没有完全开。有没有发现，袭人竟然在那边看花了，石榴花看完不够，还看荷叶，荷叶看完不够，又继续看芙蓉花。

我刚才提到文学写法的吊胃口，就是要有缓和性。很多人把这个当作文学技巧，我觉得不是，我觉得是一种生命情境，事情看多了以后，才会不急，才会沉得住气，才会知道生命里面其实没有那么一定要着急的东西。贾琏的金屋藏娇是事件，芙蓉花一朵朵将要开放也是事件，作者没有区别大事小事，他在平等地看生命的状况。这是我最佩服曹雪芹的地方。每一个东西、每一个细节对他都是大事的时候，他的生命就有真正的平等观在里面。

他不只写人物有平等观，在他眼里，黛玉的写法跟尤三姐的写法同样重要。同样在写景致的时候，石榴、荷花、芙蓉也各自有它生命里的时令。每一个生命都有自己一定的时节，他们各自在生命里面自生自灭，那个生跟灭就开始产生一种心境。

特别注意这是袭人，我一直要强调说，袭人平常不太表现这个部分，可是的的确确你就觉得袭人这一天很特别，她忽然走向自己生命里面的一种情境，所以她会慢慢在那边静观很多的事物。

细节的质感

很多人感叹说学生的作文不好，我觉得不完全是文字跟技巧的问题，我觉得有一部分是心境慢不下来。袭人在桥上站住，看风景、看花、看不同的花，这种缓慢是作者特别送给大家最好的一个生命哲学，因为所有的急躁使你看不到其他的事件。

好，看风景看完了，终于下了桥，应该直奔王熙凤那里，可是没有想到第二个事件发生。袭人碰到李纨房里使唤的丫头素云，手里捧着洋漆盒，注意特别讲洋漆盒，所以是外国的食盒。袭人就问："往那里去？送的是什么东西？"这两句话都有趣。

袭人的个性是特别不愿意卷入是非的，通常不会问人家到哪里，不问那个东西里面装的是什么？可是这一天袭人有点反常，因为她要扮演把节奏拖缓的角色。读《红楼梦》最容易忽略的就是这些细节，可是这些细节都有它一定存在的意义。素云说："这是我们奶奶给三姑娘送去的菱角、鸡豆。"袭人说："这个东西还是咱们园子里河内采的，还是外头买来的呢？"又是细节，细节到近乎琐碎，完全跟小说的主题无关，可了不起的就是，如果没有这个细节，《红楼梦》绝对没有丰富的质感。

素云说："这是我们房里使唤的刘妈妈，他告假瞧亲戚去，带来的孝敬奶奶，因三姑娘在我们那里坐着看见了，我们奶奶叫人剥了让他吃。他说才喝了热茶了，不吃，一会儿再吃罢。故此给三姑娘送了家去。"为什么是探春？大家知道这个时候王熙凤生病，李纨在代理，李纨因为不够能干，找了探春帮忙。所以她们的关系比较不一样。细节写到这种程度，真是不可思议。我们自己写作的时候，常常少掉了这些细节，也就少掉了生活的质感。

猜想袭人的心情

这是第二个阻碍，讲完话了，大家分手，第三个阻碍又来了。又是最长的一段，所以这个时候大概再没有耐心的读者，也彻底放弃说："好吧，曹雪芹，我只好跟着你走。"读者的急躁性一步一步放低。有没有发现，第一段看风景是最短的，第二段素云送东西长了一点，然后接着第三段是最长的，这个才是厉害的。吊胃口要越吊越难，才是吊胃口。如果说前面拖很长，大家可能走掉了，所以先短一点，让人觉得事情很快要发生，其实是把大家的情绪拉慢下来，拉慢下来那个事件再出来，才叫作高潮，因为有对比。如果说前面已经是急躁的，那个事件再大都不会让大家惊动。

"袭人远远看见那边葡萄架底下有一个人拿着掸子在那里动手动脚的"，注意一下视觉，这是一个远景的拍摄，那个人是谁她看不出来，因为远，然后她是大动作，才看见动手动脚。《红楼梦》根本是一个了不起的剧本，所以导演拍不好，实在是没有道理，因为曹雪芹根本已经把分镜表都做好了，远景是怎么拍，近景怎么拍。"因迎着日光，看不真切"，连光线都写进去了，就是这个编剧告诉导演说，灯要怎么打。

"至离的不远，那祝老婆子见了袭人，便笑嘻嘻的迎上来说道：'姑娘怎么今日得工夫出来闲逛，往那里去？’”注意她不是闲逛的，她是要去看王熙凤的。可是她中间真的就在闲逛了。

我觉得袭人大概知道发生了什么事，她觉得王熙凤平常对她很好，她应该去探望、去慰问，可是她又有一点怕怕的，因为其实袭人本身是一个不太愿意卷入是非的个性。所以她的步调整个慢，又有一个心理空间在里面。如果是史湘云，大概三步两步就走到了，如果是探春也三步两步走到了。可因为是袭人，每次听到人家讲是非，她就躲开，她不要讲。但袭人又特别善良，就觉得王熙凤对她那么好，她现在在暴怒之下，好像应该去安慰一下。这里有一种两难。所以“闲逛”两个字就很有趣，因为明明知道不是闲逛，她是有动机的，可是好像有一点把动机摆开了。

袭人说：“我哪里还得工夫来逛？我往琏二奶奶家瞧瞧去。你在这里做什么？”又带出一句话。我还是要讲袭人平常都不多嘴的，平常她就走过了，可是今天她就一定要问，你在这里做什么？

葡萄防虫法

祝老婆子说：“我在这里赶马蜂呢。今年三伏里雨水少，不知怎么果木树上长虫子，把果子吃的疤拉眼睛的掉了好些下来，可惜了的白掷了。就是这葡萄，刚成了珠儿，怪好看的，那马蜂、蜜蜂儿满满的围着댔，都咬破了。”《红楼梦》的作者讲所有的东西都是准确的。三伏天雨水少，水果汁液特别浓，特别甜，所以容易招虫。老太婆不知道，但作者知道。注意“疤拉眼睛”，就是眼睛长了脓疮，流脓的感觉。这是民间老太婆的语言，是说水果不漂亮了。“这葡萄，刚成了珠儿”，注意那个语言的漂亮。

我不知道大家有没有看过那个葡萄刚刚结果的时候，一粒一粒像珍珠一样，可是你看她的语言多么精准——“刚成了珠儿”，几个字就形容出葡萄的漂亮。

我们今天如果怪孩子们语文程度下降了，作文写不出来，我觉得是因为他们很多经验根本没有。没有记忆跟经验，你叫他写，根本是假的。一个好作文的标准绝对不是文字的问题，是生活经验的问题，生活经验丰富，才有好的文学；有细节的心事，才会有好的细节出来。有时候我觉得，语文课不妨把孩子干脆带出去，游山玩水看景致，回来自然会沉淀成好的文学。

“这还罢了，喜鹊、雀儿，他也来吃。这个葡萄，还有一个毛病儿，无论雀儿、虫儿一嘟噜上，只咬破三五个，那破的水淌到好的上头，连这一嘟噜都要烂的。”这个可能又是一个生活经验。这个管果树的祝老婆子，葡萄是她的分红，拿到市场上去卖，是她的利润。所以她就很心疼，拿个掸子就在那边一直打。

我们已经忘掉袭人要干吗了，对不对？讲到这么细节的时候，袭人本来要干吗，你已经忘掉了。所以讲故事一定要讲到对方忘了结局，才够厉害，东扯西扯，把所有东西包容进来。

袭人就很耐心地教她，说：“你就是不住手儿赶，也赶不了这许多；你刚这里赶，那里又来了。倒是告诉买办说，叫他多多的作些冷布口袋来，一嘟噜一嘟噜的套上，免得翎禽草虫糟蹋，而且又透风，捂不坏。”“冷布”，就是一种稀疏透气的纱布。其实我们现在的巨峰葡萄就是这样，都有一个袋子护着，又透气，虫又咬不到。她在三百年前就知道怎么去保护水果，也不施农药。这绝对是曹雪芹的经验，就是曹家的园林当中是真的一定做过这个事情。

袭人说："如今这园子里这些果品，有好些种儿，倒是哪样先熟的快些？"祝老婆子说："如今才入七月的门，果子都是才红上来，要是好吃，想来还得月尽头儿才熟透了呢。姑娘不信，我摘一个给姑娘尝尝。"她大概觉得袭人一直站在这边也不走，教她这个教她那个，是不是想吃水果。可是她又有点意思是，现在这个水果还不太好吃，又怕袭人不相信，所以说摘一个你尝尝看。这里有很好玩的心理空间，可是袭人的反应是绝对不可以。她"正色说道：'这哪里使得。不但没熟吃不得；就是熟了，一则没有供佛，二则主子们尚然没有吃，咱们如何先吃得呢。你是这府里的陈人，难道连这个规矩也不晓得么？'"袭人扮演了一个重要的角色，这些大丫头，必要的时候，要去训斥一下这些管园子的用人。

好，吊胃口一定要适可而止，已经三次了，事不过三。袭人经过看风景，素云送菱角、鸡豆，然后到教这个老太婆怎么保护葡萄，够了，她就要走向王熙凤的房间。

教养与周到

这个时候，"正是凤姐与平儿议论贾琏之事，因见袭人，他是轻意不来之人，又不知是有什么事情，便连忙止住话语，勉强带笑说道：'贵人从哪阵风儿刮了我们这个贱地来了？'"这才是王熙凤。记不记得王熙凤的姑妈王夫人？赵姨娘怎么巴结奉承，她就在喝茶，淡淡的，眼睛都不抬一下，这才是王家训练出来的女子，因为是大贵族。她们要有教养，就是再暴怒、再生气，袭人来了，也绝对不能够让她知道这件事情，因为家丑不可外扬。我们讲的教养就是，因为通常一个比较低阶层、书读得比较少的人，其实在这个时候情绪比较直接；可是王夫人或者王熙凤这种家族出来的人，绝对不会如此，她是不动声色的。所以她在生气，在骂底下的人，可是一有外人来的时候，她立刻就变了。

但袭人可能已经听到一句半句了，所以这个时候进也不是，退也不是。我觉得这一段写袭人写得极精彩。我们到别人家里，判断这个时候处于什么样的当下，到底要怎么办，是要看脸色的。可是袭人又不能立刻说，你们有事情要办，我走了。所以她就拿起"活计簸罗儿"里的小兜肚说："奶奶一天七事八事的，忙的不了，还有工夫作活计么？"王熙凤就跟她说："这是我往老太太屋里请安去，正遇见薛姨太太送老太太这些花红柳绿的，到对给小孩子们做小衣小裳儿的穿着到好玩呢，因此我就向老祖宗讨了来了。还惹的老祖宗说了好些玩话，说我是老太太的命中小人，见了什么要什么，见了什么拿什么，惹的众人都笑了。你是知道我是脸皮儿厚，不怕说的人，老祖宗只管说，我只管装不听见。所以才交给平儿，给巧姐儿先作件小兜肚穿着，还剩下的，等消闲有功夫，再做别的。"

我们看，读者读到这里，觉得好不容易见到王熙凤了，可还是被吊着胃口。我特别希望大家可以了解到《红楼梦》里一步一步的悬疑。沉得住气，其实是《红楼梦》最难写的部分。所以中间有一段两人就在谈那个小肚兜和巧姐，然后袭人又劝她说，你身体这么不好，不可以再劳累了如何如何，就是到加护病房去看病人应该讲的应酬的话。讲到一定程度，袭人大概也察言观色，知道王熙凤再怎么周到，还是一定会露出一点点焦急。你就会发现，只有袭人这种人才看得出来，我们今天十几岁的孩子，从小没有这种训练，其实完全不知道的。而且袭人也不能说："你们脸色不好看，我走了。"她还必须在那边讲肚兜儿讲半天，然后到适当的时候说宝二爷在家里，不能把他丢太久，我要回家了——要假借一个名义走。这些地方写周到写到惊人的地步，然后王熙凤就礼貌得不得了，送袭人送到门口，一回头就变了。

顺藤摸瓜

"且说凤姐见平儿送出袭人回来，复又把平儿叫入房中，追问前事，越说越气，说道：'二爷在外边偷娶老婆，你说你是听见二门上小小子们说，到底是谁？哪一个说的呢？'平儿说：'是旺儿他说的。'凤姐便命人把旺儿叫来，问道：'你二爷在外边买房子娶小老婆，你知道么？'旺儿说：'小的终日在二门上听差，如何知道二爷的事？这是听见兴儿告诉的。'"你看到线索清楚得不得了，因为旺儿是王熙凤的心腹，他不可能知道贾琏的事，所以他是听到兴儿讲，兴儿大概讲溜嘴了。

不知道大家记不记得旺儿，还有旺儿媳妇。旺儿媳妇是王熙凤陪嫁来的丫头，嫁给旺儿。旺儿是什么人？是帮助王熙凤把钱拿去放高利贷的那个人。所以这个人绝对是最重要的亲信。如果旺儿都听到了，表示这个事情已经闹了很久。

这个房子里有两派，一派是贾琏派，一派是王熙凤派。贾琏派是谁？隆儿、兴儿。王熙凤这一派是旺儿、平儿、丰儿，这两派其实是夫妻，可是各有自己的情报单位。贾琏把兴儿、隆儿带到尤二姐那边去，他们都知道，可是他们不让王熙凤的人马知道。可是现在旺儿知道了。

我想很多细心的读者还记得，尤二姐曾经问兴儿：你们那个奶奶到底怎么样？为什么大家都说她像个夜叉一样，很恐怖。兴儿就跟尤二姐说：奶奶你最好一辈子不要见这个女人，两面三刀，脸上带笑，脚下就使绊子。兴儿是站在贾琏这一边的，所以从兴儿嘴巴里听到的王熙凤是可怕到极点、嫉妒、爱吃醋、不能容人的一个女人。可是作者也觉得你不要完全相信，因为他有派系偏见在里面。

兴儿招供

所以就把兴儿找来了，“凤姐一见，便先瞪了两眼，问道：‘你们主子奴才，在外面干的好事！你们打量我是呆瓜，不知道？！你是紧跟二爷的人，是必深知根由。你须细细的对我实说，稍有些儿隐瞒撒谎，我将你的腿打折了。’兴儿跪下磕头，说：‘奶奶问的是什么事？是我同爷干的？’凤姐骂道：‘好小杂种！你还敢来支吾我！我问你，二爷在外边怎么就说成了尤二姐？怎么买房子、治家伙？怎么娶了过来？一五一十的说个明白，饶你的狗命！’”

王熙凤的了不起就是在处理事情上绝对不情绪，如果说一般的女性在这个时候第一个把兴儿先痛打一顿，因为她要发怒、她要泄愤。可是王熙凤不打兴儿，如果她打他，弄到他一塌糊涂的时候，他可能反而坚定地站在贾琏那边。王熙凤说，兴儿你如果还要命的话，一五一十招来。先来一个下马威，然后给你一个机会，你可以变成我这一边的人。

下面这一段是我特别希望大家要读的：“兴儿听了，仔细想了一想：

‘此事两府皆知，就是瞒着老爷、太太、老太太同二奶奶不知道，终究也是要知道的。我如今何苦来瞒着，不如告诉了他，省得挨眼前打，受委屈。再，兴儿一则年幼，不知事的轻重；二则素日又知道凤姐是个烈口子，连二爷还惧她五分；三则此事原是二爷同珍大爷、蓉哥儿，他叔侄弟兄商量着办的，与自己无干。’”

兴儿其实在衡量哪一派的势力比较强。《红楼梦》里面充满着政治意识，不要看这个小小的兴儿是个小用人，可是他就权衡说：我如果是贾琏派，我可能被王熙凤打死。可我如果今天变成了王熙凤派，贾琏打不死我，因为王熙凤是强势。而且这个事情最后要怪，怪贾琏，是你娶小老婆；或者怪贾珍、贾蓉，因为是他们帮忙去娶这个小老婆的，跟我兴儿没关系，应该不关我的事。所以他在短短的几秒钟内一衡量，就已经决定说，好，我要换党了。“故此把主意拿定，壮着胆子，跪着说道：‘奶奶别生气，等奴才回禀奶奶听。’”

他就一五一十招供了：“只因那府里大老爷的丧事上穿孝，不知二爷怎么看见过尤二姐几次，大约就看中了，动了要说的心，故此先同蓉哥商议，求蓉哥替二爷从中调停办理，做了媒人说合，事成之后，还许下谢礼。”

听到这一段可能是王熙凤最伤心的，我们前面提过，贾蓉虽然是王熙凤的侄子，但有些蛛丝马迹说明她很喜欢这个跟她年龄差不多的男孩子。所以她心里面有一种伤心是说，贾蓉竟然背着她，帮她的贾琏去娶太太。这里面女性的哀伤是：在那个时代，一个女性其实受到很大的限制，没有办法走出去，王熙凤再精明、再干练，有些事情她还是被瞒住了。

王熙凤的冷静

兴儿的叙述，其实王熙凤很仔细地听，兴儿说："尤老娘听了很愿意，但说是二姐从小儿已许过张家为媳，如何又许二爷呢，恐张家知道，生出事来不妥当。珍大爷笑道：'这算什么大事？交给我。'便说那张姓小子，本是个穷苦破落户，哪里见得多给他几两银子，叫他写张退亲的休书就完了。后来果然找了姓张的来，如此说明，写了休书，给了银子去了。二爷闻知，方得放心大胆的说定了。"特别说到张华这个事情，王熙凤如果没有听到这一段的话，接下来翻不了案。因为王熙凤后来就找人叫张华去告。但在这个时候，王熙凤必须冷静，听到张华这个名字，知道这一条线索她可以利用。如果她这个时候吃醋、嫉妒、暴怒，她就完了，所以我们看到王熙凤多厉害。

兴儿报告完了，"凤姐听了这一篇言辞，只气得痴呆了半晌，面如金纸，两只吊梢子眼越发直竖起来了，浑身乱颤，半天连话也说不上来，只是发怔"。"面如金纸"，是说脸上没有表情，因为在传统戏剧里面，菩萨跟佛出来是涂金色的，金色是最没有表情的一张脸。生气的时候脸会发白，高兴的时候脸会泛红，可是脸色是金色的，就是威严到了极点。她在想要怎么处理这个事情，这是王熙凤最内敛的演出，她绝对不在用人面前表现出她激动、吃醋、痛苦。凤姐"猛低头，见兴儿在地下跪着，便说道：'这也没有你的大不是，但只是二爷在外头行这样的事，你也该早些告诉我才是。这却很该打。因你肯实说，不撒谎，且饶恕你这一次。'"你看，凤姐并没有打他，并没有发泄，还说："很好，兴儿老实。"

这个时候证明王熙凤还是头脑清楚的，在这么暴怒之下，她没有迁怒。王熙凤不是不气，她简直气得不得了，她伤心到极点，就是知道丈夫在她生病的时候，在外面搞这样的事情，可以瞒到滴水不漏，其实你可以从心理学上知道这个女人此时伤心到什么程度。可是她绝对不迁怒，因为迁怒是一个最危险的事，因为迁怒的时候你就没有自己的帮手了，她以后还需要兴儿这条线索，而且她要做出一个榜样说，我对兴儿很好，让贾琏派的人倒戈。政治人物如果不读《红楼梦》实在是太可惜了，因为可以帮他们忙的东西很多。

所以这个时候她开始安安静静地喝茶，冷冷静静地想下面该怎么办。她原来是被瞒在鼓里，她现在要另外两个人瞒在鼓里，所以她开始操盘，接下来整个的情势转变，王熙凤变成强势了。到第六十八回的时候，大家可以看到她如何去见尤二姐，怎么买通张华去告贾琏，怎么去闹贾珍，怎么让贾母给她撑腰。几条路线同时进行，她可以把所有的法律事件玩于股掌之间，完全抓不到她的把柄。第六十七回整个都在准备，真正的高潮到第六十八回出现。写得最美的就是王熙凤见尤二姐那一段，全身素白，连头上插的首饰都是银器，漂亮冷静到惊人，一见尤二姐就要跪下来，最强势的人是可以跪下来的，她完全扮演了弱势的角色。

第六十八回

苦尤娘赚入大观园
酸凤姐闹翻宁国府

王熙凤做足准备

王熙凤知道了贾琏在外面金屋藏娇这件事情，经过缜密思考，她决定了怎么做。我们看到在性格的描绘上，王熙凤精明冷静，并不是说她内心没有嫉妒、憎恨或者伤心，其实她的嫉妒蛮严重的，可是所有的嫉妒、憎恨、伤心都是情绪，她有一个比这个更高的要求是：怎么样在这个状况里，扳回优势。

“谁知凤姐心下早已算定，只待贾琏前脚走了，回来传各色匠役，收拾东厢房三间，照依自己正室一样装饰陈设。”特别注意，依照自己正室一样的装饰陈设，这个才是了不起的。王熙凤完全摆出她没有欺负人的感觉，因为欺负人慢慢再来，不必一开始就表现欺负人。王熙凤其实这个时候又嫉妒、又憎恨、又伤心，可是她还在做一个冷静的事。因为她要长期去安排，所以这个时候绝对不会乱手脚，而是一步一步按部就班来做。她也算准了，所有的东西都在她的预料之中，尤二姐一定会来。

我想今天如果说有一个丈夫在外面金屋藏娇，大太太知道了，赶到一个小套房，和这个女人说，你就跟我一起住，我看她不见得会答应。王熙凤大概算准了尤二姐这样的人，因为心里面觉得矮人家一等，被藏在外面总是不名誉的，觉得这个大太太这么好、这么包容，还收拾三间房子，里面家具和正室一样，照顾这么好，所以她会答应去。可是我们知道尤二姐千错万错就错在这个答应进“东厢房三间”上。她在外面的时候，还有机会，有一天不行的时候，她甚至还可以逃亡；她在这里，就死定了，逃都逃不掉。所有的用人都是王熙凤的人，王熙凤还交代说：“你们给我好好看着，有走失逃亡，我要你们的命。”听到这一句话的时候，就知道尤二姐惨了。

王熙凤在打造一个精致的监狱，而且是一个死牢，就是要尤二姐死在里面。她最后对待她的对手是狠得不得了，当然我们并不见得一定要把她作为纯粹的坏人来考量。作为一个女性在那个时代当中，她没有任何可以跟男性去争强的东西，所以等到她要反扑的时候，那个反扑有时候真的是有一点狠毒。常常有很多人讲历史上的宫闱斗争，大概是最残酷的事。汉朝的吕后为了要去对付自己丈夫喜欢的妃子，把她剁手剁脚做成人彘，扔到厕所里面。那个恨是很难解释的。过去读历史最害怕的就是读到这种东西。或者像民间传说里面，武则天为了要争取皇后的位置，在皇后探望过她的孩子之后，她自己就把孩子给勒死了，所有人都不会相信亲生母亲会勒死孩子，认为是皇后做的。所以皇后被废掉，她就做了皇后。宫廷里面斗争的恐怖跟可怕，其实我们也可以拿来印证这个时候的王熙凤。她太知道权力斗争是怎么回事，而这个权力斗争跟男性在政治里的斗争又不完全相同，她必须很隐秘地来做这个事情。我们讲的“阴狠毒辣”就在这里显现出来，可表面上是绝对不会被发现的。

“至十四日，便回明贾母、王夫人，说十五一早要到姑子庙进香去。”

因为过去的女性出门都要禀告公婆，都要有理由的，不能乱跑，所以她还必须假造一个名义。“只带了平儿、丰儿、周瑞媳妇、旺儿媳妇四人，未曾上车，便将原故告诉了众人。”她不能不先交代，她可以瞒别人，可是最贴身的心腹，她必须要交代。

尤二姐初见王熙凤

王熙凤去见尤二姐的时候，那个场面跟画面是最动人的，你没有办法想象王熙凤可以安排她自己出场，让尤二姐看到她的时候，她是一个这么不动声色的状况。我觉得这一段文字的精彩跟漂亮是非常值得我们细读的。

我们看到王熙凤等人“素衣素盖，一径前来”。白色变成这一段里面最重要的一个色彩，整个是白的。白是一种干净，尤二姐眼里看到王熙凤的“白”是一种单纯，是一种洁净，因为尤二姐自己单纯、干净。可是白本身也是一种恐怖，白几乎预告到死亡事件的出现。我相信曹雪芹不写小说，画画的话也是了不起的画家。

几笔下来，画面色彩立刻让你觉出一种素净，可是也不要忘记素净本身也是某一种荒凉。这个时候我觉得王熙凤的心境上是荒凉的，因为她所有可以信任的底线全部崩溃、瓦解——自己小产养病，丈夫在外面另外娶了一个女人，而所有的人都瞒着她——她其实心里面有一种荒凉。

“兴儿引路，一直到了二姐门前扣门。”兴儿原来是贾琏的马前卒，帮着贾琏去买房子、置办家产，接尤二姐进门。后来他受到王熙凤的威逼利诱，最后衡量轻重，变成了王熙凤派。现在，带着王熙凤去找尤二姐的就是他，因为只有他知道路怎么走。“鲍二家的开了门。兴儿笑说：‘快回二奶奶去，大奶奶来了。’”“兴儿笑说”这个“笑”字用得特别好，他没有惊慌、没有害怕，因为他已经投靠了。

简单的一句话，可是鲍二家的听了，“顶梁骨走了真魂”，一下就吓昏了——有时候一句话有这么大的力量——所以“忙飞进报与尤二姐”。注意这里面的层次，尤二姐毕竟不是鲍二家的，“尤二姐虽也一惊，但已来了，只得以礼相见，于是忙整衣来迎接”。

这个见面的场面非常了不起，一般的影视的改编都拍不好这种场面，这种场面里面有很多复杂的东西。尤二姐觉得，大太太来了，这个大太太是传说里面厉害得不得了的女人，她会怎么对待我？王熙凤也在想：尤二姐到底有多美，可以把我丈夫霸占掉？要怎么对待这个女人？这两个女人相见的过程当中，所有的东西其实尽在不言中，因为尽在不言中，所以作者没有一开始就让她们讲话，而是尤二姐在看。

所以中间有一段好像是电影里面的停格，忽然停住，两个人都在观察对方，因为第一次见面。今天我们连续剧看多了，所以有时候碰到学生说最近他爸爸在外面有了个外遇，妈妈大哭大闹，真像连续剧。我想他们只有连续剧可以学，可是《红楼梦》看多了的那一代，两个人见面的时候，恐怕是另外一种表情。《红楼梦》里面两个应该是敌对的女人见面的时候，那个场景是极其冷静的。

“尤二姐一看”，她在看谁？看王熙凤。“只见头上皆是素白银器”，这一句话出来已经漂亮得不得了，王熙凤头上的珠宝全部拿掉，全部是银器，银都是白色的，发亮的，所以白色里面有冷冷的光。会不会觉得是王熙凤冷静、杀人不眨眼的气质开始出来了？“身上月白缎袄”，从头看下来，看到身上穿的袄子是月白色的，像月光一样冷冷的。“青缎披风”，青是藏青，一种深蓝色，传统民间办丧事的时候就是白跟深蓝两种颜色。下身是“白绫素裙”。所以从头上的银器到身上的月白袄子，到下面的白绫素裙，你看到一身的白色。

如果大家看过传统戏剧里的《白蛇传》，白素贞出来就是这个样子，一身素白。白素贞是一个非常有趣的角色，她是毒蛇，有很毒的部分，可是她又有很女性的美。冷若冰霜，又艳若桃李，这两个部分综合的时候，会产生非常奇特的一种爱慕性的部分。我觉得在民间塑造出来的《白蛇传》里面的造型，其实就是现在王熙凤这个造型。

王熙凤威势逼人

“眉弯柳叶，高吊两梢，目横丹凤，神凝三角。”我们一再提到《红楼梦》只要文字进入三个字、四个字或五个字，一串出现，都是视觉上的缓慢，镜头走得特别慢。眼角的部分往上吊，称为丹凤眼，有一种锐利的感觉。王熙凤的美忽然出现一个绝对凝练的表情，这个女性在极度的暴怒、痛苦、伤心的时刻，没有失去她贵族的身份，给尤二姐一个有威严、有权威的感觉。下面又出现诗句：“俏丽若三春之桃，清洁若九秋之菊。”再一次印证，《红楼梦》只要出现对仗性的句子，绝对是作者在赞叹。可是特别注意一下，在你人生最慌乱、最伤心、最幻灭、最痛苦的时候，还让别人觉得美，那个生命是有她自己把持的力量的。她素衣素服出现的时候，我们看到的是非常复杂的一个心情的象征。

尤二姐基本上是一个温和、善良，没有什么心机的女人，她对人也没有防范，她有一点意外、有一点吃惊，可是既然来了，她就大大方方出来，以礼相见。她大概会预期说王熙凤会骂她，会闹，会打她之类的，可都不是。我们透过尤二姐发现，这时候一定是王熙凤冷冷静静的，她才能够有机会从上到下把王熙凤看了一次。你会感觉到作者在描绘尤二姐的眼睛看到王熙凤时，尤二姐已经输了，她忽然发现这个人真是漂亮，干干净净，这么有礼貌。王熙凤第一个摆出来的威仪跟阵势已经让尤二姐完全信服了。

因为先天上尤二姐是外面包养的女人这样一个身份，她当然自己就矮了一截，尤其在古代的社会，她会觉得她永远不如王熙凤，王熙凤的家族、背后的背景这些，我相信她也知道。在整个观察的过程里，作者很细心地描绘尤二姐如何看另外一个女人。我们特别注意女性的眼中看另外一个女性，而她们之间可能有复杂的功利关系的时候，其实那个描绘是特别有趣的。

王熙凤这个时候在演戏，包括她这一天坐什么样的轿子来，穿什么样的衣服，头上应该戴什么样的首饰，她全部设计好，因为她要让对方一看到她就已经先输掉。王熙凤抓到的一个把柄是家里在办丧事，皇帝特别下过指令，这一段时间不能婚嫁，停止所有的娱乐喜庆活动。为什么王熙凤白衣素服？她其实先有一个下马威的意思，是说：我们都在守孝，你怎么会不知道国法家法呢？家法要守丧三年，国法是皇帝下过指令不准这个时候婚娶。她先抓一个大的名堂来镇住尤二姐。

尤二姐倾心吐胆

“两个女人搀扶入院来，尤二姐赔笑忙迎上来万福，张口便叫：‘姐姐下降，不曾远迎，望恕仓促之罪。’说着，便福了下来。”王熙凤她们基本上是旗人的装束，她不可能像汉人一样磕头，因为她们的鞋子是一个平板，底下有一个圆柱在脚的中央，所以清朝女性见面的一个礼节就是正正地蹲下去，两个手放在腰的旁边，也就是“道万福”，用动词就是“福下去”。这两个人不是没有斗争的，可是斗争当中有另外一种礼数在。

这一场戏真的是有趣，你会发现双方的周到。尤二姐知道她后半辈子其实还是靠这个女人，大房对她怎么样，影响她一生的命运，所以虽然还不知道王熙凤将会怎样对待她，可是至少她自己先周到一点。

“凤姐忙赔笑还礼不迭。”王熙凤平常也不太这样子，这个大房忽然大方起来了。面前是她的情敌，是她生病时丈夫瞒着她在外面娶的一个女人，她也没有打，也没有骂，也没有闹，还“赔笑还礼不迭”，然后“二人携手同入室中”。有点不可思议。读者的预期是事件爆发以后，王熙凤的嫉妒暴怒将要变成一个连续剧式的吵闹。可是没有，见面是彬彬有礼，讲话优雅大方的感觉。

“凤姐上座，尤二姐命丫环拿褥子来便行礼。”这里面还是有礼节，因为王熙凤是原配，所以尤二姐这个时候绝对不敢坐上座，请凤姐上座，凤姐也一定坐上座。刚才行万福只是接她，现在要正式拜见，要跪下来磕头行大礼了。她说：“奴家年轻，一从到了这里，诸事皆系家母和家姐商议主张。今日有幸相会，若姐姐不弃奴家寒微，凡事求姐姐的指示教训。奴亦倾心吐胆，只伏侍姐姐。”尤二姐是非常真心地讲这个话，她出身很低微，自己没有依靠，如果王熙凤真的作为原配可以包容她的话，尤二姐大概真的对她服服帖帖。我小时候亲眼看过当时有大太太、二太太住在一起的，她们可以相处得极好。二房对大房真的像对一个老姐姐或者母亲一样地去照顾。所以有时候人很复杂，连续剧里面把这种三角关系一味讲成只是吃醋、嫉妒也不尽然，有时候人有另外一种情感出来，非常难解释的。我觉得尤二姐其实有一点想扮演这个角色，想跟王熙凤变成很好的朋友，好好服侍她，也忠心地跟她在一起。

有没有发现平儿也是这样的角色？因为平儿是跟着王熙凤陪嫁来的丫头，理所当然就变成了贾琏的妾，可平儿从来不跟贾琏发生任何暧昧的关系。贾琏一进房，她就出去。她想让王熙凤放心，因为她怕王熙凤，她也忠心服侍王熙凤。有没有感觉到王熙凤有一种在女性当中非常奇特的权威？因为她有一部分男性阳刚果决的个性，所以女性也会服她。

可是王熙凤绝对没有办法容得下她身边有一个尤二姐这样的角色。

王熙凤巧言设局

“说着，便行下礼去。凤姐儿忙下座，以礼相还。”我们大部分时间看到凤姐坐在她的椅子上，别人跟她报告什么，她头都不抬的，可是这一次她真的不太一样了。注意王熙凤这一天真的在演一出戏，这个角色不是她平常的角色。这个时候她希望尤二姐完全信服她，她知道在弱势的状态最容易让对方相信。尤二姐还没有到她精致打造好的牢狱里去之前，她还要对她非常好。所以她这里面其实是一个设计。下面大家读一下王熙凤讲话的内容，也会吓一跳。

她说：“皆因奴家妇人之见，一味的只劝二爷保重，不可眠花卧柳，恐叫太爷、太太耽心。”她用女性的共同点在打动尤二姐——我们是女人，女人都有女人一些妇人之仁的看法。“此皆是你我之痴心，怎奈二爷错会了我的意。若是在外包占人家姐妹，瞒着家里也罢了，今娶了姐姐作二房这样正经大事，也是人家大礼，却不曾对我说。”意思是说，娶你尤二姐是一个大事情，而且我很高兴他娶了你，你应该是明媒正娶的，不要金屋藏娇藏在外面，你跟以前贾琏玩的那些女人其实不一样。她这个时候就是要取得尤二姐的信任。

“我也曾劝过二爷早办这件事，果然生个一男半女，连我后来都有靠。”她有一个冠冕堂皇的理由，是因为她没有生男孩子，所以如果娶了二房、三房，将来可以生一个男孩子的话，她也有靠。所以王熙凤的意思是：我干吗要阻碍他，如果他娶了一个女孩子，这个女孩子又生了一个男孩，这个小孩将来就是我的儿子，有什么不好？这里还有一层意思是说，将来如果尤二姐生下一个男孩，这个男孩要叫王熙凤妈妈，叫尤二姐姨娘。

“不想二爷反以我为那等嫉妒不堪的人，私自办了，真真叫我有冤没处诉。”其实我觉得王熙凤的嫉妒还不只是女性的嫉妒，她的嫉妒里面有一部分是她的好强。因为她是贵族家的女孩子，她觉得在任何人面前都不能输，她聪明、漂亮，一切的东西都是比别人强的，所以她没有办法理解为什么她的丈夫会喜欢另外一个人。

“我的这个心，惟天地可表。前于十日之先，奴已风闻，恐二爷不乐，遂不敢先说。”下面她开始说谎了，其实她刚刚知道这件事情，马上就安排所有的计谋；可是她说成只是担待贾琏和尤二姐，所以就没有说出来。“今可巧远行在外，故奴家亲自拜见过，还求姐姐下体奴心……”不知道大家有没有觉得王熙凤的语言好奇怪，她从来不用这种语言，连跟贾琏她都不讲这个话的。所以这里面全部是圈套，当一个人可以完全放下强势的身段，变成弱势的时候，她是最厉害的状态。她计谋最重要的核心是让尤二姐“……起动大驾，挪至家中。你我姊妹同房同处，彼此合心谏劝二爷，慎重世务，保养身体，方是大礼。”就是把尤二姐骗到她身边看管，可是尤二姐完全不懂。

王熙凤讲得漂亮，冠冕堂皇，忽然把尤二姐跟她拉到一边了，对立的人是贾琏，这才是大房厉害的地方。“若姐姐在外头，我在里头，虽愚贱不堪相伴，妹妹想想：我心里怎么过的去呢？再者，使外人听着，不但我的名声不好听，就是姐姐的名儿也不雅；况且二爷的名声更是要紧，倒是谈论咱们姐妹们还是小事。”她完全反过来讲，她是强势者，却说成是弱势，说尤二姐如果不跟她回去，表示说她又笨、又贱，不能够做尤二姐的陪伴者，她心里真的不安。再说，贾琏是朝廷做官的，金屋藏娇毕竟不好，也要为贾琏着想。可以看到，她打动尤二姐的方法是好几个角度。

尤二姐滴下泪来

下面她就讲到一个重点。尤二姐还在犹疑，因为平常用人总是在讲王熙凤多么坏。王熙凤当然知道，所以她说：“那起下人小人之言，未免见我素日持家太严，背后加减些言语，自是常情。姐姐乃何等样人物，岂可信真？若我实有不好之处，上头三层公婆，中有无数姐妹妯娌，况贾府世代名家，岂容我到今日？！”这是最打动尤二姐的话，就是说：这个女人真那么坏吗？如果真那么坏，公婆会容她吗，旁边的妯娌姊妹会容她吗？而且贾府是这么有规矩的一个大家族，怎么会让一个女人胡作非为呢？凤姐在这里几句话就把尤二姐的心防全部撤除。

这一段话很长，可是注意凤姐是一步一步来的，先劝尤二姐搬去跟她住，看到尤二姐还有一点犹疑，就开始怂恿她，说："今日二爷私娶姐姐在外，若别人则怒，我则以为幸。正是天地神佛不忍我被小人们诽谤，故生此事。我今来求姐姐进去和我一样同居同处，同分同例，同侍公婆，同谏丈夫。喜则同喜，悲则同悲；情同亲妹，和同骨肉。"意思是说，以后连大小，什么二房大房都不分了，完全一样的。

王熙凤的口才还是了不起的，四个字、四个字这样一连串出来，像诗句一样去打动人。说我们这一生，命运是相连的，高兴就一起高兴，不高兴就一起不高兴；我们像姐妹、骨肉一样。这个时候我们暗叫不妙，如果尤三姐没有死还好，因为尤三姐够聪明也够透彻，这个妹妹绝对不会让她姐姐搬进去。可是尤三姐死了，王熙凤的计谋才能得逞。

"不但那起小人见了，自悔从前认错了我；就是二爷来家一见，他作丈夫之人，心中也未免后悔。所以姐姐竟是我的大恩人，使我从前之名一洗无余了。若姐姐不随我去，我亦情愿在此相陪。我愿作妹子，每日伏侍姐姐梳洗。"有点可怕，对不对？王熙凤一辈子大概没有服侍过几个人梳头洗脸，现在她忽然跟一个弱女子说，我愿意服侍你。"只求姐姐在二爷跟前替我好言方便，容我一席之地安身，我死也愿意。"她说我现在生死都靠你了，我的丈夫在外面金屋藏娇，已经不爱我了，我人老珠黄，那我这一生将来还会不会受到丈夫的重视，完全靠姐姐。最厉害的一招是，她说她不回去了，情愿在此相陪。王熙凤的厉害，真的是不可思议，我想我们一般人还开不了这个口。

可是记不记得前面尤二姐问兴儿这个琏二奶奶到底是什么样的人时，兴儿说："嘴甜心苦，两面三刀；上头一脸笑，脚下使绊子；明是一盆火，暗是一把刀；都占全了。”尤二姐都忘了，现在全部事情印证。王熙凤这一段话说得这么柔软、这么悲情，她完全在演戏，可是尤二姐一步一步上当。

“说着，便呜呜咽咽哭将起来。尤二姐见了这般，也不免滴下泪来。”所以你看到尤二姐真的是单纯的，单纯到别人说什么话她都会相信。所以我想这是为什么小说里大家对于王熙凤不原谅的原因，是因为这个对手太弱了。对手太弱的时候，要把对方害到这么惨，读者就很容易同情这个弱者；如果这个尤二姐也够强，我觉得我们的同情会少一点。

尤二姐心防瓦解

“二人对见了礼，分序座下。平儿忙也上来要见礼。尤二姐见他打扮不凡，举止品貌不俗，料定是平儿，连忙亲身挽住，只叫‘妹子快休如此，你我是一样的人。’”尤二姐一看就知道这个人是平儿，所以她不敢受礼，她说“你我是一样的人”，就表示她们都是妾。那凤姐赶快又起身说：“折死他了！妹子只管受礼，他原是咱们的丫头。以后快别如此。”她现在就捧尤二姐，说你跟平儿是不一样的。“说着，又命周家的从包袱里取出四匹上色尺头、四对金珠簪环为拜见之礼。”其实真的是重礼了。“尤二姐忙拜受了。”

“二人吃茶，对诉已往之事。”这个时候你看到尤二姐就掏心掏肺了，说她怎么过来的，她跟贾琏怎么样子，所有的细节全部告诉王熙凤。已经变成情同姐妹了，没有什么隐瞒。“凤姐口内全是自怨自错，‘怨不得别人，如今只求姐姐疼我’等语。尤二姐见了这般，便认他作极好的人，小人不遂心，诽谤主子，亦是常理，故倾心吐胆，叙了一会，竟把凤姐认为知己。”尤二姐一步一步死在凤姐手中，也是因为她有自己的弱点，当她死心塌地把对方当成生命里面最值得信任的对象时，对方刚好是一个把她恨之入骨的人，而那个恨完全不露痕迹。

“又见周瑞等媳妇在旁边称扬凤姐素日许多善政，只是吃亏心太痴了，惹人怨。又说‘已经预备了房屋，奶奶进去一看便知。’”这些人是王熙凤的心腹，她们当然这样讲，所以王熙凤旁边有帮腔的人，都是要把尤二姐诓骗到那个牢狱当中去。“尤氏心中早已要进去同住方好，今又见如此，岂有不允之理。”这时候，尤二姐的心理防线早就已经瓦解了。

所以她就说：“原该跟了姐姐去，只是这里怎样？”我觉得这一句话里面有一种伤心，贾琏置办了二十间房子，让尤二姐住在这里，拨了一批用人给她，这几个月是尤二姐一生最快乐的时光，有自己的地，有自己的房子，有自己的用人，是一个自由独立的状况。这一段新婚的时光，是她最美好的日子。可是她跟王熙凤走，好像也有一个预感，有一个什么东西要结束了，属于她自己的那一个美丽生活的梦境将要破灭。

好，你看到王熙凤的回答很有趣，她说：“这有何难，姐姐的箱笼细软，只着小厮搬了进去。这些粗笨货要他无用，还叫人看守。姐姐说谁妥当就叫谁在这里。”对王熙凤这样的大贵族来讲，这间小套房算什么，不要了。所以她处理的是物质，可是这对尤二姐来说，是她一生的眷恋——那个是她新婚的被子，那个是她新婚的枕头。这里面其实有一个女性一生得到的唯一一次最美好的爱情，将要在这里幻灭的感觉。如果尤二姐敏感，她应该知道王熙凤这个人是无情的。

苦尤娘赚进大观园

王熙凤还是给尤二姐一个误会，说尤二姐是主人，她要派谁管这个房子，就让她派。可是因为所有的用人这个时候全部倒戈，贾琏派的人全部变成王熙凤派的人，所以尤二姐留谁在这里看守，王熙凤都十拿九稳。我们知道贾琏把很多私房钱藏在这里，把很多珍贵的首饰送给尤二姐。可是尤二姐死的时候要找金子都找不到，其实就是这一次搬家出了问题。我觉得最惨的是尤二姐要吞黄金自杀的时候，找金子找了半天，才找够把肠子坠断的金子。那个时候，她已经没有首饰了。所有这些细节都可以看到在这里有一种呼应，就是王熙凤是完全毫不留情的，扫得干干净净的。

尤二姐说："今日既遇见姐姐，这一进去，凡事只凭姐姐料理。我也来的日子浅，也不曾当过家，不明白世事，如何敢作主？这几件箱笼拿进去罢。我也没有什么东西，那也不过是二爷的。"这一段话是最惨的，尤二姐好像有点在交代后事。尤二姐的单纯可爱就在这个地方显现，对比出这个时候王熙凤的心机，读者会有一种难过，觉得不忍心对这样的女性下毒手，因为她完全没有防范。

"凤姐听了，便命周瑞家的记清，好生看管着，抬到东厢房去。"当然这就完了，所有的东西都变成王熙凤的了。"于是催着尤二姐穿戴了，二人携手出来，同坐一车。"这一段当中，两个人总是握着手，外面人根本就不知道这两个人中间发生了什么事情，所谓世俗讲的情敌的对立根本没有，好得不得了。王熙凤让尤二姐跟她坐在一起，然后悄悄告诉她说："我们家的规矩大。这事老太太一概不知，倘或知二爷孝中娶你，管把他打死了。”这句话是吓尤二姐的，因为她是来自一个低收入的贫民家庭，对于豪门完全不知道怎么回事，她就被吓住了。所以等一下把她带进去以后，没有先带回家——刚才不是骗她说有三间房子已经整理好，要带她回家吗——而是先把她藏在大观园李纨那里。王熙凤说：“如今且别见老太太、太太去。我们有一个花园子极大，姊妹们住着，轻易没人去的。你这一去且在园里住两天，等我设个法子回明白了，那时再见方妥。”

尤二姐说：“任凭姐姐裁处。”尤二姐已经好几次说：“我这一生就交给你来办了。我什么事都不懂，都由你来料理。”所以最后连生死都交给她了，一步一步走上完全没有办法自主的命运。“那些跟车的小厮们皆是预先说明的，如今不进大门，竟奔后门而来。”这样就偷偷把尤二姐骗进了大观园。这回的回目叫“苦尤娘赚入大观园”，这个“赚”是骗的意思。过去我讲过一张中国古画叫《萧翼赚兰亭图》，那个“赚”也是骗的意思。

善姐不善

“下了车，赶散众人。凤姐便带尤氏进大观园的后门，来到李纨处相见了。彼时大观园中十停人已有九停人知道了，今忽见凤姐带了进来，引动多人来看问。尤二姐一一见过。众人见他标致和悦，无不称扬。凤姐一一的吩咐了众人：‘都不许在外走了风声，若老太太、太太知道，我先叫你们死。’”王熙凤在用她的威严“保护”尤二姐。注意一下，保护尤二姐是做给大家看的，其实也是因为不透露风声，王熙凤才有机会安排她自己所有的计谋。

“园中婆子、丫环都素惧凤姐的，又系贾琏国孝家孝中所行之事，知道关系非常，都不管这事。凤姐悄悄的求李纨收养几日，‘等回明了，我们自然过去的。’李纨见那边已收拾房屋，况在服中，不敢张扬，自是正理，只得收下权住。”大家都上了王熙凤的当，觉得是因为违反了国孝、家孝，在外面金屋藏娇，所以要瞒着，而没有想到她其实可能在隐瞒其他的事情。

下面开始变了：“凤姐又变法将他的丫头一概退出，又将自己的几个丫头送他使唤。”王熙凤想尽方法把尤二姐原来用的人全部退掉、换掉，换成她的人，这个是最厉害的，因为你身边只要有一个自己人，你到时候还可以通风报信。尤二姐最后死的时候非常惨，身边全部是王熙凤的人，她自己陷在一个绝对孤立的状态中。所以王熙凤这样的人搞政治，大概也是不得了的，她打击对手的时候绝对不是先直接打击，而是把对手身边的帮手先去除，等到有一天对手孤立的时候，重重一击，对方才会真正死掉。

这些都是王熙凤这样一个充满心机的人的安排。王熙凤又暗暗吩咐大观园里的用人们：“好生照看着他。若有走失逃亡，一概和你们算帐。”这一句话一出来，你就恍然大悟她不是在保护尤二姐，而是在软禁她，因为她要慢慢折磨她。如果尤二姐这个时候逃走了或者上吊自杀了，王熙凤的戏就演不下去了。尤二姐的自杀，没有人怪到王熙凤身上，大家还觉得王熙凤对她这么好，她怎么还自杀，她要用这个方法去整尤二姐。

“自己又去暗中行事。合家之人无不纳罕，都说：‘看他如何这等贤惠起来了。’”没有几个人看出她的计谋。“那尤二姐得了这个所在，又见园中姊妹各各相好，倒也安心乐业的自为得其所矣。”读者为什么会同情尤二姐？因为尤二姐没有任何害人之心，王熙凤把她安排在这里，她见不到贾琏。可是她也没有抱怨，她觉得蛮好的，认识这些姐姐妹妹，大家相处得也都很好。

“谁知三日之后，丫头善姐便有些不服使唤起来。尤二姐因说：‘没了头油了，你去回声大奶奶拿些来。’”如果她自己有丫头的话，根本不要讲话，丫头就会为她准备。可是这个善姐就说了：“二奶奶，你怎么不知好歹，没眼色！我们奶奶天天承应了老太太，又要承应这边太太、那边太太。这些妯娌姊妹，上下几百男女，天天起来，都等他的话。一日少说，大事也有一二十件，小事还有三五十件。外头的从娘娘算起，以及王公侯伯家，多少人情客礼，又有这些亲友的调度。银子上千钱上万，一日都从他一个手，一个心，一个口里调度，那里为这点子小事去烦琐他。”你看，只要一点头油，她就讲了一串。

《红楼梦》有时候在用反面的字，善姐这个丫头对尤二姐不善良到极点，可是她的名字叫善姐。而且这个善姐越说越难听：“我劝你省着些儿罢。咱们又不是明媒正娶来的，这是他亘古少有一个贤良人，才这样待你，若差些的，听见了这话，吵嚷起来，把你丢在外，死不死，活不活，你又敢怎样呢！”尤二姐不只物质上开始窘迫，接下来还要听难听的话，经受双重的打击。

这个丫头完全不把尤二姐看在眼中，我们当然知道凤姐根本没有让一个好的丫头来服侍尤二姐，大概也故意要这个丫头来整尤二姐。这种比较没有受过教育、没有知识的用人，其实很容易被挑唆的。所以根本不要王熙凤动手，王熙凤永远讲漂亮的话，可是背后尤二姐是被她的丫头整到活不下去的，这就是两面三刀。一般人很难扮演这么复杂的角色，可是王熙凤可以。

“一席话，说的尤氏垂了头，自为有这一说，少不得将就些儿罢了。”接着连饭都没的吃了，“那善姐渐渐的连饭也不端来与他吃，或早一顿，或晚一顿，所拿来之物，皆是剩的”。我们特别讲到尤二姐在这里完全是一个被孤立的状况，如果她身边有一两个是自己的人，都不会这个样子，至少可以去通报一下。

“尤二姐说过两次，他反先乱叫起来。”善姐后面有凤姐撑腰，她知道是她的主人要整尤二姐，尤二姐后面没有人，所以敢这样。“尤二姐又怕人笑他不安分，少不得忍着。隔上五日、八日，见凤姐一面。”本来不是“同居同处，同喜同悲”吗？现在都不同了，五天见一次，八天见一次。见到的时候，“那凤姐却是和颜悦色，满嘴里‘姐姐’不离口”。这才是厉害的凤姐，不要以为她已经占优势就开始变脸，她没有，她绝对是让丫头去骂。她只是在幕后操控，所有坏的人都是她的傀儡。

尤二姐这样的一个命运，最后势必一步一步走到她最大的悲剧里。

导演官司

从王熙凤知道丈夫在外面金屋藏娇，一路看下来，我们看到王熙凤的冷静，看到王熙凤的演戏，看到王熙凤的忍让，看到王熙凤压抑自己。然后在第六十八回的后半段要爆发了，我们不要认为她的脾气是可以一直忍的，她在做很多计谋的安排。她心里所有的恨、她的痛、她的嫉妒，一定要找到一个发泄的出口。可是她知道这个出口不应该在尤二姐身上，因为基本上大家一看尤二姐，就知道她不是对手。尤二姐已经在她掌握之中，然后凤姐开始做另外一个安排——去找张华。

“凤姐一面使旺儿在外打听细事，这尤二姐之事皆已深知。原来已有了婆家的，他婿现在才十九岁，成日在外嫖赌，不理生业，家资花尽，父亲撵他出来，现在赌钱厂存身。父亲得了尤婆十两银子退了亲的，这女婿尚不知道。”

爸爸拿了钱也没有给儿子，因为知道这个儿子拿了钱去赌钱，所以干脆就不给他，也不让他知道。

“原来这小伙子名张华。凤姐都一一尽知原委，便封了二十两银子与旺儿，悄悄命他将张华勾来养活。”张华这种民间无赖，觉得天下掉下来礼物了，怎么忽然有人给他住好房子，给他饭吃。他也不知道接下来要干什么。我常常跟朋友说，天上掉下来馅饼的时候千万不要高兴，通常都是有祸事要来了。王熙凤就吩咐旺儿，“着他写一张状子，只管往有司衙门中告去，就告琏二爷‘国孝家孝，背旨瞒亲，仗财依势，强逼退亲，停妻再娶’等语”。

这个状子绝对是王熙凤帮他已经先写好的，王熙凤告她丈夫的罪名，第一个罪名是背旨瞒亲；第二个罪名是仗财依势，强逼退亲；第三个罪名是停妻再娶。很少看到老婆告丈夫告到这么狠，告三重罪名。可是王熙凤绝对不希望贾琏被判死罪，她也不希望贾琏真的吃上这个官司，她有百分之百的把握，整完贾琏之后还可以收场。王熙凤的设计之精明，以至于后来贾琏、贾珍、贾蓉都不知道是王熙凤在搞鬼，还以为真的是张华弄的，事实上张华都不敢告，是王熙凤一直逼迫他去告。

“这张华也深知利害，先不敢造次。旺儿回了凤姐，凤姐气的骂：‘癞狗扶不上墙去的种子！你细细的说给他，便告我们家谋反也没事的。不过是借他一闹，大家没脸。若告大了，我这里自然能够平息的。’”这一句话很好玩，皇亲国戚敢玩弄司法到这种程度，觉得民间的人真的是小家子气。不是大家族出来的，她绝对没有这个能耐，我们在外面学不到这个东西的。还有一句话是特别厉害的，就是“告我们家谋反我都可以摆平的”，她根本不把司法当成一回事。一个社会不上轨道的时候，司法的黑暗可以到这种程度。所谓的四大家族——贾家、薛家、王家、史家，在那个年代当中，真的是为非作歹到这种程度。

“旺儿领命，只得细说与张华。凤姐又吩咐旺儿：‘他若告了，你就和他对词去。’如此如此，这般这般，‘我自有道理。’”意思是说张华可能不敢告贾琏，那就让他告旺儿。王熙凤真是一个大导演，安排了所有细节。“旺儿听了有他做主，便又命张华状子上添上自己，说：‘你只告调唆来往过付，都是我就是了。’”这样一来，“张华便得了主意，和旺儿商议定了，写了一纸状子，次日便往都察院处喊了冤”。

都察院里的幽默剧

都察院是过去传统戏剧里面所谓司法机构的代名词，所以我们在《苏三起解》这种戏里常常会看到都察院。“察院坐堂看状，见是告贾琏的事，上面有家人旺儿一人，只得遣人传旺儿来对词。”原告是张华，有被告，是贾琏，可是不敢抓贾琏，所以只好传另外一个旺儿来。原告跟被告一起来，对簿公堂，才可以审案子。“青衣不敢擅入，只命人带信。”穿着深蓝色衣服的公差，他们不敢进贾家抓旺儿，所以只能找人带信。

“那旺儿正等着此事，不用人带信，早在这条街上等候。”历史上大概也很少有犯人等着公差来抓他的，就说你们终于来了，我等好久了，也不逃，你看到里面的戏演到多有趣。旺儿“见了青衣，反迎上去笑道：‘惊动众位兄弟，我犯了事。说不得，快来套上。’众青衣不敢，只说：‘你老去罢，别闹了。’于是来至堂前跪了”。我们不要忘记旺儿是一个贾府的用人，公差都不敢动。我想这种语言其实变成现代句大概也蛮有趣，是很幽默的写法，可是这个幽默的写法里面透露出来的东西让你心里一寒，原来社会里是有这样的东西存在的。

“察院命将状子与他看。旺儿故意看了一遍。”状子根本就是他安排的，他当然知道内容是什么，就说：“这事小的尽知，小的主人实有此事。但这张华素与小的有仇，故意攀扯小的在内。其中还有别人，求老爷再问。”有没有发现这里面有阴谋，王熙凤要告的不只是丈夫贾琏，还要告贾珍、贾蓉，但她知道都察院不敢碰贾珍、贾蓉，所以要当堂把这两个人扯出来。张华赶紧磕头说：“虽还有人，小的不敢告他，所以只告他下人。”

旺儿故意很着急地说：“糊涂东西，还不快说出来！这是朝廷公堂之上，凭是主子，也要说出来。”表面上意思是说司法是公正的，自古就说：王子犯法与庶民同罪，可是从来大概没有真正同罪过。这个小说里面也有很多小市民的悲哀，他们永远听到的就是冠冕堂皇的话，可是在现实当中，司法何曾真正让所有人得到平等？所以民间后来塑造了一个像包青天这样的角色，是在戏剧里大快人心的。但是最后包青天可以去动驸马吗？其实我们到今天都还怀疑，小说跟戏剧就是给了我们一个心理上的补偿。我相信从宋代以后出现的包青天一系列的故事，也是一种心理反应。在现实里越未得到的东西，文学戏剧里越得到人们的赞美，因为现实里刚好是相反的，没有这个青天存在过。

贾蓉被告

“张华便说出贾蓉来。察院听了无法，只得去传贾蓉。”这个时候，“凤姐又差了庆儿暗中打听，告了起来，便忙将王信唤来，告诉他此事，命他托察院只虚张声势惊唬而已，又拿了三百银子与他去打点。”真是厉害，该收的时候要收，因为把贾蓉抓来真的打了、关了，也很麻烦。这是他们贾家的人，她只是要吓他们。“是夜王信到了察院私第，安了银子。那察院深知原委，收了赃银。次日回堂，只说张华无赖，拖欠了贾府银两，枉捏虚词，诬赖良人。”王熙凤有足够的聪明跟胆量玩这个游戏，但要是玩不好，是会出事的，因为给法官三百两银子，他如果讲出去怎么办？万一这个法官刚好是一个青天，把贾琏、贾蓉抓起来，那要怎么办？所以我其实有点捏一把冷汗。

这个王熙凤真厉害，一切尽在掌握，可原因是什么呢？原来“都察院素来与王子腾交好”。这一句话是重点，不要忘记王熙凤的叔父是王子腾，是九省统制，有这样的父辈，她才敢玩，可以玩到这种程度。“王信也只到家说了一声，此时贾府之人，巴不得了事，便也不提此事，且都收下，只传贾蓉对词。”都察院的人第一得罪不起王子腾，第二得罪不起贾琏，第三又有钱拿，所以他们就是糊弄一下。

贾蓉被告了，王熙凤才有机会去闹宁国府，因为贾蓉是宁国府这一支的。贾蓉听说自己被告，“就慌了，忙来回贾珍。贾珍说：‘我早防这一着，只亏他大胆子。’即刻封了二百银子着人去打点察院，又命家人去对词”。我们看这个察院的法官，那边收三百两，这边收二百两，已经五百两银子了。《红楼梦》的细节其实透露出官场的腐败到这种程度，其实老百姓完全搞不懂。任何一个开明的社会，其实很关键的一个部分真的是司法够不够透明、够不够公正。所以《红楼梦》让你觉得可怕的是在那样一个清代的极盛时期，其实它司法的部分已经腐败到这种程度，完全操控在一些私人的手中。这么年轻的一个女孩子，她知道怎么在司法里操控得收放自如，可以玩弄司法到这样的程度。

贾珍说这个人真大胆，意思是一个无赖竟然敢告贾家的人，要不要命？因为他是可以把这个人整死的，我们知道贾家好几次把人整死也不了了之的。不要讲别的，薛蟠打死过人，最后完全不了了之，因为贾雨村在判那个案子。小说一开始就已经有这种事件了，其实这样的事件一再发生，所以对于贾珍他们来讲，也没有什么害怕的，他只知道说应该打点了，二百两银子就送过去了。贾蓉也不用去，派他底下的人去就行。“正商议之间，人报：‘西府二奶奶来了。’”

前面一直在拖，到现在，王熙凤终于出场了，王熙凤要大闹一场了。她要报复的不只是尤二姐，她要报复的是这一群把她瞒在鼓里的男人。

王熙凤开骂

“贾珍听了这句，倒吃了一惊，忙要同贾蓉藏躲。”贾珍发现儿子被告都没有那么怕。“不想凤姐进来了”，我们又看到王熙凤的厉害，该进来的时候，根本就不要通报。过去的女性要进到男人的房间都要通报的，但王熙凤哪里管这个。王熙凤进来就说：“好大哥哥，带着兄弟干的好事！”开始骂贾珍。贾珍、贾蓉真是不堪，是贾府最糟糕的纨袴子弟，虽然王熙凤坏，王熙凤厉害，可是我觉得透过王熙凤的嘴在骂他们的时候，是过瘾的。下面我们看到贾珍的狼狈样子："贾蓉忙请安，凤姐拉了他进来。贾珍还笑说：'好生伺候你婶娘，吩咐他们杀牲口备饭。'说了，忙命备马，躲往别处去了。"

我们在传统戏剧里常常看到这种男人，平常威风得不得了，可是一碰到事情的时候，吓个半死，就发抖跑掉，最后倒霉的就是他太太——王熙凤闹的其实是他太太，一把鼻涕、一把眼泪就抹在她衣服上，让尤氏难堪到极点。

王熙凤闹的时候可真不简单，语言漂亮、干净利落，把人家骂到没有话讲，然后从中还要牟利，这才叫骂。那种泼妇骂街似的，骂了个半天不着痛痒是没有用的。

"这里凤姐儿带着贾蓉走至上房，尤氏正迎了出来，见凤姐气色不善，忙笑说：'什么事情这么忙？'凤姐照脸一口唾沫啐了来，说道：'你尤家的丫头没人要了，偷着只往贾家送！难道贾家的人都是好的，普天下死绝了男人了！'"她在骂尤氏，也在骂贾家，说贾家男人有什么好的。"你就愿意给，也要三媒六证，大家说明，成个体统才是。你痰迷了心，脂油蒙了窍，国孝家孝两重在身，就把人送来了。这会子被人家告我们，我又是个没脚蟹，连官场中都知道我利害吃醋，如今指名提我，要休我。我来了你家，干错了什么不是，你们这等害我？或是老太太、太太有了话在你心里，使你们做这圈套，要挤我出去？"只有读者清楚，是王熙凤安排的人去告的，可是在说的时候，她委屈得变成受害者。王熙凤又在演戏了。这里面也有王熙凤真正的委屈，就是说我王熙凤嫁到你们贾家来，管家辛苦得不得了，到底做错了什么事，丈夫现在在外面金屋藏娇要把我赶走。

"如今咱们两个一同见官，分证明白。回来咱们再同族中人，大家觌面说个明白。给我休书，我就走路！"一个在绝对强势里的人是可以讲最大胆的话的，她当然知道没有人敢休她，因为她背后有一个王子腾，就是那个做九省统制的。我们知道，过去休一个太太也还要看看她背后有什么样的家族，所谓娘家的势力，也变成女性很在意的东西，娘家够强，才有人护你。我们想到嫁到皇宫里的贾元春，她一路扶持自己的家族，让贾家每一个都做官，如果她在深宫里，没有娘家这种官场势力与她呼应，其实她是弱势的。所有的这种婚姻关系都跟政治关系牵连在一起。四大家族最后发现是一家，就像一棵大榕树，所有的东西都是牵连在一起的，它的筋脉是切不断的。所以那个社会的腐败大概也没有办法只切一部分就可以切掉。

贾蓉叛变

"一面说，一面大哭，拉着尤氏，只要去见官。急的贾蓉跪在地下碰头，只求'姑娘、婶婶息怒。'"王熙凤骂贾蓉的时候特别狠，因为贾蓉是她最爱的一个侄子，漂亮，嘴巴很甜，现在发现贾蓉竟然背叛她，就骂得特别狠："天雷劈出脑子、五鬼分尸的、没良心的种子！不知天有多高，地有多厚，成日家调三窝四，干出这样没天理、没王法、败家破业的营生。你死了的娘阴灵儿也不容你！祖宗也不容你，还敢来劝我！"我们要骂人的时候，真的不容易把语言修饰到这么好。特别生气的时候，要骂人会气结，讲不下去，可是王熙凤一句接一句出来的时候，我觉得她反而是冷静的，她没有那么气，她在演戏。

"哭骂着，扬手就打。"贾蓉知道王熙凤是一个有势力的人，这个时候，他其实有一点想立刻投靠到王熙凤这边。他帮贾琏的原因，是因为他觉得贾琏娶了尤二姐以后，他自己可以去玩尤二姐，他有一个欲望在里面。可是现在他发现贾琏实在太差了，太窝囊了，实在比不上这个婶婶，所以他从叔叔派又要变成婶婶派。下面他的表演有点像小丑——“贾蓉忙磕头有声说：‘婶婶别动气，仔细手，让我自己打。婶婶别生气。’说着，自己举手左右开弓，自己打了一顿嘴巴，又自己问着自己说：‘以后可再顾三不顾四的混管闲事了么？以后还单听叔叔的话，不听婶婶的话么？’众人又是劝，又要笑，又不敢笑。”

可是不要忘记贾蓉大概也就是十九、二十岁的男孩子，怎么会这么低级，没有一个骨骼在那里的感觉——爸爸溜走了，这个儿子其实也没有像样到哪里去。我们现在很少看到打自己嘴巴这种场面，可是在清朝很多，皇帝骂大臣，或者是太后骂大臣的时候，都是大臣自己打，说不要劳动你，我自己先左右开弓打。贾蓉在骂自己，他扮演了两个角色，一个做错事的贾蓉，还有一个是现在反省的贾蓉。这个戏真的很有趣，西方的戏里很少看到这个东西，可是在儒家的文化里常常会出现。

王熙凤把局势整个扳回来了，从兴儿到贾蓉，原来投靠到贾琏那边去的人，全部投诚。其实也很难怪谁，贾琏真是窝囊，他实在没有办法做一个“主席”，他做这个角色实在做不好，所以所有人都背叛他，到王熙凤那边，因为王熙凤厉害。

哭闹中不忘赚钱

她还没有闹完，继续闹，“凤姐儿滚到尤氏怀里，嚎天动地，大放悲声”。这才是厉害，指着一个人的鼻子骂，不如你滚到她怀里去，然后把鼻涕和眼泪都抹在她身上。这就是撒赖、撒泼，都不是容易做出来的，因为要放得下身段，平常那么高傲的王熙凤，这个时候可以变成一个无赖的样子。

王熙凤说：“给你兄弟娶亲，我不恼。为什么使他违旨背亲，将混帐名儿给我背着？咱们只去见官，省得捕快皂隶来拿。”她还是用冠冕堂皇的话来压，就是说你们不要讲我王熙凤嫉妒，我也不是嫉妒，你为什么要让贾琏“违旨背亲”。说到见官，王熙凤知道捕快皂隶一辈子都不敢来抓她，所以她反而敢讲这种话，她是在吓尤氏，因为尤氏是小户人家出身。

“再，咱们过去，见了老太太、太太、阖族中人，大家公议了，我既不贤良，又不容丈夫娶亲买妾，只给我一纸休书，我即刻就走。”其实也没有人要休她，可是她把自己讲到一个最悲惨的状况。“你妹妹我已亲身接了来家，生怕老太太、太太生气，也不敢回，现在三茶六饭，金奴银婢的住在园里。我这里赶着收拾房子，和我的一样，只等老太太知道了，原说接过来大家安分守己的，我也不提旧事了。谁知又是有了人家的。不知你们干的什么事，我一概不知道。”她把自己完全撇清，让尤氏怎么也不会怀疑是王熙凤安排张华去告的。我想如果我们碰到这个事，我们一样是输家，因为我们在人性里想不到王熙凤可以玩这样的游戏。

“如今告我，我昨日急了，纵然我出去见官，也丢的是你贾家的脸，少不得偷把太太五百两银子去打点。如今把我的人还锁在那里！”我们大概真的要学这个东西，如此冷静，这个时候还在赚钱。后来尤氏就说，不能让王熙凤亏空，就给了她五百两银子。我们都知道她刚刚送去的是三百两，现在收回来五百两，还赚了二百两银子。这个人怎么这么会精打细算！我们通常吵架的时候已经都昏了，要想出漂亮的句子已经不容易，中间还要赚钱，真的是不能不佩服这个女子。我自己在生活里一直还没有碰到过这么厉害的人，我后来再问我自己：是不是碰到我不知道？因为有一种厉害，厉害到你根本看不出来。有可能我就是尤氏，看不出来有这么厉害的人在，真的不知道她完全在演戏。

有没有发现王熙凤说她自己没有钱，是偷了太太五百两银子去打点的。可是我们都知道王熙凤私房钱简直吓死人，动不动就是三千两银子来放高利贷。尤氏到底是真的相信还是假的相信，我们也搞不清楚。可是到最后她就是赚到了。

“说了又哭，哭了又骂，后来放声又哭起祖宗爷娘来，又要寻死撞头。”这是连续剧里常常看到的，一哭二闹三上吊，像是一个惯例。这个戏要演到多么精彩，不只文戏，还有武戏。撞头要撞得刚好，如果撞重一点自己也受不了，撞快一点、撞慢一点都要刚好给人家机会可以拉到。王熙凤这一天演戏真不容易——如果别人不抓住她，她不是撞死了吗；如果慢一点，又给人家看出来，穿帮了。所以分寸拿捏得要很好。

大闹宁国府

“把个尤氏揉搓成了一个面团儿，衣服上全是眼泪鼻涕，尤氏没别话，只骂贾蓉：‘孽障种子！和你老子作的好事！我就说不好的。’”尤氏有一点想逃避，借着骂儿子想躲开。“凤姐儿一面说，哭着，两手搬着尤氏的脸，紧对相问道：‘你发昏了？你的嘴里难道有茄子塞着？不然他们给你嚼子衔上了？为什么你不告诉我去？你若告诉了我，这会子平安了，怎得经官动府，闹到这步田地，你这会子还怨他们！自古说："妻贤夫祸少，表壮不如里壮。"你但凡是个好的，他们怎得闹出这些事来！'"王熙凤其实气的是说，生病的时候所有人瞒着她在做这样的事。所以她要闹给所有人看，看以后敢不敢瞒她什么事情。如果谁有事情不跟她通报，她就要整谁。所以她这个时候其实是在整尤氏。

不要忘记尤氏等于是她的嫂嫂，她竟然可以在那个古代的伦理当中，完全不把尤氏看在眼里。她说："你又没才干，又没口齿，锯了嘴的葫芦，就只会一味瞎小心，图贤良的名儿！总是他们也不怕你，也不听你说。"说着，"又啐了几口"。这真是够难听的。尤氏真惨，她被自己的弟媳妇骂到这种程度，没有办法回口。这里面还是因为她们背景的不同，尤氏是小门小户，王熙凤是大贵族。尤氏也哭着说："何曾不是这样，你不信，问问跟的人，我何曾不劝的，也得他们听。叫我怎么样呢？怨不得妹妹生气，我只好听着罢了。"我们看到，所有的女性在王熙凤的面前忍辱到这种程度，就是说你骂我，我也没话讲了，我就让你骂吧。

"众姬妾、丫环、媳妇已是乌压压跪了一地。"注意这个画面，王熙凤在整贾蓉，在整尤氏，所有的用人都看不过去，觉得好像过分了。我们知道贾珍不知道娶了多少房，所以姬妾一大堆，大家全部跪下来，赔笑求说："二奶奶最圣明的，虽是我们奶奶的不是，奶奶也作践的够了。当着奴才们，奶奶们素日何等的好来，如今还求奶奶给留脸！"我们知道尤氏真的是很懦弱的一个女人，完全没有主见，任凭自己的丈夫、儿子胡作非为。所以这个时候她就完全招架不住了，反而是用人出来给她求情。"说着，捧上茶来。凤姐也摔了。"她就是在宁国府闹到让大家觉得难堪，不给他们脸面。

有没有发现，我们都以为她去尤二姐那边会闹，结果没有，她是到尤氏这边才闹。因为她是要把尤二姐整死的，她闹的话，尤二姐就不跟她来了。她要有另外一个计谋对付尤二姐。贾珍、贾蓉、尤氏这些人是她的亲戚，她也不能拿他们怎么样，这个时候她就要侮辱他们，一定要大闹宁国府。

"一面止了哭，挽头发，又喝骂贾蓉：'出去请大哥哥来。我问他，亲大爷的孝才五七，侄儿娶亲，这个礼我竟不知道。我问问，也好学着日后教导子侄！'"贾蓉一定要替他爸爸挡，不能真的听王熙凤的话，把爸爸又拉回来。"贾蓉只跪着磕头，说：'这事原不与我父母相干，都是儿子一时吃了屎，调唆着叔叔作的。我父亲也并不知道。如今我爷爷正要出殡，婶子若闹起来，儿子也是个死。只求婶婶责罚儿子，儿子谨领！'"贾蓉要侮辱自己的时候，也比别人加倍侮辱。这个男孩子长得漂漂亮亮的，很惹人心疼，可是他是很懂得圆滑的，他奉承人的话特别好听。现在他知道王熙凤生气，他就尽量侮辱自己，尽量骂自己、打自己，让王熙凤可以消气。

贾蓉非常聪明，他知道这个官司必须由王熙凤去料理，因为这里面有家族的势力，如果不是王熙凤出面，他们还真压不住。所以这个时候他就求王熙凤说："这官司还求婶婶料理，儿子竟不能干这大事。婶婶是何等样人！岂不知俗语说的'胳膊只折在袖子里'。儿子糊涂死了，既作了不肖的事，就同那猫儿狗儿一般。婶婶既教训，就不和儿子一般见识了，少不得还要婶婶费心费力，将外头的事压住了才好。原是婶婶有这个不肖的儿子，既惹了祸，少不得委屈，还要疼儿子。"贾蓉知道王熙凤再怎么闹都是在家里闹，因为家丑不可外扬；她也绝对不能让官府真正处罚她的丈夫或者贾珍，或者贾蓉，因为在外面的时候他们是同一个家族，有共同的利益、共同的利害关系。贾蓉看准了这一点去求王熙凤，然后“说着，又磕头不绝”。

贾蓉都如此低声下气，这里面当然是因为王熙凤的家世势力之大。贾家是大官，可是王家比他们现在的官还大。本来王熙凤嫁给贾家的时候他们还比较平等，可是王子腾升了九省统制以后，格局不同了，王熙凤背后的势焰可能是更大的。

最佳演技完美收场

“凤姐见他母子这般，也再难往前施展了，只得又转过了一副形容言谈来。”王熙凤真的应该得一个最佳演技奖，立刻又变了，对尤氏说：“我是年轻不知事的人，一听见有人告了官，把我吓昏了，不知方才怎样得罪了嫂子。”真是高手，她可以“演技派”到这种程度。我说“演技”是指她完全在自己的安排当中演戏，哭也好，闹也好，都不动她真正的情绪，只是演给别人看。她真正气的时候是兴儿跟她报告，那个时候她“面如金纸”，没有表情。之后她大概就不气了，她要开始报复了。人在报复的时候是不会气的，因为她要动很多的脑筋。

更厉害的是，贾蓉不是说让王熙凤把官司压下去吗，所以她说：“可是蓉儿说的‘胳膊折了往袖子里藏’，少不得嫂子要体谅我。还要嫂子转替哥哥说了，先把这官司按下去才好。”意思是说已经拿了五百两银子去打点了，那你们接下来怎么办？尤氏跟贾蓉也够聪明，一听就懂了。说：“婶婶放心，横竖一点儿连累不着叔叔。婶婶方才说用过五百银子，少不得我娘儿们打点五百两银子与婶婶送过去，好补上。不然岂有反叫婶婶又添上亏空之名，越发我们该死了！”其实王熙凤要的就是这句话。

后面她们就商量要怎么处理这个事。王熙凤说这个事情不好做，“国孝一层罪，家孝一层罪，背着父母私娶一层罪，停妻再娶一层罪”，不容易料理。下面我们看到有一点点暧昧的地方，就是贾蓉不太懂王熙凤这个时候心里到底想要什么。王熙凤打这个官司是不是要张华重新把尤二姐娶回去呢？可能到了第六十九回，我们才看得出来。

如果张华真的把尤二姐娶回去，他们贾家、王家都完了，因为太没有面子了，这么大的贵族，竟然被一个无赖小民玩在手中。到第六十九回，王熙凤会真正暴露出她更狠毒的一面，因为她已经骑虎难下。原来她大概想如果张华真的把尤二姐娶回去也好，可是她再想不对，张华娶了尤二姐会后患无穷，因为尤二姐会是一条线索，张华也会是一条线索。王熙凤刹那之间生出了最毒的心，就是这两个人都必须要解决掉。

第六十九回

弄小巧用借剑杀人

觉大限吞生金自逝

美和可怜

《红楼梦》第六十四回之后出现两个非常重要的人物，一个是尤二姐，一个是尤三姐。我们在前面已经看到尤三姐跟柳湘莲事件的发生，然后尤三姐自杀了。今天我们会在第六十九回里看到尤二姐的死亡。尤二姐的死亡，大概也是《红楼梦》里最让读者感动的一段。两个个性全然不同的女性，因为一些特殊的因果相逢在一起，造成了一个巨大的悲剧。这两个女性，一个是聪明厉害的王熙凤，一个是天真烂漫的尤二姐。

王熙凤把尤二姐接进来以后，把她带到贾母的面前，贾母不认识她，就很仔细地看，说："这是谁家的孩子！好可怜见的。"过去的人赞美一个女孩子美的时候，用"可怜见"的，我们今天很少称赞一个女孩子长得漂亮用"可怜"，因为我们今天不一定觉得"可怜"是美。可是大概在宋代到清代这一段时期，美常常等于可怜，因为女性变成了一个附属的角色，是没有办法有自主力的。越弱势，越表现出自己没有能力，越构成美的条件。

不只在东方，在西方也有。西方巴洛克时期的女孩子都会晕倒，有时候是真的晕倒，有的其实是假的晕倒，晕倒以后，男孩子在旁边扶她的时候，雄性激素会被刺激起来。雄性很有趣，他会觉得保护一个女性的时候，男人的快感被激发出来。女性如果从动物学的角度来看的话，她某一些娇弱的部分未必完全是真的，或者是她的生态本能。比如说在美国也讲女士优先，其实是说男孩子要懂得照顾女孩子：女孩子要走进一个房间，男孩子要帮她开门；女孩子要坐下来，男孩子要帮她拉椅子、送椅子。这些都是男孩子从小礼仪上的训练。可是这个训练为什么不是女孩子对男孩子？很明显，是在动物性上去界定了雄性的保护角色。而女性扮演了一个被保护的角色，被保护的角色越可怜的时候，她美的可能性越大。

读第六十九回的读者，会对尤二姐有一个极大的同情，会觉得尤二姐只是一个可怜的人物，家里很穷，投靠亲戚，可是长得又漂亮，所有这些豪门的贵族想要去包养她，她自己其实是一个被动的角色，她也没有自主性。我们慢慢就会发现尤二姐变成一个悲剧的角色，不只是王熙凤要去整她的问题，而是贾家所有的男人都用这样的方法去玩弄她，因为她长得漂亮，那漂亮是不是她的罪过？

贾母品评尤二姐

"凤姐上来笑道：'老祖宗倒细细的看看，好不好？'说着，忙拉二姐说：'这是太婆婆，快磕头。'二姐忙行了大礼，展拜起来。又指着众姊妹说：这是某人某人，'你先认了，等给老太太瞧过了，再见礼。'二姐听了，一一又从新故意的问过，垂头站在旁边。贾母上下瞧了一遍，因又笑问：

‘你姓什么？今年十几了？’”贾母从上到下看一遍，因为她是老人家了，老人家通常在家族里扮演了一个检查者的角色，常常是妈妈或者老祖母，扮演那个要为儿子选媳妇的角色。我们平常会觉得这样看人有一点不礼貌，可是贾母她无所谓，因为她年纪已经到了一个层级，辈分又很高。她的问话也都是很家常的。

凤姐很厉害，说：“老祖宗且别问，只说比我俊不俊？”所以“贾母又戴上眼镜，命鸳鸯、琥珀：‘把那孩子拉过来，我瞧瞧肉皮儿。’众人都抿嘴笑着，只得推他上去。贾母细瞧了一遍，又命琥珀：‘拿出手来我瞧瞧。’鸳鸯又揭起裙子来。贾母看毕，摘下眼镜来，笑说道：‘竟是个齐全孩子，我看比你俊些。’”贾母用到一个很有趣的词叫“肉皮儿”，其实是在讲人的皮肤，是北方话。这是非常民间的语言，如果用“皮肤”，语言就不够活泼，“肉皮儿”，就觉得简直像一道菜一样。这些动作像一个画面跟场景，让我们感觉到一个老太太在看一个小女孩的时候，好像在检查一个精品，特别是说把手拿出来看一看齐不齐全。我记得小时候看到老人家在选媳妇的时候，真的是有点像这样子。而且我们还知道贾母是戴老花镜的。老花镜是西方发展出来，用水晶磨出来调整视力的。其实在清朝的时候在贵族的生活里面已经大量有眼镜这类东西。

王熙凤听到贾母赞美尤二姐，“笑着忙跪下，将尤氏那边所编之话，一五一十细细的说了一遍，‘少不得老祖宗发慈心，先许他进来，住一年后再圆房。’贾母道：‘这有什么不是？既你这样贤惠，很好。只是一年后方可圆房。’”古代结婚不等于圆房，结婚是一个拜天地、拜祖先的仪式，圆房是真正有性的行为，就是同房了。一年后圆房，因为有国孝、家孝在身。当然我们知道贾琏其实早就已经圆房了，这个也是在外面讲的一个礼教。

其实王熙凤说尤二姐是贾琏在外边娶的一个二房，大家都很讶异，觉得王熙凤平常那么嫉妒，贾琏多看一个女人一眼，回家都会被打成个烂羊头，这一次她怎么这么大方？可是大家不了解王熙凤已经安排了要怎么去整死尤二姐的计谋。

张华父子逃走

下面一段接到张华继续去告，特别告到“察院”，这个叫作“察院”的机构，就是所谓都察院，有一点像我们今天的检调单位跟法院，“都和贾、王两处有瓜葛”，因为贾家跟王家都是当时的权力家族。西方讲启蒙运动的时候，最重要的社会改革其实是司法，司法如果没有公正，小老百姓永远没有办法好好过日子。《红楼梦》其实曝露出清代所有的政治权力斗争里最腐败的一部分，就是检调机关跟法院机关。“察院”整个像是贾家跟王家所掌控的一个机构，王熙凤拿钱给“察院”的检察长或者法官，说这个案子要怎么判，他们就怎么判。最后判定张华“有力时娶回”。这是第一段判案。这个第一次判案是王熙凤的第一个想法，她希望尤二姐被张华娶回去，贾琏就得不到尤二姐了。

可是后来她大概觉得不对，张华这种人过几天只要贾琏找到他，给他一点钱，他又会把尤二姐卖给贾琏。那个时候神不知鬼不觉，她也控制不了。你会看到王熙凤这个女性心理上的复杂，其实她知道她的丈夫是掌控不住的，她觉得丈夫有一个外遇，先是要阻止这个外遇，可是后来发现其实最好的方法，是把这个外遇弄到身边来，可以就近看守。

贾蓉就很聪明，他“深知凤姐之意，若要使张华领回，成何体统，便回了贾珍，暗暗遣人去说张华：‘你如今既有许多银子，何必定要原人。若只管执定主意，岂不怕爷们一怒，寻出一个由头，你死无葬身之地。你有了银子，回家去，什么好人寻不出来。你若走时，还赏你些路费。’张华听了，心中想了一想，这倒是好主意，和父亲商议已定，约共得了有百金，父子次日起个五更，便回家去了”。逃走以后，等于原告不见了，这个案子其实也就可以不了了之了，可是后面的事情却透露出王熙凤的狠毒。

不能将刀靶付与外人

王熙凤就想：“张华此去，不知何往，倘或他将此事再告诉别人，或日后再寻出这由头来翻案，岂不是自己害了自己？原先不该如此将刀靶付与外人去的。”王熙凤的意思是，刀把儿一定到拿在自己的手上，要杀人的时候才可以杀，刀把儿给了别人，就相当于别人要杀我的时候随时都可以。张华一天不除掉，她一生的把柄都会在张华的身上，因为所有的事情——贾琏怎么娶尤二姐，然后王熙凤怎么去买通官府——他都知道。

所以她立刻就把心腹旺儿叫来，王熙凤所有在外面放高利贷，收利息都是旺儿帮她办的，这个人用今天的话来讲可能就是“白手套”，王熙凤最相信他。王熙凤“悄命旺儿遣人寻着了他，或讹他作贼，和他打官司将他治死，或暗中使人算计，务将张华治死，方剪草除根，保住自己的名誉”。这里面透露出王熙凤的厉害，才二十岁的一个女性，可是她已经太知道权力要怎么用下去。

这一段话我想是权力结构里的人都会懂，可我们一般小市民是不懂的，就是怎么会为了保有名誉，要把别人弄死掉？因为牵连太复杂。生命里面千万不要去做张华这个角色，因为这个角色不是说他会不会爆料，是只要有爆料的可能，就必死无疑，他一开始插手这个事情，已经注定了他的死亡。

我想古今中外大概是一样的，政治的权力斗争是最恐怖的，为了自保，可以使用最残酷的手段；权力结构里面人的狠，是你无法想象的。旁边的小市民其实看不懂，因为他们根本不知道权力是怎么回事。《红楼梦》这一段其实是在讲权力，而王熙凤是一个玩权术玩得最厉害的女人，她的精明跟干练，以及所有小细节拿捏的准确，在里面都显露出来了。

命运不可操控之处

通常我们会觉得张华逃走，可能就算了吧，可是王熙凤绝对不会在这个时候罢休的。因为她知道这个时候算了，她一辈子的把柄都拿捏在别人的手中。所以还要派旺儿去把张华打死。可是旺儿没有做，他想：“人已走了完事，何必如此大作？人命关天，非同儿戏！我且哄过他去，再作道理。”

有没有对比出来王熙凤跟旺儿是不同的？因为旺儿不懂权力，觉得为什么一定要把这个人斩草除根。他太天真了。可是王熙凤知道这个人只要留住，有一天她就完了。果然后面王熙凤就会完蛋，就因为留了一个爆料的可能。这是《红楼梦》写到非常细微的地方，让你看到生命里面最大的悲惨，可能是命运上的一个拨弄，这种拨弄往往超乎想象之外。

所以旺儿回来就跟王熙凤扯谎说："张华是有了几两银子在身上，逃去第三日在京口地界，五更天已被截路的人拿闷棍打死了。他老子吓死在店房，在那里验尸掩埋。"

特别注意曹雪芹写法的了不起，曹雪芹说："凤姐听了不信。"这才是王熙凤，如果凤姐听了说："哦，那就算了。"绝对不是王熙凤，王熙凤这种人绝对是多疑的。所以她说："你要扯谎，我再使人打听出来敲你的牙！"王熙凤的厉害是派旺儿去做一件事，她还要警告旺儿；而且她可能真的找人再去调查旺儿这个事情有没有说谎。这个就是我们说的权力结构里的残酷是斩草除根的，不能够留下一点点的蛛丝马迹。这些部分可能是读《红楼梦》的人常常忽略的，可其实是《红楼梦》写得最好的部分。

可是王熙凤算不到的是张华最后还活着，案件里面会有疏漏，因为王熙凤管不了这么多，她管不到每一个人。旺儿在外面到底做了什么事，回来讲的是真话、假话，她其实没有办法判断，因为她位置太高了，没有办法亲自去查这个事情。当然《红楼梦》没有完全写完，王熙凤后来的悲剧下场我们也看不到，可是一般人认为她是后来下场最惨的，在第六十九回就已经有一点讲出来，叫"天道好还"。"天道好还"是《老子》里的一句话，其实有一点像佛教后来讲的因果，意思是你所有做在别人身上的事，最后会回到你自己的身上来。民间一直相信这种说法，也变成东方哲学里非常重要的一个部分。王熙凤的判词里面说："机关算尽太聪明，反算了卿卿性命。"就是她每天都在计较，计算权力这个东西，最后没有想到竟然回报到自己的身上，甚至回报到自己女儿身上去。

杀出第三个女人

大家都记得王熙凤用什么方法可以把尤二姐骗进大观园，必须借她丈夫不在家的时候，她才能够玩弄权术，去安排所有的计谋，等到安排好的时候贾琏回来了。我们看到最好玩的是，“那贾琏一日事毕回来，先到了新房中”，他公务办完并没有回王熙凤这里，先去看他在外面包养的小太太。结果到了以后吓一跳，房子是锁起来的，一打听知道王熙凤来过，大叫不妙，知道这个事情已经被太太发现了。他就不知道怎么办了，于是去了贾赦那边汇报公务，交代完以后，“贾赦十分欢喜，说他中用，赏了他一百两银子，又将房中一个十七岁的丫头赏他为妾，名唤秋桐者”。这是作者了不起的文学写法，王熙凤要整死尤二姐，最后就是借着秋桐来整死她的。因为多了一个女人，就成了三个女人。

大家知道，很多人认为诸葛亮最厉害之处是促成了三国。两国不太容易持久，三国很容易持久，因为中间会有一个牵制关系。不少人认为数学里的“三”是一个非常有趣的数字，因为两个人对决的时候很容易有输赢，可是三个人的时候，就很难有输赢。很多人认为诸葛亮是一个非常懂数字的人，因为懂数，所以他知道怎么去安排第三方势力，第三方势力会构成对两个势力之间的调配关系。

其实我们在国际上看到很多这种现象，当年在美国跟前苏联争霸的时候，毛泽东就用“第三世界”去制衡。所以作者写到这里的时候，就凭空杀出了一个第三者——秋桐。

秋桐原来是贾赦的丫头。贾赦这个人，就是每天想着娶小老婆的一个中年男子，他曾经想娶贾母的丫头鸳鸯。他自己大概已经五十岁到六十岁，可是他娶了好多十七岁的这种小丫头在身边，有时候大概身体也已经不行了，所以等一下会提到说，其实贾琏很早就跟贾赦的丫头私底下不干不净，秋桐等于是他暗地里的情人，贾赦最后又把她送给他，所以贾琏就跟她“干柴烈火”起来。“干柴烈火”是说他们的欲望忽然一下燃烧起来。贾琏刚刚包养尤二姐的时候非常喜欢尤二姐，现在他忽然忘掉了，因为他有了一个新欢。王熙凤这个时候的心情特别复杂，是“心中一刺未除，又平空添了一刺”。可是她就心生一计，说干脆让这个刺来斗那个刺，她后来就开始挑拨秋桐去斗尤二姐，所以叫作借剑杀人。

不同角色的生命态度

《红楼梦》其实从侧面让我们看到所有丫头的命运是非常不自主的，她们是像礼物一样被送来送去的。我们当然也讨厌秋桐，因为秋桐是没有知识、没有大脑，整天骂尤二姐，把尤二姐整死的人，我们觉得她是一个坏人，可是我觉得《红楼梦》不应该这样子读。秋桐本来是一个可怜的角色，她就是家里穷，但长得还可以，就被买来做妾。贾赦一个老头子，就把一个十七岁的女孩子买来，玩一玩不想玩了，就送给他的晚辈做礼物。所以秋桐本身也是一个悲剧角色。当然她觉得蛮好的，被送给贾琏，贾琏是一个公子；她也可以随便被送给一个什么拉车的，厨房做杂役的，甚至不高兴了就把她打死。

所以秋桐这个角色的命运，我也希望大家从另外一个角度来看。《红楼梦》读到最后不要太刻意说谁是好人、谁是坏人，因为他们共同在各自要了的“业”当中。秋桐也有她要了的“业”，你不晓得这个女孩子为什么每天要骂别人。不要忘记，她也扮演一个“业”的角色，她有更大的悲剧在背后，王熙凤也有更大的悲剧在她背后。所以作者希望让我们看到的是人跟人之间的因果。

作者反而认为尤二姐最后如果决定她的生命要如此了结，是她跳出了因果。在生命当中有事件发生的时候，如果你劝慰一个朋友，说你要去斗或者要放开，这个时候有哲学在背后的。要跟对方继续斗下去，还是说算了，其实是两种不同的生命态度。扮演那个劝慰别人的角色的，有时候最后讲的其实是自己对生命的信仰，并不只是对那个事件的处理方式而已。

《红楼梦》没有特别讲哪一个好、哪一个坏，它只是让我们周全地去看到生命里面本来就有两面。秋桐是一个角色，尤二姐是一个角色，秋桐的生命就是认为要争，秋桐觉得王熙凤是老大，尤二姐是老二，我是老三，她就联络老大去打压老二。她会觉得我要把这个老二斗死，至少可以从老三变老二。这就是刚才讲的“三”的这种关系。

王熙凤坐山观虎斗

王熙凤特别厉害，用一个老大的威权去联络老三打老二，因为她觉得现在主要的敌人是尤二姐，政治上的术语叫作联手次要敌人打击主要敌人。我们知道政治上有些人物是非常爱读《红楼梦》的，因为《红楼梦》里面有权术的问题。王熙凤、尤二姐、秋桐三个是权力制衡关系，在这个权力关系里面，最不懂权谋的就是尤二姐，其实秋桐也不懂，她等于是被利用了。真正扮演导演的角色只有一个人，就是王熙凤。

秋桐这个角色就是一个十七岁，头脑简单，笨得不得了的女孩子，粗俗不堪，你可以看她讲话的语言，她骂尤二姐说："先奸后娶，没汉子要的娼妇。"一直到今天，大概骂女性最难听的还是娼妓、娼妇或者妓女，这里面大概就有一个传统文化中对女性角色的一种压迫性：不是说她做了什么错事，而是说她道德上不堪。秋桐就每天当着大庭广众骂尤二姐，其实尤二姐等于是被这样的侮辱给侮辱死掉的。

可这种语言王熙凤是不会用的，因为她毕竟还要顾到所谓脸面。幸好来了一个秋桐，王熙凤就可以利用秋桐去扮演那个恶毒的角色。所以"凤姐听了，暗乐"，是偷偷觉得很快乐，可是她不能让人家知道她很快乐。"尤二姐听了，暗愧暗怒暗气"，连用了三个暗——暗愧、暗怒、暗气——来表达那种心里面的纠缠，因为她没有办法去辩白这件事情。

五四运动的时候，很多要求社会改革的人，提出来最重的一个句子叫"礼教杀人"，认为过去很多的女性最后死掉，不是谁去杀她，而是用礼教去杀她。会用很多的传言，让一个女性活不下去。这种东西今天在我们的社会里未必不存在，因为大家还对女性有一个所谓的贞节或者是某一种比较传统的看法，可是这个部分对男性从来不会要求。这其实是我们今天社会"八卦"的来源，尤二姐最后其实面临到的也就是这个部分。近代比较有名的例子就是20世纪30年代的一个明星——阮玲玉，就是因为外面一直有各种传言，最后自杀了。

秋桐每天站在那里骂的时候，就构成了"八卦"的开始。然后秋桐又开始去跟贾母和王夫人讲："他专会作死，好好的成天家号丧，背地里咒二奶奶和我早死了，他好和二爷一心一计的过。"贾母就说："人太生俊了，可知心就嫉妒。凤丫头倒好意待他，他倒这样争风吃醋的。可是个贱骨头！”我们知道其实尤二姐不是这样的人，可是老年人耳朵也很软，听多了以后就相信了，所以贾母也不喜欢尤二姐了。贾母喜不喜欢，会决定一个人的命运。因为她是家族的族长，所以贾母一开始疏远尤二姐，所有人就开始践踏她。

而且所有照顾尤二姐的丫头都是王熙凤派去的心腹，给她吃的饭跟菜都是剩的，甚至是已经馊臭得不能吃的东西。所以除了心灵上的受伤、打击，尤二姐生活上也发生了问题。

这个时候真正关心尤二姐的只有一个人，是王熙凤贴身的丫头平儿。平儿是我在《红楼梦》里面非常喜欢的一个女孩子，正义感最强，对人有最大的同情心。可平儿是王熙凤身边的助理，她又不能做得太过分，她必须瞒着王熙凤偷偷送一点可以吃的饭菜去尤二姐房里。可被秋桐发现了，秋桐就去告诉王熙凤，说：“奶奶的声名，生是平儿弄坏了的。这样好菜好饭浪着不吃，却往园子里偷着吃。”王熙凤把平儿叫来，骂她说：“人家养猫拿耗子，我的猫只拿鸡。”平儿就不敢做了。这样，尤二姐完全被孤立了。

王熙凤的借剑杀人，坐山观虎斗，就是她坐在那里，看起来没有做任何事情，可是她让秋桐去斗尤二姐，让她活不下去。我一再强调王熙凤的父辈王子腾是九省统制，是权力核心里的人物，所以她从小知道权力这个东西，一松手别人就进来了，绝对不能让别人“卡位”，一定要把这个卡位的人除掉。用一个权力斗争的方式来看《红楼梦》第六十九回，可以看到王熙凤把权术玩得淋漓尽致，尤二姐绝对不是她的对手，看起来很厉害的秋桐，也绝对不是她的对手。她的意图是要不断用这种方法把她丈夫身边卡她位置的女人全部除掉。

可是王熙凤自己本身其实是在一个悲剧当中。她丈夫贾琏是一个不学无术的男人，这个男人在情色上的欲望也根本除不干净，除非是把他阉割掉。王熙凤最大的悲剧是她总觉得只要把她丈夫身边有外遇可能性的女人都去掉，她丈夫就没有这个欲望了，可是我们都知道贾琏只要有两分钟，他都可能跑出去找女人。

另外一方面，我们看到贾琏的这个角色懦弱、惧内、窝囊，对事情没有一个正确处理的方法。他每一次看到家里面三个女人闹，就跑掉了。本来平儿还可以在中间产生一点平衡的作用，去照顾一下尤二姐，可是到最后也完全没有能力。这时候，尤二姐做了一个梦。

天道好还

她梦到她死去的妹妹——尤三姐回来了，拿了鸳鸯剑跟她说："姐姐，你一生为人心痴意软，终吃了这亏。休信那妒妇花言巧语，外作贤良，内藏奸狡，她发狠定要弄你一死方罢。若妹子在世，断不肯令你进来，即进来时，亦不容他这样。此亦理数应然，你我生前淫奔不才，使人家丧伦败行，故有此报。你还依我，将此剑斩了那妒妇，一同归至警幻案下，听其发落。不然，你则白白的丧命，且无人可惜。"

尤二姐说："妹妹，我生品行已亏，今日之报，既系当然，何必又结杀戮之冤？"尤二姐开始变成一个有点看破生命的角色，她觉得如果这一世有一个人要这样一直害她，对她这样坏，一定是上辈子欠了什么。如果杀了那个人，欠那个人更多，何不就好好地把这个债了掉？

《红楼梦》的哲学一直认为欠债的债已还，欠泪的泪已尽。就是我们在此生此世所有的纠缠，是因为前世因果。《红楼梦》有一个词叫“消案”，有一点像法律上的销案，是说在前世的因果里面有案子，此世了了，叫作消案。林黛玉欠贾宝玉眼泪，所以她要一直哭，哭完了之后她就可以消案了。可是如果继续不还，案就越结越深。这是《红楼梦》里我觉得一定要注意到的哲学，这个哲学倒不一定完全是佛教的，只是有一部分跟佛教的因果有关。台湾民间常常有这样的观点，比如小时候听父母说：我就是上辈子欠你的。为什么父母会讲这个话？因为父母特别爱孩子，孩子怎么样撒娇、耍赖，最后还是爱他，觉得简直是上辈子的债。我记得我小时候不吃韭菜，妈妈就一根一根帮我把韭菜挑出来，一面挑一面说：“我真是上辈子欠你的。”长大以后我觉得是很奇特的记忆，为什么她会心甘情愿去做一件事情？一面心甘情愿，一方面又觉得：我真是欠你的，为什么我会这么愿意帮你做这件事情？

我觉得尤二姐这个时候有一点这样的心情，就是觉得自己大概欠了这些人什么，包括欠贾琏、欠王熙凤、欠秋桐。秋桐每天站在她门口讲最难听的话骂她；王熙凤笑里藏刀在害她；贾琏好像爱她，可是一有秋桐以后就把她丢掉。所有这些因果她都开始不去责备别人，而回来想：我长得这么美，这个美本身就是一个业。佛教讲的“业”不是罪，是说你的存在构成的一个业力。譬如一个女孩子很美，这个美本身就是她后来命运的因果，如果她不是长得那么美，不会发生后面的事。可是因为她自身的美，就构成了所有的欲望在这里纠缠。

“尤三姐泣道：‘姐姐，你终是个痴人。自古“天网恢恢，疏而不漏”，天道好还。你虽悔过自新，然已将人父子兄弟致于聚麀之乱，天怎容你安生！’”母鹿会跟它生下来的小鹿继续交配，再生小鹿。从人的伦理来说，“聚麀”就是说一个女人跟爸爸在一起，又跟儿子在一起。比如在《讨武曌檄》里骂武则天就用到“聚麀”。尤二姐说：“既不得安生，亦是理之当然，奴亦无怨。”她反省到自己长得美而造成的业这么深，就跟妹妹说，她想通了，她觉得这个生命可以了掉，不想再带着这个业这样生活下去。

这个部分里的尤二姐是一个非常动人的角色，她不在此生要求任何的输赢，可是在另外一方面她有一个领悟，觉得生命如果是带着业跟罪来的，那么这个生命不如在此生把所有的业跟罪孽清洗干净，不要再带到下一世去。大家慢慢会发现，这种哲学在华人世界的民间其实有非常大的影响。有时候我们对一个无奈的事情解释的时候，就会觉得好像是欠债吧，那就把这个债还掉。

从希望到绝望

这个时候，尤二姐还有一个希望，她怀孕了。对一个女性来讲，如果她怀了孩子，她可能觉得所有外面的侮辱，所有外面的争斗，对她都不重要了。一个女性成为母性是一个很大的转换，我们常常会觉得女性有一点骄傲，有一点争强，可是到母性的时候，怀孕以后有孩子了，她所有的爱是在孩子身上。在心理跟生理上，女性和男性的角色不太一样，因为身体里边发生的巨大变化，以及她拥有的一个新的生命，会变成她最大的希望。我觉得作者写作的方法非常了不起，让我们读者同情尤二姐，觉得尤二姐不断地掉到悲剧里，可是忽然有一个转机，觉得希望出来了，因为她怀孕了。王熙凤多么厉害，秋桐多么坏，贾琏是不是还爱她，都不是最重要的事情，因为她有一个生育孩子的希望。作者最后把悲剧写到极其绝望，是因为他让我们看到这个希望的断绝。

她怀孕以后，贾琏就很关心。贾琏也觉得自己一直没有男孩子，王熙凤生的巧姐是一个女儿。从过去重男轻女的角度看，他也很高兴说尤二姐怀了孕，可能就是一个男孩子，所以特别照顾她，找了一个医生来看病。大家记不记得《红楼梦》里面一直有一个姓王的太医，每一次贾母生病，或者是某些人生病就会找这个太医。

“谁知王太医亦谋干了军前去效力，回来时好讨荫封。”就是他申请到前线军中去做军医了。因为清朝有一个习惯，做军医对国家有功，可以讨荫封，就是可以被封一个世袭的官位。“荫”这个字，意思是说因为你对国家有功，能够换得国家对你的儿子、孙子的照顾。所以找不到王太医。如果他在的话，一把脉立刻就知道是怀孕了。可是来了一个胡太医，偏偏就姓胡，很糊涂，叫胡君荣。

这个医生是有问题的，把了脉以后，探不出来，说好像不是怀孕。中医的把脉真的是蛮厉害的，寸、关、尺，三个指头按下去以后，可以把出各个经脉的不同，立刻知道怀孕与否。我问过，一般的中医认为把脉知道怀孕是非常容易的事情，可是这个胡太医不晓得，他大概连实习医生的水平都不到，还真的是有大问题。

悲剧中的荒谬

第六十九回的后半段，主要的故事会放在尤二姐吞金自杀这个事件上。可是我想大家读《红楼梦》这么久了，大概都可以了解到一个好的文学作者，他在整个事件的铺叙过程中，会安排很多的细节。尤二姐的死亡，有两个关键性的小人物，一个是胡君荣这个庸医，一个是秋桐。大家可以看到，作者在形容这两个小人物介入这个悲剧事件的时候，如何生动跟活泼。

我们可以想象像王太医那样有经验的、个性非常沉稳的医生，跟一个可能刚刚出道、临床经验不够的年轻医生，他们之间的差别。这个悲剧好像命中注定，如果王太医来看病，探出来是胎气，然后尤二姐保住了一个男孩子，她的命运是不是就转变了？作者让我们看到生命里面还有很多可能我们完全不知道的意外，一个小小的意外，它的介入忽然就改变了人的一生。

胡君荣探病的过程其实有三个层次。第一个层次就是他觉得是“经水不调”，贾琏觉得不对，贾琏还比较有常识，说：“已是三月庚信不行，又常作呕酸，恐是胎气。”所以第二个层次就是让尤二姐把手伸出来，这个年轻医生看到了一个女人的手。这里面有很多诱惑性的画面，一个年轻的男医生，看到这么美的一个女孩子的手，皮肤那么白的时候，大概心怦怦在跳，所以他说没有办法完全判定。第三个层次才说“请奶奶将金面露一露”，要看一看她的脸。第三个层次看了以后，胡君荣才发生了他判定错误的部分。

我要提醒大家注意，在阅读的时候要看到胡君荣心理的三个层次，第一个是在想象帘子里面的女人有多美，因为可能听到声音，可能在问病。接下来要求伸出手来，那手一出来看到皮肤了，是第二个层次。第三个层次说“请出金面”，我们都知道他这个时候已经不是要看气色，是看美貌。

“贾琏无法”，其实他不太想让医生看到尤二姐的真面，“只得命将帐子掀起来，尤二姐露出脸来”。这个胡君荣一看到尤二姐的脸，“魂魄如飞上九天，通身麻木，一无所知”。这三句话好像是在讲病人，结果是在讲医生。所以这个悲惨的命运是用有一点滑稽的方式在写的。

我们今天不太相信一个医生看女病人会有这种反应，可是过去男性根本没有机会看到女性，都是隔着帘子，最大的诱惑其实是一种遮掩，就是因为前面加了一个帘子以后，性的幻想特别严重。这个时候开出的药方，大家当然知道结局是什么。

有时候好的文学写法不是纯悲剧跟纯喜剧，而是悲剧里面夹着喜剧或者悲剧里面夹着闹剧在写。通常很少看到一个小说可以写到这么丰富，悲剧、喜剧、闹剧、荒谬剧混杂在一起写。读者在阅读的过程里，其实会觉得紧张，因为尤二姐的命运系于这个事件，可是忽然作者就写到什么“魂魄飞入九天，通身麻木，一无所知”。悲剧里面突然来了一段荒谬剧，让你觉得啼笑皆非，可是又很真实，因为人生就是有很多啼笑皆非的部分。如果把胡君荣这一段抽掉，其实小说是可以继续看下去的，加不加进这个医生不是绝对必要的，可是加进这个医生以后，人生的丰富性出来了，而且让尤二姐的悲剧性更为加重。

“一时掩了帐子，贾琏陪他出来，问是何如。胡太医道：‘不是胎气，只是瘀血凝结。如今只以下瘀血通经脉要紧。’于是写了一方，作辞而去。”因为要下瘀血通经脉，所以开的那个药方等于是堕胎药一样。药吃下去，“只半夜，尤二姐腹痛不止，谁知竟将一个已成形的男胎打了下来。于是血行不止，二姐就昏迷过去”。这个细节也是作者为特别加重悲剧性而安排的，这个家族里面重视男性，而贾琏还没有儿子，如果这个男孩子真的生下来，尤二姐的命运立刻改变。可是硬生生一个男胎打下来，等于是把所有读者对于尤二姐的希望，全部借着这个胎儿堕掉。这是最大的一个悲剧。

“贾琏闻知，大骂胡医生。一面着人再去请医生调治，一面命人去打胡君荣。胡君荣听了，早已卷包逃走。”作者用了戏剧性的方法在写胡君荣，把医院一关，卷包就逃走了，这都像是荒谬剧。

凤姐演戏

这个时候，“凤姐比贾琏更急十倍，只说：‘咱们命中无子，好容易有了一个，又遇见这样没本事的大夫！’于是天地前烧香礼拜，自己通陈祷告说：‘我或有病，只求尤氏妹子身体大愈，再得怀胎生一男子，我愿吃长斋念佛！’”王熙凤其实恨不得要把那个胎儿给诅咒下来，可是她戏演得漂亮，她可以烧香礼拜，让大家都看到她如何虔诚为尤二姐在祈祷，她还要念出来让大家听到。其实这些最虔诚的话是心里的话，她念给大家听的时候，就是在演戏了。可是大部分的人其实很容易被演戏骗过，我们看到这个人真是善良，她一点都不嫉妒，会为自己丈夫在外面的外遇去求子，去祷告，愿意吃斋念佛。

这一段写到女性心里面的嫉妒跟恶毒的时候，写到一丝不露。因为稍微露一点点，就不是王熙凤了，她就不够厉害。她的厉害在于所有人都看不出来，大概只有平儿还知道一点，可是平儿又不敢讲。王熙凤让所有人都相信她真的是贤惠到了极点，她心里面所有的恶毒跟仇恨，外面完全看不出来。如果她坏是内里坏外面也坏，不会觉得那么恐怖。她是内心恶毒到极点，可外表看来完全是一个善良的角色。

“众人见了，无不称赞。贾琏与秋桐在一处时，凤姐又做汤做水，着人送去与二姐。”我们都知道之前凤姐派她的用人送去的饭菜都是不能吃的，都是发酸发臭的，可是现在在贾琏面前，她是做汤做水送去，可以看到她表里的差距。其实到最后也不只是怪凤姐，有一部分也是因为贾琏那么笨，完全被蒙在鼓里。凤姐“又骂平儿：‘不是个有福的，也和我一样。我因多病了，你却无病，也不见怀个胎。’”可以看到这里平儿的委屈，为什么平儿不怀胎？平儿从头到尾都不跟贾琏接触。平儿是王熙凤带来的陪嫁丫头，可是她知道这个小姐太厉害，所以就摆定一个主意说：“我名分上是贾琏的妾，可是我绝不跟贾琏有任何的关系。”她永远隔着窗户跟贾琏讲话。所以平儿会被容下来。如果不细心，读不出来这一句话里面其实蛮心酸的。

王熙凤说：“如今二奶奶这样，皆因咱们无福，或犯了什么，冲的他这样。”所以她就叫人出去算命打卦，算命的回来说：“系属兔的阴人冲犯。”算来算去，这个人就是秋桐。其中有蹊跷，对不对？王熙凤太厉害了，她可以买通算卦的人，就是让秋桐恨尤二姐。

秋桐骂人

“秋桐近见贾琏请医、调治、服药、打人，为尤氏十分尽心，他心中早一缸醋在内了。”贾琏刚刚得到秋桐的时候，两人干柴烈火，非常亲密。可是现在贾琏又有一点回头去照顾尤二姐，这里面有两个原因：一个原因是尤二姐怀胎了，他觉得自己又有一个希望可能得到男孩子；还有一个原因我们可以猜测一下，就是尤二姐真的是漂亮，个性非常柔顺。贾琏真性情上其实是爱尤二姐的，秋桐对他来讲只是一个性的欲望，性的欲望很快会过去；凤姐对他来讲太厉害，他怕；只有在尤二姐这里他是可以感觉到女性温柔的。所以贾琏又回来跟尤二姐在一起。秋桐恨得不得了，觉得贾琏怎么又变心了，这里面有很多女性心理上的问题。

王熙凤又火上浇油，说："你暂且别处去躲几个月再来。"然后"秋桐便气的哭骂"，好，我们看到女性的本能出来了——"哭骂"这两个字。下面的句子大家自己念一下，那些话今天我们都会打 ×× 的，因为都是不宜听的字，实际上是很脏的话。通常人们都不会喜欢秋桐这种角色，因为粗俗、没有大脑、没有知识、恶毒。但要注意秋桐其实是一个工具，"借剑杀人"，她就是那把剑，剑背后的力量才是最恐怖的东西。秋桐的恶毒都是表现出来的，可是权力斗争里面真正背后的东西是不会露出来的。

秋桐骂说："我和他'井水不犯河水'，怎么就冲了他！好个爱八哥儿，在外什么人不见，偏来了就有人冲了。"八哥儿养在那里的时候，每一个人都跟它讲话，八哥儿就学人讲话。所以她的意思是，八哥儿就有一点像什么人都沾，勾勾搭搭的感觉。我们刚才也提到说，一个传统的、封建的社会里对女性最大的侮辱都是用性，然后构成所谓的"八卦"。她说："白眉赤脸，那里来的孩子？他不过指着哄我们那个棉花耳朵的爷罢了。纵有孩子，也不知姓张姓王。"好，这句话大家仔细读一下，其实这种话很奇怪。后来我回想起我童年时真的常听到很多这类话，社区里一吵架的时候，常常就开始讲这种话。然后你会觉得很奇怪，本来吵架是说谁家的孩子打了谁家，或者谁家偷了他们家的鸡。可是最后就讲到，你的孩子到底姓张姓王也不知道。你就会发现一个社会里很奇怪，对女性的侮辱都是最后引导到这个事情上去。

其实秋桐在讽刺尤二姐跟贾珍、贾蓉、贾琏都不干不净，她的意思是说，这个男胎到底是谁的都不知道。她又骂说："奶奶希罕那杂种羔子，我不喜欢！老了谁不成？谁不会养！一年半载养一个，倒还是一点搀杂没有的呢！"王熙凤绝对讲不出这种话，这是秋桐这种粗俗的人会讲的话。曹雪芹本身是一个非常高雅的文人，他可以写林黛玉的高雅，写贾宝玉的高雅，可是他写到秋桐的时候，他的语言竟然就是秋桐的语言。

秋桐在骂的时候，作者加了一句说："骂的众人又要笑，又不敢笑。"所以秋桐这个角色其实是一个好笑的角色。她没有大脑，也没有办法检查她自己扮演的那个角色，最可怜的人是对自己在人世间的角色不清楚的人，秋桐刚好就是这样一个角色。

平儿的安慰

秋桐后来又去告状，她哭告邢夫人说："二爷、二奶奶要撵我，我没了安身之处，太太好歹开恩。"我们知道秋桐是贾赦跟邢夫人送给贾琏的，等于是爸爸赏给儿子的一个礼物。因为是老爸送的礼物，现在竟然要赶她走，等于是对爸爸不敬。秋桐说"太太好歹开恩"，语气就有一点撒娇了，意思是他们不要，秋桐还不如回到贾赦这里，等于是送出的礼物要还回去。邢夫人听了以后就数落凤姐一阵，又骂贾琏说："不知好歹的种子，凭他怎不好，是你父亲给的。为个外头来的撵他，连老子都没了。你要撵他，不如还你父亲去倒好。"因为后面有人撑腰，"秋桐更又得意，越性走到他窗户根底下，大哭大骂起来。尤二姐听了，不免更添烦恼"。这个时候能够安慰尤二姐的还是只有一个人，就是平儿。

注意一下这里面的关系，有四个女人——凤姐、平儿、秋桐、尤二姐。如果贾琏在尤二姐这边，平儿不方便来探望，可是尤二姐最近因为胎儿堕下来，身体不好，而贾琏一天都不能有空白的，尤二姐那边不能睡，他就跑到秋桐那边去睡。平儿就趁着王熙凤已经睡下了，偷偷跑到尤二姐房里去安慰她。她劝尤二姐说："好生养着，不要理那畜生！"畜生指的就是秋桐。

我觉得下面一段话有一点像尤二姐的遗言，她对平儿说："姐姐，我从到了这里，多亏姐姐照应。为我，姐姐也不知受了多少闲气。我若逃出命来，我必报答姐姐的恩德；只怕我逃不出命来，也只好等来生罢！"这一段话很明显，尤二姐已经心里面决定走向死亡，最后她要跟对她友善的人做一个告白。

"平儿也不禁滴泪"，平儿的哭这里面有一个复杂的原因：我们知道把尤二姐在外面被包养的事情告诉凤姐的其实是平儿，因为平儿是凤姐从小的陪嫁丫头，从助理的身份来讲，她一定要告诉凤姐。可是她没有想到把尤二姐接进来以后，凤姐竟然这么恶毒。她的哭也包含着，最贴心的平儿都开始觉得王熙凤这个女人太厉害、太让人心寒了。平儿觉得这一辈子跟着凤姐，自己委屈到这个程度，扮演了一个完全柔顺的角色。可是今天看到尤二姐被斗死，也物伤其类，觉得自己也不会好到哪里去。

平儿对尤二姐说："想来都是我坑了你。我原是一片痴心，从没瞒他的话。既听见你在外头，岂有不告诉他的。谁知生出这些个事来。"这一段话很多不细心的读者读不出来，里面有平儿的心寒。尤二姐就劝她说："姐姐这话错了。姐姐便不告诉他，他岂有打听不出来的，不过是姐姐说的在先。况且我也单要一心进来，方成个体统，与姐姐何干！"这两个人其实变成彼此温暖的角色，让我们可以看到人的善良。我不知道大家会不会觉得读者一步一步越来越站在尤二姐这边，因为尤二姐完全是弱势的，而且对人没有任何毒害之心，甚至没有防范之心。这是作者的技巧，让你一步一步感觉到她很温暖的部分。

吞金自杀

“二人哭了一会，平儿又嘱了几句，夜已深了，方去安息。”平儿回去以后，尤二姐决定自杀。尤二姐想：“病已成势，日无所养，反有所伤，料定必不能好。况胎已打下来了，无可悬心之处，何必受这些零气，不如一死，倒还干净。常闻生金子可以坠死，岂不比上吊、自刎又干净！”其实堕胎以后，贾琏又请了别的太医给尤二姐看病，太医告诉她要好好养病，尤其不能生气，但现在她每天都听到那些不好听的话，怎么能养好病呢？

“况胎已打下来了，无可悬心之处。”这一句话是最重要的，她活着是为了这个孩子活着，堕胎以后，没有什么东西还可以冀望，没有什么东西还要牵挂，何必活着受这些侮辱。我觉得从胎儿被打下来以后，她大概已经知道自己要走了，不是生理上她活不下去，而是心理上她已经不愿意再活下去。太医希望能够把她误吃了药打掉胎儿的病情稳定住，其实已经不能够抚平她心灵上那个巨大的挫伤。

尤二姐在面临死亡的时候，还是一个犹豫跟彷徨的角色。《红楼梦》里面写到尤三姐的自杀跟尤二姐的自杀，是两种很不同的场景。尤三姐的自杀是一个非常刚烈的感觉。可尤二姐不是一个刚烈的个性，她是非常温和柔顺的，所以最后她要自杀，都不晓得怎么自杀，好像她连自杀都觉得不要带来太多惊动别人的东西。比如自刎会痛、会叫，可能会惊动别人；比如上吊，也会有一种恐慌在里面。最后她就想自杀最和缓的方法是吞金子，因为黄金很重，吞下去以后，会把五脏一一坠穿。这其实也是曹雪芹了不起的一个文学写法，就是这样个性的人，最后连选择死亡的方式，都跟尤三姐的选择不一样。

金子吞下去的重量可以把人慢慢坠死，肠子会一根一根坠断，其实是"肝肠寸断"，是一个长久的死亡过程。作者在这里形容这个人的个性是一直在忍的，吞金的死亡是一个长时间的痛苦，她连那个痛都是忍的，如果不忍的话，该是一刀就毙命算了，至少也干脆一点。为什么我们会对尤二姐的同情，甚至多过尤三姐？因为尤三姐至少走得干脆利落，至少有一种悲壮的美，可是尤二姐最后其实活得很难堪，然后死得也很难堪。

尤二姐"想毕，扎挣起来，打开箱子，找出一块生金，也不知多重"，我常常想，这个作者怎么会突然跑出这一句说"也不知有多重"，好像还要拿砝码称一称到底有多重，然后再去吞。在文学的写法上，其实是在说这个人的个性本身不是干脆利落的，她拿了金子大概还掂一掂说到底有多重。"狠命含泪便吞入口中，几次狠命直脖子，方咽了下去。"我们都没有吞过金子，曹雪芹也没有吞过金子，所以大概是一个想象，是有一个东西咽不下去的那种难过、尴尬甚至噎住的感觉。

咽了下去以后当然不会立刻死掉，"于是赶忙将衣服、首饰穿戴整齐，上炕躺下了。当下人不知，鬼不觉。"这种描写也非常精彩。尤二姐觉得，应该在死了以后，给人家发现尸首的时候，至少还是整齐的。好像她这个人活着也是为别人活着。

尤二姐的个性在这些细节里面看得非常清楚，加重了悲剧的感觉。你会忽然想到：这个时候金子在坠断她的肠子，她还在化妆，还在戴首饰，还在穿衣服。然后躺在床上，“当下人不知，鬼不觉”。没有人知道她死掉了，她死在一个没有惊动任何人的状态下。她妹妹尤三姐的死亡是惊动天下的，包括她血喷出来的样子，包括后来传出去的时候，每一个人讲到尤三姐的死亡，都觉得像一首诗。可是尤二姐的死亡是没有惊动任何人的——好窝囊的一个死亡，这么委屈的一个死亡，这么忍辱的一个死亡。这个时候，读者全部的心都同情了尤二姐，是因为觉得她太委屈了，连死亡都委屈。好，作者还嫌不够，等一下让你看到死亡之后要埋葬的委屈。

墙倒众人推

“到第二日早晨，丫环、媳妇们见他不叫人，乐得自己去梳洗。”这一段其实很痛心了。有时候读到新闻，说一个空屋好久没有见到人，可忽然闻到不好的气味，闯进去发现有一个“老荣民”死在里面了，就觉得有一种心酸。心酸是说那个生命是没有人照顾的。尤二姐其实有几个用人，可这几个用人都是王熙凤的心腹，根本不管她。不要忘记，这个时候尤二姐是在重病当中，重病当中，没有一个人去管她。注意一下作者的写法，一步一步让你觉得这个女性的命运悲惨到这样一个程度。其实也对人性是一个巨大的反省——为什么一个社会里面有一个人是如此不被照顾，被孤立到这样的一个状况？

"凤姐和秋桐都上去了"，都去给贾母请安，可是就不带尤二姐去。好，注意这里面重要的一个人还是平儿。"平儿看不过"，简简单单的五个字，可是非常了不起。她骂这些丫头们说："你们就没人心，打着骂着使唤倒也罢了，一个病人，也不知可怜可怜！他虽好性儿，你们也该拿出个样儿来，别太过了，墙倒众人推！"我觉得曹雪芹在骂人间很多的人。当我们碰到恶人的时候，我们是不是反而比较乖？可是如果我们碰到一些善良的人的时候，我们就乐得不去管了。他在讲人性，讲人的奴性。《红楼梦》的伟大是在这里，它会透露出人性上一个巨大的荒凉感。

这里面其实是五四运动常常讲的，一个文化要改革，不是政治的、社会的改革，而是人性的改革，如果人性上这么败坏，幸灾乐祸，看到别人受害，大家都去墙倒众人推，那么这个民族是没有希望的。借着平儿的口，我觉得他碰触到文化最本质的问题。有时候读到，我自己都会有一个反省说，我是不是刚好是平儿骂的那种人。

"丫环们听了，急推房门进去看时，却穿戴的齐齐整整，死在炕上。"不要忘记作者还是加上"穿戴的整整齐齐，死在炕上"——你会觉得这个人完成了她自己，别人怎么侮辱，别人怎么恶毒地陷害，她最后都要好好对待自己，穿得整整齐齐。这里面也有一种巨大的心酸，如果拿掉这一句，感动力量就没有那么强。

"方吓慌了，喊叫起来。平儿进来看了，不禁大哭。"我想平儿其实已经有预感，知道尤二姐大概也不想活下去了，平儿这个时候的哭是真性情的哭。"众人虽素习惧怕凤姐，然想尤二姐实在温和怜下，比凤姐原强，如今死去，谁不伤心落泪？只不敢与凤姐看见。"这一段话我觉得是曹雪芹对于人性的一个拯救。刚才我们透过平儿觉得这些丫头很坏，其实这里点出来是因为怕凤姐：如果对尤二姐好一点，可能会被王熙凤打骂。我们会发现人性其实是有一个希望，最后还是会判断谁好谁坏。可是很奇怪，常常是来不及的时候才会有反省，就是尤二姐已经死了，大家才觉得：怎么过去对一个好人这个样子？可作者还是不忘说，即使如此，人性有这个反省总比没有好。

因此，我们看到《红楼梦》里面大概引起读者最大同情的角色是尤二姐。我们最同情的角色是那个备受折磨的角色，作者越把她写得荒凉凄惨，你越变成她的朋友，因为她没有朋友了，她完全被孤立了，连最后可以帮她的平儿都帮不了她的忙。作者用了这样的方法，使所有的读者读到这时为尤二姐落泪。所以第六十九回对尤二姐死亡的描写，也是在文学评论中常常得到赞美的一段。

贾琏的不舍与仇恨

其实写到这里可以结束了，我觉得作者继续追杀下去，是让你看到王熙凤的可怕。"当下合宅皆知。贾琏进来，搂尸大哭不止。"贾琏其实跟刚才那些丫头一样，尤二姐活着的时候，他也不见得那么珍惜，有时候跑去跟秋桐亲热，有时候又偏信王熙凤的话。可是现在他忽然发现，一生唯一让他感觉到女性温暖的只有尤二姐，所以他大哭起来，觉得怎么没有好好珍惜。作者其实对人的同情是说，贾琏不坏，丫头们也不坏，可是他们往往领悟得很晚，没有那个智慧去看到生命里什么是应该珍惜的东西。

"凤姐也假意哭：'狠心的妹妹！你怎么丢下我去了，辜负了我的心！’尤氏、贾蓉等也来哭了一场，劝住贾琏。”凤姐是演戏，和贾琏是两种不同的哭，我们会觉得：好恐怖，这个人可以演戏演到这种程度！大家感觉一下，作者在这里觉得每一个人哭是哭不同的东西。

“贾琏便回了王夫人，讨了梨香院停放五日，挪到铁槛寺去，王夫人依允。”注意一下，王夫人都答应了，最后凤姐不答应，可怕就在这里。“贾琏忙命人去开了梨香院的门，收拾出正房三间来停灵。”贾琏是要用一个比较正式的方式来办尤二姐的丧礼，因为这个女人过去是被包养的，连婚礼都没有好好办，现在死了，至少办一个像样的丧礼。

“贾琏嫌后门出灵不便，对着正墙开了通街一个大门。”因为梨香院在整个荣国府的最后面，如果要出去办丧事的话，出入是后门，贾琏觉得不好，所以就在正墙上拆出一个大一点的门。这个男人觉得他亏待了这个女人，死后要让她风光一点。这个举动现实上没有什么意义，但是可以了解贾琏的心。“两边搭棚，安坛场做佛事。用软榻铺了锦缎衾褥，将二姐抬上榻去，用衾单盖了。八个小厮和几个媳妇围随，从内子墙一带抬往梨香院来。”到这里都还是一个比较讲究的丧礼，对尤二姐的尸体至少还有很多的疼惜在里面。

“那里已请下天文生预备，揭起衾单一看，只见这尤二姐面色如生，比活着还美貌。贾琏又搂着大哭，只叫‘奶奶，你死的不明，都是我坑了你！’”贾琏真的是无能的人，可是这个时候他有一个忏悔，觉得他对不起这个女人，他也大概觉得是凤姐害的，才会说你死得不明不白的。“贾蓉忙上来劝：‘叔叔解着些儿，我这个姨娘自己没福。’说着，又向南指大观园的界墙。”我想很多读者常常忽略了，为什么贾蓉就劝他不要骂了？因为那边有人在偷听，就是王熙凤。王熙凤到最后办丧事的时候，还躲在墙边看她丈夫的反应，因为她不要贾琏对尤二姐的尸体太好。

“贾琏会意，只悄悄跌脚说：‘我想着了，终久对出来，我替你报仇！’”所以后来真正把王熙凤弄死的其实是贾琏。虽然第八十回以后我们没有看到，可是一般认为“一从二令三人木”，是讲贾琏的休妻跟害死王熙凤，就是他真的要为尤二姐报仇。

“天文生回说：‘奶奶卒于今日正卯时，五日出不得，三天七日方可。明日寅时入殓大吉。’贾琏道：‘三日使不得，竟是七日。因家叔家兄皆在外，不敢多停，因小丧，等到外头，还放五七，做大道场才掩灵。明年往南去下葬。’天文生应诺，写了殃榜而去。”我想现在很多读者读不懂，会觉得已经死掉了，停灵几天有什么分别呢？可是贾琏不忍，他觉得想要多跟尤二姐在一起一段时间。

“宝玉早已过来，陪着哭了一场。”宝玉这个时候一定会过来陪哭的，宝玉对所有生命都有悲悯。

秘密办丧

“贾琏忙进去找凤姐，要银子治办棺椁丧礼。凤姐见抬了出去，推有病，面回老太太、太太说：‘我病着，忌三房，不许我去。’因此也不出来穿孝，且往大观园中来。绕过群山，至北头墙根下往外听，隐隐绰绰听了一言半语，回来又回贾母说如此这般。”王熙凤真的在界墙那边偷听！

贾母听说贾琏要大办丧事，就说：“信他胡说，谁家痨病死的孩子，不烧了一撒，也认真了开丧破土起来！既是二房夫妻一场，停五七抬出去，或一烧，或捡乱葬地上埋了完事。”可以看到这种家族最后对待一个进到这个家族的女子命运的安排，其实也让我们有一个巨大的悲伤。凤姐很高兴，笑了说："可是这话。我又不敢劝他。"假借贾母的话去压制贾琏。

"正说着，丫环来请凤姐，说：'二爷等着奶奶拿银子呢！'"因为办丧事买棺材都需要钱，可是贾琏又没有钱，所以来找王熙凤要。凤姐就说："什么银子？家里近来艰难，你还不知道？咱们的月例，一月赶不上一月，鸡儿吃了过年粮。昨儿我把金项圈当了三百银子，你还做梦呢！这里还有二三十两银子，你要就拿去！"拿了一些小钱去打发他，"命平儿拿了出来，递与贾琏，指着贾母有话，又去了"，不管了。

"恨的贾琏没话可说，只得开了尤氏箱柜，去拿自己的梯己。乃开了箱柜，一点无存。"这些部分透露出王熙凤厉害的地方，她把尤二姐弄进来以后，把她所有贵重的东西全部没收了，清得干干净净——安排事情这么小心、这么仔细，也透露出贾琏的无能。他完全不知道，到人死了打开箱子、柜子才发现衣服、值钱的首饰、钱全部不见了，存折全部提光。"只有些折簪烂花并几件半新不旧的绸绢衣服，都是尤二姐素习所穿的，不禁又伤心哭了起来。"贾琏这个时候对凤姐的恨大概也更深了，觉得说：干吗要对一个完全没有防备能力的女人，下这种毒手？

"自己用个包袱一齐包了，也不命小厮、丫环来拿，便自己拿着来烧。平儿又是伤心，又是好笑。"伤心是觉得真的很难过，好笑是觉得这个男人真是不会办事情。"忙将二百两一包碎银子偷了出来，到厢房拉住贾琏，悄递与他说：'你只别作声才好，你要哭，外头多少哭不得，又跑了这里来点眼！'""点眼"是说你干吗又要惹她骂你。

"贾琏听说，便说：'你说的是。'接了银子，又将一条裙子递与平儿，说：‘这是他家常穿的，你好生替我收着，作个念想儿。’”因为贾琏没有自己的空间，如果给王熙凤看到他还留着那个女人的衣服，又不得了了，所以他交给平儿帮他收着，做一个纪念。这是《红楼梦》写得非常细微的地方，如果不细读很容易忽略。我特别希望大家可以看到这种场景，一步一步地对比出人物不同的个性。

“平儿只得接了，自己收去。贾琏拿了银子与衣服走来，命人先去买板。好的又贵，中的又不要。贾琏骑马自去要瞧，至晚间，果抬了一副好板来，价值五百两，赊着，连夜赶造。”过去棺材要用什么样的木材，上什么样的油漆，其实是非常有讲究的。丧礼都是大礼，要办很久，慢慢去办。可是贾琏必须瞒着王熙凤，因为王熙凤已经得到了贾母的命令，是说烧了撒掉，或者乱葬岗一埋。棺材价钱很贵，还要打点道士、和尚念经的钱，如果不是平儿帮衬的话，王熙凤给的二三十两，连火化都不够，大概只能乱葬岗丢了就算了。

贾琏因为忏悔或者出于对尤二姐的一种不安、不忍，想要多做一点仪式上的补救，可是凤姐就是一直在阻止。贾琏这个男人，可能你从头到尾都不喜欢，可是这个时候反而对他有一点同情了，觉得他只是无能，为什么？因为跟他对比的那个太太太可怕了。民间总觉得“得理不饶人”不是一句好话。王熙凤一个大房恨二房，可以理解，可是好像太过了，连一点点温暖的东西都没有，赶尽杀绝，连贾琏对尤二姐一点点恩情上的记忆，她都不允许有。

这个时候，很少有读者还会同情王熙凤的，可是我刚才提到其实王熙凤是一个彻底失败的角色。因为她的不安全感，她要一直防范、清除身边的人，先下手为强，去做这些安排的时候，她可能变成了一个最孤独的角色。

《红楼梦》中男性对女性的态度

尤二姐从贾敬的丧礼当中出现，一步一步下来，大概才不过三四回的工夫，最后落到这样一个下场。对曾经富贵荣华五六代的这个家族来讲，我相信这种女孩子的命运是多得不得了的，不是一个特例。曹雪芹可以扮演两个不同的角色，一个角色可能是贾珍，一个角色可能是宝玉，宝玉的角色，就是对所有的生命都有不忍跟不舍，可贾珍就是玩一玩就丢掉的。曹雪芹可能在回忆他们家数代的荣华里，所有男性对待女性的态度，而且有一种特别的同情在里面。

因为当时的男性玩这些女性太容易了，包括刚才提到的秋桐，她可以是买过来，也可以随便就送给儿子，说当一个礼物。她的命运就是可以这样子被摆布的。尤二姐的命运并不只是尤二姐个人的命运，我觉得她代表了整个贾府里所有女性的某一种共同命运，包括在死亡的时刻还要看上面的脸色，如果上面重视，就可以把丧礼办得风风光光；如果不重视，就是乱葬岗里面一丢。大家也可以再回想一下大概在第十三回时秦可卿的丧事，如果以现在找到的资料，秦可卿是被公公逼奸最后上吊死的，可那个丧礼是办到铺张得不得了，甚至为贾蓉捐了一个官。这两个丧礼一个是最简陋的，一个是最铺张的，可命运是一样的。

秦可卿是被公公贾珍玩过的，尤二姐也是被贾珍玩过的，这里面就点出来这个家族里男人对女性的态度就像对一个最不值钱的物质一样。贾琏在这里多多少少有一点恩爱之情，还愿意把丧事办好一点。这个办好一点虽然是隐瞒着王熙凤，办得很简陋，可是比起秦可卿的丧礼，还比较有情。秦可卿的丧礼其实是做给别人看的，为什么？因为一个媳妇被公公逼奸而死，在社会里面是最难听的，所以他要办到最风光，让大家没有话说，表示他对这个媳妇是好的。第六十九回尤二姐的丧礼，可能呼应着第十三回秦可卿的丧礼。这里面是一种对比，最后透露出来，在这种家族当中，人都是活一个脸面而已，是做给别人看的，而不是发自真情。

因此我们不经意读到的一句——“宝玉也过来陪着哭”，那一句话是重要的。宝玉其实可以不过来，因为没有一个人过来，可是宝玉来了。宝玉只是对生命有不忍跟不舍，他无能为力，可是他觉得生命在最卑微的时候，他愿意陪着去哭一哭。

第六十九回的后半段，一定要注意两个人物，一个是胡君荣，一个是秋桐，就是这两个人扮演了去杀死尤二姐的角色。可他们两个都是傀儡，背后其实是王熙凤在操纵，她可以操纵到完全不露痕迹。大家看一下第六十九回的回目，一个是“弄小巧”，一个是“觉大限”。作者还是在提醒我们，王熙凤玩的是小聪明、小技巧，可是最后领悟到生命必须要走掉，那个叫“觉大限”。尤二姐是觉悟了，王熙凤没有觉悟，没有觉悟的人才会不断玩权谋，最后权谋会害死自己。真正的“觉大限”是知道最后用一个一清如水的方式去面对自己的生命状况。

表面看起来王熙凤全部赢了，尤二姐全部输了。从“觉大限”来讲，尤二姐完全赢了，王熙凤完全输了。其实王熙凤变成了一个最失败、最孤立的角色，因为读者全部的同情心都在尤二姐的身上。

第七十回

林黛玉重建桃花社
史湘云偶填柳絮词

怎么“转”？

第七十回大概是《红楼梦》非常重要的转折，因为从第六十四回、六十五、六十六、六十七到第六十九回，都集中在讲尤三姐跟尤二姐的故事。《红楼梦》有一条主线，这条主线应该是宝玉、宝钗、黛玉的故事，可是中间来了一个岔路，描述尤二姐跟尤三姐的命运。我一直觉得第六十四回到第六十九回，如果抽出来，其实可以作为一个比较完整的中篇小说来看，就是现在戏剧里面的《红楼二尤》。可是我们不要忘记《红楼梦》毕竟是一部长篇小说，一部大小说，在它进入一个情节上比较独立的高峰之后，怎么转回来？这是一个最值得我们注意的问题。

读到尤二姐自杀以后，你会觉得作者有点难写下去，因为这是一个重大的事件。如果大家有创作的经验，就会觉得故事到一个高峰的时候，要转是非常难的。过去写八股文讲究“起承转合”，“转”等于是第三个部分；如果以诗来讲，唐朝的绝句，四句里面第三句常常是重要的，就是怎么样去把前面的场景转到最后做结尾。这是文学的结构，其实作曲也在讲结构。如果大家熟悉西方的交响曲，第一乐章到第二乐章到第三乐章，它怎么准备到第四乐章做一个总结的时候，必须要有一个“转”。在第六十九回，尤二姐吞金自杀了，大家会有一个极其悲哀的感觉。假设读者在读的话，可能读到落泪的状态。接下来如果你是作者，你要让读者怎么擦干眼泪继续读《红楼梦》下面的故事？这个我叫作“转”。

第七十回开头交代了一下贾琏给尤二姐守灵，你感觉到贾琏有情有义的部分。然后到最后送葬，他送葬的时候家族里面什么人都没有去，你会感觉到是一个蛮荒凉的葬礼，等于是把第六十九回做了一个结尾。结尾以后，转回来，我们就看到宝玉知道了这个事情，有一点落寞，有一种感伤，也有一种难过。这个时候又传出来一个事件，这个事件就是说贾府里面有八个年龄已经到二十五岁的男用人，他们需要结婚了，要找年龄相当的丫头发配出去。其实这一段很重要，这个“转”，其实是在暗示接下来所有的人要开始散了。散是什么原因，是因为年龄，就是这些女孩子到了十六岁、十七岁，必须要嫁人了。

等一下大家会发现第七十回讲两件事情，一个事情是这些丫头年龄到了要走了的时候，第二个就讲她们放风筝。我们知道风筝在《红楼梦》里面一直有一个象征，就是放风筝放到一个时候，是要把它断线的，把你的不如意，你的生病，你事业、感情上不好的牵连，都把它切断。这里面也在讲一个暗示，是说这些人的年龄到了，要嫁人，嫁人其实就是跟自己原有的关系线要断掉。所以《红楼梦》最后的悲剧其实是说，这些少女的青春不可能继续下去了，因为年龄都到了。年龄到了不是谁的命运好不好的问题，而是说只要是结婚，本身就是一个散的开始，因为要嫁到不同的婆家去。

《红楼梦》真正的某一种感伤，其实是女性婚姻构成的那种悲剧。我有时候会建议很多朋友去看像日本很好的导演小津安二郎的电影，特别是《晚春》，我们会看到在东方的婚姻里面，有一种喜剧里的悲感。因为有一点让你觉得是一个女孩子青春的结束。特别是在过去，因为她的婚姻本身有时候连见到的那个人是什么样，她都不知道，就嫁去了，处于一个命运完全不可知的状态。所以我想在《红楼梦》第七十回里面，其实有点在讲这个东西，那也呼应着前面尤二姐、尤三姐的命运，也是这些女性共同的命运。

恨到极致

第七十回的开头讲到贾琏“自在梨香院伴宿七日夜，天天僧道不断做佛事”。这里让我们对这个平常蛮被看不起的，有一点无能、有一点懦弱的贾琏，忽然多了一点好感。他好像在做很多的忏悔。这时，贾母就叫他去了，你看到老祖母还是命令下去，“吩咐不许送往家庙里去”。因为她听到的消息是尤二姐得痨病死的，是王熙凤编造的，所以贾母说不准留在家庙，赶快发丧出去。这里边都是细节，让我们看到王熙凤狠的时候真是毫不留情，甚至会觉得王熙凤对她丈夫的恨都一并爆发了。

通常作为读者来讲，我们会同情，会觉得人都死了，何必呢？可王熙凤是要阻止她丈夫对那个人的恩或爱，如果从这个意思来讲的话，凤姐是可以被理解的。我觉得王熙凤的某一种女性的心理特质，有点像希腊神话里的一个女性叫美狄亚。

可能很多人看过《美狄亚》这个戏剧。美狄亚是一个会法术的女人，长得很漂亮。美狄亚违反了她父亲的意愿，甚至杀死她的弟弟，就是为了帮她爱的伊阿宋去找金羊毛。找到金羊毛以后，他们住在科林斯，美狄亚已经生了三个孩子，一对双胞胎还有另外一个小孩。这个时候，伊阿宋爱上了科林斯的公主，因为她年轻貌美。消息传来，美狄亚面无表情。每次看到那一场，我都会有全身发冷的感觉。女性的恨跟她的报复完全不露痕迹。她祝福她的丈夫，还问什么时候结婚，婚礼怎么举行，她要亲手缝制最美的新婚礼服送给这个新娘。后来，她做了一件最漂亮的结婚礼服，里面全部是毒药，公主一穿到身上以后，整个烧痛起来，皮肤全部烂掉。这就是美狄亚的报复。美狄亚在把礼服送给新娘去报复她的同时，还把两个双胞胎的孩子，一手夹了一个，带到郊外去杀死。这是《美狄亚》这部戏里面最恐怖的一段。一个母亲是最不会对自己亲生的孩子下手的，可是因为要报复自己的丈夫，她只有杀死这两个孩子，让伊阿宋痛苦到极点。对她丈夫来说，连她新婚的妻子死掉都没有这么痛苦。所以西方心理学里面讲到女性出于恨的报复性，叫作美狄亚情结。

在中国的故事里，美狄亚这样的角色比较少，我想王熙凤是蛮典型的一个例子。我们从心理学上解释的话，其实我们对于王熙凤就会多一个层次的理解或谅解。因为她觉得在贾琏——她的丈夫——身上，得不到任何一点点温暖，所以她会对丈夫爱的那个女子恨到极点，她才会一再破坏。我们会觉得尤二姐都死掉了，你就放手吧，可是因为恨，所以她不会放手。不是现实利益的问题，是她觉得她要报复到极致。

“贾琏无法，只得又和地主说了，就在尤三姐之上点了一穴，破土埋葬。那日送殡，只不过族中人与王信夫妇、尤氏婆媳而已。凤姐一应不管，只凭他自己办理。”你会觉得贾琏这个时候变成很孤单的一个角色，那当然也是因为他的无能，不会办事，可是他对于尤二姐的恩情倒是可见的。

宝玉伤心

下面就开始转了。“因又年近岁逼，诸务猬集不算外，又有林之孝开了一个人名单子来，共有八个二十五岁的单身小厮应该娶妻成房的，等里面有该放的丫头们好求指配。”尤二姐的死亡摆在一边，开始进行另外一段故事。

“凤姐儿见了，先来问贾母和王夫人。大家商议，虽有几个发配的，奈各人皆有原故：第一个鸳鸯发誓不去。自那日之后，一向未和宝玉说话，也不盛妆浓饰。众人见他志坚，也不好相强。”鸳鸯这样，是一个悲剧的命运，也是最好的一个结局。我们接下来看到司棋活活被赶出大观园，然后晴雯病死，回想起来，鸳鸯还算是比较好的。我想这个部分是曹雪芹在写这个小说时最大的感伤。这些女孩子都是小时候跟他一起长大的，是他最好的玩伴，他有一种心疼的感觉。“第二个琥珀，现有病，这次不能了。彩云因近日和贾环分崩了，也染了无医之症。只有凤姐和李纨房中粗使的大丫头出去了。其余年纪未足，令他们外头自择了。”

所以故事就是从这里开始转，同时作者很小心地还在呼应前面：“原来这一向因凤姐病了，李纨、探春料理家务不得闲暇，接着过年过节，出了多少杂事，竟将诗社搁起。”下面又转，说到虽然有时间开诗社，可是宝玉心情很落寞，落寞的原因作者用了四个动词，大家读下这一段：“怎奈宝玉因冷淡了柳湘莲，剑刎了尤小妹，金逝了尤二姐，气病了柳五儿，连连接接，闲愁胡恨，一重不了又一重。”注意这四个动词——“冷”、“剑”、“金”、“气”，其实是宝玉觉得美好的生命都受伤了。

柳湘莲的受伤是因为感觉到生命里面的寒冷荒凉，觉得生命里面所有的热情没有了，所以是“冷淡了柳湘莲”；尤三姐的悲剧是觉得生命如果这样子委曲求全，她宁可不活，所以“剑刎了尤小妹”；尤二姐是忍气吞声，最后吞金自杀，所以“金逝了尤二姐”；柳五儿一直自视甚高，希望自己能够在宝玉身边做一个比较得力的丫头，结果又被侮辱了一场，所以“气病了柳五儿”。我的解释是说，《红楼梦》里面他所关心的这些年轻、对自己的生命还有梦想，还有美丽追求的生命都受伤了。接下来如果我们从《红楼梦》第七十回讲到第八十回，你可以看到的是生命一一受伤的情形。

四件事情的发生就变成了一个转折。宝玉如果是一个关心美好生命的角色，他在这里就会变得极其落寞、极其沮丧。“弄得情色若痴，言语常乱，似染怔忡之症。”其实都不是宝玉自己的事，可是在《红楼梦》里，你会觉得宝玉好像是对所有美好事物的一个眷恋者，所以每一个人在美的追求上的受伤都是他的受伤。

人生的悲欣交集

长篇小说要转真的不容易，下面又讲了两件完全无关紧要的事情。一件事情是宝玉回到自己的怡红院，发现他很疼爱的芳官被晴雯、麝月两个大丫头压在床上挠痒。这是《红楼梦》里面小到不能再小的事情，就是几个丫鬟在那边玩，可这个就是转，怎么样让你忘掉尤二姐太过沉重的事情——不要忘记读者读过了尤二姐死亡以后，其实心情一下转不过来。

“这日清晨方醒，只听外间房内咭咭呱呱，笑声不断。袭人因笑说：‘你快出去解救，晴雯和麝月两个人，按住温都里那膈肢呢。’”大家记不记得我们在中学的时候，很喜欢给同学取外号，其实“温都里那”就是芳官的外号，所以你会发现她们的行径很像中学生。“宝玉听了，忙披上灰鼠皮袄走出来一瞧，只见他三人被褥尚未叠起，大衣也未穿。”这个大衣倒不是我们现在的大衣，就是比较正式的服装，这个时候，她们应该要梳洗完，穿正式的服装。

“那晴雯只穿着葱绿花绸小袄，红小衣，红睡鞋，披着头发，骑在雄奴身上。”感觉一下画面，注意色彩的配置，绿色跟红色。通常这些女孩子的内衣的部分，常常是非常鲜艳的。东方跟西方很大的不同是，西方常常把艳的东西放在外面，东方常常把艳的东西放在里面。用很典雅的话来讲叫作含蓄，用比较不典雅的话叫作闷骚。东方美学中最诱惑人的美是放在里边的，外面看起来素净，可是里面有那种慢慢看到的艳丽的东西。

“麝月是红绫抹胸，披着一身旧衣，在那里抓雄奴的肋肢。”这些画面其实本身没有任何意义，因为它并不构成《红楼梦》的故事。可是你会感觉到这个年龄的小孩子玩在一堆的时候，常常会有这种动作，就是挠痒。“雄奴却仰在炕上，穿着撒花的紧身儿，红裤绿袜……”注意又是红跟绿，都是鲜艳的颜色，因为她们穿的都是睡衣，她们等一下出去时不会穿这样的衣服。“……两脚乱蹬，笑的喘不过气来。”这都是非常好的形容。

我会觉得《红楼梦》读到最后喜欢读的是这些片断，因为这些片断没有故事发生，却是生活的细节，作者也利用这样生活的细节把故事转回来。有没有发现你读到这里，已经忘掉了尤二姐的死亡。刚才太沉重了，是落泪的感觉，一定要有一个情绪的转，作者的聪明就在于利用三个小女孩在闹的时候，把那个悲哀转过来。只有在长篇小说里，你才有可能读到真正的人生，真正的人生不是一直悲哀的，真正的人生有时候在最巨大的悲哀里面，还要你必须努力强颜欢笑过日子。这才是最好的写法。如果作者继续在第七十回讲尤二姐死了多么难过，然后大家在那里哭，其实就有一点累赘；他忽然一转，变成大家还是要过日子，早上起床就闹起来了。有没有感觉，那个感伤在这种对比当中，就被忘掉了。

有时候自己也会觉得很奇怪，有一件很悲哀的事情可能在家里发生了，可能是最亲的亲人死亡，过一阵子，你又会觉得怎么就开始跟兄弟姐妹说起笑话来了。笑一笑又觉得不太对，家里有这样的丧事，不应该这样笑。可是你又觉得日子本来就要这样过下去。这就是所谓的长篇小说。你到某一个成熟的年龄，会知道长篇小说是真正的人生，人生是悲欣交集，它是很多喜悦跟忧伤组合在一起的复杂历程。我想用这样的方法来解读这一段。

“宝玉忙笑说：‘两个大的欺负一个小的，等我助力。’”宝玉当然知道晴雯、麝月跟芳官是闹着玩，可是他的性情很自然流露出来：怎么可以两个大的欺负一个小的，他要去帮忙。说是帮忙，其实也可以说小孩子就喜欢闹，他觉得你们三个人在玩，自己也不能够闲着，也跑去闹。袭人笑着说：“仔细冻着了。”注意这个收尾的人是袭人，是大姐姐，她永远是那个特别成熟的学长，在大家闹得不可开交的时候，会出来讲话。

美丽的聚会将要散席

可是事情还没有完全了结，忽然来了一个碧月，碧月是李纨的丫头，她说："昨日晚上奶奶在这里把块手巾忘了去，不知可在这里？"又是一个微不足道的小事，可是这个小事又是一个"转"的方法。然后就有人说："有，有，有，我在地下拾起来，不知是那一位的，才洗了出来晾着，还未干呢。"这两段如果从《红楼梦》里删掉，事件上没有任何影响，可是在转折上有影响。

碧月看他们四个人乱滚，就笑着说："倒是这里热闹，大清早起来就咭咭呱呱的玩到一处。"这里有一点对比出怡红院这边打打闹闹大家很开心，李纨的稻香村那边就有一点冷冷清清。宝玉说："你们那边人也不少，怎么不玩？"碧月说："我们奶奶不玩，把两个姨娘和琴姑娘也宾住了。"因为李纨是守寡的人，有一点严肃，不能开玩笑，不能乱玩，所以住在那儿的宝琴等人就被"宾"住了，就是说好像在做客一样。"如今琴姑娘往老太太前头去，更觉寂寞了。两个姨娘今年过了，到明年冬天都去了，又更寂寞呢。"

注意一下那个转折是什么，就是刚才讲到的，所有的女孩子都面临到要结婚的命运。所以大观园势必要树倒猢狲散，是因为每一个人都要结婚了，结婚本身变成了一个"散"。在曹雪芹的回忆中，这些姐姐妹妹跟他在一起最好的岁月是没有婚姻压力的时候，一旦婚姻的压力来了，曹雪芹就感觉到这些女孩子都不能陪他了，她们要走向各自不同的命运。

"你瞧宝姑娘那里，出去了一个香菱，就冷清了多少，把个云姑娘落了单。"这个时候就点出了史湘云，史湘云因为寂寞，去找黛玉，而黛玉就写了一首《桃花行》。所以两个人就在看诗，然后湘云又派丫头翠缕去通报宝玉说："赶快来看好诗。"

我觉得"转"到这个时候成功了，因为尤三姐的死亡、尤二姐的死亡是痛苦的，可是在青春里面还有一个东西是美丽的，就是对梦想的追求。所以他们会写诗，他们要分享诗的快乐，他们也想借着诗去打发同龄人死亡的痛苦。第六十九回跟第七十回就变成了天平的两端，有一点在对称跟比较。“宝玉听了，忙问：‘那里的好诗？’翠缕笑道：‘姑娘们都在沁芳亭上，你去了便知。’”沁芳亭是在水边的，春天的时候桃花在开，她们都在那里读诗——某一个美丽的情景又要回来了。

我们都有过一个美丽的校园，也都在那个校园里可能跟朋友一起办壁报、办校刊、看风景，可是曾几何时那个青春岁月将要过完了，到小学毕业、初中毕业、高中毕业的时候，我们都有感伤。这种感伤，我觉得不是因为跟人分散，其实是因为跟自己的青春告别。到大学毕业，就好像不是那么特别有这种感伤了。所以我想《红楼梦》的这一段，他们其实是在跟自己的青春告别。

林黛玉特别敏感，她在春天写到桃花，好像也是她最后一次面临的春天，因为接下来你就会看到所有的人逐渐走向死亡、走向出嫁，她们要散了，这一场美丽的聚会将要散席。第七十回之所以是一个重要的转折，也在这个地方。

抓住青春最后的尾巴

“宝玉听了，忙梳洗了出来，果见黛玉、宝钗、湘云、宝琴、探春都在那里，手拿着一篇诗看。”没有揭晓谁写的，到现在都不告诉你这是林黛玉写的诗。看到宝玉来了，都笑着说：“这会子还不起来，咱们的社散了一年，也没有人作兴。如今正是初春时，万物更新，正该鼓舞另立起来才好。”

我希望大家记得最早的海棠诗社是探春发起的，探春觉得这么美好的年龄，这么美好的岁月，这么美好的花园，如果生命没有追求，好像是一种浪费跟糟蹋。所以她建议成立一个诗社，而我们知道诗本身是一个梦想的见证。可是接下来第六十四回到第六十九回的时候，这个诗社有一点耽误了，因为大家心情都不好。现在她们就跟宝玉说，春天了，应该再做一个诗社，好好写写诗。这里其实是有一点想要抓到青春最后的尾巴的感觉。我一再强调，如果你对《红楼梦》的大结构有了解，会发现第七十回以后其实是下坡，作者要收尾了，接下来所有人的命运都是死亡跟出家，都开始结束。

湘云就说："一起社时是秋天，就不应发达。如今恰好万物逢春，皆主生盛。况这首桃花诗又好，就把海棠社改作桃花社。"大家可能听到过，古代很多皇帝一到国不泰民不安的时候，就改元，改一个年号，希望以后会好一点。湘云的意思也觉得要有一点改运。"宝玉点头道：'很好。'且忙着要诗看。众人都又说：'咱们此时就访稻香老农去，大家议定好起的。'说着，一齐起来，都往稻香村来。""稻香老农"就是稻香村的李纨，她是海棠社的监督，要振兴诗社，当然要去找她。宝玉一面走，一面看纸上写的《桃花行》这首诗。

我想在解释《桃花行》之前，我先念一遍，大家去感觉一下，因为所谓的"行"这种诗体，是一种歌谣的形式，句法跟语言都是比较白话的，所以特别容易朗朗上口，用到的典故或者太过艰深的字句也比较少。"行"这个字我们现在不常用了，我把它翻译成现代的语句，其实就是"流行"，等于是当时的流行歌。我也希望读一遍以后，大家可能就会对林黛玉在这个春天，因为看到桃花的开放有感而发写下来的一首非常好的长诗，有一点感觉。

桃花帘外东风软，桃花帘内晨妆懒。
帘外桃花帘内人，人与桃花隔不远。
东风有意揭帘栊，花欲窥人帘不卷。
桃花帘外开仍旧，帘中人比桃花瘦。
花解怜人花也愁，隔帘消息风吹透。
风透湘帘花满庭，庭前春色倍伤情。
闲苔院落门空掩，斜日栏杆人自凭。
凭栏人向东风泣，茜裙偷傍桃花立。
桃花桃叶乱纷纷，花绽新红叶凝碧。
雾裹烟封一万株，烘楼照壁红模糊。
天机烧破鸳鸯锦，春酣欲醒移珊枕。
侍女金盆进水来，香泉影蘸胭脂冷。
胭脂鲜艳何相类，花之颜色人之泪；
若将人泪比桃花，泪自长流花自媚。
泪眼观花泪易干，泪干春尽花憔悴。
憔悴花遮憔悴人，花飞人倦易黄昏。
一声杜宇春归尽，寂寞帘栊空月痕！

《桃花行》

我想在念的时候，大家已经感觉到歌行体的一个特征，就是常常用到重复的句子跟词汇。比如我们经常读到的汉乐府《饮马长城窟行》:“青青河畔草，绵绵思远道。远道不可思，宿昔梦见之。梦见在我傍，忽觉在他乡。他乡各异县，辗转不相见。”你会发现“他乡”、“梦见”、“远道”是重复的，唱歌的过程当中，常常会把前一句的某些部分在下一句重复，叫作叠韵。我想今天的流行歌也还是会用到。通常唐代的绝句或律诗，很少重复字句，可是歌行体重复字句重复得很厉害。

“桃花帘外东风软，桃花帘内晨妆懒。帘外桃花帘内人，人与桃花隔不远。”前面四句里面，“桃花”重复了四次，每一句都出现桃花。如果写绝句或者律诗，不可能这样用。诗里其实一直在对比花跟人的关系。“晨妆懒”，就是那个生命的青春的形式，好像到了觉得有一点落寞、有一点颓废、有一点感伤的程度。特别注意这三个字的感觉跟“东风软”对比，就是桃花在风里面飘零，而人在岁月里也慢慢在落寞。要讲桃花，可是又在讲人；在讲桃花的飘零，可是也在讲人的感伤。

其实后面还有桃花的重复:“东风有意揭帘栊，花欲窥人帘不卷。桃花帘外开仍旧，帘中人比桃花瘦。”一直在比较帘外的桃花跟帘子里面的人。“花解怜人花也愁”，如果桃花懂得可怜人的话，这个桃花也要发愁了。其实林黛玉是在一个极其感伤的情绪里看花的，从《葬花吟》开始，林黛玉每一次看到的花都是自己——每一次看到花的灿烂，也是她自己生命的自负；每一次看到花的凋零，也是她自己的死亡。从《葬花吟》到《桃花行》，我们看到林黛玉的美学是一直在贯穿的。她基本上就是一个花神的幻化。而她看到春天盛放的花的时候，她也都预知了花的结局跟命运全部是凋零的，所以她会有巨大的感伤性。

“风透湘帘花满庭，庭前春色倍伤情。闲苔院落门空掩，斜日栏杆人自凭。”讲到孤独，我们知道倚靠在栏杆旁边，常常是古代诗词里对于人的孤独性的一个表情，有点顾影自怜的感觉。“凭栏人向东风泣”，靠在栏杆旁边，林黛玉对着东风在哭泣。“茜裙偷傍桃花立”中的“茜”这个字我们现在一般人的理解比较不是那么清楚。女孩子的名字常常有“茜”字，其实“茜”是一种草，它的根部可以拿来做红色染料。过去女孩子穿的罗裙，我们叫红罗裙，是用茜草染的。穿着大红裙子的一个少女，靠在艳红的桃花旁边，其实在讲生命艳丽的感觉。从这里其实有一点转，让你觉得是灿烂，是春天的美，可同时又是凋零的某一种感伤将要出现了。

“桃花桃叶乱纷纷，花绽新红叶凝碧。”镜头推到最近了，有点特写的感觉。下面一个句子又拉开了：“雾裹烟封一万株，烘楼照壁红模糊。”在画面上，你看到一朵桃花是红的，一片桃叶是绿的，这是一个特写镜头；可如果你看到一万棵的桃花在雾里面，它就是远镜头。我们今天用电影的角度来看，林黛玉这首诗里有一个镜头在伸缩，她让我们看完每一朵花跟每一片叶子之后，忽然把镜头拉开。“红模糊”就不是看一朵或一叶，而是一大片的红。

“天机烧破鸳鸯锦”，这里有一个典故是“天机”，过去男耕女织，每一个女孩子都在家里面织布，那是人间的织布机；可是天上的银河旁边有一个织女星，她也在织布，她织出天上灿烂的锦绣出来，这个织女星就是天机。“春酣欲醒移珊枕”，过去很多的游仙诗里面常常用到这种所谓的珊瑚枕头、琥珀枕头，去形容好像是在天宫里的一种生活。“侍女金盆进水来”，这里面其实是形容织女星，因为她在天宫里，所以她用的珊瑚枕头、金盆都不是写实的，而是一个比较象征的说法。“香泉影蘸胭脂冷”，冷冷的泉水被拿进来，去把胭脂化开。

“胭脂鲜艳何相类，花之颜色人之泪。”我们通常觉得红色是喜气的、艳丽的，可是林黛玉看到胭脂这么红，要怎么比拟呢？她说好像花的颜色，好像人的眼泪。这是林黛玉非常奇特的联想。因为林黛玉是整天在哭的，她刚刚用胭脂化妆好，可流下眼泪后，眼泪就跟胭脂的红混在一起，变成红色了。所以“滴不尽相思血泪抛红豆”，也是在讲林黛玉，是用血泪或者红豆形容林黛玉的泪水。

“若将人泪比桃花，泪自长流花自媚。”我们记得《葬花吟》里面也一直拿人在比花，现在又一次把人的眼泪来比拟桃花。可是眼泪流多少都没有用，花还是有它自己的妩媚，好像在讲岁月里面有一种无情。这个无情你没有办法怪谁，也不是说你碰到了什么悲剧的命运，而是本来如此。“泪眼观花泪易干，泪干春尽花憔悴。”这是典型的林黛玉的心情。

讲到这里，我不知道大家有没有觉得，尤二姐自杀以后，真正的悼词是在这里出来的。我们刚才看到作者在转，什么耶律雄奴被隔肢挠痒，然后手帕又掉了，忽然讲说有人写了桃花诗，其实是哀悼尤二姐。中间有一个非常惊人的呼应。尤二姐死了，这么惨，我们觉得应该有一个什么悼念之词，可是没有。现在林黛玉这首诗出来了，并不是悼念尤二姐的，她是在悼念桃花，可是林黛玉用桃花象征了所有青春少女的凋亡。这一首长诗绝对有它押尾的作用，它真正把尤二姐的死亡做了一个心情的抚平。这部小说里面的结构非常奇特，第七十回里面，开玩笑的小场景跟沉重的东西其实是组合在一起的，作者的“转”一环扣一环，并不是那么简单说尤二姐就被忘掉了。在林黛玉的诗里面，尤二姐的某些感觉又出来了。

“憔悴花遮憔悴人，花飞人倦易黄昏。”花凋零的时候到处乱飞，而人疲倦得好像到了生命的尽头。这里面在讲花，又在讲人，也在讲青春的岁月将要过完，预言性特别清楚。“一声杜宇春归尽”，杜宇是西蜀古代的一个皇帝，他死掉以后，心里面的一种不甘让他每一年春天化成杜宇这种鸟，也就是杜鹃，出来不断地叫，把春天叫回来。李商隐诗里的“望帝春心托杜鹃”，讲的就是这个来自四川的故事。

“寂寞帘栊空月痕！”最后花都走了，人也走了，剩下的是那一个帘子，帘子上看到的只是冷冷的月光留下来的一个空冷。我觉得林黛玉在暗示她自己的死亡，没有多久，林黛玉的死亡就是“花落人亡两不知”了——她在《葬花词》里面已经讲过的句子，现在再度出现——“寂寞帘栊空月痕！”

赞美还是落泪

“宝玉看了，并不称赞，却滚下泪来。”我们在生命里面有一种两难，有时候你看到一个朋友创作了最好的画，写出了最好的音乐，你不一定是赞美，有时候是落泪。你感觉到他的呕心沥血，他在作品里把心血都用尽了。如果你是他的朋友，你疼爱人会超过艺术作品，你会觉得宁可没有那个艺术作品。

莫扎特最后在病重的时候，发着高烧写他的《安魂曲》，完成了他伟大的作品。可是每次读莫扎特的传记，很奇怪看那个片断的时候，都很矛盾，你会很盼望莫扎特不要写《安魂曲》，好像觉得生命应该比艺术更重要，这个时候他可不可以少一点绝望、少一点痛苦？我跟很多朋友提过，有一次在一个老师家里看到一个小条幅，是弘一大师晚年用他的血抄的佛经，忽然就只会落下泪来，而不会赞美。因为他是用他的血在抄佛经。

这都是我提到的两难。

为什么宝玉没有赞美，反而是落下泪来？因为他已经读到了黛玉的心事，他知道黛玉要走了；别人没有看出来，别人看到的是诗好。可诗如果暗示的是人亡，我想宝玉绝对不要。没有人跟他讲这是黛玉写的，他当然知道是黛玉写的。薛宝琴骗宝玉说是她作的，宝玉摇头说："我不信。这声调口气，迥乎不像蘅芜之体，所以不信。"宝钗笑道："所以你不通。难道杜工部首首都作'丛菊两开他日泪'之句不成？一般的也有'红绽雨肥梅'、'水荇牵风翠带长'之媚语。"他说杜甫可以写很悲壮的句子，也可以写比较妩媚的句子，艺术家是可能写出两种不同的美学的。可是宝玉说："固然如此说。但只我知道姐姐断不许妹妹有此伤悼语句，妹妹虽有此才，是断不肯作的。比不得林妹妹曾经离丧，作此哀音。"

宝玉认为真正好的创作是心血，不可能是他人的，因为创作者不是在职业性地画画，职业性地写诗，而是用生命在创作。我们在这里可以看到曹雪芹的美学观，他认为最好的创作其实是呕尽心血。曹雪芹自己写完《红楼梦》，写得一把辛酸泪，大家都觉得这本书写得好极了，赞美它是伟大的文学。可是曹雪芹如果今天活过来，他宁肯没有这样的煎熬。

宝玉看到桃花诗，其实感觉到黛玉好像眼泪已经要流完了，而这个眼泪流完，就是她要走的意思。宝玉跟她有前世的缘分，他当然懂得这首诗是一首《安魂曲》，是哀悼尤二姐的，也是哀悼她自己的，是哀悼所有在现世里美丽的梦想不能完成的生命将要走掉的那个悲哀。所以宝玉就说绝对不可能是宝琴的诗作，她没有经过父母双亡、兄弟姐妹离开这些所有的悲剧，她不会懂这个东西。这是我一再提到的曹雪芹真正的美学观，其实也是非常东方的美学观。在西方有时候会觉得艺术跟人之间还有部分是可以分开来谈的，可是东方一直觉得人跟艺术是不可能分开的，什么样的个性，一定会写出什么样的诗。

宝玉真的是黛玉的知音、知己，因为他最懂黛玉，别人怎么骗他都骗不过。

诗社重张

“已至稻香村中，将诗与李纨看了，自不必说，称赏不已。”凡是称赏不已的，其实从另外一个角度来讲就是不关痛痒。刚才提到说，如果你有痛痒在其间，你会不忍心。颜真卿在安史之乱以后对着他侄子季明被砍下来的头，写《祭侄文稿》，我们说那是天下书法里面最动人的作品，现在藏在台北“故宫博物院”。可是对颜真卿来讲宁可没有那一篇书法。而我们读到最后，看到“携尔首榇”，还有“魂而有知”的时候，会看到颜真卿痛心到极点。所以在历史上所谓艺术的名作，大概都是最痛的东西。也不要忘记我们过去背得很多的文天祥的《正气歌》，是他在监牢里写的。

因此面对这些艺术，我们在赞美的同时却有一种不忍，觉得这是用生命换的，如果是用生命换的，你很难去称赏不已。如果是一个粗心的作者，写宝玉读完称赏不已，大概就完了。可是宝玉这个时候只会落泪，因为他知道这首诗是一个预告。

“说起诗社，大家议定：明日乃三月初二日，就起社，便改‘海棠社’为‘桃花社’，林黛玉就为社主。明日饭后，齐集潇湘馆。因又大家拟题。”林黛玉忽然有一点忘形，因为她刚写了一首桃花诗，就说：“大家就要桃花诗一百韵。”宝钗比较理性，说：“使不得。从来桃花诗最多，纵作了必落套，比不得你这一首古风。须得再拟。”当然如果我们多一点心机来想的话，就是林黛玉的桃花诗已经写得太好，宝钗大概想怎么写也超不过她。就是宝钗在背后是有一个要跟人家争强的想法。当然这可能是一种多心，但是不要忘记，宝钗常常透露出这种个性。

“次日乃是探春的寿日。”所以《红楼梦》里面的人其实生日是有记录的，探春是三月初二，大概是公历的四月初，所以她是什么星座，大概也知道。我觉得《红楼梦》里面人物的个性，有时候用现在年轻人比较喜欢玩的游戏去看时，是有一个记录可以排出来的。比如说，很多人都以为林黛玉是处女座，事实上她是白羊座，她的个性其实也有一种好强，而那个好强是自己的好强，是不见得跟别人比的那个好强。探春反而是稳定的，她最懂得怎么去置产业。探春知道怎么把园子里的水果、花叶都让人来管，然后卖到市场可以赚钱，其实她是一个懂得经营的人。

因为是探春的生日，所以诗社聚会的日期又改到了初五。到这里我们看到又有了一个转折，这个转折就是贾政要回来了。

贾政要回来了

贾宝玉这个十五岁上下的男孩子，因为爸爸出差三四年，有一点疏于管教。我们总是讲严父慈母，在过去的社会里，父亲扮演了一个比较严厉的角色，母亲扮演了一个比较放纵宠爱的角色。因为贾政不在家，贾宝玉有祖母跟妈妈还有身边一大堆的姐姐妹妹陪着，每天玩啊、闹啊。对于贾宝玉的爸爸贾政来讲，这个小孩子真的有一点被宠得不像话了。他对宝玉有一个预期，这个预期是好好读教科书，好好去考试，将来可以做官——给他预设了父亲想象中的最好的一条路。可是我常常在想，我们在十五六岁的时候，其实对生命也有自己的想法，可能跟父亲的预期并不完全相同。

我曾经听到一对父母在讲："我那个小孩子每天在那里玩滑板，简直是不知道怎么办了。"可是当你如果有机会很安静地跟这个十几岁的小孩坐下来谈他的滑板的时候，其实也会吓一跳。他可以跟你谈三四个小时。我从来没有想到滑板有这么多的招数，有这么多他的梦想在里面。当他脚踩着滑板的时候，他几乎是踩着一片云在飞。我想生命在那个年龄，还没有那么功利，还没有那么目的性，所以他在追求什么东西的时候，是非常单纯的。他会觉得滑板可以让他的身体有各种可能性的变化，会从里面得到一种成就感。可是父母就不容易理解。

所以当贾政要回来这个消息传来，所有人都觉得蛮高兴的，第一个发呆的就是宝玉。

下面又插入一段，就是王子腾女儿要许配给保宁侯的儿子做妻子，等于权力阶级的一个联姻。王子腾是王夫人的兄弟，也是王熙凤的父辈，所以王熙凤就很忙，忙着去张罗这些事情。

然后写回宝玉。"宝玉进了怡红院，歇了半刻，袭人便乘机见景劝他收心，闲时把书理一理，预备着。"我们一再提醒说《红楼梦》里面每一个角色应该扮演的那个行为跟语言从来不会有差错，怡红院里晴雯、麝月、秋纹，还有底下的芳官这些，没有一个人会劝宝玉说赶快收收心做功课，劝他的只有一个人就是袭人。因为袭人是一个大姐姐的角色，她疼爱宝玉，可是不放纵他，她觉得她有管理或者照顾他的责任。

宝玉算一算时间，说："还早呢。"贾政六七月回家，现在才三月，所以还有时间。那袭人就说："书是第一件，字是第二件。到那时你纵有了书，你的字写在那里呢？"过去像贾政这样的一个父亲，他当然要求他的孩子要把字写得工工整整。宝玉说："我时常也有写了的好些的，难道都没收着？"他偶然心情好了就写几个。袭人也很有趣，她其实是一个丫头，可是竟然会把他写的字都算一算，说到底有几篇了，所以她真的也扮演了管教宝玉的角色。她说："何曾没收着？你昨儿不在家，我就拿出来共算，数了一数，才有五六十篇。这三四年工夫，难道只有了这几张字不成？依我说，从今日起，把别的心全收了起来，天天快临几张字补上。虽不能按月都有，也要大概看得过去。"

宝玉听了大概有一点不太相信，我们小时候都觉得自己蛮用功的，也都做了功课，可是真的想不到有时候跟老师或大人要求的距离蛮大的。所以"宝玉听了，忙的自己亲检了一遍，实在搪塞不过去"，心想：完了，怎么只有那么少，玩的时候根本没有想到。最后决定说："明日为始，一天写一百字才好。"

枪手

"至次日起来，梳洗了，便在窗下研墨，恭楷临帖。"发愤图强的第二天，一定是最用功的。最好玩就是"贾母因不见他，只当病了，忙使人来问"。有没有发现，爸爸不在家时宝玉的放松，祖母跟妈妈真的要负很大的责任，因为祖母跟妈妈永远问他饿不饿，要不要吃什么东西之类的，所以他功课的东西根本就忘掉了。

“宝玉方去请安，便说写字之故，先将早起清晨的工夫尽了出来，再作别的，因此出来迟了。”不知道大家会不会感觉到，贾母这个时候其实也有一点两难，又高兴孙子上进，发愤图强，可是又觉得他不能在她旁边闹玩，也很落寞。我想这里面其实可以看到传统伦理里面的角色，其实非常有趣。

所以贾母听了以后，刚开始蛮高兴，就说：“以后只管写字念书，不用出来也使得。你去回你太太知道。”宝玉听了以后就到妈妈房里说明，妈妈的反应很好玩，说：“临阵磨枪，也不中用。有这会子着急的，天天写写念念，有多少完不了的。这一赶，又赶出病来才罢。”妈妈最担心的是孩子太用功，睡觉睡不够，吃饭也吃不好，身体会差。你看到父亲跟母亲在孩子身上就变成了一个冲突的角色。其实我觉得这个母亲大概也真的有一点过虑，宝玉真的也不会压迫自己到那种程度。有没有发现，祖母跟妈妈都扮演了非常有趣的放纵宝玉的角色。

这个时候，探春、宝钗她们在旁边，相当于同学了，就要扮演很义气的枪手角色，她们说：“老太太不用急。书虽替不得，字却替得的。我们每人每日临一篇给他，搪塞过这一步就完了。一则老爷到家不生气，二则他也急不出病来。”最好玩的是，这些做枪手的是明目张胆讲给老祖母听的。

其实我们在中学大概都玩过这种游戏，从正规的教育讲起来，这就是作弊。我觉得不完全是这样。我想起以前在考试时，作弊里面有一种快乐是瞒着监考老师，大家在联络情感。有时候我觉得题目明明会，可是有人就说：“你跟我那么好，你为什么不抄我的？”我现在想，这句话真的蛮奇怪。作弊变成了一种荒谬的情景。教育如果从年轻人的心理学上去了解，是非常有趣的。你从一个很严肃的角度去看，跟你从一个比较谅解的角度去看这件事情，真的有点不同。如果是贾政知道这件事，可以想象他会发脾气到什么程度，他会觉得这些人简直胡闹，可是贾母听到竟然“喜之不尽”。这个老祖母显然是在故意纵容。

两种不同的心情

“原来林黛玉闻得贾政回家，必问宝玉的工课，恐临期吃了亏。因此自己只装不耐烦，把诗社便不起，也不以外事去勾引他。”黛玉是最了解宝玉的，也知道宝玉发愤图强不会很久，他这种个性就是常常对什么东西都好奇，很容易分心。一下看到花开了，他又高兴了；一下看到月亮圆了，他又跑去了。宝玉是非常容易分心的人，所以黛玉本来自己兴冲冲要成立一个诗社，可是现在为了关心宝玉，决定不起诗社，把自己关在家里，好好替他做枪手——去临字。

这里希望大家细致地感觉一下，宝钗跟探春在贾母面前说：“我们帮他写字。”黛玉一句话都没有讲，关在家里就偷偷帮他赶了很多的字。是不是不太一样？那个真正的知己跟知音，要帮你不是在大庭广众下帮你，她就是觉得你的事就是我的事。因为爸爸回来如果看到功课没有完成，宝玉会挨打，而且贾政下手从来是不轻的，宝玉之前几乎被打死，所以黛玉对宝玉就有一种心疼。

“探春、宝钗二人每日也临一篇楷书字与宝玉，宝玉自己也加工，或写二百三百不拘。至三月下旬，便将字又集凑出许多来。这日正算，再得五十篇，也就混得过去了。”这是我很希望老师跟父母都看的部分，小孩子在做功课的时候，觉得是交差。其实蛮惨的，每天都在算。有一点像我们以前当兵的时候在墙上画馒头，画了一个，又画了一个，就是为了交差。可是到最后也会觉得蛮荒凉的，因为画掉的都是我们生命里面最好的日子。书法如果是他真正爱的东西，他所得到的感觉是不一样的。算算再有五十篇就好了的这种交差感，没有任何快乐可言。其实在孩子整个成长的过程里，学习应该是天下最快乐的事。可是因为我们都觉得读书很苦，一直把它当成是一个交差的事情，真正求知的以及满足好奇的快乐其实没有感觉到，所以自古以来就有很多人说读书多么快乐，但好像都是假的。回想一下，宝玉跟宝钗、黛玉他们写诗的时候，是多么快乐，他们从来不觉得在做功课，因为那是他们想做的事。

“谁知紫鹃走来，送了一卷东西与宝玉，扯开看时，却是一色老油竹纸上临的是钟王蝇头小楷，字迹且与自己十分相似。”“老油竹纸”是竹子的纤维做的最好的上油的老纸，有透明度，可以用来蒙在字帖上去临摹。“钟”是钟繇，“王”是王羲之，都是大书法家。特别讲“蝇头小楷”，大家知道苍蝇的头有多大，那种字一定是赶不出来的。

我觉得这里面有一种对比：探春、宝钗都做枪手，可是黛玉这个枪手是有一点不同的，她花了最大的心血。因为这里面有一个很特别的东西，就是疼爱，也因为他们的生命是一个共同体。大概探春跟宝钗还没有办法把宝玉的字写到一模一样，可是黛玉可以把字写到跟宝玉一模一样。

如果大家细读这一段，你会觉得人世间这样的一个朋友和知己，大概真的是没有任何人可以取代的。这是为什么我们好几次提到黛玉跟宝玉的感情其实是完全不可取代的。在我们的生命里，其实是有这样一个角色的，这个角色很奇怪，他有一种完全跟你一致的共同感。

"喜的宝玉向紫鹃作了一个揖，又说亲自来道谢。史湘云、宝琴二人皆亦临了几篇相送。凑成虽不足工课，亦足搪塞了。"宝玉这个小男孩，旁边有这么多人在帮他，而且每个人都疼他。重要的是她们是才女，都可以写字，学问又都比他好，所以可以帮他这个忙，因为就算疼他，没有才也没有办法。我觉得宝玉如果是曹雪芹，曹雪芹后来写这本书，一直在赞美女性，大概他一生觉得怎么身边最精彩的都是女孩子，在他一生里面疼爱他、照顾他、帮助他。

青春王国中的动人情感

我忽然觉得情感这个东西非常难解释，什么叫友谊，什么叫情感？其实里面有一种"亲"。在读书的过程里面，除了知识的追求以外，还有一个是人世间情感的眷恋跟牵挂，而这往往是作为上一代的老师跟父母不容易了解的。父母跟老师如果一直扮演了那个监督者跟检查者的角色，就只有"法"，就会缺少对这部分的观照。

所以后来我做老师的时候，想到当年我的同学跟我说："你为什么抄他，不抄我的，我们两个那么好。"就觉得有时候可以睁一只眼、闭一只眼。当然这其实是很奇怪的心情。我在学校里面做七年的美术系主任，我跟学生说，我从来不记过的——连警告都没有记过，我从来不用这种惩罚；我只跟教官说，我的惩罚就是让他们写字，去临钟王蝇头小楷一篇。

其中有些是比较严重的，像美术系有人在暗房里做校长的通行证，用这个伪造的证件把车子大剌剌地开进校园。后来被抓到，送到校外警察局，罪名是"伪造文书"。可我还是坚持说不要记过，因为我觉得这个东西会跟他一辈子。这就很难是用一篇钟繇小楷作为惩罚，他可能要写一百篇钟繇小楷。罚那么重，我也知道他根本做不到，也知道全系的人都在帮他，可是知道以后也蛮开心的。那个感觉很特别，你会感觉到学长、学妹都在帮他的时候，也看到他平常做人处事如何。

我觉得这是一个很复杂的东西，法跟情、法跟理，有时候真的是很难调配。你知道他们在犯规，可是同时又觉得里面有你很鼓励的东西——他们彼此在照顾，他们学会人在某一个忧愁或者是困境的时候，去帮助他。这很容易被误解，如果某个记者知道这一段，他可能把你写成是鼓励学生犯错的人物。其实中间的分寸很难拿捏。在我碰到的这件事情里，全系都在帮那个人把字写出来，比他们平常自己写得都好。现在他们毕业了，会跟我讲这件事，大家都好得意，说这样通宵赶出来的那个快乐，大概是青春里面最动人的回忆。

今天我们做老师或是父母的，大概要懂得这种心情，懂得孩子的世界里，有一个我们难以理解的青春王国，他们有自己私密的心事，有私密的交情。我们作为长辈，是不是一定要把那些交情全部一一戳破？这是一定要懂得的。在我自己的经历当中，我开始慢慢回想了自己青春时期的状况，才懂得怎么去体谅。《红楼梦》里面，我很喜欢这一段，湘云、宝琴、宝钗、探春全部变成枪手，第一枪手是林黛玉。我们知道，林黛玉的身体简直是一塌糊涂的，一熬夜就会出事，可是她竟然熬了好几个晚上，赶出五十篇蝇头小楷给宝玉。这都是生命里面最美的记忆，宝玉如果是曹雪芹，他会带着这个记忆一直到他生命的终结，他会感谢他生命里有人跟他走过这一段。

我有时候也跟很多朋友讲，不要让一个孩子在青春的时刻，没有人的记忆。他需要最美的朋友，最美的知己、知音。他们一起玩，瞒着大人做的那些事情，包括犯错犯规的事情，都是他美好的记忆。做大人的在旁边有很多的担心，可是绝不要去戳破他，让他们有自己青春王国的那种快乐。贾母知道她们做枪手以后，喜之不尽，如果她板起脸来说："你们怎么可以作弊？"可能第二天她们都不来见贾母了。其实祖母跟孙子之间也有一个秘密，这个秘密是瞒着贾政的。贾政变成了一个被大家隔离在外的角色，因为他是检查者。

犯规和创意

所以这个事件是我想跟大家细讲的，因为可能在我们今天的生活里还会发生。我记得小时候我们兄弟姐妹六个人会常常骗爸爸妈妈一些事情，那个也是很奇怪的兄弟姐妹之间的私密。我后来想，爸爸妈妈未必不知道，可是他们也觉得蛮好的——就让他们去玩吧，让他们去闹。

我们常常被母亲抓到，抓到以后就是大姐、大哥、二姐、我，四个人绑在桌子的四条腿上，一人绑一条腿。所以我跟很多人说我们四个人感情特别好，因为我下面的弟弟妹妹都没有被绑过——桌子只有四条腿，再多人就没有腿绑了。现在我们四个人常常谈到被绑住的时候在做什么，我们好像都没有忏悔，四个人说"一二三,一起把桌子抬起来"，因为桌子上还放了很多的饭菜，还约好说抬起来的时候不可以把饭菜打翻。我们在谈的时候，都是在笑，因为觉得好好玩，怎么会有这么一个奇怪的处罚。其实对孩子的惩罚，有时候他们不觉得是惩罚，反而觉得好玩，有一个共同隐瞒、构成了私密情感的感觉。

我们在中学的时候常常会幻想教官很坏，因为他头有一点偏，就给他取了一个叫“北西北”的外号。现在想起来教官一点都不坏，他真的对我们非常好。可是大家就会故意幻想他很坏，这样就可以玩，去躲他，瞒着他做些事情。

孩子在成长的过程里，你要规定几个很严格的规范给他遵守，可是同时也要睁一眼闭一眼，看看孩子怎么去偷偷犯规。不要忘记，犯规这件事也是他的能力之一。回忆起来，我们在中学那些遵守老师制定的所有规则最好的同学，后来其实不是大有出息的。非常奇怪，可能因为他少掉了一种创意性。这个创意性是说，他对于大人所有的规则，都会想：如果用另外一个方法，要怎么处理？

历史上最有名的大天才，像达·芬奇这种人，常常都是不守规矩的，常常都有一点不按牌理出牌。大人规定的所有东西，都会故意用另外一个方法去做的人，反而在年轻的时候，形成了自己的创意个性。当然这是很难拿捏的，不能够因此就一直鼓励他去叛逆，而是说要把握叛逆跟遵守法规之间的平衡。

接下来，“宝玉放了心，于是将所读之书，又温理过几次。正是天天用功，可巧近海一带海啸，又糟蹋了几处生民。地方官题本奏闻，奉旨就着贾政顺路赈济回来。如此算去，至冬至方回。宝玉听了，便把书字搁在一边，仍是照旧游荡”。宝玉为了应付爸爸回来检查，赶功课赶得不得了，好不容易差不多了，结果忽然听说贾政还要晚一两个月回来，他就像捡到宝一样。学生最大的快乐就是这个东西，本来说老师要回来，忽然说晚一天，那简直是狂欢，就像是多出来的假日，多出来的假日总是比预期里的假日还要快乐的。

柳絮词

这个时候，他们就开始弄诗社了。注意一下小说结构的了不起——从本来要弄诗社，到开始做，中间又安排了一次转折，就是帮宝玉应付功课，然后才又回到诗社的事情。

春天在尾声的时候，柳树会开花，柳树的花是一种很细很细的细线，我们叫柳絮，是在风里飘的。在台湾不太容易感觉得到，可能因为季节转换太快。我第一次感觉到柳絮是在西湖。西湖边全部是老的柳树，天空里面一丝一丝的细线，如果不仔细看不太觉得，因为非常纤细，像蜘蛛丝那样在空中飞。大观园里这回的诗社，主题就是柳絮。

"时值暮春之际，史湘云无聊，因见柳花飘舞，便偶成一小令，调寄《如梦令》。"我们看到《红楼梦》里面，这些小孩子大部分玩的游戏都是诗，还没有玩到词，现在史湘云就填了一首词。

词跟诗不同。大概在唐代的时候，词已经出现了，本来是酒楼里面歌妓唱的流行歌。我们所说的《相见欢》、《虞美人》就是所谓的词牌，有一点像西方音乐里面的某一个调性，比如G大调之类。一个词牌调子就像一个空的曲谱，可以填进不同的词去，叫填词。所以填词跟写诗不太一样，每一个词都要放对位置，不容易，诗比较起来反而相对自由。像我们提到过的弘一大师李叔同，他很擅长用西方的曲配上中国的汉字，比如"长亭外，古道边"就是这样。因为他有填词的训练，所以他知道这个字放在某个音节、某个音韵当中对不对，填出来的词跟曲调怎样会比较谐和。

第七十回里面借着柳絮这个主题填了一些词，基本上都属于小令的系统。小令是比较短的词。五十八个字以内的叫作小令，超过五十九字以上叫中调，九十一个字以上的叫长调。词最兴盛是在宋代。可是注意一下词这个形式在唐朝就有，因为是酒楼上妓女唱的，有点像流行歌曲，所以大家都觉得是不入格调的。词的一个关键人物是五代南唐的李后主，王国维特别在《人间词话》里面说李后主把“伶工之词”改变为“士大夫之词”。就是说把民间的流行歌提升到文学层次，赋予了比较美的内容。比如李煜写的：“帘外雨潺潺，春意阑珊，罗衾不耐五更寒。梦里不知身是客，一晌贪欢。”在亡国之后，他把流行歌变成了一个比较沉重的文学形式。

到宋代的时候，词就变得很正式了。史湘云填的词是“《如梦令》”。中国音乐的调性跟西方不太一样，西方是用科学的方法去算出G大调、D大调等等，中国就给它一个比较美的名字，比如说《满江红》是比较悲壮的调性。不同的歌有不同的感觉，就像我们今天的《雨夜花》有某一种感伤性，《丢丢铜》是比较喜悦的。如果用《丢丢铜》来填字，就填出节奏比较轻快、跳跃的感觉，如果用《雨夜花》填，就填进去比较感伤的感觉。所以《如梦令》、《相见欢》或者《唐多令》，都是不同调性的词牌。

《如梦令》是比较凄婉的小令。史湘云填的头两句是：“空是绣绒残吐，卷起半帘香雾。”里面用到“绣绒”、“香雾”，都让你感觉到视线上不清楚，质感上比较轻。“纤手自拈来”，过去的人有一个习惯，春天走在花园当中，看到柳絮飞的时候，会用手去抓它。因为史湘云是一个女孩子，所以就用“纤手”——很纤细的手——去抓这些柳花。“岂使鹃啼燕妒”，是说人特别眷恋柳絮，所以让杜鹃跟燕子都有一点嫉妒。“且住，且住！莫使春光别去。”我们注意一下“ü”（迂）跟“u”（乌）在古代押韵是一致的，用我们今天的拼音方法，“去”是“ü”的音，可是在古音里面的韵是“u”。就像“斜”这个字，在古音里面是发花韵，读“xiá”。

以柳絮为题填词

这是一首《如梦令》，湘云“自己作了，心中得意，便用一条纸儿写好，与宝钗看了，又来找黛玉”。黛玉看了以后说：“好！也新鲜有趣。我却不能。”湘云说：“咱们这几社总没有填词。你明日何不起社填词，改个样儿，新鲜些？”所以她们觉得写诗填词不是做功课，是在玩。对比起来，宝玉写字是交差。今天如果在中文研究所规定学生明天要交几首词，大概大家也觉得好头痛啊，好像要交功课。可如果拿着一首周杰伦唱的歌，把词改掉，自己填新的词，就是一个游戏，一个好玩的东西。

我记得我们最喜欢做这个事情是在当兵的时候。军歌都很无聊，所以我们就把什么《九条好汉站一班》全部给它换字，然后你会发现每个人换的字都不一样，有的人换的简直是黄色不堪，有的人就很高雅，各有各的变化。其实这就是填词，填进我要的词，变成我要的歌。越不喜欢唱的歌，越想把它改掉。从另外一个角度来看，可能那个时候会被责备，可我们只是好玩，就是想试试看对文字的敏感性。其实在我们身边，你会发现小孩子不见得不玩这种游戏，问题是我们未必觉得那是一种文学行为。

“黛玉听了，偶然兴动，便说：‘这话说的极是。我如今便请他们去。’说着，一面吩咐预备了几色果品之类，就打发人分头去请众人。这里二人便拟了柳絮之题，又限出几个调来，写了绾在壁上。”大家来了以后，抽出签来，“宝钗便拈得了《临江仙》，宝琴拈得了《西江月》，探春拈得了《南柯子》，黛玉拈得了《唐多令》，宝玉拈得了《蝶恋花》”。如果熟悉宋词的话，知道这些都是最常见的小令。每一个人拿到以后就按照那个调性去开始做功课。

“紫鹃炷了一支梦甜香，大家思索起来。”炷香是为了限时间，要在香烧完以前把这个词填完，梦甜香属于燃烧时间比较短的。“一时黛玉有了，写完。接着宝琴、宝钗都有了。他三人写完，互相看时，宝钗便笑道：‘我先瞧完了你们的，再看我的。’探春笑道：‘哎呀！今儿这香怎么这样快，已剩了三分了！我才有了半首。’”探春这一天好像有点力不从心，她写诗蛮好的，可是填词的时候大概不习惯。填词时如果不懂音乐，字常常会放错位置，不好写。她急得不得了，就问宝玉怎么样。

“宝玉虽作了些，只是自己嫌不好，又都抹了，又另作，回头看香，已将烬了。”大家感觉下那个画面，宝玉的个性特别有趣，因为他不专心，一下说不好，又去看别人的，又去看那个香，有一点忙来忙去。李纨说：“这算输了。瞧三丫头的半首且写出来。”我们前面讲过，宝玉在这些姐姐妹妹面前，有一点想扮演那个输的角色，因为他觉得这些姐姐妹妹太精彩了。在传统的封建社会，男人在女人面前是输不起的。法国人的漫画里，看到一个人开车比他快，就说：“疯子，一定是女人。”开过去以后，一看怎么不是女人，就说：“原来是个男的，比女人还差。”在男性的口中，怎么骂还是女人。可是宝玉觉得，天下最美的性情、最美的才华，都在女性身上，不在男性身上。所以《红楼梦》是一个反当时潮流的写法。

一任东西南北各分离

“探春听说，忙写了出来。”探春只写了半首《南柯子》。“空挂纤纤缕，徒垂络络丝”，柳条细细的，一根一根像线一样挂在那里。“纤纤”、“络络”都是绞丝边儿，都是在讲编织里的东西，这些女孩子是做刺绣的，所以她们在写诗填词的时候，也常常把很多刺绣的感觉写进去。“也难绾系也难羁”，线条是有牵挂性的，可是又觉得很难牵挂。希望大家在这里注意《红楼梦》所有的诗词都有命运的暗示性。“柳絮词”其实写到这些女孩子将要分离，就是飘散的感觉，怎么绑都绑不住的，也牵绊不住的。

最后一句，“一任东南西北各分离”。探春这一句话是个预言，接下来每一个人嫁到不同的地方。“李纨笑道：‘这也都好作，何不续上？’宝玉见香没了，情愿认输，不肯勉强塞责，将笔搁下，来瞧这半首。见没完时，反倒动了兴，开了机，乃提笔续道是……”这里其实有一部分在暗示宝玉没有什么你的、我的之分，他总觉得生命不应该有遗憾，他想把它续完。

第一句是：“落去君休惜。”如果探春这个词前面讲的是花的飘零，讲女子的分散，我想宝玉接着写其实是安慰，意思是花落了，你不要可惜，你不要疼惜。“飞来我自知”，你们飘零了我是知道的——有没有感觉宝玉扮演了一个百分之百的护花使者。“莺愁蝶倦晚芳时”，所以在黄莺很忧愁，蝴蝶也疲倦了，春天快要过完的“晚芳时”，“纵是明春再见隔年期”！他还是觉得这么美好的青春，不要老是哀伤春天快要走完了，我们明年或者下一辈子还会在一起，我们还要预期下一个春天。

大家就骂他说：“正经你分内的又不能，这却偏有了。纵然好，也不算得。”就在开他的玩笑。

飘泊亦如人命薄

下面是黛玉的《唐多令》，这大概是我在初中那个年龄，读到的最感动我的一首词之一，其实在讲黛玉非常漂泊的命运。

“粉堕百花洲”，百花洲现在在苏州还有，传说是过去西施浣纱的地方，在开满了花的河边，所以每一个人到了百花洲都有对西施这个美丽女子的一个哀叹。“粉”代表女孩子，就是百花洲里所有的花都要凋零了。

“香残燕子楼”，燕子楼是唐太宗时一个叫关盼盼的歌妓住的楼，是当时一个很爱她的男人张愔为她盖的。后来张愔死掉了，唐朝的歌妓是可以改嫁的，也可以跟别的男人在一起，可是关盼盼十几年不下楼，不见任何客人。所以大家谈到关盼盼跟燕子楼，就是指一个女性在心里有所眷恋的时候，她不再去跟任何人见面了。

黛玉这里面有一种生命中的绝对，就是她的生命只是来跟宝玉做最后一次的“了所有的泪”，用“粉堕百花洲，香残燕子楼”来表示她自己那种一心一意的感觉。

“一团团逐队成毬。飘泊亦如人命薄，空缱绻，说风流！”柳絮在风里飘来飘去，是一个无根的东西。黛玉想到自己这么薄命，父母双亡，有再多的眷恋，其实还是要走。

“草木也知愁”，连植物这样的生命都知道忧愁。“韶华竟白头”，生命最美好的时光叫作“韶华”，十几岁正值韶华，怎么头发都白了，因为柳絮是白的。“叹今生，谁舍谁收？”叹一口气，问今生谁来收留？这是黛玉对自己生命的一种不安的感觉。“嫁与东风春不管”，柳絮跟着东风在到处漂流，春天快要过完了，也不去管。“凭尔去，忍淹留！”你要走了，你该走了，你在人世间不会再长久留住了，我也留不住你，我也不忍心留住你。

刚才我们讲到《桃花行》已经是黛玉的死亡征兆——《安魂曲》，这首《唐多令》是更明显的死亡征兆，她已经在唱自己的挽歌。我想再念一次这首《唐多令》，大家感觉一下林黛玉此时的心情：

粉堕百花洲，香残燕子楼。一团团逐队成毬。飘泊亦如人命薄。空缱绻，说风流！　　草木也知愁，韶华竟白头！叹今生，谁舍谁收？嫁与东风春不管，凭尔去，忍淹留！

大家看完，都觉得写得好，可是也都叹气说："太作悲了，好果然是好的。"所以是一个两难，艺术作品这么好，可如果是用生命的心血去写，好像有一种不祥的感觉。

韶华休笑本无根

宝琴写了《西江月》："汉苑零星有限，隋堤点缀无穷。"因为传说汉朝皇宫中的长杨宫等处多植柳树，隋炀帝修运河的时候，堤防边都种了柳树，比汉苑的规模盛多了。"三春事业付东风，明月梅花一梦。""三春"是指春天快过完了，可注意三春也是指探春。所以第七十回里面有很多地方在暗示探春没多久要嫁了。"几处落红庭院，谁家香雪帘栊？江南江北一般同，偏是离人恨重！"大家知道古代常常折柳条告别，我们读过《阳关三叠》都知道，所以这里也提到了离别这种感觉。

大家都认为薛宝琴的词"声调悲壮"，特别是"几处落红庭院，谁家香雪帘栊"两句非常好。可宝钗还是说："终不免过于丧败。我想，柳絮原是一件轻薄无根无绊的东西，然依我的主意，偏要把他说好了，才不落套。所以我诌了一首来，未必合你们的意思。"宝钗有一点想翻案。如果柳絮代表了贾府的命运要走下坡，宝钗觉得不服气，她想要把没落转回到兴盛。

“白玉堂前春解舞，东风卷得均匀。”在春风里面，柳条一条一条卷得非常均匀。宝钗希望用这种画面去平衡刚才所有人写到柳絮悲哀的感觉。她用理性的方法对抗命运的悲剧，她觉得是要结婚，是要走了，是要散了，可生命是不是可以有另外一个不同的希望，或者能比较喜悦地去看待？

“蜂团蝶阵乱纷纷。几曾随逝水，岂必委芳尘。”这几句是重要的，大家感觉一下。我们觉得柳絮最后飘来飘去，要不然就飘到水里，跟着水漂逝了；或者掉在灰尘里被弄脏了。这都是悲哀。可是薛宝钗讲出了她的愿望：我为什么要这么甘心跟着水消逝？我为什么一定要去寄托在灰尘里？这里面宝钗有一点想违拗没落的命运，想要重新让自己变成一个处在繁华跟富贵里的角色。

“万缕千丝终不改，任他随聚随分。”她觉得生命是会聚会散的，聚跟分不用强求。“韶华休笑本无根，好风频借力，送我上青云！”别人都看到柳絮的飘零，她看到的是柳絮被风吹上青云。所以宝钗最后要争到在富贵里面不放手。

虽然都在讲填词写诗，可也是写自己的命运。

大家都拍案叫绝，说：“好！果然翻的好气力，自然是这首为尊。缠绵悲感，让潇湘妃子；情致妩媚，却是枕霞；小薛与蕉客今日落第，要受罚的。”诗社里还有赏罚。宝琴就说：“我们自然受罚，但不知付白卷子，又怎么罚？”就讲宝玉了，她们是枪手，有一个共同的情谊，可是玩游戏的时候一丝不苟。李纨就说：“不要忙，这定要重重罚他。下次为例。”

放风筝

“一语未了，只听窗外竹子上一声响，恰似窗屜子倒了一般，众人唬了一跳。丫环出去瞧时，帘外丫环嚷道：‘一个大蝴蝶风筝挂在竹梢上了。’”

春天是放风筝的季节。你如果去北京的话，三月还是放风筝的季节。有很多的资料显示，曹雪芹后来家道衰落最穷的时候，他是靠糊风筝在街上卖维生的，现在已经找到了他做的风筝设计的画稿。所以等一下你会发现他把风筝写得很细，每一种风筝会有什么零件，怎样放，他非常非常懂。很多人认为曹雪芹是一个蛮奇怪的天才，什么东西都会玩，最后家里落难的时候，没有办法过日子，竟然是靠做风筝为业。

“众丫环笑道：‘好一个齐整风筝！不知是谁家放的，断了绳。拿下他来。’”紫鹃要把这个风筝拿起来。探春说：“紫鹃也学小气了。你们一般的也有，这会子拾人家丢了的，也不怕忌讳？”黛玉也说：“可是呢，知道是谁放晦气的，快掉出去罢。把我们的拿出来，我们也放晦气。”过去人讲放风筝是放晦气。风筝上有一个东西叫籰子，竹子做的，上面缠线，放风筝的时候一直放线，放到线根的地方，连根剪断，意思是把所有不好的东西连根剪断，让晦气随着风筝走掉。当然这里有一个技巧，就是你得放到确定那个风筝不会再掉下，要让它飘到别的地方去。

“紫鹃听了，赶着令小丫头们，将这风筝送出与园门上值日的婆子去了，倘有人来找，好与他们去的。这里小丫头子们听见放风筝，巴不得一声儿，七手八脚都忙着拿出一个美人风筝来。”刚才是蝴蝶风筝，现在是美人风筝，那个风筝可以大到像门板那样。《汉声》杂志后来出过曹雪芹的风筝谱，大家可以参考一下，是非常精彩的设计，里面好多层次，有的还是立体的风筝。所以那个美人风筝放到天上去以后，美人的衣裙都可以飘，甚至可以翩翩起舞。这跟我们小时候放的菱形风筝其实不太一样。我小时候最讨厌数学，所以总是用数学本贴起来去做一个风筝，用这个风筝把晦气放掉。

大家纷纷就把自己的风筝找出来放。“丫头去了，同几个人扛了一个美人并籰子来。”注意这个动词“扛”，曹雪芹用字非常准确，如果是小风筝，一个人拿的话，绝对不会用“扛”这个字。后面讲到风筝就像门板那么大。这样的风筝要放起来当然不容易。

注意这一段的细节，螃蟹风筝、美人风筝、蝙蝠风筝、大鱼风筝、蝴蝶风筝，还有宝钗的七个大雁的风筝。曹雪芹如果不是一个极懂风筝的人，不会写到这么细，而且放风筝用的籰子还有挂在风筝上的东西，他全部写到。

大家的风筝都放起来了，“独有宝玉的美人放不起来，宝玉说：‘丫头们不会放。’自己放了半天，只起房高便落下来了。急的宝玉头上出汗，众人又笑”。宝玉很好玩，写诗词写不出来，放风筝也放不好，他在这些姐妹当中，真的有一点被宠爱。他其实不太会放，因为风筝在升起的那一刹那，你要借风力，而且要拉线。如果你绑线的位置不对的话，也放不起来。

“宝玉恨的掷在地下，指着风筝道：‘若不是个美人，我一顿脚跺个稀烂。’”这一段完全看到宝玉的小孩子个性，因为他很疼女孩子，如果是别的东西，他就把它跺烂了。这种话曹雪芹真是写得精彩得不得了，处处透露出宝玉对女孩子的心疼，连美人风筝他都舍不得跺烂。

黛玉就说："那是顶线不好，拿出去另打了顶线就好了。""顶线"是什么？就是一个美人的风筝，因为它有门板那么大，所以从它的头部到腰部到脚都有线拉过来，最后汇总一根线，那根线叫顶线。顶线如果没有绑好，就没有办法放起来。

走向各自的命运

"一时，丫鬟又都拿了许多各式各样的送饭的，玩了一会。""送饭的"是什么？是风筝上挂的很多可以发出响声的东西，风筝放起来以后，会发出音乐的声音。《汉声》出的风筝谱里面，就可以看到很多附在风筝上的附件。

紫鹃说："这一回的劲大了，姑娘来放罢！"紫鹃希望黛玉来放，因为知道黛玉身体不好，老在生病，老在吃药，就让她把病放走。"黛玉听说，用手帕垫着手，顿了一顿，果然风紧力大。"黛玉的手从来没有做过粗活，拉着一个籰子，把门板大的风筝放到天上去，需要力量非常大，黛玉的手会被割伤，所以紫鹃就让她垫着手帕去放。这都是《红楼梦》了不起的细节。

黛玉让众人来放，那大家就说："各人都有，你先请罢。"黛玉说："这一放虽有趣，只是不忍。"注意这一句话，知道风筝必然要放走，可是不忍心。"紫鹃笑道：'我们姑娘越发小气了。那一年不放几个子？今日忽然又心疼了。姑娘不放，等我放！'说着，便向雪雁手中接过一把西洋小银剪子来，齐籰子根下寸丝不留，'咯登'一声铰断，笑道：'这一去把病根儿可都带了去了！'"

可是我们知道黛玉的病“走了”，也就是她的生命要结束了。因为她的生病跟眼泪都是为了宝玉，所以如果她不生病了，如果她不掉眼泪了，表示全部欠宝玉的东西还完了，她就要走了。

放风筝的这一场戏，其实在暗示这些女孩子都要各自西东。这一回的结尾，探春的凤凰风筝和另外一个凤凰风筝绞在一起了，然后又有第三个风筝加入，是一个门板大的喜字风筝。三个风筝缠在一起，最后线一起断掉，三个风筝一起飞走，这还是在暗示探春要远嫁，再也回不来了。

第七十回是一个重要的转折，接下来到第七十一回、七十二回，就看到她们各自要走向各自命运的终结。大家也可以感觉到，这些有过生命缘分的少女们，在做最后的感伤与不舍。可是从另外一个角度理解，曹雪芹大概觉得生命里曾经拥有过，也值得了——所有这些青春时刻共同经历过的，包括做枪手，一起放风筝，都变成了美丽的记忆。